深受读者喜爱的经典名

世界经典
推理小说

王春祥◎主编

团结出版社

图书在版编目（CIP）数据

世界经典推理小说 / 王春祥主编．—北京 ：团结出版社，2018.1

ISBN 978-7-5126-5920-9

Ⅰ．①世… Ⅱ．①王… Ⅲ．①推理小说－小说集－世界 Ⅳ．①I14

中国版本图书馆 CIP 数据核字（2017）第 310919 号

出　版：团结出版社
（北京市东城区东皇根南街 84 号　邮编：100006）
电　话：（010）65228880　65244790（出版社）
（010）65238766　85113874　65133603（发行部）
（010）65133603　（邮购）
网　址：http：//www. tjpress. com
E-mail：65244790@163. com（出版社）
fx65133603@163. com（发行部邮购）
经　销：全国新华书店
印　刷：北京中振源印务有限公司

开　本：165 毫米×235 毫米　16 开
印　张：20
印　数：5000 册
字　数：300 千
版　次：2018 年 1 月第 1 版
印　次：2018 年 6 月第 2 次印刷

书　号：978-7-5126-5920-9
定　价：59.00 元

前　言

从美国著名作家爱德华·爱伦·坡发表《莫格街凶杀案》至今，推理小说已有一百多年的历史，不同风格、不同样式的作品不断问世，有长篇巨制，也有短小精悍的万字佳作。可以说，爱伦·坡奠定了侦探推理小说的写作模式；柯南·道尔完善了侦探推理小说，使其达到顶峰；而英国作家理查德·奥斯丁·弗里曼则以其坚定的科学探案精神，成为现代派推理小说的先驱；日本的推理小说，相对西方来说虽然它起步较晚，但写作技巧惊人，涌现出许多名震世界的大作家。所有这些长足的发展，都使推理小说从消遣、娱乐的普遍定义，转型为具有反映社会生活、反映时代特征功能的写作方式，是智慧的象征，时代愿望的体现，更是时代思想的表达。

作为推理小说的主体样式，短篇推理小说在推理小说中最具优势。因其篇幅短小、结构精巧、节奏感强等特点，一直受到广大读者的追捧。而且这样的模式更适于解构解谜，也适合猜谜者的思维长度。阿瑟·柯南道尔、阿加莎·克里斯蒂、横沟正史、森村诚一等一批世界级的推理大师们，以其天才的情节构思、诡谲的氛围营造、缜密的逻辑推理，凭借深厚的人文底蕴，写下了无数家喻户晓的名篇佳作，塑造了众多深入人心的人物形象。这些经历了时间考验的经典作品，不仅使推理小说步入了世界文学的高雅殿堂，丰富了世界文学宝库，感染了成千上万的人们，而且还影响了许多有志于侦探事业的读者，给人们以精神上的享受和智慧上的启迪。

一个人在其一生中，阅读一些情节跌宕、引人入胜、兼具文学性和思想性的推理小说，不仅可以收获新鲜离奇、快意迭起的阅读感受，领略其迷人的艺术魅力和丰富的思想内涵，而其中的天才构思与推理的创意手法，更开启了一段颠覆性的思维开掘与探险历程，十分有利于磨练敏锐的洞察力，提高思考力和判断力，从而使读者受益一生。

然而人生匆匆，一个人要在短暂的一生中，穷经皓首式地遍阅推理大师们的所有作品，既不现实，也不经济。为了让广大读者在最短的时间内迅速、有效地了解世界推理小说，获得最佳的阅读效果，编者精心编撰了这本《世界经典推理小说》。书中精选世界当代著名的短篇推理小说55篇，从不同风格的作品中，读者可以一览世界短篇推理小说的全貌。这些作品分为“不可思议的密室犯罪”、“解破密码诡计，寻找真相”、“洞察幽微、智缉真凶”、“令人叹服的推理智慧”、“人性的盲点巧妙利用”五个部分。每一篇都演绎着跌宕起伏、引人入胜的故事：离奇事件的发展方向，将让你瞠目结舌；滴水不漏的精彩推理，将让你欲罢不能；精妙绝伦的结构布局，将让你叹为观止……在这些动人的故事里作家不仅把侦探描写得有血有肉、令人惊叹，其塑造的罪犯往往也各具个性。他们对破案过程细节的描述与挖掘，无论于案件的本身，还是周边环境、事件氛围，都能使读者产生身临其境的感受。书中呈现的精彩的故事、鲜明的人物形象、别具特色的叙述手法，无不展示出丰富而深刻的思想内涵和绚丽多彩的艺术魅力，将带给你独特而又充满快感的阅读感受。这些作品不仅提供了可资参考、学习、研究世界推理小说的范本，也将使你经历前所未有的阅读体验。

这是一部集扣人心弦的故事情节、令人瞠目的诡计、超越常规的阴谋与谋杀、无懈可击的推理论证为一体的精心雕琢的作品集。其中的险象环生、惊心动魄、谜团迭起，宏大的故事场面，一浪高过一浪的悬念，令人在紧张的悬疑气氛中，随着情节变化起伏而荡气回肠。故事所呈现的步步凶险、步步陷阱、步步推论、步步为营，更会让你不知不觉沉迷其中，在纷乱的迷宫里探索智慧灵感的出路，体验真相水落石出的快感。尤其令人称绝的是字里行间始终流淌着令人震撼和沸腾的魔力，甚至残忍的激情，将带给你以无限激荡与震撼。

当你翻开这本书，你将开始一段奇异的旅程，这里有迷雾重重的离奇事件，这里有天衣无缝的杀人阴谋，这里有无法规避的人性盲点，这里有令人叹服的推理智慧……你将和最著名的推理大师一起，面对一个个无法预知的世界，经历一个个扑朔迷离的事件。

推理小说魅力无限，只要拿起来，就永远放不下。

目　录

不可思议的密室犯罪

斑点带子案

阿瑟·柯南道尔

一

一天早上，我一觉醒来，发现夏洛克·福尔摩斯衣冠齐整，站在我的床边。通常，他爱睡懒觉，而现在才七点一刻，我诧异之余朝他眨巴了几下眼睛。

“对不起，华生，这么早就把你叫醒了，”福尔摩斯说，“但是，咱们的房东赫德森太太说来了一位年轻的女士，情绪相当激动，坚持非要见我不可。现在正在起居室里等候。如果年轻女士大清早就出来在伦敦东奔西颠的，把还在酣睡的人从床上吵醒，那必定是遇到极棘手的事了。这可能是一起有趣的案子，你愿意从一开始就参与吗?”

“亲爱的老兄，我说什么也不愿失掉这个机会。”我答道。我匆匆地穿上衣服，随同我的朋友来到起居室。一位女士端坐窗前，她身穿黑色衣服，蒙着厚厚的面纱。见我们进来，便站起身来。

“早上好，太太，”福尔摩斯愉快地说道，“我的名字是夏洛克·福尔摩斯。这位是我的朋友和副手华生大夫。在他面前你不必拘束，就像在我面前一样，有什么话尽管说。请在壁炉前坐坐——瞧你在发抖哩。”

“我不是因为冷才发抖，”那女士低声说道，不过还是坐到了离壁炉近些的地方，“我是因为担心，福尔摩斯先生，是出于恐惧。”

她说着，撩起了面纱。她脸色苍白、憔悴，露出惊惶不安的神色，目光酷似一头被追逐的动物。她看上去还年轻，但头发已花白。夏洛克·福尔摩斯迅速地从上到下打量了她一番，这一看心中全有数了。

“你不必害怕，”他温和地说道，“有什么事我们很快就会处理好的。看得出来，你是今天早上坐火车来的。”

“你认识我?”她吃惊地问。

“不，”福尔摩斯说，“我注意到你左手的手套里有一张回程车票的后半截。你一定很早就动身了，而且乘坐过小型马车在多条乡村道路上行驶了一些时候才到达车站。”

那位女士怀着惊奇的目光凝视着我的朋友。

“没什么奥妙可言，亲爱的小姐，”他笑了笑说，“你外套的左臂上，有七处以上溅上了泥土。这些泥迹都是新沾上的。只有小型马车才会溅起这样的泥土，并且只有你坐在车夫近旁才会溅到泥。”

“被你说对了！”她说，“我是早上六点钟前离家的，六点二十分到达莱瑟黑德站，坐上开往伦敦的第一班火车。我听一位朋友，法林托什太太说起过你，她对我说，在她急难的时候你向她伸出援助之手。你能不能帮帮我？目前我拿不出钱酬劳你对我的帮助，但在一个月之内，我就要结婚，那时就能支配我母亲在遗嘱中留给我的钱了。到时候我就能把钱付给你。”

“太太，我曾经为你的朋友尽过力，同样，我也乐于为你这个案子效劳，”福尔摩斯说，“至于钱，有意思的案子本身就是酬劳。所需要的费用呢，你可以在合适的时候，随意支付就是了。那么，现在请告诉我们你有什么难处。”

二

“我的名字叫海伦·斯托纳。”来客说，“我和我的继父住在一起。英国最古老的家族，斯托克·莫兰的罗伊洛特家族中，在世的只有他一个人了。你也许听说过我继父的家族吧？”

福尔摩斯点点头：“这个名字我很熟悉。”

“这个家族一度是英国最富有的家族之一，但是最近几代罗伊洛特家族中子嗣都生性懒惰，挥霍无度，酷爱赌博，大多数财产和土地都被他们输掉了。除了几亩土地和一座二百年老宅外，其他都已荡然无存。我的继父无法指望靠这点产业维持自己的生计，所以借到一笔钱，去学医。后来去印度，业务非常繁重。可是由于他性格暴躁，盛怒之下，他殴打一名仆人致死。这是一起极严重的丑闻，他被判了长期监禁。后来，他返回英国，变成一个性格乖张的人。

“罗伊洛特医生在印度时遇见了我的母亲，娶了她。她原是斯托纳少将的年轻遗孀。我和我的姐姐朱莉娅是孪生姐妹，我母亲再婚的时候，我俩只有两岁。我们的母亲有一笔相当可观的财产——每年的收入至少有一千英镑。她立下遗嘱把全部财产交给罗伊洛特医生管理，但有一个附加条件，那就是在我们婚后，每年要拨给我们一定数目的钱。

“八年前，我们回英国不久，我们的母亲在一次火车事故中丧生。此后，罗伊洛特医生带我们一起到斯托克·莫兰他家族的庄园生活。我母亲遗留的钱足够我们在那里过上舒舒服服的生活。但是，我们的继父不与镇里的人交朋友，而是把自己关在房子里，深居简出。每当他外出，总会与遇到的人发生严重的争吵。人们一见到他，无不避而远之！与他接近的只是那帮到处流浪的吉卜赛人，他们就在他作为家产的土地上扎营。他大部分时间都与从印度运来的动物厮混。他让一只印度猎豹和一只狒狒自由自在地跑来跑去，使得村里的人更加害怕了。

“我和姐姐朱莉娅没有朋友。说起来哪个愿意来我们家做客呢？几乎没有仆人敢来我们家干活。所以一切家务活都是我们自己来做。我姐姐死的时候，才三十岁，可是她早已两鬓斑白，和我现在一样满头白发了。”

“你姐姐已经死了？”福尔摩斯问。

“是的，”斯托纳小姐说，“她是两年前死的。我来这里，福尔摩斯先生，因为我害怕我也会碰到同样的遭遇！”

“请接着说下去。”福尔摩斯道。

“我和朱莉娅唯一的乐趣就是我们被准许去霍洛拉·韦斯法尔小姐家做客。她是我母亲的姐妹。两年前，朱莉娅在圣诞节到她家去，在那里认识了一位年轻的海军士兵，并和他订了婚约。我继父对这桩婚事，毫无异议。但是，在预定举行婚礼之前两周的时候，可怕的事情发生了，夺走了我亲爱的姐姐一命。”

福尔摩斯的身子一直靠在椅背上，闭着眼睛。听到这里，他半睁开眼，看了斯托纳小姐一眼。“请再说得详细些。”他说。

“我俩就住在那座老宅子的厢房里。其他的房间都关闭了，因为我们不需要。起居室都在宅子的中间部位。卧室全都在一层的厢房里。第一间是罗伊洛特医生的卧室，第二间是朱莉娅的，第三间是我的——三个房间连成一排。这些房间没有相通的门，而房门都是通向一条共同的过道。三个房间的窗子都朝向草坪。你听明白了吗？”

“非常明白。”福尔摩斯答道。

“发生不幸的那个晚上，罗伊洛特医生早早就回到了自己的房间，不过我们知道他并没有就寝，因为我姐姐能闻到从他烟斗冒出来浓烈的印度雪茄烟味。雪茄烟味害得我姐姐好不难受。因此，她来到我的房间里逗留了一些时间，和我谈起有关她婚礼的一些打算。到了十一点钟，她起身回自己的房间，但是走到门口时停了下来。

“‘告诉我，海伦，’她说，‘夜深人静的时候，你听到过有人吹口哨没有？’

“‘从来没有，’我说，‘为什么问这个？’

“‘前几天深夜，清晨三点钟左右，我就听到过轻轻的口哨声。我被惊醒。我说不出那声音是哪儿来的。’

“‘我没听到过，’我说，‘一定是草场上那些吉卜赛人吹的口哨声。’

“‘我也这样想。’她说，‘好啦，反正小事一桩。晚安。’她对我笑笑，接着把我的房门关上。不一会儿，我就听到她的钥匙在门锁里转动的声音。”

“钥匙？”福尔摩斯说，“你和姐姐是不是通常都锁门的？”

“总是这样！有猎豹和狒狒，要是晚上不锁上门我们总觉得不安全。”

“是这么回事。请接着说。”

“我睡不着。那天晚上，外面刮着呼呼的风，雨点噼噼啪啪打在窗子上。我始终有一种大祸临头的感觉。突然，传来一声女人狂呼惊叫，是我姐姐的声音！我冲到过道。就在这时候，我听到一声轻轻的口哨声。稍停，又听到哐啷一声，仿佛是一块金属掉落的声音。我跑到朱莉娅的房门前时，听到我姐姐的门锁转动，房门打了开来。我姐姐出现在房门口，她的脸由于恐惧而变得苍白如纸，整个身体摇摇晃晃。我伸出双手抱住她，可是她跌倒在地，像是正在经受剧痛，身子翻滚扭动。我弯下身子，听到她发出凄厉的叫喊，‘唉，天哪！海伦！是条带子！花斑带子！’她手指向医生的房间，我奔过去，大声喊我的继父救命，半道上正碰上他朝我们这边奔过来。他赶到我姐姐身边时，我姐姐已经不省人事了。尽管他尽心抢救，她还是死了。”

“你敢肯定听到那口哨声和金属碰撞声吗？”福尔摩斯问。

“是的，”斯托纳小姐说，“我肯定。”

“你姐姐还穿着日常的衣服吗？”

“没有，她穿着睡衣。她的右手中有一根烧过的火柴棍，左手里有个火柴盒。”

“这说明她点过灯，并向周围看过，”福尔摩斯说，“这一点很重要。警察来调查过了吗？”

“来过。都彻底调查过了——特别是因为罗伊洛特医生的暴烈性格是出了名的。但是他们找不出任何明晰的死因。朱莉娅的房门是反锁着的，窗子由带有铁杠的百叶窗护着，每天晚上都关得严严的。烟囱也是闩上的。四面墙壁都没有发现漏洞，地板也一样。发生恐怖事件的时候，只有我姐姐一个人在房间里。她身上没有任何伤痕或别的暴力痕迹。”

“会不会是被人毒死的？”福尔摩斯问。

“几个医生为此做了检查，但查不出来。”

“那么，你认为她是怎么死的呢？”

“完全由于恐惧和精神上的紧张引起的，”斯托纳小姐说，“但是我想不出什么东西吓了她。”

“她提到‘花斑带子’，对此你有什么看法？”

“有时我觉得，那只不过是精神错乱时说的胡话。有时又觉得，可能指的是一帮人。譬如说指的是那帮吉卜赛人。一些吉卜赛人头上就戴着带点子的头巾。”

福尔摩斯摇摇头，像是这样的回答不能使他满意：“那是两年前的事，你为什么现在才来找我？”

“一个月前，一位认识多年的亲密朋友珀西·阿米塔奇向我求婚。我继父没有表示异议，于是我们商定在今年春天结婚。两天前，这所房子西边的厢房开始修缮，从我这一边开始。所以我只好搬到朱莉娅住过的房间去，昨天夜里，我躺在她睡过的床上，回想起她的遭遇。试想，在夜深人静时，我突然听到轻轻的口哨声，我当时被吓成什么样子！我跳了起来，点上灯，但是什么也没看到。我穿上了衣服，天一亮，悄悄溜了出来，跑到镇上，雇了一辆马车，送我上了火车，下车后又直奔你这儿来了。”

“你这样做很明智，”福尔摩斯说，“我们已经到了刻不容缓的时候了。假如我们今天到斯托克·莫兰去，我们是否能在你继父不知情的情况下，查看一下这些房间呢？”

“可以，他今天要进城来办事。”斯托纳小姐说，“他到傍晚才回家。”

“好极了！你可以在下午早些时候等我们。到时候你不会不方便吧？”

“不会！跟你一番谈话后，我的心情轻松多了。我盼望下午能再次见到你们。”她说罢把黑面纱拉下，蒙住面，走了。

三

“华生，你听了有什么想法？”我的朋友问。

“看来，这事还挺凶险哩。如果这位女士所说的情况属实，地板和墙壁没受到什么破坏，人从门、窗和烟囱里是钻不进去的，那么，她姐姐死去时，她无疑是一个人在屋里。”我答道。

“那哨声是怎么回事？那女人临死时说话又作何解释呢？”福尔摩斯说。

“我说不上。”

“答案就在这些细节上。所以我们才得去一趟斯托克·莫兰。我要亲眼看看那个地方。且慢！怎么回事？”福尔摩斯问。

说话间我们的门突然被人撞开了。一个彪形大汉堵在房门口。他那张脸被长年的阳光晒得皱纹纵横。他那尖细的鼻子和一双凶光毕露、深陷的眼睛，使他看起来活像一只凶残的老鹰。

“哪个是福尔摩斯？”彪形大汉问道。

“我就是，”我的朋友平心静气地答道，“你是哪位？”

“我是斯托克·莫兰的格里姆斯比·罗伊洛特医生。”彪形大汉说。

“果然是你，”福尔摩斯说，“请坐，罗伊洛特医生，请坐。”

“用不着！我的继女到你这里来过，她对你都说了些什么？”

“今年这个时候天气还这么冷。”福尔摩斯不动声色地说。

“她都对你说了些什么？”罗伊洛特医生嚷嚷道。

“不过，我听说番红花开得正旺。”福尔摩斯径自接着说，像是没有觉察到这家伙肝火正旺。

“你以为可以把我搪塞过去？”这人大吼起来，“我听说过你，福尔摩斯！你是个无事生非、爱管闲事的家伙。”

福尔摩斯“咯咯”一笑。“你这话挺逗人的，医生。”他说，“你出去的时候请把门关上，因为有一股穿堂风正吹着哩。”

“我把话说完就走！我跟踪斯托纳小姐来到了这里。让我这就跟你把话挑明了：别管我们家的闲事。我可是一个不好惹的人。你瞧这个！”他向前走了几步，抓起钢拨火棍，用他那双大手把它折弯。“离我远点儿！”他说罢，扔下折弯的拨火棍，大踏步地走了出去。

“我的块头没有他大，”福尔摩斯哈哈一笑，说道，“但是假如他在这儿多待一会儿，我会让他看看，论手劲，我可以跟他比个高低。”他说着，拿起那根拨火棍，猛一使劲，就把它重新弄直了。

四

我们赶上一班下午早一点开往莱瑟黑德的火车。坐在车上，福尔摩斯告诉我说，上午剩下来的那段时间里，他找到了罗伊洛特太太的遗嘱。她死时有一千一百一十英镑的钱，但后来只有七百五十英镑了。她两个女儿出嫁时每人可以有权得到二百五十镑。如果这两个女儿都嫁人，罗伊洛特大夫的收入便大为减少了。

到达斯托克·莫兰后，斯托纳小姐匆匆赶来迎接我们。

“我们已经有幸结识你的继父了。”福尔摩斯说。他把她走后发生的事告诉了她。不幸的斯托纳小姐听了，吓得脸色发白。

“天哪！”她喊了起来，“他回来后会怎么样对付我呢？”

“别担心，”福尔摩斯说，“我们不会让你受到任何伤害的。现在，我们得动手干起来了，让我来看看那些房间。”

这座古宅是石头砌的，房子中央部分高高耸起，两侧是弧形的厢房，像一对蟹钳向两边延伸。一侧的厢房窗框都已经破碎，钉着木板，房顶也有一半坍陷了。另一侧的厢房要好得多，窗口装着百叶窗，烟囱上冒着烟。一端的脚手架表明，那里正在装修，但是没见到工人的踪影。福尔摩斯在厢房前的草坪上来来去去，仔细地检查着窗子。

“这是你过去的卧室，”他指了指，问，“当中那间是你姐姐的房间，挨着主楼的那间是罗伊洛特医生的卧室吧？”

“说对了，”斯托纳小姐说，“不过现在我就睡在中间的那间。”

“明白了，”福尔摩斯说，“不过墙的那一头似乎完全没有必要非修不可吧。”

“我也认为没有必要，”她说，“我相信那只不过是找个借口，要我从我的房间里搬出去。”

“哦，”福尔摩斯说，“三个房间靠过道的那一面有窗子吗？”

“有，不过都非常窄小，人钻不进去。”

“既然你俩晚上都锁上自己的房门，无论如何没人能从那一边进得了你们的房间，”福尔摩斯说，“现在，请你到中间那一间房间里去，并且拉上百叶窗。”

她照他吩咐的做了。福尔摩斯费尽心机想打开百叶窗，就是打不开。他拿出放大镜，检查了合页。

“全都挺坚实的。”他说，“没有东西钻得进去。进房间看看去。”

斯托纳小姐现在用做卧房的那个房间——过去是她姐姐的那个房间——看来十分简陋。房间很小，低低的天花板，房里装着一个大壁炉，这样的壁炉在许多乡村的房子里都能见到。房间的一角摆着一只五斗橱，另一角放置着一张窄窄的床，窗子的左侧是一只小桌子。此外，还有两把椅子，加上房子中间铺着的地毯，便是这个房间的全部陈设了。福尔摩斯搬了一把椅子坐了下来，默默地把房间上上下下看了个遍。

“铃在什么地方？”他指了指床边的一条粗铃索，铃索挨近床头，索上的流苏实际上就搭在枕头上。

“铃在管家的房里。是几年前装的。”

“是你姐姐要求装的吧？”

“不是，她从未动用过。”

“看来实在没有必要在那儿安装这么扎实的一根铃索。”福尔摩斯说，“对不起，”他说着，又拿出放大镜，趴下身子，十分仔细地检查地板和墙壁，不放过一寸地方。然后到了铃索前，目不转睛地打量了好一会儿。末了他抓过铃索，使劲一拉。

“这只是个摆设，”他说，“没有接上线——绳子刚好是系在小小的通气孔附近的钩子上。”

“多么荒唐！”斯托纳小姐说，“以前我从来没有注意到这个。”

“多怪！”福尔摩斯说，“这房间里有几处十分奇怪的地方。首先，造房子的人为什么把通气孔开向隔壁房间的墙上，完全可以开在外墙上的?”

“这通气孔也是新近开的。是和铃索同时开的。”斯托纳小姐说。

“这些变动太有趣了，”福尔摩斯说，“没有铃的铃索，不通风的通气孔。现在到你继父的房间去看看那边的情况。”

罗伊洛特医生的房间比他继女的宽敞一些，但房间里的陈设也十分简朴。一张小床，一个木制小书架，满是书，床边是一把扶手椅，靠墙有一把寻常的木椅，一张圆桌和一只大的铁保险柜。福尔摩斯在房间里绕了一圈，全神贯注、兴致勃勃地逐一做了检查。

“里面是什么?”他敲敲保险柜问道。

“只是一些文书，”斯托纳小姐说，“里面的东西我见过一次，那是几年以前的事。”

“里边不会有猫吧?”福尔摩斯问她。

“多么奇怪的想法!”这位女士说，“不会的。我们不养猫。我们家只有一只印度猎豹和一只狒狒。”

“不是吗，印度猎豹也差不多算是一只大猫，”我的朋友说，“可是，我敢说要满足它的需要，地板上那一小碟牛奶怕不怎么够吧。”他仔细地检查了椅子，特别是椅子的面板。后来有样东西引起他注意——那是挂在床头上的一根小赶狗鞭子。鞭子是卷着的，而且一端盘成一个圈。

“这件事你怎么看，华生?”福尔摩斯问。

“一根普普通通的赶狗鞭子，”我说，“不过我不明白，为什么要打成结?”

“并不那么普通吧?而且也没有狗。啊，天哪!这真是个罪恶的世界。斯托纳小姐，你得仔细听着，并且不折不扣按我说的办。”

“我一定照办。”她说。

“你继父回来时，你一定要假装头疼，把自己关在你姐姐的那个房间里。我们会待在外面监视。晚上你听到他进去睡觉时，就把百叶窗拉起，窗子别闩上，在窗口点上灯，给我们发信号。你把自己锁在自己原来的那间房间里，夜里我和华生就待在你姐姐的房间里，调查那古怪的声响。”

“你已经知道我姐姐是怎么死的了?”她问。

“我想我心中有数了，不过我还需要证据，”福尔摩斯对她说，“你要勇敢些，按我的吩咐去做。会没事的。”

五

我和福尔摩斯待在离房子安全的一段距离内，监视着这座房子。“你刚才看到的东西一定比我看到的要多得多，福尔摩斯。”我们在守候的时候，我说。

“没有，你我看到的东西一样的多。不过我只是多推论出一些东西。”

“除了那根铃索，我没有看到其他更怪的东西。”

“你也看到那通气孔了吧?”福尔摩斯问。

“许多房子都有这种玩意儿。再说洞口是那么窄小，连个耗子也难钻过去。意义不大。”

“啊，意义大哩。”我的朋友说，“这全表现在时机的巧合上：打了一个通气孔，悬着一根索子，一位睡在索子附近的小姐的死。难道你就没有注意到那床是用螺钉固定在地板上的吗？即使那小姐想移动床，她也无能为力。那床离通气孔和铃索又那么近。”

“这可真是件怪事!”我承认道。

我俩继续监视着。大约到了十一点钟，我们看见灯光亮了起来。

“那是给我们的信号!”福尔摩斯说，“我们得悄悄行事，华生。严加注意，决不能松懈。事关我俩和那位小姐的生死!”

我们从窗子钻进了房间。福尔摩斯坐在床上，藤鞭放在身边，旁边放了一盒火柴和一个蜡烛台，我坐在椅子上，手边放着手枪。

过去了几个小时。我们既没点灯，也一声不吭——只是坐着，全神贯注，注意每一声响动。村里的钟敲了十二点、一点、两点、三点。三点刚过，我们听到那医生的房间里传来窸窸窣窣的声音，过了几分钟，我们听到了一种奇怪的声音，就像开水壶冒出来的轻轻的咝咝喷气声。福尔摩斯跳了起来，点上蜡烛，用他那根藤鞭猛烈地抽打那铃索!

“你看见了没有，华生?”他大声嚷着，“你看见了没有?”

我什么也没有看见。但是就在福尔摩斯举手挥鞭并大声嚷嚷时，我听到一声低低的口哨声。我朋友的脸变得死一样苍白，充满恐怖。他停止了抽打，眼睛注视着通气孔。突然传来我有生以来未听到过的最恐怖的尖叫声，撕破了夜的寂静。这叫声越来越响，后来渐渐变小，最后成了回声。

“完了，”我的朋友说，“咱们到医生的房间看看去。”

福尔摩斯点上灯，到了前厅。他敲了两次罗伊洛特卧室的房门，里面没有回音，他转动门把手，我俩走了进去。

闪烁着的烛光下，我们看见一幅可怕的景象。保险柜门开着。旁边坐着格里姆斯比·罗伊洛特医生，他身上披着一件长长的睡衣，两脚套着拖鞋，膝盖上横搭着我们早些时候看到的那条怪异的鞭子。他后仰着头，他的一双眼睛恐怖地、僵直地盯着。他的额头上绕着一条异乎寻常、带有淡褐色斑点的黄带子。

“带子！花斑带子!”福尔摩斯低声说，“花斑带子!”

就在这时候，那条带子蠕动起来，扭曲着，一看原来是条硕大的毒蛇。

“往后站!”福尔摩斯大声喊道，“这是一条沼泽地蝰蛇！印度最毒的毒蛇。人被咬后几秒钟内就会死去!”说话间，他取过赶狗鞭子，甩过去，用活结套住那条蝰蛇的头，一下扔到铁保险柜里，“砰”的一声关上柜门。这一声听来就像是斯托纳小姐此前描述过的金属落地的声音。“咱们这就把斯托纳小姐安排到安全的地方，”福尔摩斯说，“然后报警。”

六

我们送那丧魂失魄的年轻女子去了她姨妈家。警察调查了案子，得出结论：罗伊洛特医生是在玩危险的宠物时致死的。福尔摩斯另有见解，但什么也没说。在回伦敦的火车上，他对我道出了全部实情。

“我几乎犯了大错，”他说，“这说明：收集充分的材料是何等重要！斯托纳小姐所提到的吉卜赛人、印度猎豹和狒狒几乎让我误入歧途。我早就知道有个通气孔，因为斯托纳小姐提到过她姐姐闻到那医生烟斗冒出的烟味。但是直到见了房间，见到房内的铃索、通气孔和那张被螺钉固定的床，我才明白通气孔真正的作用。这时候我就想到了蛇。蛇可以钻过通气孔，沿着绳索下来。当然，不能保证蛇第一次就会咬到那小姐。所以医生就训练蛇一听到口哨声就回来，然后赏它一碟牛奶。他试了好几次，终于咬了她。他也图谋日后加害海伦小姐。法医没有注意到朱莉娅小姐身上细小的咬痕——那是很容易被忽略的。

“我检查了罗伊洛特医生的房间后发现更多的线索。对他的椅子的检查表明，椅子紧靠通气孔，我便了解到他常站在椅子上。发现那条赶狗鞭和那一碟牛奶更使我确信有蛇。斯托纳小姐听到了金属哐啷声，我意识到，那是他继父把那条危险的宠物关进保险柜时发出的。今晚，我听到这畜生发出的咝咝声，我相信你一定也听到了，我知道，蛇来了。我马上点上蜡烛，并抽打它。打得蛇立刻沿着绳索爬回去。”

“是通过通气孔回去的。”我说。

“不错，”我的朋友说，“无疑，我这一阵鞭打过去把毒蛇激怒了，返回去扑向它的主人。这样，我无疑得对格里姆斯比·罗伊洛特医生的死间接地负责——不过，我是不大会为此而受良心谴责的。斯托纳小姐已安全无事，最终有机会追求自己的幸福了!”

梦[①]

阿加莎·克里斯蒂

埃居尔·波瓦洛沉着地冲那所房子打量了一眼。接着他的目光移向它周围的景物——几家店铺，对面的工厂大楼，一幢幢廉价的公寓楼房。

然后他又回头看了一下“北路府邸”，这是一栋宽敞而安逸的老宅子，当年四周都有绿油油的田野环绕着，气派优雅而傲慢。现在它只是一所不合潮流的遗物，淹没在繁华时髦的伦敦市内，且已被人遗忘了。

没有几个人能说出这所府邸属于谁，尽管房主的名字会被认为是世界上最大的富翁之一。但是金钱既能使名声显赫，也能使名声隐没起来。性情古怪的百万富翁班尼迪克特·法利决定不把自己所挑选的居住地公诸于众。他本人很少露面，偶尔出席一下董事会议，他那消瘦的身材，鹰钩鼻子和刺耳的尖嗓音轻而易举地镇住了到会的其他董事们。除此之外，他只是一位有名的传奇式人物。

人们谈论他那种古怪的吝啬啦，他那种难以置信的慷慨啦，他那件出名的布头拼的、足足穿了28年的晨衣啦，他那份从不更换的白菜汤和黑鱼子酱的食谱啦，他对猫的憎恨啦，这一切都是人所共知，无人不晓的。

这些事埃居尔·波瓦洛也都听说过。他对自己要拜访的那个人就知道这些，自己外衣口袋里装着的那封信也没告诉他更多的情况。

他一边按门铃，一边看一眼手腕上戴的式样好看的新手表，这终于取代了他过去多年使用的那块大挂表。嗯，正好9点半。

等了适当的一段时间，大门打开了。一个十分典型的听差站在门口，身后是亮着灯光的大厅。

“班尼迪克特·法利先生在家吗?”埃居尔·波瓦洛问道。

那个仆人用既不触犯人而又有效的目光把他从头到脚打量一番。

Engrosetendétail[②]，埃居尔·波瓦洛心里赞赏地想道。

“您预先约好了吗，先生?”那人用和蔼的声调问道。

“约好了。”

“您贵姓，先生?”

“埃居尔·波瓦洛。”

---

① 本篇标题原文为《Dream》，发表于1936年。

② Engrosetendétail：法语，既概括又仔细。

听差鞠了一躬，退后几步。但是那双灵巧的手接过来客的帽子和手杖之前，还有一道手续要执行。

“请原谅，先生，我得向您要一封信。”

波瓦洛从口袋里谨慎地掏出那封折着的信，把它交给听差。后者只把信扫了一眼，又鞠一躬，把信退还。那封信的内容十分简单。

北路府邸，星期三，八点

致埃居尔·波瓦洛先生

敬爱的先生：班尼迪克特·法利先生有事要向您请教。如您有空，他希望您明晚星期四九点半钟能到上述地址来一趟。秘书 雨果·康沃赛谨启

附：来时务请携带此信。

“请跟我先到楼上康沃赛先生房中去一下。”听差说罢，就在前面领路，踏上宽阔的楼梯。波瓦洛跟在他身后，一面观赏着那些花里胡哨的艺术品。他对艺术的鉴赏总带有一种资产阶级趣味。

来到楼上，听差在一扇门上敲了一下。

埃居尔·波瓦洛稍微扬了扬眉毛。这是第一个不和谐的杂音，因为上等听差进屋时从不敲门。然而，毫无疑问，这还是个一流的听差。

里面有个声音喊了句什么，听差就把门推开。他通报一声——波瓦洛又感到这是一种异乎寻常的做法：“老爷，您等待的那位先生到了。”

这是一间相当大的房间，布置得像工作室一样简单。几个档案柜，一些参考书，几把安乐椅和一张很大的写字台，上面整整齐齐地放满附有标签的公文。房内只有一把安乐椅，旁边的小桌子上亮着一盏绿灯罩的台灯。这盏灯摆的位置正好整个照着从门口走进来的人。埃居尔·波瓦洛眨了眨眼，意识到那个灯泡至少有 150 瓦。扶手椅上坐着一个穿着一件布头拼的晨袍的消瘦的人——班尼迪克特·法利。他的脑袋以一种独特的姿态向前探着，鹰钩鼻子像马鼻子那样凸出来。他的脑门上耸起一绺像鹦鹉冠毛那样的白发。两只眼睛一面怀疑地盯视着来客，一面在眼镜的厚镜片后面闪闪发光。

“呃，”他终于开了口，嗓音尖细刺耳，“你就是埃居尔·波瓦洛吗，呃？”

“为您效劳。”波瓦洛一只手扶着椅背，鞠了一躬，毕恭毕敬地答道。

“坐下——坐下。”老头儿暴躁地说道。

埃居尔·波瓦洛正坐在那盏灯的强烈照射下。老头儿从灯光后面，好像在仔细研究他。

“我怎么知道你就是埃居尔·波瓦洛呢？”他不耐烦地问道。“你给我说说看，呃？”

波瓦洛再一次从外衣口袋里掏出那封信，交给法利。

“好的。”百万富翁勉强同意道，“就是它。这就是我叫康沃赛写的。”他把信折好，扔了回去，“那么，你就是这个家伙了，对不对？”

波瓦洛扬了一下手，说道，“我向您保证不是假的。”

班尼迪克特·法利忽然格格笑了起来：“变戏法的人从礼帽里掏出金鱼之前，就是这么说的。能说会道是变戏法的一部分，你知道。”

波瓦洛没吭声。

法利说道：“你一定认为我是一个喜好怀疑的老头儿吧？我就是。对谁也不要相信！这就是我的座右铭。你有了钱就难保也不能相信。对，绝不能相信任何人。”

“您打算，”波瓦洛轻声提醒道，“跟我商量什么事吗？”

老头儿点点头：“对。永远买最好的货色。那就是我的座右铭。去找专家就别考虑价钱。你一定注意到了，波瓦洛先生，我还没问你多少费用。以后再开账来吧。我不会对它发脾气的。牧场上那些笨蛋以为卖给我鸡蛋时可以跟我要两先令九便士，而市场上价钱才只有两先令七便士。骗子多极了！我不能让人骗。但是拔尖儿的人不一样，他值这个价。我本人也在顶尖上，我明白。”

埃居尔·波瓦洛没吭声。他仔细听着，脑袋略微朝一边歪着。

尽管他外表无动于衷，但他意识到自己内心有种失望的感觉。他还不能琢磨透。到目前为止，班尼迪克特·法利的言谈举止符合大家对他本人的看法，然而波瓦洛还是感到失望。

“这个人，”他厌恶地自言自语说，“是一个走江湖的，地地道道的江湖骗子。”

他也认识一些其他的百万富翁，性格也古怪，但是他感到他们每个人几乎都有一股力量，一种内在的力量迫使自己对他表示尊重。他们如果穿着一件布头拼的晨袍，那是因为他们爱穿这样一件长袍。可是班尼迪克特·法利穿的这件晨袍，至少波瓦洛这样觉得，好比舞台上的一件行头，那人本身也好像在舞台上演戏。

他又平平淡淡地重复道：“您要找我商量点事吗，法利先生？”

富翁的态度骤然变了。他向前探身，声调变得嘶哑：

“对，对。我想听听你的意见——你是怎么想的。找最拔尖的人！我一向就是这么干！最好的医生——最好的侦探——情况只有他们两人知道。”

“到目前为止，先生，我一点都不明白您的意思。”

“当然，”法利急促地说，“我还没开始跟你说呢。”

他又把身子向前探了探，提出一个奇特的问题：“波瓦洛先生，你对梦有什么了解吗？”

小个子扬扬眉毛。他万没料到会向他提出这样一个问题。

“关于这方面，法利先生，我应该向您推荐拿破仑写的《梦集》，或是哈利大街最近开业的心理学家。”

班尼迪克特·法利清醒地说：“这两种我都试过了。”

富翁停顿一下又接着说，起先几乎像是喃喃自语，后来嗓音一点点高起来：

“一夜接一夜总是做同样的梦。我有点害怕。总是一样的梦。我坐在这间屋旁边我自己的屋子里，坐在我的书桌前写字。那儿有一座钟，我朝它瞥一眼，看清时间——正是3点28分。总是这个钟点，你知道。而我一看到这个钟点，波瓦洛先生，我知道又得干了。我不愿意干，可又非干不可。”

波瓦洛泰然自若地问道：“非得干什么啊？”

班尼迪克特·法利沙哑地说：“3点28分，我打开书桌右边第二层抽屉，拿出我放在里面的手枪，上好子弹，然后走向窗户那儿。然后——然后——”

“怎么样呢？”

斑尼迪克特·法利轻声说：“我就开枪自杀。”

沉默了片刻，然后波瓦洛说：“这就是您做的梦吗？每天晚上都一样？”

“对。”

“您自杀后又发生什么事？”

“我就醒了。”

波瓦洛若有所思地慢慢点点头：“我有点好奇，您在那个抽屉里当真放了一把手枪吗？”

“是的”

“为什么？”

“我一直这样做。总该防备着点儿。”

“防备什么？”

法利不耐烦地说：“阔佬都有仇人。”

波瓦洛足有一两分钟没吭声，后来问道：“您到底请我来干什么？”

“我就要告诉你。首先，我请了一位医生——更准确地说，三位医生。第一位说是饮食问题。他是个老头儿。第二位是新学堂里出来的小伙子。他肯定这一切都是由于我在婴儿时期发生过一件事，而且就在那个具体时间——3点28分。按他的说法，我是那么下决心不想记起那件事，以致我用毁灭自己来象征它。这是他的解释。”

“第三位医生怎么说呢？”

班尼迪克特·法利发怒地扯起尖嗓门说：“他也是个小伙子。他有一种十分荒谬的理论！他说我的生活使我那样地难以忍受，以致我决心要终止它！然而，要是承认这是事实的话，也就承认我的一切在根本上都是失败的，我在清醒的时刻拒绝面对这种现实。但是我睡熟时，一切抑制力都不存在了，我就干了自己真正想干的事：结束了自己的生命。”

波瓦洛说：“他的观点是连您自己也不知道您真愿意自杀吗?”

班尼迪克特·法利尖叫起来：“这是不可能的——不可能的！我现在十分幸福！我要什么有什么——凡是金钱可以买到的我都有！这简直是异想天开，不可置信，亏他想得出来!”

波瓦洛很感兴趣地望着他。也许是那双发抖的手，那种发颤的尖叫声，使他觉得这种否定未免过激了。他心满意足地说：“我该做些什么呢，先生?”

班尼迪克特·法利突然镇静下来。他用一个手指头在他身旁的桌子上笃笃地敲着。

“因为还有一个可能性。如果他说得对，你就是那个应当知道这一切的人！你的名气很大，你遇到过成千上万的案件——离奇的、不可思议的案件！如果有人知道，你就全知道。”

“知道什么?”

法利的声音降到耳语一般低：“假如有人想杀我，他们能这样做吗?他们能让我一夜接一夜地做那个梦吗?”

“您是指催眠术吗?”

“是的。”

“我想，也许可能吧，”波瓦洛终于说道：“这个问题更应当去请教医生才是。”

“你过去没遇过这类案件吗?”

“没有跟这完全一样的，没有过。”

“你明白我的意思吗?他们老让我做同一个梦，一夜接一夜，一夜接一夜，等到有那么一天这种想法实在叫我受不了啦，我就真这么干了。我就会按照我梦中多次的做法——杀了我自己!”

埃居尔·波瓦洛慢慢摇摇头。

法利说，“你不认为这是可能的吗?”

“可能?”波瓦洛摇摇头，“这是一个我不敢轻易招惹的字眼。”

“那你认为这是不大可能的喽。”

“非常不大可能。”

班尼迪克特·法利喃喃地说：“医生也是这么说的。”然后，他又提高嗓门、尖叫道，“那为什么要我做这样的梦?为什么?为什么?”

埃居尔·波瓦洛摇摇头。

班尼迪克特·法利突然说:“你肯定从来没遇到过这类事吗?”

“从来没有过。”

“我只想知道这一点。”

埃居尔·波瓦洛小声清清喉咙:“您能允许,”他说,“我提个问题吗?”

“问什么?问什么?爱问什么就问什么吧。”

“您怀疑谁要杀您?”

“没人。谁也没有啊。”

波瓦洛固执地问:“难道这个想法是自行出现在您的脑子里吗?”

“我想知道有没有这种可能性。”

“按我自己的经验来说,我应该说没有这种可能。另外,您过去让人催眠过吗?”

“当然没有过。难道你认为我会让人在我身上干这种蠢事吗?”

“那我认为可以说您的理论完全不能成立。”

“可是这个梦,你这个笨蛋——这个梦!”

“这个梦趋势特殊,”波瓦洛体贴地说,“我想观察一下这出戏的现场——书桌、时钟和手枪。”

“当然可以。我带你到旁边那间屋子里去。”

老头儿裹了一下晨袍,欠欠身要站起来,接着又突然坐下来。

“不,”他说,“那间屋没有什么可看的。该告诉你的我都告诉你了。”

“可我想亲自观察一下。”

班尼迪克特·法厉声说,“没有必要。你已经把你的意见告诉了我。”

波瓦洛耸了耸肩膀。“随您便,”他站起来,“对不起,法利先生,我不能对您有什么帮助。”

班尼迪克特·法利两眼直勾勾地瞪视着前方。

“我不要一大堆骗人的玩意儿,”他咆哮说,“我把情况都告诉了你,而你却一点办法都没有。事情就到此为止吧。你可以给我开张咨询费账单来。”

“我不会忘记的。”这位侦探直截了当地说,然后他就朝房门走去。

“等一下,”富翁叫他回来,“那封信——我要收回。”

波瓦洛扬了一下眉毛。他掏出一张折好的纸片递给老头儿。后者察看了一下,点点头就把它放在身旁的桌子上。

埃居尔·波瓦洛又朝屋门走去。他迷惑不解,脑子里在反复思考那个刚刚听到的故事。然而,就在他出神思考的时刻,他困扰地觉出好像有件事做错了。而那件事跟他自己有关,与班尼迪克特·法利却无关。

他把手放在门轴上的时候,脑子清醒了。他本人,埃居尔·波瓦洛,犯了个错误！他立刻转过身来。

“万分抱歉！在考虑您的问题时，我办了件蠢事！我交给您的那封信——我方才一时疏忽大意，把手放在右手口袋里了

“怎么回事？怎么回事？”

“我刚才交给您的那封信——是洗衣店女掌柜因为把我衣服领子烫坏了给我写的道歉信。”波瓦洛微笑着道歉，他又把手伸进口袋，“这一封才是您的那封信。”

班尼迪克特·法利一把夺了过去，嘟囔着说：“你他妈的干事为什么那么不经心？”

波瓦洛收回洗衣店女掌柜那封信，再一次文雅地道了歉，然后走出房间。

听差在楼下大厅里，等着送他出大门。

“要我给您雇辆出租汽车吗，先生？”

“不需要，谢谢你。今晚夜色很好。我溜达溜达。”

埃居尔·波瓦洛在人行道上站了一会儿，等来往车辆暂停下来，好穿过这条熙熙攘攘的街道。

他皱起眉头。“不对，”他心里想，“我简直闹不明白。一点都不合情理。真后悔接受了这次邀请。可我，埃居尔·波瓦洛，彻底给闹糊涂了。”

第二幕发生在一周之后。开场是由一位名叫约翰·斯蒂令佛利特的医学博士打来的电话。

他用毫无行医礼貌的口气说，“是你吗，波瓦洛，老家伙？我是斯蒂令佛利特。”

“是啊，我的朋友。有什么事吗？”

“我在北路府邸——班尼迪克特·法利家里打电话。”

“是吗？”波瓦洛感兴趣地加快了声调，“法利先生怎么样啦？”

“法利死了。今天下午用手枪自杀了。”

停顿了片刻，接着波瓦洛说了一声，“哦。”

“我发觉你并不感到吃惊。你知道什么情况吗，老家伙？”

“您凭什么这样想呢？”

“嗯，倒不是什么聪明的推论或者传心术，或者什么其他这类玩意儿。我们找到法利大约一个星期前写给你的一张跟你约会的纸条。你能不能来一趟？”

“我立刻就来。”

“好极了，老伙计。这里面恐怕有点肮脏的勾当，对不对？”

波瓦洛只重复说他立刻就来。

“不愿意在电话里泄露机密？太对了。待会儿见。”

一刻钟后，波瓦洛坐在书房里，这是北路府邸后楼底层一间长条的房间，屋子里还有另外五个人：巴纳探长，斯蒂令佛利特医生，富翁的遗孀法利夫人，他的独生女琼娜·法利和他的私人秘书雨果·康沃赛。

斯蒂令佛利特医生干他本行时的谈吐举止跟他在电话里的口气完全两样，他是一个年方 30 岁、高个子、长脸盘的小伙子。法利夫人显然比她丈夫年轻得多。她是一位漂亮的黑发女郎，嘴紧紧闭着，两只黑眼睛丝毫不流露感情，看上去十分沉着冷静。琼娜·法利头发浅黄色，脸上带雀斑，鹰钩鼻子和翘起的下巴明显地是从父亲那里遗传下来的。她的两只眼睛既聪明又锐利。雨果·康沃赛是个不大起眼的青年，衣着恰如其分，看上去还聪明能干。

波瓦洛简单说了一下他上次来访的情况和班尼迪克特·法利跟他谈起的事。他发现大家对此都感兴趣。

“这是我从来也没听说过的怪事!”探长说。“一个梦，呃？……您听说过吗，法利夫人?”

她低下头：“我丈夫跟我提起过这件事。这件事搞得他十分心烦意乱。我——我告诉他这是消化不良引起的——他的饮食，您知道，是非常挑剔的——后来我建议他请斯蒂令佛利特医生来诊断一下。”

年轻人摇摇头：“他没找过我。从波瓦洛先生谈话中，我理解他是去哈利街了。”

“医生，在这方面我想听听您的意见，”波瓦洛说，“法利先生告诉我他找了三位专家诊治。您对他们提出的理论有什么看法?”

斯蒂令佛利特皱皱眉头：“这很难说。你必须考虑到他对你讲的话并不是他原来听到的话。他用外行人的词汇来解释的。”

“那您是说他把术语弄错了吗?”

“不完全。我是说他们向他解释时会用一些职业术语的，他把意思曲解了一些，然后又用自己的语言表达出来。”

“这么一说，他跟我说的话不是医生向他说的原话了。”

“如果你明白我的意思，我是说他正好把意思弄拧了一点。”

“你们知道他去找过谁吗?”波瓦洛问道。

法利夫人摇摇头。

琼娜·法利开了口：“我们谁也不知道他找过谁。”

波瓦洛说：“他跟您谈起过他的梦吗?”

姑娘摇摇头。

“跟您谈过吗，康沃赛先生?”

“没有，他什么也没说过。我是按他的口述给您写了一封信，可我一点也不知道他为什么要找您。我当时还以为是由于他生意上有些不太正规的事呢。”

波瓦洛问道，“现在谈谈法利先生死亡的实际情况，好吗？”

谁也不吭声，于是巴纳探长便承担起发言人的角色：

“法利先生习惯每天下午在二楼他自己的房间里工作。据我了解，他正在考虑一项企业合并的大问题——”

他看了一眼雨果·康沃赛，后者说，“统一客车铁路联运公司。”

“由于这个关系，”巴纳接着说，“法利先生同意接见报界两个人。据我所知，他很少做这类事。因此，两名记者按照约定的时间在3点一刻到达这里。他们在法利先生房门外等待——一般和法利先生有约会的人都在这里等待。3点20分，统一客车铁路联运公司派来一名通信员，送来一些紧急文件。在他离去时，法利先生陪他走到房门口，就站在那儿跟两位报馆的人说了两句话。

“他说，‘对不起，先生们，让你们久等了，可我有点急事要办。我会尽快办完。’

“那两位是亚当斯先生和斯多达特先生，他们让法利先生放心，可以等到他方便的时候。他回头进了屋子，关上了门，就没有人再见他活着出来了。”

“接着说下去。”波瓦洛说。

“4点过一点，”探长继续说，“这位康沃赛先生从法利先生房间旁边他那间屋子里走出来，看到两位记者还等在那里，感到十分惊讶。他正要请法利先生在一些信件上签字，心想最好也提醒他一下这两位先生还在外面等着呢。因此他就走进法利先生的房间。使他惊奇的是他起先还以为屋子里没人，后来看到书桌后面露出一只靴子，书桌是在窗子前面放着。他发现法利先生躺在地上已经死了，身旁有一把手枪。

“康沃赛先生急忙走出房间，让听差打电话叫斯蒂令佛利特医生来。经后者建议，康沃赛先生也报了警。”

波瓦洛又问：“有谁听到枪声了吗？”

“没有。外面来往车辆噪声很响，大窗子是开着的。看上去好像谁也没注意到枪声。”

波瓦洛沉思着点点头。“他大约是什么时候死的？”他问道。

斯蒂令佛利特说：“我一到这里就检验了尸体，那时正是4点32分。法利先生至少已经死了一小时。”

波瓦洛的面色十分严肃。“那么说，很可能他是在3点28分死的。”

“正是。”斯蒂令佛利特说。

“手枪上有指印吗？”

“有，是他自己的。”

“什么样的手枪?”

探长接过话茬儿:“正像他告诉您的那样,就是放在他书桌抽屉里的那一把。法利太太证实了这一点。另外,您知道,那间屋子只有一扇门——正通向楼梯口。两位记者坐的地方对着那扇门,他们两人发誓说法利先生跟他们说完话走进去之后,一直到康沃赛先生4点过一点走进那间屋子,其间没有任何人进去过。”

“如此一说,法利先生死于自杀是无疑的了,对吗?”

巴纳探长微微一笑。“除了还有一点没弄清楚之外,那就毫无疑问的了。”

“哪一点?”

“给您写的那封信。”

波瓦洛也笑了。“我明白了!只要一跟埃居尔·波瓦洛沾边儿,立刻就有谋杀的嫌疑!”

“就是这么回事,”探长干脆地说,“不过等您一把情况讲清楚——”

波瓦洛打断他的话,略微停顿片刻,他转身问法利夫人:“您的丈夫过去接受过催眠术吗?”

“从来没有过。”

“他研究过催眠术这个问题吗?他对这个感兴趣吗?”

她摇摇头。“我想他不感兴趣,”突然她好像克制不住自己了,“那个可怕的梦!简直太可怕了!他一夜接一夜地梦到这回事,然后——然后——他简直就像是被逼致死似的!”

波瓦洛记起班尼迪克特·法利说过:“我就干了我真正想干的事。我结束了自己的生命。”

他说,“您曾经想过您丈夫可能想结果自己吗?”

“没有——至少——他有时十分古怪。”

琼娜·法利的声音插进来,清晰而轻蔑:“爸爸绝不会自杀。他对自己精心照顾得都太过分了。”

斯蒂令佛利特医生说:“法利小姐,您知道,一般来说那些经常用自杀吓唬人的人倒不会自杀。这就是为什么有时自杀似乎是不可理解的。”

波瓦洛站了起来:“我能不能,”他问,“看一下发生这出悲剧的房间?”

医生陪着波瓦洛上了楼。

班尼迪克特·法利的房间比隔壁秘书那间房间宽大得多。房内陈设十分奢侈,有高大的皮沙发,厚地毯,和一张特大的写字台。

波瓦洛走到写字台后面,就在窗子前面那儿仍可看到一片深色的血迹。他又记起富翁说过的“3点28分,我打开书桌右面第二层抽屉,拿出我放在里面的手枪，上好子弹，然后走向窗户那儿。然后——然后我就开枪自杀。”

他慢慢地点点头，接着说：“窗户是这样开着的吗？”

“是。不过谁也不能从那儿进来。”

波瓦洛把头伸出去。附近并没有窗台或栏栅或管子之类的东西。连一只猫也不能从那边进来。对面是工厂的一堵墙，一堵没有窗口的死墙。

斯蒂令佛利特说：“一个富翁使用这么间屋子真奇怪。这简直就跟眼前有一面监狱的墙一样。”

“对。”波瓦洛说。他把头又收回来，瞪视着对面那堵硬墙壁。“我认为，”他说，“那堵墙非常重要。”

斯蒂令佛利特好奇地看着他。

“你是从心理角度讲吗？”

波瓦洛朝写字台前走去，漫不经心地拿起一副通常称之为懒夹子的长把夹子。他捏一下把手，夹子就大张开来。波瓦洛在离写字台几尺远的一把椅子旁边，小心翼翼地用夹子从地上夹起一根点过的火柴头，小心地把它扔进废纸篓里。

他喃喃地说：“真是一个天才的发明。”他把夹子放在写字台上，然后问道，“出事的时候法利夫人和小姐在哪里？”

“法利夫人在楼上自己的房间里休息，她的屋子就在这间屋子上面。法利小姐在顶层她的画室里画画呢。”

埃居尔·波瓦洛懒散地用手指头在桌面上敲了一两分钟，然后说道：“我想见一下法利小姐。”

斯蒂令佛利特纳闷地瞥了他一眼，就走出屋子。一两分钟之后，门开了，琼娜·法利走了进来。

“小姐，您不介意我问您几个问题吧？”

她冷冷地回看了他一眼：“愿问什么就问呗。”

“您知道您父亲在写字台里放了一把手枪吗？”

“不知道。”

“您和您母亲当时在什么地方？——我是说，您的继母——对不对？”

“是的，露伊丝是我父亲的第二位妻子。她只比我大 8 岁。您是要说——”

“您和她上星期四在什么地方？我的意思是指上星期四晚上。”

“星期四，让我想想。哦，对了。我们去看戏了。看的是《小狗儿笑》。”

“您父亲没有和你们一起去吗？”

“他从来不出去看戏。”

“他不大爱交际吗？”

姑娘直勾勾地瞧着他。

“我的父亲嘛，”她说，“他非常不合群。没有一个常跟他接触的人会喜欢他。”

“小姐，这真是一个很直率的说法。”

“我是在节省您的时间，波瓦洛先生。我完全明白您打算要问什么。我的继母嫁给我父亲是为了他的钱，我住在这里是因为我没钱住到别处去。我要嫁一个人——一个穷人——我父亲设法使他丢了工作。您知道，他要我嫁给阔人家——一个很简单的事，因为我是他的财产继承人！”

“您父亲的财产是传给您吗？”

“是的。是这样，他给我的继母露伊丝留下25万镑免上税，还有其他遗物，但是全部其余财产都属于我。”她忽然笑了一下，“所以，波瓦洛先生，您看，我有各种理由希望我爸爸死掉！”

“我发觉，小姐，您已经继承了您父亲的智慧。”

她若有所思地说道：“爸爸十分聪明。谁和他在一起都会感觉到这一点——他有力量，有股动力，可是一切都变得令人讨厌——憎恶。一点人性也没留下。”

埃居尔·波瓦洛轻轻说：“GrandDieu[①]，我是个多么愚蠢的笨蛋啊。”

琼娜·法利转身冲着门走去：“还有别的事吗？”

“两个小问题。这把夹子——”他拿起那个长把夹子——“是一直放在桌子上吗？”

“是的。爸爸用它拾东西用。他不爱弯腰。”

“还有一个问题：您父亲的视力好吗？”

她瞪视着他：“哦，不好，他什么也看不见。我是说他如果不戴眼镜什么也看不见。他的视力从小就不好。”

“可是要戴上眼镜呢？”

“哦，那当然他就什么都看得见了。”

“他就可以读报纸和印刷品了吗？”

“哦，是的，可以。”

“没有别的问题了，小姐。”在她走出屋子时，波瓦洛喃喃说道，“我真糊涂。这一直就在我的鼻子底下。就因为离我太近了，我反倒没看见。”

他又把身子探出窗外。

下面，在这所房子和工厂之间的狭窄过道里，他看到一个黑色的小物件。

---

① GrandDieu：法语，老天爷。

埃居尔·波瓦洛点点头，满意了。他又走到楼下。其余的人仍在书房里。波瓦洛向秘书说：

“我需要您，康沃赛先生，给我详详细细重述一下法利先生找我的前后情况。譬如说，法利先生什么时候向您口述的那封信？”

“星期三下午5点半左右。”

“关于寄那封信，他有什么特殊布置吗？”

“他让我亲自去寄，我就照办了。”

“在接待我进来时，他对听差做了什么特别布置吗？”

“有。他让我告诉福尔摩斯——福尔摩斯是听差的名字——有一位先生9点半来。要他问清那位先生的姓名。还要他向来人要那封信。”

“您不认为这种谨慎有点怪吗？”

康沃赛耸耸肩：“法利先生，”他小心地说，“就是一个有点怪的人。”

“还有别的嘱咐吗？”

“有，那天他放了我一晚上假，一吃完晚饭，我就去看电影了。”

“您什么时候回来的？”

“大约11点一刻开门进来的。”

“您那天晚上又见到法利先生了吗？”

“没有。”

“第二天早晨他没提起此事吗？”

“没有。”

波瓦洛稍停一下，又接着说：“我到这里来之后，并没有把我带进法利先生自己的房间。”

“没有。他让我告诉福尔摩斯请您到我的房间里来。”

“为什么？您知道吗？”

康沃赛摇摇头，“我对法利先生的话从没问过原因，”他简单地说，“如果我问了，他会不高兴的。”

“他经常在自己房间里接见客人吗？”

“经常，但不总是。有时他在我的房间里会见他们。”

“那样做有什么特殊理由吗？”

雨果·康沃赛考虑了一下：“没有，我想不出。我真的从来没想过这一点。”

波瓦洛转问法利夫人：“您允许我按铃叫听差吗？”

“当然可以，波瓦洛先生。”

福尔摩斯听到铃声后非常及时、非常温文有礼地走了进来。法利夫人冲波瓦洛打了个手势。

“福尔摩斯，星期四晚上我到这儿来的时候，你的主人是怎么嘱咐你的?”

福尔摩斯清清喉咙，说道，“晚饭后，康沃赛先生告诉我法利先生9点半钟等待会见一位埃居尔·波瓦洛先生。我必须问清来人姓名，我必须看一下一封信以核实情况。然后他让我把来人带进康沃赛先生的房间。”

“他有没有也嘱咐你进门之前先敲一下门?”

听差脸上流露出一种不高兴的表情。

“这是法利先生立下的规矩。每逢通报一位来客——工作事务上的来客时，都要先敲一下门。”他解释道。

“啊，这真叫我纳闷！关于我，他还嘱咐什么别的话吗?”

“没有，先生。康沃赛先生跟我说完我刚才向您重复的话之后，就出去了。”

“那是几点钟?”

“差10分钟9点，先生。”

“在这之后，你又见到过法利先生吗?”

“见到过，先生。我按规矩每天9点钟给他送一杯热水进去。”

“他那时是在自己的房里还是在康沃赛先生的屋里?”

“在自己的屋里，先生。”

“你注意到屋内有什么反常现象吗?”

“反常？没有，先生。”

“法利夫人和法利小姐上哪儿去了?”

“她们去看戏了，先生。”

“谢谢你，福尔摩斯。”

福尔摩斯鞠了一个躬就退出去了。

波瓦洛转身向富翁的遗孀，问道：

“再问一个问题，法利夫人，您丈夫的视力好吗?”

“不好。不戴眼镜就不行。”

“他的眼睛近视得很厉害吗?”

“哦，是的，他要是没有眼镜几乎什么也看不见。”

“他有许多副眼镜吗?”

“有。”

“嗯，”波瓦洛说，身子往后一靠，“我想这件案子解决了。”

屋内寂静无声。大家都瞧着这个小老头儿，他扬扬自得地坐在那里捻他的唇髭。探长脸上浮现着困惑不解的神情；约翰·斯蒂令佛利特皱着眉头；康沃赛只纳闷地瞪视着；法利夫人茫然若失而惊慌地张大两只眼睛；琼娜·法利看上去很着急。

法利夫人打破了沉默。“我实在不明白，波瓦洛先生。”她的声音显得局促不安，“那个梦——”

“对，”波瓦洛说，“那个梦很重要。”

法利夫人哆嗦了一下。她说：“我过去从来不信任何违反自然的事，可现在——事先一夜接一夜地梦见——”

“这简直太怪了，”斯蒂令佛利特说道，“太怪了！要不是法利先生亲口讲出那件事——”

“确实如此。”波瓦洛说。他原来半闭着的眼睛忽然睁大了，颜色很绿：“要不是班尼迪克特·法利告诉我——”

他顿了一下，向周围那些没表情的脸环视一遍。

“你们应当了解，那天晚上发生的一些事我都不知道如何来解释。首先，为什么要强调我来时一定要把信带来？”

“证明您的身份。”康沃赛提出来见解。

“不对，不对，我亲爱的年轻人。真的，这种想法实在太荒谬了。一定还有一些更实际的理由。因为法利先生不单是在我来时要检查一下那封信，而且坚持在我离开前要把那封信留下。更离奇的是，他并没有把它毁掉！今天下午在他的文件中还找到了它，他为什么要保存它呢？”

琼娜·法利的声音插进来，“他想要是万一发生了什么事，这个怪梦的事就可以公布出来。”

波瓦洛同意地点点头。

“小姐，您真机灵。这就是——也只能是保留这封信的原因了。法利先生死后，这个奇怪的梦就会被人讲出来，这个梦十分重要。这个梦，小姐，是个关键！”

他接着说：“我再来谈谈第二点奇怪的地方。听了他的故事之后，我要求法利先生让我看看他的写字台和手枪。他好像刚刚要站起来领我去看，可忽然又拒绝了。他为什么要拒绝呢？”

这一次没有人作答。

“这个问题我再换个提法。旁边那间屋子里有什么东西法利先生不愿意让我看见呢？”

仍然是沉默。

“是啊，”波瓦洛说，“这个问题难以回答。而事实上又确实有原因——一些非常重要的原因。那间屋里有些他绝不能让我看到的东西。

“现在我再谈第三件令人费解的事。法利先生，在我告辞时，要我把那封收到的信交还给他。由于疏忽我把我的洗衣店女掌柜写给我的一封信交给了他。

他看了一下就把它放在身旁。我刚要走出屋子，发觉弄错了，又去纠正过来。”

他冲他们一个挨一个地望过来：“你们明白了吗？”

斯蒂令佛利特说：“我真不明白你那个洗衣店女老板娘跟这事又有什么关系，波瓦洛。”

“我的洗衣店女掌柜，”波瓦洛说，“非常重要。那个把我衣领烫坏的可怜女人，平生第一次对别人有点用。你们当然都知道法利先生看了一下那封信——一下子就可以看出这封信弄错了——可他却一点也不知道。为什么？因为他看不清楚！”

巴纳探长立刻问道：“难道他没戴眼镜吗？”

埃居尔·波瓦洛笑了：“戴了，”他说道，“他戴着眼镜。这才搞得怪有意思咧。”他向前探了探身，“法利先生的梦非常重要。您知道，他梦见他自杀了。过了一些时候，他当真自杀了。那就是说，他一个人在一个房间里，被发现身旁有一把手枪，而且在他开枪时，没有一个人进屋或从屋中走出来。这说明，他一定是自杀了，难道不是吗？”

“是自杀。”斯蒂令佛利特说。

埃居尔·波瓦洛摇摇头：“正相反，”他说，“是谋杀。一场不同寻常而且精心策划的谋杀。”

他又探身向前，手指敲着桌子，两眼碧绿而发亮。

“那天晚上，法利先生为什么不让我进他自己的房间？那间屋里有什么不能让我见到呢？我想，我的朋友们，那就是班尼迪克特·法利先生本人！”

他向那些目瞪口呆的面孔笑笑。

“嗯，嗯，我可不是在胡说八道。为什么跟我谈话的法利先生识别不出两封内容截然不同的信呢？Mesamis，因为他是一个有正常视力的人戴着一副度数很深的眼镜。那副眼镜可以使一个视力正常的人几乎变瞎……是不是这样，医生？”

斯蒂令佛利特喃喃地说：“当然，是这样。”

“为什么我在跟法利先生讲话时，我觉得自己是在同一个骗子说话呢，同一个扮演什么角色的演员说话呢？因为他就是在扮演一个角色！再琢磨一下那天的布景。昏暗的房间，戴绿灯罩的台灯亮光照得使人看不清坐在椅子上的人。我所看见的是什么呢——出名的布头拼的晨袍，鹰钩鼻子——是用化妆腻子糊的——一绺白头发，还有一副遮着眼睛的、度数很深的眼镜。谁能证明法利先生做过那个梦呢？只有法利夫人能作证。谁能证明班尼迪克特·法利在写字台里面藏着一把手枪呢？只有法利夫人说了算数。这是两个人干的一场骗局——法利夫人和雨果·康沃赛。康 沃赛给我写了那封信，跟听差交代之后就出了门，表面上是去看电影，可他自己有开门钥匙，出去一下立刻又回来了。回到他的屋子，化了装就扮演起班尼迪克特·法利来了。

“咱们再看看今天下午。康沃赛先生等待的机会到来了。楼梯口有两位证人可以发誓没人走进或走出班尼迪克特·法利的房门。康沃赛等待街上车辆来往频繁的时刻，然后他把身子探出窗外，用他从旁边房内写字台上偷来的那把长夹子，夹着一件东西贴在那间屋子的窗户上。班尼迪克特·法利走到窗前，康沃赛把夹子收回，正当法利探头向外看，外面正在过卡车时，康沃赛就用他准备好的手枪向他开了一枪。你们记得，对面是一堵墙。这场犯罪就没有任何见证人了。康沃赛等了半个多小时之后，拿起一些文件，把那夹子和手枪都藏在里面，走出房门来到楼梯口，又进入隔壁房间。他把夹子放回写字台上原处，把死人的手指印按在手枪上，把手枪扔在一旁，然后急忙奔出房间宣布法利先生‘自杀’的消息。

“他安排要把那封给我写的信找出来，然后我来到这里讲出那个梦的故事——这是我从法利先生嘴里亲耳听到的情况——关于他那个不寻常的梦——那股他感到迫使他自杀的奇怪的压力！一些轻信的人会议论催眠术理论，但得出的主要结论：毫无疑问地确信持枪的手是班尼迪克特·法利自己的手。”

埃居尔·波瓦洛的眼睛转向遗孀的脸——一张沮丧、灰白、惊恐失色的脸。

“到那时，”他最后轻声结束道，“就获得了幸福的结局。25 万镑和两颗同时跳动的心。”

斯蒂令佛利特和波瓦洛沿着北路府邸的侧边走着。他们的右边是工厂高大的平墙，左边上面就是班尼迪克特·法利和雨果·康沃赛两人的房间窗户。埃居尔·波瓦洛弯腰拾起一个小物件——一个黑猫玩具。

“Voila[①]，”他说，“这就是康沃赛用长夹子搁在法利窗口的东西，您还记得，他最讨厌猫吗？当然，他就会冲到窗口去。”

“康沃赛把它掉下去之后，为什么不出去把它拾回来呢？”

“他怎么能呢？那样做一定要受到怀疑的。何况即使这东西被找到了，人们又会怎么想呢？一定是哪家孩子到这里来玩，掉在这里的了。”

“对，”斯蒂令佛利特叹了口气，又说道，“你知道吗，老家伙，一直到最后一分钟，我都以为你要渐渐引到什么夸张的心理促成谋杀的微妙理论呢？我敢赌咒那两个家伙也是同样认为的！下流货，那位法利夫人。我的老天，她可真会撒谎！我倒很喜欢那个姑娘。有胆量，你知道，还有头脑。我想如果我要是追求过她，别人一定会说我是为了金钱追求她的。”

---

① Voila：法语，我的朋友们。

“您太迟了，我的朋友。那个位子上已经有人啦。她父亲的逝世给她打开了幸福之路。”

“全面地来说，她倒是很有干掉她这对讨厌的双亲的动机咧。”

“动机和机会可还不够，医生，”埃居尔·波瓦洛说，“这还必须有犯罪的坏品质。”

“我想，波瓦洛，如果你要是有朝一日犯罪的话，”斯蒂今佛利特说，“我敢保险你能逃之夭夭。说实话，对你来说，一定是轻而易举的事。我的意思是说就可能没事了，同样也一定是不光明正大的。”

“这，”波瓦洛说，“地地道道是个英国人的想法。”

（屠珍　译）

杜姆多夫事件

梅尔维尔·戴卫森·波斯特

开拓者并不是弗吉尼亚后面山脉里居住的唯一的人群。在殖民战争之后，陌生的外国人殖民到此。所有外国军队的士兵中不乏勇于冒险的人物，他们在这里扎根并且定居。他们在很多帝国瓦解之后带着布莱德克（Braddock）、拉赛尔（LaSalle）来到了墨西哥以北的地区。

我想杜姆多夫应该是同伊特贝德（Iturbide）在可怜的冒险家被倚墙击毙的年代跨越重洋来到这里的。但是他的血管中实际上根本没有属于南部的血统。所有的证据都显示他是来自于一些欧洲偏远而野蛮的种族。他有着男人标准的庞大身躯，留着黑色像铲子一样的胡须，宽厚的手掌和平坦结实的手指。

他利用皇室对丹尼尔·戴维森（Daniel Davisson）的许可和华盛顿（Washington）土地勘测的契机获得了一块楔形的土地。那是没有什么价值的一块土地，无疑他什么也得不到，河床完全被岩石占据，在北部山脉的后面，耸立着作为一切的制高点的最高峰。

杜姆多夫蹲坐在岩石上。当他让一切计划上马的时候，他必须有这样的能力。他需要去雇佣老罗伯特·斯蒂亚特（Robert Steuart）的奴隶，要在岩石建起石头屋，还要从查斯彼克（Chesapeake）的舰船那里得到家具。在他拥有的这块土地上，他在屋后面的山上种植了桃树。黄金花完了，但是魔鬼却一如既往地存在着。杜姆多夫用圆木盖起酒窖，将第一批成熟的果实酿成酒。一些无所事事的恶棍带着他们的石头水壶来到这里，罪恶也从此流淌开来。

弗吉尼亚政府地处偏远，军队则虚弱并且缺乏人手，但是掌管山脉以西的土地的矮小男人却是能干而敏捷，他们受到乔治许可，肆无忌惮地对抗当地的原住居民，而后更是对抗乔治本人。他们很有耐心，但是当这些耐心失去的时候，他们就从原处的地位跳出来，对土地做一些以往无法做到的事。

有一天，我的叔父阿伯纳（Abner）和乡绅雷德福（Randolph）骑马穿过山谷去处理杜姆多夫的事情。杜姆多夫酿制的酒，充满了伊甸园和推动犯罪的气息，使人无以抗拒。喝得烂醉的黑人向老邓肯（Duncan）的牲口开枪并烧掉了他的干草堆。

两个人骑马独行。雷德福是个自以为是的家伙，任何词语用来形容他的浮夸都是不足够的，他称不上是一个绅士，害怕对于他来说，就像外国人一样陌生。而阿伯纳却是这片土地上举足轻重的人物。

这是初夏的一天，太阳非常温暖。他们经历了山里的春天，在大片栗子树的树阴中沿着河水追溯。这条路是唯一一条马可以行走的路径。当岩石越来越多，已经不适于行走的时候，他们远离了河水，选择了从桃树林里绕道而行，并最终到达了山腰上的小屋。雷德福和阿伯纳从马上下来，为他们的坐骑解下马鞍，任他们到外边自己去吃草。他们和杜姆多夫谈论的事情不会超过 1 个小时，在那之后，他们会再沿一条艰险的路离开这座山腰小屋。

一个骑杂色马的男人在门前徘徊。他是一个憔悴的老人。他坐在那里，手掌紧紧地扶在鞍的圆头上，一动不动。他的下巴陷在黑色衣料中，他的表情显示出，他似乎正在回想着什么，风轻柔地吹着他银色的卷发，他的坐骑——健硕的红马——站在那里，看上去像是一尊雕塑一般。

通往房间的房门紧紧的关着，没有一点儿声音传来；昆虫在阳光下活动，由一个静止不动的人形映出的人影缓缓地爬行着，一大群黄色蝴蝶像由军队调度成群结队地行动。

阿伯纳和雷德福停住脚步，他们知道，眼前的人正是意味着悲剧的人物——巡回牧师，他在这一带，鼓吹以赛亚[①]的恶言，就好像他是好战的报仇君主的代言人，还好像维吉尼亚的政府是国王的可怕神政一样。从马和老人疲惫的外表上，很容易看出他们刚刚经历了长途跋涉。

“布朗森，”阿伯纳说，“杜姆多夫在哪儿?”

老人抬起头，透过鞍的圆头俯视阿伯纳。

“这，”他说，“‘他在夏日的房间，隐藏了双脚。’”

阿伯纳上前敲了敲关闭着的门，眼前出现了一张苍白的女人的面孔，惊恐地从屋里望向他。她是一个个头不高风韵不再的女人，虽然依然拥有美丽的金色头发，宽阔的外国式的面容，但是却明显带有病容。

---

① 以赛亚：希伯来的大预言家、先知。

阿伯纳重复了一遍他的问题。

“杜姆多夫在哪?”

“哦，先生，”她用含混不清的口音回答，“他在午餐后到他朝南的房间里小睡去了，这是他的习惯。我则到果园摘些已经成熟了的水果。”她犹豫着，她的声音越来越小，更像是喃喃自语，“如果他不出来，我是不能叫醒他的。”

两个人跟随她穿过大厅来到楼上杜姆多夫房间的门前。

“在他睡觉的时候，”她说，“他的门总是上锁的。”她用指尖轻柔地敲着门。

没有回应，雷德福慌乱地扭着门把手。

“出来，杜姆多夫!”他大声地吼着。

依然是除了沉默的回应，什么也没有。随后，雷德福用他的肩膀，把门撞开。

他们进入房间，阳光透过南面的窗口洒满了整个房间。杜姆多夫躺在偏向房间一侧的床上，在他胸前赫然呈现着一大片猩红色，在地板上，已经形成了一个血泊。

女人在一旁目不转睛地站了一会儿，随后大声地哭了出来：

“他是我杀的!”然后，她像受惊的野兔一样跑开了。

两个男人把门关上来到床边。杜姆多夫是被射杀的。在他的背心上，有一个形状不规则的大洞。他们开始四处寻找杀人凶器，没有多长时间，便发现了它——一把放在两片山茱萸叉之间倚墙而立的捕鸟枪。枪不久前刚刚被使用过，在击铁下面还有新鲜的爆破痕迹。

屋内只有很少几样摆设——地面上的一块机织地毯；木制的百叶从窗户拉下来，很大的橡木桌子，上面放着又大又圆盛放着液体的玻璃水瓶，液体的质地清澈透明，看起来像泉水，闻上去却是辛辣的气味儿，某个人必定是用它代替了杜姆多夫原来有的东西。太阳照射着它和对面那面挂起刚刚要了人命的武器的墙壁。

“阿伯纳，”雷德福说，“这是谋杀！一个女人拿着墙上的那柄枪，在杜姆多夫熟睡的时候将其射杀。”

阿伯纳站在桌子旁边，手指环绕着下巴。

“雷德福，”他回答说，“是什么把布朗森带到这里的?”

“同样带我们来到这里的暴行，”雷德福说。

“那个疯狂年老的巡回牧师在这座山的范围内讨伐杜姆多夫。”阿伯纳回答，他的手指依然没有离开他的下巴。

“你认为是这女人杀死的杜姆多夫？好吧，让我们去问问布朗森，到底是谁杀死他的。”

他们把尸体留在他的床上，关了门，到下面的庭院中去了。

老巡回牧师栓好了马，拿起了一把斧头。他脱掉外衣，挽起衬衫袖子，准备毁掉一桶一桶的酒。当两人走出来，阿伯纳叫住他，他才停了下来。

“布朗森，”他说，“谁杀死了杜姆多夫？”

“是我，”老人答道，随后就是长时间的沉默。

雷德福轻声祷告，“全能的主啊，”他说，“每个人都不可能杀死他！”

“谁能告诉我，到底有多少人参与了？”阿伯纳回答说。

“现在已经有两人公开承认了，”雷德福喊道。“会不会还有第三个？这样说来，阿伯纳，杀死他的人也许会是你？我也有可能？先生，这事是不可能的！”

“这里的不可能，”阿伯纳说，“看上去却像是事实，跟着我，雷德福，我会向你展示一件比这更加不可能的事情。”

他们回到屋里，来到楼上的房间。阿伯纳把身后的门关上。

“看看这个门闩，”他说，“它是在里面的，并且和锁并不相连。那个杀死杜姆多夫的人在上了门栓之后，是怎么进入到房间里的？”

“通过窗口。”雷德福说。

那里有两个面向朝南的窗户，太阳从那里照进来。阿伯纳让雷德福来到窗前。

“看！”他说，“房子的墙壁与岩石的光滑表面垂直，这里距河有一百英尺，而岩石光滑得像玻璃一样。这还不是全部，看这些窗户的窗框，它们被粘合剂牢牢拱顶，上面落满了尘土还有蜘蛛网缠绕。这些窗户已经很久没有打开过了，杀人者是怎么进来的？”

“答案是明显的，”雷德福说，“杀死杜姆多夫的人躲藏在房间直到他睡着，然后向他开枪最后再离开。”

“没有比这个更好的解释了，但是有一件事，”阿伯纳回答道，“在凶手离开的时候，他又是如何将门从里面拴住的呢？”

雷德福用双臂做了一个表示绝望的姿态。

“谁知道？”他喊道，“大概杜姆多夫是自杀的。”

阿伯纳笑了笑。

“而且在射穿他的心脏之后，他竟然还能留下来，把枪小心地放回叉中去，并让它靠在墙边。”

“好了，”雷德福喊道，“这个神秘事件实际上是有路可走的，布朗森和那个女人都说，他们杀死了杜姆多夫，如果真是他们杀的，他们必定知道手法，我们可以下楼去问问他们。”

“在法院里，”阿伯纳答道，“一切过程必须考虑它是否合理，是否健全。但我们是在上帝的法院里，这里的做法自然有些不同之处。在我们去之前，如果可以，我们最好先找出杜姆多夫的死亡时间。”

阿伯纳走上前去，从死者的口袋里拿出一块银表。它已经在枪击中损坏了，指针停留在午后1点的位置上。他在那儿站了一会儿，不停地揉搓自己的下巴。

“在1点钟，”他说，“我想布朗森正在来这里的途中，而那个女人也应该在山上的桃林中。”

雷德福耸了耸肩。

“为什么要在思索这件事上浪费时间呢，阿伯纳，”他说，“我们知道是谁干的，让我们去从他们自己的嘴里了解整个故事。杜姆多夫必定死于布朗森或者那个女人其中一人之手。”

“我明白，”阿伯纳说，“但是我们必须遵循那个威严的法律才行。”

“什么法律？”雷德福问，“是弗吉尼亚的法令吗？”

“它是更高更有权威一些的法令，”阿伯纳说，“用它的话说‘如果他是被剑杀死的，那么他必须是被剑杀死的。’”

他走上前去，拉住雷德福的胳膊。

“必须！雷德福，你有特别注意这个词‘必须’吗？它是一个强制性的法律。在那里，没有机会和运气的任何空间。围绕这个词，我们没有别的路可以选择，因此，除了我们播种的，我们什么也不会收获；除了我们给予的，我们什么也不会获得。它就像握在我们自己手里，最终会毁掉我们的一把武器。你需要好好了解这些。”他转过身，面对着桌子、凶器和尸体。“‘如果他是被剑杀死的，那么他必须是被剑杀死的。’现在，”他说，“让我们尝试法院的做法。你的信仰也会在这些方法所闪耀的智慧中得到体现。”

他们找到老巡回牧师时，他依然在毁坏杜姆多夫的酒桶，用斧头极快地砸向橡木。

“布朗森，”雷德福说，“你是怎么杀死杜姆多夫的？”

老人停下，拿着斧头站在那里。

“我杀了他”，老人说，“就像以利亚杀死了 Ahaziah 的首领和他的五十个手下一样。但不是通过任何一个人的双手，而是我乞求上帝毁灭杜姆多夫，用天堂的火焰毁灭他。”

他站起来张开他的双臂。

“他的双手沾满了鲜血，”他说，“从邪神的小树林那里，带着他可憎恨的东西激起人们去争论、冲突和谋杀。寡妇和孤儿们哭喊着老天惩罚他。‘我清楚地听到了他们的哭喊，’是写在书中的允诺。这片土地厌恶他；我们祈求上帝用天堂的火焰毁灭他，就像他毁灭蛾摩拉城的居民一样①！”

---

① 源出《旧约》《创世纪》，因该城居民罪恶深重而与 Sodom 城同时被神毁灭。

雷德福做了一个难以置信的姿势，而阿伯纳的脸上则显出深沉难以捉摸的表情。

“用天堂之火!”他对自己慢慢地重复着这句话。随后阿伯纳问了一个问题。“不久以前，”他说，“在我来到这里的时候，我曾经问你杜姆多夫在哪里，你用《旧约》中《民长记》第三章中的话作为回答。你为什么要这样回答我，布朗森？——‘他在夏日的房间，隐藏了双脚。’”

“那个女人告诉我，他上楼睡觉之后，一直没有下来。”老人答道，“门也是上了锁的。于是我知道，他死在他的夏日房间就像摩押的国王以隆（Eglon）一样。”

他伸出的他的臂指向南部．：

“我从大峡谷来到这里，”他说，“为的就是砍光邪神的小树林，倒空可憎之物。但是我没有想到上帝听到了我的祷告，并在我踏进这个山谷寻找他的时候惩罚杜姆多夫的罪孽。当那个女人告诉我的时候，我才知道。”说完之后，他向马走去，把斧头丢弃在已被毁坏得面目全非的酒桶之间。

雷德福打断了僵持。

“来，阿伯纳，”他说，“这是在浪费时间。布朗森根本没有杀害杜姆多夫。”

阿伯纳用他低沉的嗓音缓缓地回答道：“你已经知道杜姆多夫是怎样死的了吗，雷德福?”

“至少，不是天堂之火。”雷德福说。

“你确定，”阿伯纳反问道，“雷德福?”

“阿伯纳，”雷德福说道，“你很喜欢开玩笑，但我是很认真的。一个触犯了国家法律的罪行在这里发生了，我是司法官员，我的任务是尽我可能地找到凶手。”

雷德福说完，向房子走了过去，阿伯纳在后面跟了上去。他的手背在身后，他宽阔的肩膀随意地摇晃着，他的嘴角露出严酷的笑容。

“和老传教士的交谈没有起到任何作用，”雷德福接着说，“只能任凭他倒光酒之后离开。我不能对他做任何担保，一个祈祷的人很可能利用手边的工具进行谋杀。阿伯纳，但在维吉尼亚的法令中，那并不属于致命的武器。杜姆多夫死的时候，老布朗森正拿着圣经走在赶往这里的途中。是那个女人杀死的杜姆多夫。我们应该在她身上开展调查。”

“正如你喜欢的，”阿伯纳回答道，“你的信念仍然停留在法院的行事方法上。”

“你能想到更好的方法吗?”雷德福说。

“或许，”阿伯纳回应，“在你做完之后。”

夜晚降临在这个山谷，两个男人进到房间中，准备将尸体埋葬。他们拿着蜡烛，并且造了一具棺材，把杜姆多夫的尸体放了进去，躯干摆直、双手交叉放在胸前。然后他们把棺材安置在大厅的长椅子上。

他们没有关门，在起居室生起炉火，并在它前面坐下，通红的炉火照亮了整个曾经属于过死者的房间。女人已经在桌子上放上了冷盘肉、极好的干酪和一块面包。他们没有看到她，但是听到了她在房间内活动时发出的脚步声。最终，在这个简陋的法庭外面，她停住叫门。随后，她进了屋，穿着旅行衣物。雷德福从坐椅里一跃而起。

“你要去什么地方？”他说。

“到海边去，还有船，”女人回答。然后她伸手指着大厅，“他已经死了，我自由了。”

她的脸上突然出现了光彩。雷德福向她的方向迈进了一步。他的声音洪亮而尖锐。

“谁杀死了杜姆多夫？”他喊道。

“是我，”女人答道，“这很公平！”

“公平！”来自正义回声，“你这么说是什么意思？”

女人耸耸肩膀，用手做了一个外国的姿势。

“我记得曾经有一位年龄很大很大的老人坐在有充足阳光的靠墙的地方，还有一个小姑娘，和一个陌生人。他走过来，和老人说了很长时间的话，在小姑娘摘了鲜艳的黄色花朵回来的时候，他还把那些花别到她的头发上。最后，陌生人给了老人一条金链，并带走了那个小姑娘。”她猛地挥着手，“哦，杀了他是绝对公平的！”她的眼中闪着奇异的光彩，嘴角上却挂着悲惨的微笑。

“那位老人也许现在已经去世了，”她说，“但是我也许还能找到那座墙的所在，依然有阳光照着那里，草地上还有黄色的花朵。而现在，我还能做到吗？”

这是讲故事者的艺术法则，他们不真的讲述故事，而是让听者自己去讲这个故事。讲故事的人唯一要做的，是给听者提供启发。

雷德福站起来，在地板上踱着步。在这个所有政府官员都被贵族占据的时代，他是一名维护和平的治安法官。他身上背负着法律赋予给他的沉甸甸的责任。如果他能获得一些特权，他将可以怎么处理呢？现在，眼前的这个女人就是不容置疑的嫌疑杀人犯，而我能让她走吗？

阿伯纳坐在壁炉边上，一动不动，他的胳膊很舒服地放在椅子扶手上，他的手支住下颌，他的脸部线条勾勒出一张乌云密布的面容。雷德福已经被自夸的弱点攥住，但是他仍然为自己背负着属于他的责任。他望着女人，那么苍白，就像传说中从预言中所描写的从太阳上的地牢逃跑的囚犯。

火光跳动着，经过她的身旁，投射到放在大厅长椅上的棺材上面。天堂的公正冲进房间，完全征服了他。

“是，”他说，“走吧！在弗吉尼亚，没有陪审团会难为一个对恶棍开枪的女人。”他伸出胳膊，用手指指着尸体的方向。

女人笨拙的屈膝一礼。

“谢谢你，先生。”她吞吞吐吐地，“但是我并没有对他开枪。”

“没有开枪！”雷德福大喊，“为什么，那个男人的心脏已经成为一个难解之谜！”

“是的，先生，”她像个孩子一样语言简单，“我杀死他，但不是开枪打死的他。

雷德福迈了两个大步子，来到女人面前。

“没有开枪打他！”他重复着，“以上帝的名义，你是否杀死了杜姆多夫？”

他的声音充斥了房间的每一处。

“我很愿意向你展示，先生，”她说。

她转身离开了房间。随后她拿来了一条折叠起来的亚麻毛巾，把它放在面包和干酪之间。

雷德福站在桌边，女人用灵巧的手指把那个包裹着致命东西的毛巾打开，那个东西此时正没有遮盖地放在那里。

那是一个做工粗糙人型蜡偶，被一根针刺穿了胸部。

雷德福深深吸了一口气。

“魔法！永恒的魔法！”

“是，先生，”女人用她孩子般礼貌的声音说道，“我已经尝试了很多次去杀死他——哦，非常多次！——用我所记得的咒语，但是都失败了。最后一次，我用蜡做成他的模型，然后用针刺穿他的心脏，于是我这么快就把他杀死了。”

这像白天一样清楚明白了，即使对雷德福来说，这个女人也是清白无辜的。她那一点点根本无害的魔法是孩子杀恶龙时的微不足道的努力。他在开口之前犹豫了一下，他决定要像一个绅士一样。他是否应该帮助这个孩子相信，她对稻草施的法术已经杀死了恶魔——当然，他应该让她相信。

“先生，我现在可以走了吗？”

雷德福用惊讶的眼神看着女人。

“你不害怕，”他说，“深夜、山谷，还有漫长的路？”

“不，先生，”她回答，“上帝无处不在。”

这是那个已死的人传达出的可怕含义——这个半大的孩子相信，世界上所有的罪恶，随着他的死去已经完全消失了，天堂之光洒满了每一个角落。

这是一个两个男人都不愿意粉碎的信仰，他们让她走了。过不了多久，天就亮了，通往切萨皮克（美国弗吉尼亚州东南部城市）的山路也要开放了。

雷德福帮她上了马之后，回到火炉边坐下。他用一根拨火棍轻轻敲打炉膛，把它弄疏松。最终，他说道：

“这件事是我所遇到的最离奇的一件，”他说，“其中包括一个疯疯癫癫的老传教士，他认为自己引来了天堂之火杀死了杜姆多夫，就像以利亚一样；还有一个单纯得像孩子一样的女人，她认为自己用中世纪时的魔法杀死了他——每一个对于杜姆多夫的死都像我对于他的死一样清白。而那个恶棍却永远地死去了！”

他用火棍敲打着炉膛，举起它，让它从手指的缝隙中漏下去。

“某个人开枪打死了杜姆多夫，但是这个人是谁？而且他是怎么进到上了锁的房间里，又是怎么从那里出来的？这个杀死杜姆多夫的凶手一定是进到房间内将他杀害的。现在要考虑的是，他是怎么进去的？”他像是在对自己说话，但是坐在火炉边上的叔叔答到：

“通过窗口。”

“通过窗口！”雷德福重复着，“为什么，是你亲自向我展示的，那扇窗子根本没有打开过，而且下面就是悬崖，连昆虫都很难在上面攀爬。你现在是要告诉我，那扇窗子实际上是打开过了吗？”

“不是，”阿伯纳说，“它从没有打开过。”

雷德福跳了起来。

“阿伯纳，”他喊道，“你的意思是说杀害杜姆多夫的人可以在光滑的墙壁上攀爬，并且没有破坏窗框上的尘土和蛛网，通过一扇紧闭的窗户进入的房间？”

我的叔父看着雷德福的脸。

“杀害杜姆多夫的凶手做了更多，”他说，“凶手不仅攀爬悬崖，通过紧闭的窗户进入房间，而且射杀了杜姆多夫并且又通过紧闭的窗子离开了房间，没有留下一丝线索，更加没有破坏窗框上的尘土和蛛网。”

雷德福默默发誓。

“这是不可能的！”他喊道，“在今天的弗吉尼亚，没有人能通过妖术或上帝的诅咒被置于死地。”

“通过妖术，不，”阿伯纳说，“但是通过上帝的诅咒，我想就是这样的。”

雷德福用左手牢牢地握着他的右手。

“万能的上帝啊！”他喊道，“我宁愿相信有凶手可以完成这样的谋杀，也不愿他是来自地狱的淘气鬼或是来自天堂的天使。”

“很好，”阿伯纳镇定地答道，“当他明天回来的时候，我将会告诉你，谁是杀害杜姆多夫的凶手。”

天亮了，他们在桃林里挖了一个坑，将死去的人依山而葬。中午时分才结束这个工作。阿伯纳扔下铁锹，抬头看了看太阳。

“雷德福，”他说，“我们去埋伏，等待凶手出现，他正在来这的途中。”

这是最奇怪的埋伏了，他们回到杜姆多夫的房间，拴上门，然后把鸟枪小心地放回墙边。在这之后，他又做了一件奇怪的事：他拿出死者被害时穿着的血衣，在里面放进一个枕头，并把他放在床上，那里正好是杜姆多夫睡觉的地方。当他做完了这些事，雷德福已经吃惊不小，阿伯纳开口，说：

“你看，雷德福……我们是给凶手设计一个陷阱……随后我们就可以立刻抓到他。”

“看啊!”他说，“凶手从墙那里过来了!”

但是雷德福什么也没有听到，什么也没有看到。进入房间的，只有阳光而已。阿伯纳的手紧紧地抓住他的胳膊。

“它就在这儿！看!”他指着墙壁。

雷德福顺着手指的方向，看到一个小巧明亮的光碟缓缓地爬上了墙头，照射到鸟枪上。阿伯纳的手就像一把老虎钳，他的声音听上去像是由金属发出的。

“‘如果他是被剑杀死的，那么他必须是被剑杀死的。’这是一个水瓶，装满了杜姆多夫的酒，它会聚了阳光……看，雷德福，布朗森的祈祷就是答案!”

小光盘移动枪闩上。

“这就是天堂之火!”

鸟枪巨响了一声，雷德福看到杜姆多夫的衣服从床上跳了起来，上面被射穿了一个洞。枪还在他原来所在的位置，在房间的角落指向床的位置，被聚焦的阳光点燃了雷管。

雷德福摊开双手摆了个姿势。

“这就是世界，”他说，“充满了上帝安排下的神秘的事件!”

“这就是世界，”阿伯纳重复道，“充满了上帝安排下的神秘的事件!”

逃出十三号牢房

雅克·福翠尔

瑞森博士吸着烟，想了一阵子。“就拿监狱来说吧，”他说，“没有人只靠‘想’就能逃出监狱。如果可以的话，监狱中早就没囚犯了。”

“我还是那句话，一个人绝对能靠他的头脑逃出牢房。”思考机器不耐烦地说。

瑞森博士开始觉得有点意思了。“假如，”他想了一下说，“有个人被判了死刑，关在监狱里，理所当然会只想着要逃出去——如果你是这个犯人，你逃得出去吗？”

“没问题。”思考机器肯定地说。

“当然，”菲尔丁博士第一次说话，“你可能会用炸药爆破牢房，但是在监狱中，他们不会给你机会让你拿到炸药。”

“我不会那样做，”思考机器说，“你们可以把我当成一般的死刑犯看待，而我仍能逃离监狱。”

“你不能事先将脱逃工具带进去。”瑞森博士说。

听到瑞森博士说的话，思考机器显然有点恼怒了，干脆把仅仅睁开一条小缝的蓝眼睛也闭了起来。“无论什么时候、无论哪一所监狱，仅带必备的衣物，我都能在一个星期内脱逃。”他一字一板地说。

菲尔丁博士又点燃了一根雪茄。

瑞森博士挺直身子，显出很有兴趣的样子，“你是说，你真的只用脑子想就能越狱？”他再问。

“我能。”思考机器回答。

“你能证明你说的话？”

“可以。”思考机器的语气没有任何变化。

瑞森博士跟菲尔丁博士又互望一眼。“你愿意试一试？”菲尔丁博士问。

“当然，”范杜森教授回答，语气中带上了讽刺的味道，有些冲，“为了证实我的理论，我干过许多比这更离谱的事。”

此时似乎双方都动了肝火。当然，如果真的要范杜森教授从监狱里逃脱，这件事就太荒谬了，可是范杜森教授坚持，他愿意去监狱以证明自己的理论，所以事情就这么定下来了。

“那就从现在开始吧。”瑞森博士说。

“我想从明天开始，”思考机器说，“因为——”

“不行，就从现在开始，”菲尔丁博士打断了思考机器的话，冷淡地说，“你被逮捕了，关在牢房里——没有一个死刑犯在做好了准备之后才被逮捕的——所以你没有事先得到警告，也无法跟朋友联络，你受到的对待就跟任何一个死刑犯一样。这样你同意吗？”

“好，既然你坚持，那就从现在开始吧。”思考机器站起来说。

“就假定你被关进奇泽姆监狱的死牢。”瑞森博士说。

“那就奇泽姆监狱的死牢吧。”

“你要带什么随身的衣物？”

“越少越好，”思考机器说，“鞋、袜子、裤子、一件上衣。”

“你允许狱警搜身，对吧？”

“你可以把我当成一般囚犯对待，我要求不多也不少。”思考机器说。

说是实验，其实也不是很简单的事情。在这场实验真正开始进行前，有些法律和程序上的事情要安排，比方说需要得到市政府及奇泽姆监狱的允许等等。不过他们三位教授都是相当有名望和影响力的人，市政府的一些官员只是打了几通电话就同意了，只有负责监狱的市政府官员那边费了很大的力气。教授对他说这只是一场科学实验，官员被说得晕头转向，虽然没弄清楚情况但是仍旧答应了。答应了之后他就对监狱长说，范杜森教授将是奇泽姆监狱有史以来最尊贵的犯人。

在确定入狱之后，思考机器准备好了入狱时允许带的东西，然后把女佣兼管家叫了过来。

“玛莎，”他说，“现在是晚上九点二十七分，我要出门去。一个星期之后的今天，在晚上九点三十分时，这两位先生，可能还另有一两位客人，会在此共进晚餐。记住了，瑞森博士最喜欢吃朝鲜蓟。”

交代完玛莎之后，范杜森教授就和另外两位博士碰头，然后三个人一起乘车来到了奇泽姆监狱。

监狱长早就收到命令准备好等着他们了。他只知道尊贵的范杜森教授将是他的犯人——如果他看得住的话——为期一个星期。也就是说，虽然范杜森教授并没犯什么罪，可是他一定要将教授当一般囚犯对待。

进入了监狱之后，瑞森博士对监狱长说：“可以搜身了。”

于是监狱长叫来警卫对思考机器搜身。思考机器的裤兜被清空了，他的白色上衣没有口袋，于是把鞋和袜子脱下来接受检查之后再穿上。搜身结束了，思考机器身上什么东西都没有。

瑞森博士站在一旁，看到了思考机器虚弱的身子、毫无血色的面孔、瘦削白皙的双手，他不禁怜悯起思考机器来。

“你真的要这么做？”他问。

“如果我不进行这场实验，你会相信我能脱逃吗？”思考机器反问他。

“不会。”

“好，那就继续吧。”听到思考机器这种使人恼火的回答，瑞森博士仅有的一丝同情也全消失了。他一定要将实验进行到底。

“他有没有办法跟外界联系呢？”瑞森博士下定决心了，于是问监狱长。

“绝对不可能！”监狱长说，“他没有任何能写字的东西。”

“你的狱警会帮他传递信息吗？”

“一个字都不会，无论是直接的还是间接的。”监狱长说，“这一点你放心好了，他说的每一个字狱警都会向我报告。”

“看起来这地方防卫得很严密。”菲尔丁博士兴致勃勃地说。

“当然，如果他承认逃脱失败，”瑞森博士说，“要求放他出去，你可以放他走。”

“我明白。”监狱长回答。

思考机器原本只是静静地站在一旁听，听到这时他开口了，“我有三个要求，你可以准许或不准许，由你决定。”

“不能要求特别许可。”菲尔丁博士警告思考机器。

“我不会提过分的要求。”思考机器坚定地说，“我只是要一些刷牙粉——你去买给我就行，我真的只是要一般的刷牙粉——还要一张五美元和两张十美元的钞票。”

听到思考机器的要求，瑞森博士、菲尔丁博士及监狱长三人交换了一个惊讶的眼神。要求刷牙粉是可以理解的，可是三张钞票有什么用呢？他们都很疑惑。

“你手下的狱警有没有什么人能被二十五美元收买？”瑞森博士问监狱长。

“就是用两万五千美元也不可能收买他们！”监狱长回答。

“好吧，就给他这些东西，”菲尔丁博士说，“我看不出有什么不对劲的地方。”

“你的第三个要求呢？”瑞森博士问。

“我要求把我的鞋子擦亮。”思考机器说。

三人再次交换了惊讶的眼神。虽然这个要求有点匪夷所思，但他们考虑了一下，把鞋子擦亮似乎并不影响什么，于是马上就同意了。在安排人去买刷牙粉和擦鞋子的时候，监狱长把思考机器带入了监狱里的一间牢房。

“这是十三号牢房，”监狱长带他们穿过三道钢门后说，“我们关死刑犯的地方，没有我的准许，没有人能够出来。关在这里的犯人也不准跟外面联系——我以我的名誉担保这里的安全。特别是，这里距离我的办公室只隔了三道门，有什么不寻常的声响我都听得到。”

“这间牢房你们满意吗？”思考机器用讽刺的口气问瑞森博士和菲尔丁博士。

“满意极了。”瑞森博士和菲尔丁博士也语气不善地回答。

于是沉重的钢门被拉开，思考机器走入了昏暗的牢房。接着钢门关上，监狱长在门上加了两道钢锁。这时，一阵细小而又急促的奔跑声传了出来。

“那是什么声音？”瑞森博士站在栅门外问。

“老鼠，成打的老鼠。”思考机器嘲弄地说。

门外，监狱长和两位博士相互道过晚安之后正要转身离开，思考机器在门内叫住了他们，问：“现在几点了，监狱长？”

“晚上十一点十七分。”监狱长回答说。

“谢谢。一个星期之后的晚上八点半，我会在你的办公室跟这些绅士再见面的。”思考机器自信满满地说。

“如果你办不到呢？”

“没有‘如果’这回事。”

奇泽姆监狱是座宽阔而庞大的花岗岩建筑，共有四层。建筑的四周是十八英尺高的花岗岩围墙，墙壁内外平滑如镜，连攀岩高手也无法徒手爬上去。墙壁的最上面还有五英尺长的尖锐钢条围成的栅栏。这道围墙就是自由人与囚犯之间不可逾越的界线，即便有人能从牢房逃出来，也不可能翻越它。

牢房与墙壁之间有大约二十五英尺宽的空地，是那些允许自由活动的囚犯白天活动的地方，但是住在十三号牢房的囚犯则无此权利。空地周围不论昼夜都有四个持枪警卫到处巡逻，每人负责空地的一角。

空地周围的角落里每处都有一台高高架起的巨大弧光灯，夜里就朝四周不停地扫射，于是，到了夜间这些空地几乎跟白天一样明亮。每位警卫都能清晰地看到空地的各个角落。

思考机器在入狱之前已经清楚地了解了这些警戒设施，不过现在他只能从牢房上方装有钢条的小窗子向外看。

看着看着，黑夜过去，清晨到来。这是他入狱之后的第一个早晨。他看到一只水鸟在天空中飞翔，隐隐约约还可以听到船的马达声。于是他猜想河道就在围墙外不远的地方。从同一个方向还传来了男孩玩耍时发出的呼喊声。他知道在围墙和河道之间，一定是块可以玩耍的空地。

奇泽姆监狱是公认最牢不可破的监狱，从未有人从这里逃脱过。思考机器躺在床上四处张望，他猜牢房的墙壁是二十年前建造的，旧旧的，但仍然非常坚固；窗户上的钢条大概是新装的，一丝铁锈都没有；窗户不大，把钢条拆下来再钻出去的难度相当高。

墙壁的坚固和窗户的狭小并没使思考机器泄气，相反，他眯起眼睛，仔细观察那台巨大的弧光灯。现在外面阳光充足，他可以清楚地看到一根电线将弧光灯和监狱大楼连接起来。他推测那根电线就在离这间牢房不远的墙上。思考机器认为发现了电线的位置可能可以帮助他越狱。

思考机器看腻了窗户，就把注意力转了回来。十三号牢房既不在地下室，也不在高层上，它跟监狱办公室一样在一楼。思考机器还记得当时进来的时候，走上四级石阶就能到达监狱长的办公室，因此牢房的地板可能只比地面高三四英尺而已。他无法从窗口看到挨近十三号牢房外墙壁的地面，可是再往远处看，就能看到监狱外墙脚下的地面——所以，从窗口跳到地面应该是件容易的事。

接着，思考机器仔细回想他进来的时候看到的，十三号牢房外面究竟都有哪些设施。

首先，监狱外墙有个建在墙壁内的警卫岗亭，亭上有两道沉重的钢制门，无论什么时候都有警卫值班。他当初是先通过一道门，确认身份之后，再经过监狱长允许，第二道门才打开，让他们进入监狱。监狱长的办公室在监狱的主体建筑群中，要从室外空地走进监狱长办公室，得通过一道全钢打造的重门，门上有一个窥视孔，办公室里的人不开门也能看到外面。如果要从监狱长办公室到十三号牢房，得先通过一道木门和两道钢门进入走廊，到了走廊就是十三号牢房的门了，只不过门上有两道锁。

思考机器重新计算了一次，从他现在待的十三号牢房要经过七道门，才能走到外面成为一个自由人。当然，他要走出去的话，重要的问题不是那几道门。因为他并非总是一人独处，早上六点狱警会送早餐来，正午时分送午餐，晚餐则在傍晚六点钟，晚上九点还会有人来巡房一次。

而且不仅仅是门与巡查的问题，这间牢房内除了一张铁床之外，什么东西都没有。铁床还非常牢固，除非拿铁锤用力敲或用锉刀锉，否则根本就拆不开——没有任何工具的思考机器当然拆不开。室内也没有椅子、桌子、铁皮或瓦器。甚至当他进餐时，狱警就站在门外看，吃完后把盛饭菜的木盆收回。

"这个监狱的监管系统安排得很好，"思考机器不得不在心中称赞一番，"等出去之后，我一定要好好研究一下，没想到监狱管理还有这么大的学问。"

称赞之后，思考机器把以上几个状况都考虑了一遍，然后再次仔细检查他的牢房。他爬上床，从天花板开始到四周的墙壁，他看过了每块砖头以及砖头中间的水泥，没发现砖头有任何松动。于是他在地板上到处反复跺脚，发现地板是一整块坚固的水泥地。

检查完毕，他坐在铁床上开始了漫长的沉思。对奥古斯都·范杜森教授这部思考机器来说，总算有值得思考的东西了。

突然间，有只老鼠跑过他的脚背，打断了他的沉思。他看到老鼠跑到牢房一个黑暗的角落里不见了。思考机器眯起眼睛仔细注视老鼠消失的地方，看到许多小眼珠在黑暗中窥视着他。他数了一下，一共有六对，如果有更多的话他就看不清楚了。

思考机器依然坐在床上，但是他却发现牢房的钢栅门跟地面之间，有个两英寸高的空隙。他注视着那道空隙，身子突然向有老鼠的角落逼近。角落传来一阵奔跑的细碎声音，还有一些老鼠受惊的尖叫声，声音响了一会就没了。

他看得很清楚，老鼠并没从门下的空隙跑出去，而是全都不见了。这里肯定有可以离开这个牢房的途径，虽然可能那只是个小洞。思考机器没有犹豫，立刻趴在地上搜查，用他细长的手指在黑暗的角落里摸索。

最后，他在墙角找到了一个缺口，一个比一块钱银币稍大的圆洞，老鼠就是从这里跑出去的。他把手指伸进那个小洞，小洞里面摸起来好像是个废弃不用的排水管，里面很干燥且满是灰尘。

他对这个发现感到很满意，坐回床上又沉思了一个多小时，然后再次通过小窗口观察外面的情况。这时外墙的警卫正好望过来，看到思考机器的头出现在十三号牢房的窗口，可是思考机器并没看到警卫。

正午时分，狱警送来了令人生厌、寡淡无味的牢饭。平常在家时，思考机器对饭菜就没什么要求，虽然牢饭味道很差，他也二话不说拿起就吃。吃饭的时候他还跟等在牢门外，盯着他的狱警交谈起来。

"在过去的几年中，这个地方有什么改变吗?"他问。

"没什么，"狱警知道他不是真的犯人，于是和善地回答，"四年前建了新墙。"

"牢房本身呢?"

"牢房外的木墙重新用油漆过了，七年前我们翻修了一次下水道系统。"

"噢!"思考机器问，"河离这儿有多远?"

"大概有三百英尺吧。外墙与河道之间有个孩子们用的棒球场。"说到这里，狱警脸上露出了警惕的表情，思考机器看到了，也就没有再问问题了。

思考机器吃完了饭，当狱警收拾好要离开时，思考机器问能否给他一些水。"我很容易口渴，"他解释说，"你能否留下一小盆水给我?"

"我要请示监狱长。"狱警不敢擅自决定，回答了一声就走开了。

半个钟头后，狱警带着一个盛着水的小木盆回来。"监狱长说你可以留下这个木盆，"狱警对他说，"但是，我要不时检查这个小盆，如果它被打破了，你就别想再提任何要求了。"

"谢谢你，"思考机器微笑着说，"我不会打破它的。"

狱警点了点头，继续巡逻的工作。两个小时之后，当他再次经过十三号牢房时，他听到牢房里传来怪异的声响。他停下脚步，看到思考机器趴在牢房的角落里，那个角落还传来了几声惊惶的尖叫声。

"哈，抓到你了!"他听到思考机器开心地叫。

"抓到什么东西了?"他问。

"一只老鼠，"思考机器回答，并站起来走到了门边对狱警说，"你看。"

狱警看到思考机器用手指夹住了一只仍在挣扎的小灰鼠，夹住了之后还把老鼠举到门边，就着灯光端详。

“这是一只田鼠。”思考机器说。

“除了抓老鼠，你难道没有别的事做吗？”狱警有些恼火了，问他。

“这个地方本来就不该有老鼠，”思考机器不快地说，“把它拿走杀了。里面还有很多只呢。”

狱警皱着眉头接过扭曲蠕动的老鼠，用力摔到地板上，老鼠尖叫一声就不动了。思考机器没什么表示，狱警就离开了。接着他就把这件事报告给了监狱长，监狱长只微微一笑，默不做声。

当天下午，十三号牢房外的执枪警卫又看到思考机器正从窗口往外望。接着，他看到一只手从窗口伸出，有个白色的东西飘了下来，掉在十三号牢房窗外的地上。他走过去捡起来，发现那是一张五美元钞票，用一团从白色上衣撕下的碎布绑住。不过当他再望向窗口时，面孔不见了。

警卫冷冷地笑了笑，把碎布和五美元钞票都送到了监狱长的办公室。在办公室里，监狱长很重视这件事情。他跟着警卫一起检查思考机器扔出来的东西，发现碎布的外层有用墨水写成的字，虽然有点模糊，不过依稀可以辨认出“发现者请交给瑞森博士”的字样。

“啊，”监狱长笑着说，“一号逃亡计划失败了。”接着他想了一下，说：“可是，他为什么要交给瑞森博士呢？”

“而且，他从哪里找到墨水和笔写字呢？”警卫也很奇怪。

监狱长望着警卫，警卫回望着监狱长，两人都摇摇头。

“好吧，让我们来看看他想告诉瑞森博士什么事吧。”监狱长展开了卷着的碎布片，然后惊讶地小声说，“啊，啊，什么？你看这是什么东西？”

警卫凑过来看，原来碎布片上写着一个奇怪的句子：“Epacseotdnetniiyawe-httonsisihT”。

监狱长花了一个小时猜测这些字符的含义，又花了半个小时猜测囚犯为什么要跟瑞森博士联络——思考机器就是与瑞森博士打赌，才被关到了这里，瑞森博士是断然不会帮助他逃出去的。接下来，监狱长也花了一些时间猜测思考机器又是从什么地方拿到的书写工具，用的到底是什么样的墨水。为了要弄清楚这一点，他再次将碎布摊开来检查。这块布显然是从白色衬衫上撕下来的，边缘还参差不齐。

布的来源弄清楚了，监狱长知道思考机器不可能拿到墨水笔或铅笔，而且布上的字也不像是用墨水笔或铅笔写的。那么思考机器到底是用什么工具书写的，这仍然是个谜。

监狱长打算自己去找出答案。思考机器是他的犯人，他有责任不让囚犯脱逃，如果这个囚犯想送出某些特别的信息给其他人来帮助自己逃脱，他就一定要查出信息的意思以及传递的渠道，以便及时制止，就跟对付其他一般的囚犯一样。

想到这里，监狱长就来到了十三号牢房门口，他从门上的小窗户看进去，发现思考机器正趴在地上，专心致志地捉老鼠。思考机器虽然背对着门，但一听到监狱长的脚步声，他就立刻跳了起来。

“真是丢脸，”思考机器愤怒地说，“一个管理这么完善的监狱里竟然会有这么多老鼠!”

“其他囚犯从没抱怨过，”监狱长说，“我带了一件衬衫给你，把你身上的衣服脱下来给我。”

“为什么?”思考机器立刻反问。他的声调有点不自然，好像有些不安。

“你想送信给瑞森博士。”监狱长严肃地说，“你是我的犯人，我有权阻止你这么做。”

思考机器沉默良久。“好吧，”他最后说，“就做你该做的事吧。”

监狱长笑了。囚犯脱下自己的白衬衫，换上了监狱长带来的普通囚衣。监狱长仔细检查了思考机器的衬衫，不时将衬衫撕破的地方与那块碎布相比较。

思考机器在一旁好奇地看着，然后发问：“这是不是警卫拿给你的?”

“不错，”监狱长得意地说，“你的一号逃亡计划失败了。”监狱长发现白衬衫被撕破的地方的形状恰好跟碎布吻合时，露出了满意的笑容。

“你是用什么东西写的?”监狱长问。

“我想，找出答案是你自己的事情。”思考机器显得有些暴躁地回答。

听到他说的话，监狱长恼火了，正打算开口骂人，却深吸了几口气及时将情绪控制住了。他仔细地将牢房检查了一遍，却什么东西都没找到，就连能代替笔的火柴梗或牙签都没有。思考机器用的是什么墨水，仍然是个谜。监狱长离开十三号牢房时很不愉快，不过至少拿到撕破的上衣当战利品，他的心里还是有些安慰的。

“哼，只会玩在布上写字的小把戏，别想逃出去!”监狱长自满地说。他把碎布放在办公桌的抽屉里，想看看会有什么后续发展。“如果让这个家伙从我的监狱逃出去，我就——上吊——不，辞职。”他愤愤地说。

入狱后第三天，思考机器越发不像话了，他竟然公开贿赂狱警。

狱警送晚餐给他，正倚着栅栏等他吃完，他开口了。

“监狱的排水管直接通到河里去，对吗?”他问。

“没错。”狱警说。

“我想，管子很小吧。”

“小到你爬不进去，如果你想试的话。”狱警露出牙齿嘲笑地说。

思考机器不说话了，静静地吃完晚餐，然后问：“你知道我不是罪犯，对吧?”

“我知道。”

“如果我要求的话，我可以随时被释放，对吗?”

“不错。”

“我进来时，深信我能从这里逃出去。”思考机器眯起眼睛观察狱警的反应，“你愿不愿意考虑以金钱报酬来帮助我脱逃?”

狱警是个老实人，看着瘦削、疲倦的思考机器，几乎就要可怜起他了。

“我想，像你这种人大概受不了这种监狱生活吧。”狱警说。

“可是，你会考虑一下帮我脱逃的提议吧?”思考机器几近哀求地说。

“不!”狱警不耐烦地说。

“五百块，”思考机器怂恿道，“我不是罪犯。”

“不!”狱警仍旧拒绝。

“一千块?”

“不，”狱警坚定地说，“就算你给我一万块，我也无法帮你越狱！你需要通过七道门，而我只有两道门的钥匙。”然后他快步走开了，免得思考机器继续跟他纠缠不清。他离开之后，立即向监狱长报告了刚刚发生的事。

在他向监狱长报告之后，监狱长冷笑起来，说：“二号逃亡计划也失败了，首先是传递密码，接下来是贿赂。接下来会是什么呢?”

狱警退出了监狱长的办公室，监狱里静悄悄的。

傍晚六点，狱警照例送晚餐到十三号牢房去。快走到时，他听到一阵刺耳的沙沙声，有如某种钢铁相互摩擦似的。接着怪声停了下来，好像是因为听到他的脚步声而停了下来。这名狱警在监狱里工作很久了，也经验丰富，于是故意放重脚步发出远离十三号牢房的脚步声，其实仍然留在原地。等了一会儿，那个沙沙声又响起了。狱警蹑手蹑脚地走到牢房门外偷偷向里窥视。他看到思考机器正站在铁床上，靠在小窗口边做着什么。从他的手臂前后移动的样子，看得出是在用锉刀锯着窗上的钢条。

狱警小心翼翼地返回办公室，跟监狱长说明了情况，两个人一起出了门，悄悄地走向十三号牢房。才刚刚走到牢房门口，锯钢条的声音已经清晰地传了过来。监狱长听了一阵子，突然在门口现身，脸上带着微笑问：“你在干什么?”

思考机器从他站着的位置转过头来，立刻跳到地面上，急着想要隐藏手上的东西。监狱长走入牢房向他伸出了手。“交出来。”监狱长说。

“不!”思考机器愤怒地回答。

“算了，交出来吧，”监狱长催促道，“我实在不愿意再搜你的身了。”

“不。”思考机器仍然坚持。

“是什么东西？锉刀吗?”监狱长问。

思考机器默不做声地瞪着监狱长，脸上露出极度失望的表情。监狱长有点同情这个家伙了。“三号逃亡计划失败了，是吗?”监狱长好心地问道，“糟透了，对吧?”囚犯还是不做声。“搜他身。”监狱长只能下令。

狱警走过去，在思考机器身上仔细地搜索，最后在他的腰带狭缝里找到了一片长约两英寸、弯成半月形的钢片。

“哼，”监狱长从狱警手上接过钢片，“藏在鞋跟里带进来的。”他愉快地笑着说。

狱警尽责地继续搜查，在他腰带的另一侧又找到一片同样的钢片。钢片的边缘有些磨损，可以明显地看出有锯过窗口钢条的痕迹。

“用这种东西不可能锯断窗上的钢条。”监狱长说。

“我能。”思考机器坚定地说。

“花六个月，有可能。”监狱长好心提醒他，然后看到他的脸羞愧地发红了，不禁摇摇头。“想放弃了吗?”他问思考机器。

“我还没开始呢。”思考机器想都没想就立即回答。

监狱长跟狱警再次仔细搜查了一遍牢房，连床铺也翻过来检查了，但是什么东西都没找到。监狱长站到床上，亲自检查窗口上被囚犯锯过的钢条。看到之后，他不禁失笑。

“你锯得那么辛苦，只不过是把钢条擦亮一点而已。”他对气馁的思考机器说。然后他抓住那根钢条用力摇动，钢条纹丝未动，仍然深植在坚固的水泥中。他将其他钢条一一试过，每一根都没问题。他从床上跳了下来。

“放弃吧，教授。”他建议。

可是思考机器摇摇头。监狱长和狱警都不理睬他了，径直走出了牢房。而思考机器则在床沿坐下了，双手抱头，不知道在想些什么。

“我看，他想越狱想得要疯了。”狱警说。

“他当然不可能从这里逃出去，”监狱长说，“不过他是个聪明的家伙，我实在很想知道那块密码布上写的是什么。”可监狱长怎么看都不明白碎布上那些文字的意思，于是只好作罢。

第二天清晨四点剧变发生了。一阵可怕的尖叫声响遍整个监狱。声音是从某一间牢房传出来的，那是种极度恐惧、痛苦的声音。监狱长带着三名狱警，往通向十三号牢房的长廊赶去。

他们快到时，那个牢房又传出了一声尖叫，然后声音变成哀号。其他牢房里的囚犯都在各自的牢门前好奇地张望着，不知道出了什么事情。监狱长这次听出来了，那声音好像是从十三号牢房的方向传来的。

“又是十三号牢房的那个笨蛋。”监狱长抱怨道。

抱怨的时候监狱长已经来到了十三号牢房门口，这时一位狱警点亮了灯火，监狱长向牢房里看去，十三号牢房的囚犯正舒服地躺在床上张嘴打鼾。正当他们想进去细看的时候，刺耳的尖叫声又传了过来，是从楼上传来的。监狱长的脸色发白，跟其他人向楼上跑去。

原来，声音传出的地方是十三号牢房正上方，位于四层的四十三号牢房。里面有一个囚犯畏缩在角落里。

“什么事?”监狱长走到四十三号牢房门口问。

“感谢老天，你们可算来了。”囚犯冲到牢门的栏杆前叫着。

“出什么事了?”监狱长再问，然后他打开牢门走进去。于是囚犯立即跪倒在地，用冰冷的双手紧抱住监狱长的腿。他脸色苍白，眼睛圆睁，不停地发抖。“把我弄出这间牢房！求你让我出去!”囚犯恳求着。

“到底发生了什么事?”监狱长不耐烦地又问了一次。

“我听到了声音……声音……”囚犯紧张地望着牢房四周。

“你听到什么?”

“我……我不能告诉你。”囚犯结结巴巴地说，接着歇斯底里地喊叫，“让我出去！帮我换间牢房，任何一间都好，就是不要在这里!”

监狱长跟三名狱警交换了一下眼神然后发问：“这个家伙是谁？他被判了什么罪?”

“他叫约瑟夫·巴拉德，”一位狱警回答，“他被控向一位女士的脸上泼强酸，那位女士后来因此死亡。”

“可是警方没有证据，”囚犯喘着气说，“他们没有证据。求你给我换个房间。”说话的时候，囚犯一直抱着监狱长的腿。监狱长用力把他踢开，他看着那个可怜的犯人，那人就像孩子一样，被某种东西吓坏了。

“听着，巴拉德，”最后，监狱长说，“如果你听到什么声响，我要知道那是什么。告诉我!”

“不，我不能!”囚犯仍旧哭丧着脸说。

“声音从哪儿来的?”

“我不知道，每个地方都有，我听到了!”

“什么样的声音?”

“求你不要问我!”囚犯恳求着。

“你一定要回答我的问题。”监狱长严厉地说。

囚犯被监狱长的表情吓坏了，于是边哭边回答：“说话声——但不是人类的声音!”

“说话声？不是人类的?”监狱长迷糊了。

“听起来有点含糊不清……远远的……就像幽灵一样!”囚犯解释道。

“是从监狱内还是监狱外发出来的?”

“我不知道从哪里来的……就在这里，到处都听得到，到处都有!”

监狱长想了解事情的经过，可是巴拉德非常固执，不肯透露其他信息，只是不断恳求把他换到另外一间牢房去，不然就要派一个狱警在这里陪他直到天亮。监狱长觉得事情没有那么简单，于是拒绝了他的所有要求。

“听好了，”最后，监狱长说，“如果我再听到你乱叫，我就把你关到隔离室去。”说完，监狱长转身离去，但仍然搞不清楚到底是怎么回事。最后，巴拉德在靠近牢门的地方呆坐到了天亮，他的眼睛无神地凝视着半空，那张因恐惧而发白的脸压得栅栏都快变了形。

当天，也就是思考机器入狱的第四天，思考机器看起来快活得很。他大多数时间都站在窗口向外望着，并继续从窗口丢出一块碎布给警卫。警卫立刻捡起来拿去给监狱长。上面写着：“只剩三天。”

监狱长丝毫没有对看到的字句感到惊奇，他知道思考机器的意思是说他的狱期只剩下三天了。但是让他感到不解的是，字条是怎么写出来的？思考机器又从哪里找到一块碎布？用什么东西写的？他仔细检查碎布，那是块白布，是种质地很好的衬衫布料。他将这块碎布跟以前收到的那块布片，以及他从思考机器身上没收来的衬衫相比，这片布料明显不是从同一件衬衫撕下来的。

“他到底是从哪里找到书写工具的？”监狱长大声地问自己，声音回荡在办公室里，但是却没有人回答。

当天稍晚，思考机器透过他牢房的小窗口问外面的警卫，“今天是这个月几号？”

“十五号。”警卫回答。

思考机器在自己脑中做了个天文学演算，算出月亮在今晚九点以后才会出来。他接着问警卫：“那是谁负责维护那些弧光灯？”

“电力公司派来的人。”

“这里没有电工吗？”

“没有。”

“我想，如果你们自己雇用电工，一定能省下好多钱。”

“那与我无关。”警卫回答。回答了问题之后，这位警卫发现思考机器当天似乎在窗口露了很多次脸，但看起来总是无精打采的，眼镜后眯着看人的眼睛好像在期待什么似的。过了一段时间，他就不去理会那个狮子般的大头了。他从前监管的其他囚犯也有过同样的表情，毕竟，向往自由是人之常情。

下午时分，在早班警卫交班之前，思考机器的大头又在窗口出现了。他伸出手来，好像攥着什么东西，然后松开。那样东西飘到地上，警卫捡起来一看，是一张五美元钞票。

“那是送给你的。”思考机器喊道。警卫照例把钞票拿去给了监狱长。监狱长狐疑地接过钞票，“十三号牢房囚犯送出来的任何东西当然要特别小心。”监狱长说。

“他说是送给我的。”警卫解释。

“就算是小费吧，”监狱长说，“我没有什么理由反对你接受——”说到这里他突然沉默了。他想起来了，思考机器进入十三号牢房之前，带了一张五美元和两张十美元钞票，一共是二十五美元。监狱长办公桌里已经有了一张和碎布绑在一起的五美元钞票，那是思考机器第一次丢出来的。

可是，他现在又收到一张五美元钞票。照理说，思考机器应该只剩下两张十美元钞票才对。“可能是跟别人换过钞票了。”监狱长叹了一口气下了结论。

想到这里，他决定要将十三号牢房从里到外再彻底搜查一次。如果他的囚犯能够随心所欲写字条、换钞票，做一些无法解释的事，那么，这座监狱一定有什么地方出问题了。他计划半夜三点去查房。思考机器一定需要时间搞他的古怪勾当，夜晚是最合适的时间。

半夜三点，监狱长悄悄走到十三号牢房门外。他先站在牢房门外倾听，除了思考机器有规律的呼吸声之外，什么声音都没有。他轻轻地用钥匙打开双重锁，走进牢房，再将门关上，猛地把灯光照在床上躺着的人的脸上。

如果监狱长是想吓思考机器一跳的话，他可要大失所望了。思考机器仅仅是静静地睁开眼睛，伸手拿过眼镜戴上，用平静的语调问：“是谁？”

监狱长的搜查工作更不用提了。他搜查得仔细又仔细，房中每一英寸的空间都没放过。他找到地上的圆洞，把手指探进去，过了一阵子，好像摸到什么东西，拿出来在灯下细看。

“哈！”他叫道。

可是他摸到的是一只老鼠，一只死老鼠。把死老鼠扔到一旁，他仍不死心继续搜查。思考机器一声不吭地站起来，把死老鼠踢到牢房外的走廊上。

然后监狱长站到床上，用力摇晃窗上的钢条。每一根都很牢固。牢门上的钢条也是一样。

接下来，监狱长开始检查囚犯穿的衣物。从鞋开始，鞋里面没藏任何东西；其次检查腰带，腰带也没藏东西；接下来是裤兜，他从其中一个裤兜里掏出一些纸钞，拿到灯光下仔细看。

“五张一美元的钞票。”他倒吸了一口冷气。

“没错。”囚犯说。

“可是……可是你只带进来两张十美元和一张五美元的钞票啊！为什么……你是怎么办到的？”监狱长语气急促地问。

“那是我的事。”思考机器说。

“是不是我的属下帮你换了钞票？”

思考机器毫不迟疑地回答道：“不是。”

“那么，是你自己造的？”监狱长已经打算相信什么事都有可能了。

“那是我的事。”囚犯还是同样的回答。

监狱长怒视着这个知名的科学家。许久，他感觉到，不，他清楚地知道，这个人正在愚弄他，可是他不知道是如何办到的。如果这个人是真正的囚犯，他可能会用严刑逼供的方式强迫犯人说出真相，不管那是不是精心编造的谎言。

可是他终究不是真正的囚犯。于是两人许久都不出声，然后监狱长突然转身离去，将牢房门重重关上了。

监狱长回到办公室去，刚要躺下来休息一会儿，那撕心裂肺的尖叫声又传了过来。他看了一下挂钟，才四点十分。他咒骂几声，重新点亮提灯，再次赶到了四楼的牢房。

还是巴拉德那个家伙挤在牢门栅栏前大声号叫。当监狱长用灯光照射他的脸时，他停了下来。“让我出去，让我出去，”他叫着，“我干的，是我干的，我杀死了她。把它拿开!”

“把什么东西拿开？”监狱长问。

“是我把强酸泼到她脸上——是我干的，我认罪了！让我离开这个房间!”巴拉德大声尖叫着。

监狱长觉得巴拉德实在是很可怜，于是把他放出了牢房。一进入走廊，巴拉德就有如受惊的小动物，缩在角落里，双手掩住耳朵。半个小时之后他才镇定了下来，然后终于断断续续地说出事情的经过。

原来，昨天夜里四点，他听到一种声音，含糊不清，好像是从坟墓传来的抽泣声。“那声音说些什么？”监狱长的好奇心被引了出来。

“酸……酸……酸!”囚犯结结巴巴地说，“它控诉我。强酸，我把强酸泼到那个女人的脸上，那个女人死了。”他恐惧得全身战栗。

“酸?”监狱长不解地问，觉得巴拉德的话很费解。

“酸。我听到的就是这个字，重复了好多次。那声音还说了别的话，但我没听清楚。”

“这是昨天晚上发生的事，”监狱长问，“那今晚发生了什么，让你怕成这个样子?”

“还是同样的字，”囚犯说，“酸……酸……酸!”他用手掩住自己的脸，想要镇静下来。“我用酸泼她的脸，可是我没打算杀她。我听到了这些，这些指控我的话!”他嘟囔着，逐渐安静下来。

“你还听到别的声音吗?”

“有，可是我不明白，只有一点点……几个字。”

“说了什么?”

“我听到‘酸’这个字讲了三遍，接着我听到了一个长长的呻吟声，然后听到……听到‘八号帽子’，我听到两次。”

“八号帽子?”监狱长自言自语，“到底是什么鬼东西，八号帽子?”

“这个家伙发疯了。”一个狱警断言。

“说得没错，”监狱长说，“这个家伙一定是疯了。他可能听到什么，把他吓坏了。八号帽子！什么鬼东西——”

接着监狱长给巴拉德换了牢房，事情就不了了之了。

思考机器入狱的第五天，监狱长已经疲惫不堪了，他希望这场实验能早日结束。他知道这位知名的科学家正在跟他开玩笑，而且思考机器一点也没失去他的幽默感。他刚刚又丢下一块碎布给窗外的警卫，上面写着“只剩两天”。另外还抛下一张面额五美元的纸钞。

监狱长清楚地知道——这个住在十三号牢房的家伙并没有五元纸钞！同样的，他也不可能有笔、墨水、碎布！但是他的确扔出了这些东西。这都是事实，而不只是纸上的理论。这样莫名其妙的事情让监狱长精疲力竭。

还有那恐怖又奇怪的“酸”和“八号帽子”，同样的问题始终萦绕在他心头。这两个词看起来没什么特别含义，只不过是个发疯的囚犯在胡言乱语而已。可是自思考机器入狱以来，已经有很多“看起来没什么特别含义”的事发生了。

第六天，监狱长收到一封由瑞森博士和菲尔丁博士署名的来信，说他们在后天，也就是星期四晚上，会到奇泽姆监狱来。如果那时范杜森教授还未从监狱逃出去，希望能在监狱里与他会面。

“如果他还未逃出?!”监狱长冷冷地笑了，“逃出监狱?! 休想!”

同样的，第六天思考机器也着实让监狱长忙了好一阵子。他一共送出三个信息，和往常一样写在碎布上，信息跟星期四晚上的约会有关。那个时间是他入狱时已经事先自己定下来了的。

第七天下午，监狱长在巡房时走过十三号牢房，往里面瞅了一眼。他看到思考机器正躺在铁床上睡觉。牢房中看起来没什么异样。监狱长发誓不可能有任何人会在此时——现在是下午四点——到晚上八点半之间离开牢房。

后来在巡房结束时，又走过十三号牢房，监狱长又听到了人睡觉时的呼吸声。他多了个心眼，又靠近牢门观察了一下。平时他当然不会这样做，但是这个思考机器可不是普通犯人。

他看到小窗口射入一缕阳光，正落在熟睡者的脸上。监狱长首次意识到他的囚犯其实是个憔悴而疲倦的人，他心中不禁涌起了一阵怜悯，有些内疚地走开了。

晚上六点多，监狱长找来狱警，问：“十三号牢房有什么问题吗?”

“没问题，监狱长，”狱警回答，“不过他没怎么吃东西。”

接着到了晚上七点，监狱长在接待瑞森博士和菲尔丁博士时心中有种踏实的感觉。他很想将他收集到的那些碎布，逐一对两人解释这段时间发生的事情。值得一谈的事多得很，可等他正要开始说的时候，驻守靠河边空地那一区的警卫走入办公室。

“我负责看守的那一区的弧光灯不亮了。”警卫告诉监狱长。

“该死，那家伙是个不祥之人，”监狱长怒喝道，“自从他入狱之后，什么怪事都发生了。”

警卫回到自己负责看守的那块黑暗空地。监狱长给电力公司打了电话。

“这里是奇泽姆监狱，”他说，“马上派人来修理弧光灯。”

对方答应立刻派人来，监狱长挂上电话，走到牢房外的空地去巡查。瑞森博士和菲尔丁博士则坐在办公室内等候。这时，大门的警卫送来一封专人递送的信，放在监狱长办公桌上就走了出去。瑞森博士碰巧看到了寄信人地址，等警卫走出去后，他把信封拿起来细看。

瑞森博士看了之后，神情大变，说：“范杜森送来的。”

“怎么回事？”菲尔丁博士问。瑞森博士一声不响地把信封给对方看。

“巧合，”菲尔丁博士安慰自己说，“一定是巧合。”

快晚上八点时，监狱长回到了办公室。电力公司的人乘着一辆四轮马车过来，准备开始进行修理工作。

收到通知的监狱长按下接往外墙警卫的通话按钮。“一共有几个电力公司的人进来？”他问警卫，电话那边似乎是回答了他的问题，于是他说，“四位？三位穿工作服的技师和一位领班？穿着大衣戴丝质帽子？很好，要确定出去时也只有四个人。没别的事了。”

然后监狱长转身面对两位访客说：“我们这里不得不多加小心，尤其是现在。”他的语调中有些讽刺的意味，“有个大科学家正在此‘服刑’。”他不经意地拿起那封特别递送的信，把它拆开。“看完这封信，我会跟两位解释——啊，老天！”他突然停住，目瞪口呆地坐下，动弹不得。

“怎么了？”菲尔丁博士问。

“是十三号牢房送来的信，”监狱长结结巴巴地说，“是晚餐的请帖！”

“什么？”两位访客同时站了起来。只有监狱长还茫然地坐着，瞪着那个信封好一会儿，然后突然回过神来，大声冲走廊上的警卫喊：“快到十三号牢房去，看那个囚犯还在不在！”

警卫也回过神来，领令跑了出去。

办公室里，瑞森博士跟菲尔丁博士从监狱长手里接过信封仔细地查看。“是范杜森的笔迹没错，”瑞森博士说，“我见过好多次了。”

话音未落，接往大门警卫的通话铃响了，监狱长在恍惚中拿起话筒，“喂？有两位记者？让他们进来。”他转身面对两位来客说：“他不可能跑出去，他一定还在牢房中。”

正在这个时候，派去的警卫回来了。

“他还在牢房里，监狱长，”警卫说，“我看到他躺在床上。”

“瞧，我不是告诉过你们吗？”监狱长松了一口气，“可是，他是怎么把信寄过来的？”

这时，从办公室通往牢房外空地的钢门传来一阵敲击声。“是那些记者，让他们进来吧。”监狱长对警卫交代了一声，再转身吩咐两位来客，“请不要在记者面前谈论这次的事情，他们报道事件的时候总是添油加醋。”

警卫打开了钢门，两位男士走了进来。“晚安，先生们。”其中一位说。他是监狱长熟识的记者韩钦森·哈契。

“喂，”另外一个人不快地对监狱长说，“我在这里。”

监狱长目瞪口呆，一句话也说不出来，因为另外一个人就是思考机器！

瑞森博士跟菲尔丁博士也都表现出惊奇的样子，不过他们并没经历过监狱长的遭遇，所以只是“惊奇”而已。记者韩钦森·哈契也站着不动，目光炯炯地打量四周。

“你……你……怎么办到的？”过了好一会，监狱长才喘着气问。

“回牢房去。”思考机器用不耐烦的口气回答。他那两位科学界的同行对这种口气早就习以为常了。于是仍处于迷糊状态的监狱长带头往牢房走去。

到了十三号牢房，思考机器停住了脚步，他说：“把灯点亮。”

于是监狱长打开灯火。十三号牢房看来并无异常，思考机器仍然躺在铁床上。这真是怪事！看着床上躺着的人的一头黄发，再看看站在自己身边的人，监狱长怀疑自己是否身处梦中。

他双手颤抖着打开牢门，思考机器率先走了进去。

“看这里。”思考机器说。他踢了一下牢门下端的钢条，有三根弯了出去，第四根断了，滚到走廊上。“还有这里。”这位“前囚犯”说。然后他站到铁床上，手伸到小窗口一扫，钢条齐齐折断并倒了下来。

“床上是什么东西？”逐渐恢复神志的监狱长问。

“一顶假发，”思考机器回答，然后指着床说，“把被子拿开。”

监狱长闻言，走过去搬开了被子，被子底下竟然是一大堆粗绳，约有三十英尺长，另外还有一把短剑，三把锉刀，十英尺长的电线，一把钢钳，一把粗头铁锤，以及一把德林加手枪。

“你是怎么办到的？”监狱长着急地问。

“今晚九点半请各位与我共进晚餐，”思考机器微笑着说，“动身吧，不然就要迟到了。”

“但你是怎么样办到的？”监狱长坚持再问。

“对于懂得动脑的人，你别想把他关住，”思考机器说，“动身吧，不然就要迟到了。”

几人来到了范杜森教授的家里，这次的宾客有瑞森博士、菲尔丁博士、监狱长以及记者韩钦森·哈契，不过他们似乎有些烦躁，话谈得很少。晚餐根据范杜森教授一个星期前的指示，准时上菜，朝鲜蓟正合瑞森博士的胃口。最后晚餐告一段落了，思考机器眯着眼睛盯着瑞森博士，问：“你相信我说的话了吗?”

“我相信了。”瑞森博士说。

“你承认这是场公正的实验吗?”

“我承认。”

在场的其他人，尤其是监狱长，正焦急地等待他揭开谜底。

“你能否告诉我们——”菲尔丁博士开腔了。

“对，赶快告诉我们。”监狱长也说。

思考机器推一下自己的眼镜，扫视了他的宾客一周，然后开始讲他的越狱始末。

他说：“当时我们的约定是，我只带一些必备衣物入狱，在一个星期内逃离监狱。对吧？之前，我从没有来过奇泽姆监狱。入狱前，我提出要求，我需要一盒刷牙粉，两张十美元、一张五美元的钞票，并将我的皮鞋擦亮。如果你们拒绝其实也没太大关系，不过你们都同意了。

“我知道牢房里当然不会留下对越狱有帮助的东西，因此，当监狱长把我关进牢房时，我好像是孤立无援了——除非我能把三样看似无用的东西派上用场。这些东西无关痛痒，即使是死囚也可以带进来，对吗，监狱长?”

“刷牙粉跟擦亮的鞋可以，但是钞票是不允许带入的。”监狱长回答。

“在有心人手中，任何东西都是危险的。”思考机器继续说，“第一天晚上，除了睡觉及捉老鼠，我什么事都没做。你们当时都以为我在等外面的人帮忙，其实不是这样的。”

监狱长瞪了他一眼，好像要说什么，最后只是表情严肃地继续吸烟。

“第二天早上六点，狱警送早餐来，”科学家继续说，“他告诉我午餐时间是十二点，晚餐是傍晚六点，也就是说除了这两个时间段，其他都是我的个人时间。因此，早餐之后我开始从小窗口观察牢房外面的情况。我一看就知道，即使能从窗口逃走，我也爬不过围墙。所以我就把这个计划放弃了。

“不过，我发现河道在围墙外面，河道与监狱之间还有个儿童游乐场。后来跟警卫的谈话中也证实了我的推测。我发现了一件很重要的事，就是，任何人都能从那个方向靠近监狱围墙，而不会引起别人的注意。

“同时，又有一件事吸引了我的注意，就是连接弧光灯的电线离我的窗口大概有三四英尺远，必要时我可以轻而易举地切断那些电线。”

“哦，后来你就是用这种方法切断电源的。然后呢？”监狱长问。

“从窗口观察够了之后，”思考机器继续说，不理会监狱长的问话，“我开始考虑是否能从监狱内部逃出去。最简单的办法就是沿着原路出去，所以我开始回想是怎样进入牢房的。但是从我的牢房到外面，一共要经过七道门，因此我暂时不考虑这一路径。当然，我也无法挖开坚硬的花岗岩墙壁出去。”

说到这里思考机器停顿了一下，瑞森博士点起一根雪茄。思考机器不说话，其他人就都沉默了，几分钟后，成功逃脱的科学家再次开口：“当我在思考时，有一只老鼠从我脚背上跑过。老鼠激发了我的灵感。牢房中至少有半打老鼠，在黑暗中可看到那些如绿豆般的小眼珠。可是，我发现它们并不是从牢门下的缝隙进来的。我故意惊吓它们，老鼠也没从牢门下逃出去，但是都不见了。显然牢房内有能让它们离开的通道。

“我搜查了一下，找到了那条通道。那是条废弃的旧下水道排水管，里面满是灰尘和泥沙，老鼠能从这条管子进出，管子一定能通到别的地方去。那到底会通向什么地方呢？任何屋子的下水道排水管一般都会通到外面。监狱的外面就是河，这条管子很可能通到河道或靠河的地方。老鼠应该就是从那个地方来的。下水道排水管通常是用铁或铅制的，中间不太可能有破洞，所以我认为老鼠是从管子的出口部位钻进牢房的。

“当狱警带午餐来时，他还告诉我两件重要的事。第一，新的下水道系统七年前才重新修好；其次，河道离监狱大概有三百英尺。所以，我知道这条管子属于旧下水道系统。接下来，我需要知道管子的开口处是在河中还是陆地上。为了确定这一问题，我捉了几只老鼠检查——我捉老鼠的时候被狱警看到了。要知道，这些老鼠都是从管子进入牢房的，而且是田鼠，不是家鼠。并且，我捉到的老鼠身上都是干燥的，所以我可以确定管子的开口是在围墙外的陆地上。情况看来不错。

“当然，我知道如果要继续往这个方向努力找到逃出去的办法，我就必须将监狱长的注意力转到别处去。监狱长已经知道我入狱的原因就是为了要脱逃，他一定会特别小心，我的行动势必更加困难。所以我必须运用一些诡计。”

思考机器说到这里，监狱长露出了羞愧的神情。

“首先，我给监狱长一个印象，我要跟瑞森博士通信。所以我从上衣撕下一块布条，写上一些字，绑在一张五美元的钞票上，再写上瑞森博士的名字，然后丢到窗外。我知道警卫一定会把它交给监狱长的，其实我原本希望监狱长会因为好奇而将这张字条转交给瑞森博士。监狱长，你还有我送出的第一块碎布吗？”

监狱长把那块碎布拿出来，问：“上面写的到底是什么意思？”

“把字母倒着念。”思考机器说。

监狱长依言试读。“T—h—i—s，this，”他试了几次，然后露齿而笑，将全句读出，“ThisisnotthewayIintendtoescape（我不用这种方式脱逃）。”

“哈，我真没想到。”监狱长咧着嘴笑了起来。

“我知道这招一定会吸引你的注意，”思考机器说，“如果你真能读懂这张字条，对我而言就是一种挑战了。”

“你是用什么工具写的呢？”瑞森博士看了看碎布，就递给了菲尔丁博士。

那位“前囚犯”伸出他的脚。他在监狱中那双鞋上的鞋油已经全被刮掉了。“用这个。鞋上的鞋油用水浸润一下，就是我的墨水；鞋带顶端的金属片就是笔。”

看了思考机器的鞋子，监狱长半是钦佩，半是宽慰地放声大笑。他说：“你真是不可思议，请继续吧。”

“这张字条促使监狱长来搜查我的牢房，正如我所希望的那样。”思考机器说，“监狱长养成了经常搜查我牢房的习惯，可是他每次都搜不到东西，最后他就会厌烦直到放弃这项工作。他也果然如此了。”

听到这里，监狱长脸红了。

“监狱长拿走了我的白衬衫，在我的衬衫上找到两处撕破的地方，撕口刚好与我送出的两块碎布吻合，他得意极了。但他没想到我早就把另一块九平方英寸大的布片，卷成一团藏在口中。”

“九平方英寸大的布片？”监狱长问，“你从哪里拿到的？”

“衬衫中间系扣子的部分的布料是三层的，”思考机器解释，“我把最里面的一层撕下来，只剩下两层布料让你检查。你果然没看出来。”

又是一阵沉默，监狱长有些尴尬地笑着望向大家。

“满足了监狱长的好奇心之后，我开始准备脱逃的计划。”范杜森教授说，“我根据自己的判断确信，旧下水道排水管一直通向围墙外的游乐场，我知道那边有许多男孩在玩耍，老鼠从有男孩的地方进入我的牢房。我能不能利用这些条件跟外界联系呢？

“首先，我需要一条可靠、牢固的长线。所以，你们看我的脚。”他脱下鞋子掀起裤脚，把两只袜子露给大家看。原来，袜子上端坚韧的棉线都被拆下来了。“开始拆棉线的时候费了点劲，之后就顺多了。因此我有了约四分之一英里长的棉线。

“接着，我在布上写了一些字——当然，我写得相当辛苦——向这位先生解释我为什么会入狱。”说完，他指着韩钦森·哈契，“我知道他会帮助我，在事情结束之后他也会得到独家新闻。我将这块布跟一张十美元钞票绑在一起，并且在布上写着：‘将这样东西送给《美洲日报》记者韩钦森·哈契，会另外得到

十美元报酬。'

“下一步我必须将这封信送到围墙外的游乐场去，希望能被人看到。为了达到这个目的，我现在已经成了一个捉鼠专家了。当时，我捉了一只老鼠，将布片和钱紧紧绑在它的一条腿上，将棉线绑在它另一条腿上，再将老鼠放进旧水管的入口。我想惊慌的老鼠会一直跑到水管外，到空地它觉得安全了才会停下来将布片和钞票啃咬掉。

“于是我握住棉线的一端，当老鼠跑进水管不见时我很不安。这样其实非常冒险：那只老鼠可能半路会把棉线咬断，其他的老鼠也可能会半路就咬断棉线，就算棉线侥幸没断，布片和钞票也可能掉在没有人能找到的地方。可能出错的状况太多了。我紧张地等了好几个小时，当我手中的棉线还剩下数英尺时，棉线停了下来，我想老鼠应该已经跑到了水管的尽头。我在布片上告诉了韩钦森·哈契先生详细的行动方案，问题是，他会看到布片上的字吗？

“当时我只能等。考虑到这个方案很可能会失败，所以我开始准备别的方案。我曾跟狱警搭话并试图贿赂他，因此知道外面有七道门，他却只有其中两道门的钥匙。接着，我再搞些让监狱长着急的把戏。我把鞋跟上支撑用的钢片抽出来，假装要锯窗口上的钢条。监狱长相当恼火，顺便也养成了经常摇晃我牢房里的钢栅栏的习惯。当然，当时一点问题都没有。”

对思考机器间接讽刺监狱长的话，监狱长已经不再有什么感觉，只是不好意思地笑了笑。

“计划已经执行，我只能等待结果。”科学家继续说，“我不知道那张字条是否会被人发现，更别提字条是否被送到了目的地。我不敢将棉线往回拉，那是我跟外界联系的唯一途径。”

“当天晚上我上床时，不敢睡着，生怕收到信息的哈契先生拉动棉线时我没注意到。等到凌晨三点半，我终于感觉到棉线动了。对一个被关押在死刑犯囚室的囚犯来说，没有比这更叫人高兴的了。”思考机器停下来，转身面向记者说，“我想，接下来的该由你来解释了。”

“有个在那个游乐场上玩棒球的小男孩，捡到那块布片并送来给我。”韩钦森·哈契说，“我认为这件事很有新闻价值，于是给了小男孩十美元，小男孩就给了我几卷线，还有一团用细线绑住的布片。范杜森教授在布片上指示我，要小男孩带我到他找到布片的地方。等凌晨两点钟再去那个地方，如果找到一条棉线，就轻轻抽动线头三次，停一下，然后再抽动第四次。

“凌晨两点，我拿着一个小手电筒在游乐场找棉线。大约一小时二十分钟之后，我终于找到半掩在杂草丛中的排水管，在管子里看到了棉线。我根据指示拉动线头，很快另一头就有了反应。

“我在棉线上绑了坚固的麻线，范杜森教授开始往里面拉。我的心突突地跳个不停，生怕线会断。后来麻线被拉了进去，我又在麻线尾端接上了金属线，金属线被拉进了牢房之后，我们就有了一条可靠的、不怕老鼠咬的联络线路，从下水道开口直通十三号牢房。”

思考机器朝他举起了手，韩钦森·哈契停止了解释。

“做这些事的时候一定不能发出声音，”科学家说，“可是当金属线拉入牢房时，我几乎要乐得叫出声来。接着，我用金属线将哈契先生准备好的工具拖了进来。我也试着将下水管道当成通话器，但效果并不好，他听得不太清楚。我又不敢说得太大声，怕会引起其他人的注意。不过，最后他总算听明白我请他带来的物品名称。因为他开始听不清楚我说的‘硝酸’这两个字，所以我把‘酸’这个字重复说了多次。

“后来我听到楼上牢房传来尖叫，我想到这条排水管可能也通到楼上牢房，应该有人听到了我说的话。所以当监狱长走过来时，我就赶紧假装睡觉。如果监狱长当时进来检查，我整个脱逃计划就会泡汤了，还好监狱长只是走过而已。后来我听狱警说，有个囚犯听到了我说的话，以为是上帝在对他说话，害怕得承认了自己的罪行。至于他听到的‘八号帽子’，他没听错，那正是我帽子的尺码，我请哈契先生带过来一顶。

“排水管藏匿东西也很方便。当你来检查时，我就把金属线往排水管内一塞就行。监狱长的手指太粗，伸不到水管深处，所以摸不着我藏在里面的东西。可是，我的手指就可以伸进去，为了安全，我还在管子里塞进了一只死老鼠当掩护，你记得吧?”

“我记得。”监狱长露出无奈的表情。

“我猜想，搜查那条管子的人如果摸到了死老鼠，肯定会认为里面什么都没有，肯定会停下来吧。当天晚上，哈契先生送了些零钱过来，其他工具他第二天晚上才能送来。

“我也要经常让警卫看到我出现，所以我会在窗口呆望几个钟头，让警卫看到我。我还故意在他面前丢下写了字的布条，我知道他一定会拿给监狱长看，目的是让监狱长怀疑狱警可能帮助我脱逃。有时候我也跟警卫讲话，因而发现监狱内并没有专职的电工，如果出了什么问题，得叫外面的电力公司派人过来。

“这当然给了我很大的方便。最后一天傍晚，等天色一暗，我就将窗外的电线切断。要切断电线很简单，只要用一根沾了硝酸的铁棍碰一下电线就好了。电线断了之后，我窗外那片空地就会变成漆黑一片。当电力公司的人进来寻找断电原因时，哈契先生也就能混进来了。

“当然，硝酸是装在一个密封的细瓶子里从排水管送进来的，有了硝酸的帮助，要弄断窗口和门上的钢栅栏就容易得多了，只是需要耗费一些时间。入狱后的第五、六、七三天，我就在警卫的监视下，用硝酸腐蚀钢栅栏，并用刷牙粉围住钢条底部防止硝酸漏出。我知道狱警在检查栅栏是否牢固时，老是抓住栅栏的上半部分摇晃，所以我就在栅栏的底部动手脚，而且栅栏没全切断，表面上看起来是毫无异样的。”思考机器停下来沉默了几分钟。

“我想你们大概都清楚了，”他继续说，“其他我没解释的一些小把戏，只不过是让监狱长和狱警迷糊而已。床上的黄色假发和那一大堆绳索及器械，是为了配合哈契先生而放在那儿的，他说这样更有戏剧效果。那封专人递送的信则是我在牢房中写好，送出去给哈契先生，再由他寄去给监狱长的。我想，就是这些了。”

“你是怎么离开监狱，然后又进来的？”监狱长问。

“简单得很。”科学家说，“我用硝酸切断了弧光灯的电线，这一点我曾说过。我知道要找出断电的原因再加上修理，一定要花不少时间。当警卫向你报告灯坏了的时候，我就把窗口上处理过的钢栅栏折弯，费了一番力气从窗子钻出去，然后在外面把钢条掰回去，在阴暗中等候电力公司的技师过来。哈契先生就是三位技师中的一个。

“我们碰头的时候他给了我一套工作服和技师戴的帽子。当你——监狱长——到我牢房外的空地巡视时，我就站在离你不到十英尺的地方。哈契先生跟我扮成技师的模样，从监狱大门走出去，假装要到车上去拿工具。大门警卫几分钟前才让电力公司的技师进去，所以没有怀疑，看都不看就让我们通过了。我在车上换回我平常穿的衣服，走到监狱大门要求见监狱长。然后，我们见到了你。就这样。”

大伙又静默了几分钟。瑞森博士突然大声喝彩，“精彩！”他叫着，“太神奇了！”

“哈契先生怎么会恰好跟电力公司的人一起来呢？”菲尔丁博士问。

“他父亲是电力公司的经理。”思考机器回答。

“如果没有哈契先生在外面帮你呢？”

“每个囚犯至少都有一位愿意帮助他越狱的朋友。”

“假设说——仅仅是假设——如果牢房中没有旧下水道排水管呢？”监狱长好奇地问。

“那我还有另外两个方法。”思考机器神秘地说。

突然电话铃响了，是找监狱长的。“灯没有问题？”监狱长在电话上问，“很好，十三号牢房外的电线断了？我知道。多出一个电力公司的技师？”

“我就是多出的那一个。”思考机器说。

“啊，”监狱长对着话筒说，“让第五个人走吧，他没问题。”

密室里的行者

罗纳德·诺克斯

迈尔思·布兰登，一位不知疲倦为何物的调查员，已经习惯于把自己描述成这个职位上的一个傻瓜。在认为他是傻瓜这点上妻子安吉拉与他倒是不谋而合，不同的只是布兰登认为自己只是一个“工作傻瓜”（也就是工作狂而已）。她清楚这点，“幸运”的是，那个叫“难以形容”的保险公司也清楚这点，它雇佣布兰登去调查它的顾客中那些“疑难杂症”，每年都因此省下5000来块钱呢。不过话说回来了，有那么一回，布兰登倒真是在事前毫无相关知识提示的情况下，仅仅靠观察就解决了问题。

事实上，由于布兰登很少看那些低俗小报，在那个古怪的百万富翁赫尔伯特·杰沃森被发现死在自己家的床上之前，他可能真的从来没听说过他。布兰登只有在乘坐火车去威尔特郡的途中才由西蒙兹大夫告知了一些相关情况。西蒙兹大夫也是“难以形容”公司的一位十分宝贵的人才，公司对其敬重程度几乎和布兰登相若。

那是一个晴朗的夏季早晨，尚沉睡在露水中的大地，还有远处有如闲散几笔素描的河道，一切都那么适于一个人安静的思考，可是却被西蒙兹那急于透露信息的恼人的热情给打破了。

“你肯定听说过他，”他说，“他在出事前很久就已经是个报业巨子了。他们叫他‘一百万加半个谜’。为什么这个巨富的家伙却没有一点花钱的概念？这个杰沃森曾经在东方无所事事的混日子，整天着迷于那些玄奥的玩意儿——谈论超人啦，瑜珈啦什么的，直到最后连他那些脾气最好的穷亲戚都不愿收留他了。所以他就在尤伯雷这里定居下来，跟几个街上捡来的印度骗子住在一起，还说是什么‘光明的兄弟会’。他把它印在信纸上，深绿色的。他一边吃着果仁一边随意乱写，做各种心理实验，最后连整个人都被纸张给包围了。这类东西充满了他们生活的地方。然后呢，你也看见了，他现在死翘翘了。”

“这种信息我们早晚会从公开媒体上得到。如果公开得比较晚，我们就比较容易向公司交差。不管怎么样，他们叫我来干嘛呢？说不定他是让一块巴西果仁之类的给噎死的呢！反正不会是谋杀或自杀什么的，对不对？”

“怪就怪在这里。他突然死亡，是饿死的！”

“我猜你一定希望我说：这是不可能的！虽然我不是大夫，但我可不傻，马上就知道你这个小圈套了。来，多谈点吧！你以前见过这个家伙吗？”

“我也是在他来为保险的事接受考察时才见到他的。我一直对此懊悔不已。因为，你知道，我那时以为他是我所能找到的投保人中最健康的了。他才53

岁，而且他们这种吃东方食谱的人有时候确实长寿。事实上，他还厚着脸皮，要求交一份超低的保险费，因为他说他正在逐步发现长生不老的秘诀，按他的说法，这种秘诀会使他的保险费成为公司的永久收入的。然后他就停吃了他的土豆泥把自己给饿死了。我跟你讲，与其要我吃他吃的那种垃圾，我恐怕情愿早点饿死。话说回来了，那时候他倒好像真是吃得精神健旺呢！”

“他真的一点毛病都没有吗？比如他的脑袋？”

“嗯，他承认有点神经质，而且我必须说他一些神经测试的结果很差。你知道如今我们总是把那些神经质的人带到公司大楼的顶层去，看他们会不会因此而抓狂。嗯，这个家伙当时已经到他的忍耐极限了，无论什么原因都不能使他再往外多看一眼。但是如果当时他的亲戚想让他被鉴定一下，——他们当然有理由这么做——我就不会做后来的事了。科尼海契精神病院那时还不存在呢！这一点我可以发誓，即使在主管会议上我也是这么说。”

“这么说他就这么突然饿死了。你能不能再说得详细点？”

“啊，事实是他在他称为实验室的房间里把自己关了大约10天。我没亲眼目睹，但他们告诉我那是一个老健身房或网球场。这一点都不奇怪，因为他经常把自己关起来搞他那些愚蠢的试验。他会把自己锁在里面，任何事都不能打扰他。或许他觉得自己正神游西藏呢！但是——奇怪的事在这里——他有充分的食物储备，我听说足够支持两个星期的。然后就是在第10天的晚上他被发现死在了床上。那个当地的医生，他曾经去过东方那些闹饥荒的地方，他说这是他遇到过的最清楚不过的饿死的病例。”

“那些食物呢？”

“碰也没碰。我说，现在我们到西伯雷了，这儿应该有车接我们。我没跟马修大夫说我要带个朋友来，我怎么跟他解释你呢？”

“就跟他说我是公司派来的代表。这么说总是奏效的。嗨，站台上有一个黑人。”

“应该是司机……不，谢谢，没有行李……早上好，你是从尤伯雷来的吗？我是西蒙兹大夫。我想马修大夫知道我要来。他在外面，对吗？好极了。来吧，布兰登。”

马修大夫是一个圆脸的小男人，他显然既不惯于对别人保有戒心，也不善于表达盛情。你立刻就能看出他属于那种少有来客的乡村医生，而且还由于太急于交换消息而鲜有机会去检查你的病状。比西蒙兹还爱说话，他毫无铺垫地立刻切入了那场悲剧的正题。

“你们来了真是太好了，”他说，“并不是我想再讲一番新的高论。你也知道，我出诊九次也碰不上一次死人的事儿，可这次这个倒霉鬼却死得确定无疑。我在闹饥荒的地方待过，你知道，在那些地方连做梦都会看见饥饿过度的症状，真够呛。我想——噢，布兰登，当然，布兰登先生，一定不会想看那具尸体。他们已经把它收拾起来，放在兄弟会的大楼里了，只要一完事就可以处理掉了。那个……呃……症状出现得很突然，你知道，布兰登先生，这类事情总是这个样子的。咱们顺道去我家绕一下，拿点东西在路上吃怎么样？真的不用吗？噢，好的。是的，他们要用特殊的方法埋葬他，把他折叠起来让脚朝着杰瑞克（Jericho，古时巴勒斯坦的都市，偏僻的地方）的方向，我估计是，或者其他这类偏僻的地方。希望那些黑乎乎的家伙们从此滚蛋，”

他补充道，并且压低了声音以防被司机听到，“邻居们都不喜欢他们，这是事实。他们不是纯印度人，你知道，他是从旧金山之类的地方把他们捡回来的。要我说该叫他们‘东印度水手’。”

“我倒不知道你能甩掉他们，大夫。”

布兰登解释道，“我想你应该意识到了他们正是杰沃森遗嘱中规定的受益人。至少，他的保险计划是为兄弟会的利益制定的，而且我估计还有一大笔数目可观的他自己的钱是留给他们的。”

“你们公司会付这些钱的，对吗，布兰登先生？”这位小个头大夫说道，“天，我怀疑他们会不会让我进兄弟会。他们只有四个人，就是再多个几千人我也能应付。”

“这个嘛，”布兰登解释，“就是我们来这儿的原因。如果他真是自杀，你也知道，他们就不能动那笔钱。我们的保险可不包括自杀，这个诱惑可太大了。”

“这样啊？啊，那敢情好！这件事只能是自杀，脑子出问题。山上那边就是尤伯雷了。古怪的地方。以前是一个叫罗森柏克的富人的，他把它修建得像个宫殿似的，还有一个真正的网球场。那儿，你能看见的那个就是它的屋顶。后来他破产了，这个地方就三钱不值两钱地卖了。一个叫恩斯顿的年轻人接了手，拿它开过一家预科学校。我挺喜欢他，可是他想尽办法也不能维持，后来又只好把它卖了，自己去了南海岸。然后就是杰沃森买了它。噢，我们到了。布兰登先生，我们进去看现场遗迹的时候，你是想在地面上随便转转呢，还是怎样？”

“我想进到他被发现的屋子里看看。或许这些本地人中有谁能够带我进去，我很想有机会跟他们聊聊。”

这件事安排起来并不困难，不过布兰登发现他的向导有点尴尬，甚至有些紧张。那个汽车司机穿的是普通的黑套装，而这位同一社区的另一个代表却穿着白色的长袍，戴着与之相配的头巾，上面布满了神秘的符号。他很高很壮。他的态度是冷漠而警觉的。什么事也不能扰乱他的心神，可同时你又感觉其实什么事也没能逃过他的眼睛。而当他说话的时候，他又用一副美国腔极重的英语掩盖了他的外表。

网球场矗立在离主建筑群很远的地方，大约500码左右。在门的附近曾经有一个走廊，但在后来这里改建为健身房时，它就被拆掉了。当你直接走进那巨大的长方形房间，它那巨大的空间感和静谧感让你仿佛走进了一座大教堂。地板上铺着发亮的红色油布，使你的脚步声消失无踪。只有当你开口讲话的时候，才传来空旷的回声。室内的主要光源，和完全的空气来源，都是屋顶中央的一个天井。它的顶部镶着玻璃，只有边上的铁条可以让空气通过。健身房时期的一些痕迹依然遗留着：屋顶上的4个点上有4个环，看上去就让人想起绳子穿过钩子从它们上面垂下来，另一边还有储物柜，仿佛仍等着年轻人把靴子放进去。房子的装修中止后，主人显然就再没做什么了。当这个奇怪的主人想要隐居起来，这所房子显然实现了他的目标：他用厚厚的墙壁挡住了乡野的声音，深锁重门，谢绝外人进入。布兰登不由得开始想：当这里的主人睡在这里时，他是否感到比跟他那些可疑的受益人待在一个屋顶下更安全？但是有两件家具，几乎和这件悲剧的种种真相一样引人注意。一个是地板正中的一张床，很显然它是被临时移到那儿去的：就像医院里常见的病床，这张床安着铁栏杆和轮子，轮子在油布上划过的印痕清晰可见。床本身是光秃秃的，甚至连衬在下面的毯子也被拽了出来，和其他床单、毯子什么的一起被胡乱扔在床上或床边。布兰登敏感地嗅到一种空气，仿佛床上的人是被人强行拉起来的，因为如果他是自己离开的，无论多么匆忙，都不会是这个样子。从床看过去，在离门较远的墙边有一个餐具柜，上面放满了素食。那里有一条面包，看起来是用一种十分粗糙的谷物做的；玻璃盘子里放着一个蜂巢；一盒枣子，一些看上去很脆的饼干，还有正如西蒙兹所说的：一些果仁。在这间屋子里一般人可能没什么好胃口，但更重要的是，它也决不是一个会饿死人的地方。

布兰登首先走到餐具柜跟前，仔细地察看起来。他摸了摸面包的外壳，如他所料，面包皮由于放了好几天而变得很硬。他又尝了尝一个罐子里的牛奶，同样不出所料，牛奶已经酸了。“杰沃森先生以前常喝酸奶吗？”

他问向导，这个家伙正以极大的兴趣注视着他的一举一动。“不，先生，”他答道，“我喝过那牛奶，就在我们最后一次看见‘先知’活着的那天晚上。那是刚刚出厂的新鲜甜牛奶，直到你刚刚尝它的时候，之前它一滴也没有发酵，先生。”

那盒枣子，虽然被打开了，里面的枣子却全都还在。蜂蜜很稠，上面浮了一层灰尘。放饼干的地方没有一点碎屑，显然没被碰过。总而言之，看上去似乎显而易见：那个人眼睁睁地对着充足的食物饿死了。

“如果可以的话，我想问几个问题，”布兰登转身问道，“我的公司想要求证的是：杰沃森先生是死于意外的不幸，还是自己结果了自己的性命。你介意给我点帮助吗？”

“我会告诉您任何您想知道的事情。我感觉您是个很公正的人。”

“那好，看这儿，杰沃森常常在这儿睡觉吗？在你最后见到他的那天晚上，他为什么想要睡在这儿呢？”

“以前他从不睡在这儿。但是那天晚上他在做一个很特别的实验；这些东西是你们西方人所不能了解的。他事先准备好了一种麻醉剂，他要服了它，就可以把灵魂从肉体上解放出来。但是如果在他灵魂出窍的时候受到外部的打扰，那将会是十分危险的，所以他想要睡在这里，这样就没有人能来打扰他了。我们把床从大房子推到这里来。所有的这些你都可以从他的日记里看到，他很小心，因为他说，如果实验中他出了任何不幸，他希望让人们知道那不是我们的过错。我会拿那本日记给你看。”

“噢，他服用了麻醉剂，在第一晚，对吗？你不认为他有可能是服了过量的麻醉剂而死的吗？”

那印度人轻轻的笑了一下，耸耸肩。“但是医生告诉我们他是饿死的。你的那位朋友也是大夫，他也会告诉你同样的话。不，让我告诉你我是怎么想的。‘先知’经常绝食，尤其当他想要释放灵魂的时候。我想当他睡醒的时候，得到了某种天启，这让他想朝神秘的地方再更进一步，于是他就继续绝食。只是这一次他绝食绝得太久了。可能他在晕厥的时候还继续绝食，于是他变得过于虚弱，既没力气去够到食物，也没办法出来求救了。而我们就在大房子里等着，搞我们自己的研究，而‘先知’却死在这里了。这一切都是注定的。”

相对于神学，布兰登更关心的是这件事法律方面的问题。如果一个并没想自杀的人却把自己饿死了，这算自杀吗？算了，还是让律师来伤这个脑筋吧。“谢谢你，”他说，“我就在这儿等我的朋友，不耽误你了。”

那印度人鞠了一躬，离开了，布兰登觉得他走得有点不太情愿。他决定彻底勘察一遍这个房间，他总觉得房间里的样子不对劲。门上的锁……不，它看上去并没有被损害过，那么除非还有另一把钥匙。墙呢？也不会有人在网球场装密门。窗户怎样？也没什么奇怪的，除了那些日光下的布满天井边的铁条。铁条间的空间仅够一个人把手伸过去，而且还是在 40 英尺的高度。先不管这些。那个人独自在这里待了 10 天，既没碰任何食物，也没做出任何出去的努力。在离床不远的地方还有一块带铅笔的写字板，布兰登想，他大概打算一觉醒来后把他受到的天启写在上面吧！然而第一页纸上落满了灰尘，死者并没有在上面留下任何信息。他真的是疯了吗？或者那个印度人的猜想是对的？要不然的话就是……人们经常听说这些东方变戏法的耍的花样；是否有可能，这 4 个被收养人在不进入房间的情况下就可以加害于房间里面的人呢？

这时布兰登在地板上找到了他感兴趣的东西。当西蒙兹和小个子医生回来的时候，他们发现他正双手着地趴在床边，从他转过来的脸上他们看到一副沉重的表情，但是仍然有一丝胜利的光亮在他的眼中闪烁。“你们可享福去了!”他微带责备地说。

“一路上警笛长鸣，”西蒙兹大声说，“你的警察朋友们都来了，而且他们把整个兄弟会搞得鸡飞狗跳。很显然他们在芝加哥很出名。不过他们要想在这件事上大展身手可就想错了。那个人是饿死的。别跟我说什么麻醉品，布兰登。这毫无疑问。”

“可是，这是一起谋杀。”布兰登乐道，“看这儿!”他指着油布上那些床轮移动留下的发着光的印痕。“看到这些轮印了吗？它们并没有正好到达床所在的位置，而是停在了还差两英寸的地方。而这就意味着谋杀，并且还是一桩天才的谋杀。就像你说的，从权力上讲，这好像并不是警察们要管的事。但是正是对谋杀的忧虑使得那四个家伙干了这件事；他们中的一个在审问之下一定会垮，然后就会供出其他的几个。我在想，马修大夫，当你的朋友恩斯顿走的时候，他把设备也全带走了吗？比方说，这个健身房的设备?”

“全都卖了，地方、锁、股票、甚至连一只桶也没带走。他需要钱，越多越好，而且兄弟会也没什么特别之处。在房子后面有一个小屋，你知道，那是以前恩斯顿堆放杂物的地方，如果你在那儿看到双杠之类的东西还没清理掉，这一点也不奇怪。你的意思是要让我们参观一下健身器械吗？因为，我正想建议我们先去吃午饭呢。”

“我只是想去看一下，就这样。看过之后，像你说的，我们就去吃午饭。”事实证明，马修大夫的预言是正确的。那个后面的小屋里堆满了废弃的东西。一个鞍马立在那儿，无言的控诉着自己长期被扫地出门的境遇；双杠依然闪着光泽，仿佛刚刚被年轻的手掌紧握过；折成三叠的水平梯，支成了一个很不稳当的角度；地上则布满了绳子和环。布兰登随手捡起一条绳子把它拿到日光下。“你们看，”他一边说一边用手顺着绳子撸下来，“磨损得很厉害。男孩们攀爬时并不会磨损绳子，他们穿着健身房专用的鞋呢。而且，这些磨损很新，看上去是一两天前留下的。没错，是他们干的。我想我们最好报告警察。公司这下可要损失钱了，没办法，但是现在我也看不出我们还能对这份保险做些什么了，除了用这钱在兄弟会上建一座陵墓。兄弟会将不复存在了，马修大夫。”

“你得原谅他，”西蒙兹（对马修大夫）抱歉地说，“他有时就是这个样子。（对布兰登）我一点都不想这么说，布兰登，可是我一点都没跟上你火车般的思路。当杰沃森把自己锁在健身房里的时候，那些家伙是怎么进来杀他的？你不可能就这么把一个人饿死，除非你把他关在一个没有食物的地方，或者强行把他固定在一个地方让他拿不到食物。”

“你错了，”布兰登反对道，“有各种各样的方法。你可以给食物下毒，然后告诉他食物里有毒。当然在这件案子里并不是，因为我自己已经尝过了那牛奶，而我现在还活着。再说，我想一个饿极了的人，当他被逼到那个份上的时候，是有可能冒险也要尝尝看的。理论上你还可以给那个人催眠，暗示他食物不在那儿，或者告诉他那根本就不是食物。但这仅仅是理论，你在现实生活中从没听到这种事被付诸实施过。不，当可怜的杰沃森死时，那些印度人有他们自己的犯罪现场。”

“你是说他们在另一个地方把他饿死了，之后又把他的尸体搬到这儿?”

“看起来也不像。你看，要是把人饿死在这儿，之后再把食物带来放在这儿，造成他故意饿死自己的假象，这不是更容易吗？但是要干这些事里的任何一件，你都需要有这座房子的钥匙。马修大夫，你知道是谁第一个发现尸体的吗？在他们想办法进入这健身房的时候经历过什么样的困难吗?”

“门锁着，钥匙在房子里面。我们不得不把锁拿掉。当时我也在场。当然，警察是负责开锁这件事的，但是那些印度人发现异常后也立刻给我打了电话。”

“真的吗？这个信息很有用。从中我们可以看到罪犯们常犯的错误：把事情做过头了。如果是你我遇到这种情况：一个朋友把自己锁起来十天没露面，我们会透过锁眼大声叫他，然后去找个锁匠来。可这些先生们却直接找了个医生和警察来，就好像他们知道这两种人将会用得着似的。这是掩盖线索中犯的最大错误。”

“我亲爱的布兰登，我们还在等您说出为什么这是谋杀呢。如果这真是一起谋杀，我要说凶手在掩盖线索上做得还是相当出色的。在我看来，这是最清楚不过的精神失常和自杀的案例了。”

“你又错了。你注意到床边有个带铅笔的写字板了吗？如果一个人认为自己快要被饿死或者毒死了，他怎么可能不在自己能够抓到的纸上写下点什么呢？除非他疯了。这种推理同样也适用于绝食实验的情况。如果是他自己在绝食，他也会留下点最后的遗言。再说，那些堆在床上床边的床单被褥又怎么解释？没有人会在下床时留下那样的痕迹，不管他是疯子还是正常人。”

“噢，那就快告诉我们吧！你要是没疯我就要疯了，但是我们可不能饿死呀！而且我们还把马修大夫的午饭也一块儿耽误了。”

“啊，这件事的大致轮廓说起来也简单。杰沃森在美国的什么地方捡回了那几个恶棍，他们其实并不比你我更神秘，只不过会说一些行话术语而已。他们知道他很富，于是他们就粘上他了，因为他们看到他有利可图。当他们发现他已经把兄弟会设定为自己的继承人，除掉他的时候也就到了。他们实地考察，制定了计划，并且决定充分利用现成的武器。从别处弄来武器常常是个错误，要研究你的猎物的习惯，然后把他杀死在他自己的生活轨道里，就像人们常说的那样。他们只需要怂恿他做那些愚蠢的实验，再给他点普通的安眠药水，让他以为有什么神奇的功效就行了。很有可能就是他们建议他到这个健身房来隐居的，因为在这儿他可以得到安静。他们坚持把他的床推到房间的中央，告诉他这样才能捕捉到正午的阳光或别的什么，反正是这一类的胡扯。谁听说过有人想把床放在房间中央的？把床放在靠墙的地方是人类的天性，尽管我并不清楚为什么。”

“那然后呢？”

“到了那天晚上，他们耐心等待，直到安眠药水完全起作用，那时已经是凌晨时分了，他们既可以行事又不会被好奇的邻居发现。他们把梯子绑在一起，或者更可能是用那个水平梯，把它伸展成一条直线，登着它爬上屋顶。他们携带的唯一东西就是绳子，那四根过去从天花板的钩子上垂下来的绳子。绳子上还带着铁钩，我敢说他们把手绢缠在钩子上来避免发出声音。借着天光，他们俯视着下面那个沉睡的人。从铁条的空隙之间他们把绳子放下去。那些钩子起了抓钩的作用，就像钓鱼钩那样向下一直垂到床头床尾的铁横栏上。非常安静，非常平稳地，他们向上拉起了绳子。这一切就仿佛福音书里那种渎神的鬼祟场景。而可怜的杰沃森在药物的作用下仍在昏睡着，说不定还梦见自己正在‘飞升’，并最终‘摆脱了肉身的负担’。他几乎做到了。

“他继续睡着，而当他醒来的时候，他仍然在自己的床上，但却是在40英尺的高空了。被子床单什么的已经不见了，他们不会让他有机会顺着什么爬下去的。他就这样在那儿吊了一个多礼拜。如果他的叫声曾经传出来，也只是那四个无情的谋杀者听见过。一个勇敢点的人也许会跳下去，宁肯选择那样的死法。但是，你告诉我的，西蒙兹，杰沃森是一个恐高的胆小鬼。他不敢跳。”

“那要是他跳了呢？”

“那他还是死定了，无论是吓死的还是摔死的。然后那些印度人就会告诉我们，用沉痛的语调，说‘先知’一定是在做‘飞升’之类的实验。就如事实上他们所做的那样，他们只要在确信一切都已经搞定之后回来把绳子放下去，透过铁条把床单被褥扔下去，落在床上或床边的地上都没关系，然后用来时同样的方法收起绳子和梯子。只有一件事，很自然地，他们没有费心把绳子放松和弄平滑，而且床放下去与原来的位置错开了两英寸，所以它和油布地板上原来的印痕没有对上。正是这一点，让我开始对事情的真相有了一点概念。床显然被抬起来过，而没有人会抬起一个有轮子的床，除非怀有特殊的目的，比如像那四个恶魔。杰沃森是个傻瓜，但是我想到他的死法就感到愤怒。我会尽我最大的努力把这四个家伙送上绞架。如果让我早点碰到他们，我早就收拾掉他们了，连绞架都省了。”

（小风　译）

解破密码诡计，寻找真相

跳舞的人

阿瑟·柯南·道尔

福尔摩斯一声不吭，一坐就是好几个小时。他弯着瘦长的身子，埋头注视着面前的一支化学试管。试管里正煮着一种臭得特别的化合物。在我看来，他脑袋垂在胸前的样子，就像一只瘦长的怪鸟，全身披着深灰的羽毛，头上的冠毛却是黑的。

他忽然说："华生，你是不打算在南非投资了，是不是？"

我吃了一惊。虽然我对福尔摩斯的各种奇特能耐已习惯了，但怎么也想不到，他竟然这样突然道破我的心事。

"你怎么知道的？"我问他。

他在圆凳上转过身来，手里拿着那支冒气的试管。他深陷的眼睛里，微微露出一丝笑意来。

"这不，华生，你得承认，你想不到吧。"他说。

"我是想不到。"

"我应该叫你把这句话写下来，签上你的名字。"

"为什么？"

"因为过了五分钟，你又会说这太简单了。"

"我一定不说。"

"你要知道，我亲爱的华生，"他把试管放回架子上去，开始用教授对他班上的学生讲课的口气往下说，"作出一系列推理来，并且使每个推理前后都有因果关系，而每个推理本身又简单明了，实际上并不难。然后，只要把中间的推理统统去掉，只告诉你的听众起点和结论，就可能产生惊人的，但也许是夸张的效果。所以，我看了你左手的虎口，就觉得有把握说你没有打算把你那一小笔资本投到金矿中去。这种推断做起来真的不难。"

"我看不出有什么关系。"

“似乎没有，但是我可以马上让你看到其间的密切关系。这可以说是一条非常简单的链条，其中缺少一些环节，那就是：第一，昨晚你从俱乐部回来，你左手虎口上有白粉；第二，只有在打台球的时候，为了稳定球杆，你才在虎口上抹白粉；第三，没有瑟斯顿做伴，你从不打台球；第四，你在四个星期以前告诉过我，瑟斯顿拥有购买南非某项产业的特权，再有一个月就到期了，他很想跟你分享这项特权；第五，你的支票簿锁在我的抽屉里，你一直没跟我要过钥匙；第六，你不打算在这方面投资。”

“这太简单了！”我叫起来了。

“说对了！”他有点不高兴地说，“每个问题，一经点破，就变得很简单。这里还有个不明白的问题。看你怎样解释清楚，我的朋友。”他把一张纸条扔在桌上，又开始做他的化学分析。

我看见纸条上画着一些奇里古怪的图案，十分诧异。

“嘿，福尔摩斯，这是一张小孩子涂鸦。”

“你是这么想的？”

“难道错了吗？”

“这正是那个诺福克郡跑马村庄园的希尔顿·丘比特先生急着想弄明白的问题。这个小谜语是今天早班邮车送来的，他本人准备乘下一班火车随后赶来。门铃响了，华生。如果来的人就是他，也是我意料中的事。”

楼梯上响起一阵沉重的脚步声，不一会儿走进来一个身材高大、体格健壮、脸刮得干干净净的绅士。明亮的眼睛，红润的面颊，说明他生活的地方远离多雾的贝克街。他进门的时候，似乎带来了些许东海岸那种浓郁、新鲜、凉爽的空气。他跟我们一一握过手，正要坐下，目光落在那张画着奇怪图案的纸条上，那是我刚才仔细看过以后放在桌上的。

“福尔摩斯先生，你作何解释？”他大声问，“听说你对稀奇古怪的事有所偏爱，我看再找不到比这更稀奇古怪的了。我事先寄来这张纸条，是为了让你在我来以前有时间研究研究。”

“的确是很怪，”福尔摩斯说，“乍一看就像孩子们信手涂鸦，在纸上横着画了些在奇形怪状跳舞的小人。你怎么会看重这样一张怪画呢？”“我倒是丝毫不在意，福尔摩斯先生。可是我妻子就不一样。这张画差点没把她吓死。她什么也不说，但是我能从她的眼神看出来她很害怕。所以我才要把这件事弄个水落石出。”

福尔摩斯把纸条举起来，正对着阳光。那是从记事本上撕下来的，上面的画是用铅笔画的，排列成这样：

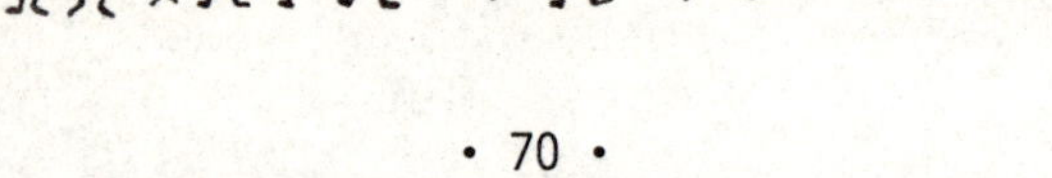

福尔摩斯仔细看了一会儿，然后小心翼翼地把纸条叠起来，放进记事本里。

“这可能成为一件最有趣、最不寻常的案子，”他说，“你在信上告诉了我一些细节，希尔顿·丘比特先生。但是我想请你给我的朋友华生医生再讲一遍。”

“我不善于讲故事。”来客说。他那双大而有力的手，神经质地一会儿紧握，一会儿放开，“如果有什么讲得不清楚的地方，你尽管问我好了。我就从去年我结婚前后开始讲吧，但是我想先说一下，虽然我不是个有钱的人，我们这一家住在跑马村大约有五百年了，在诺福克郡就算我们一家最出名了。去年，我到伦敦参加维多利亚女王即位六十周年纪念，住在罗素广场一家公寓里，因为我们教区的帕克牧师住的就是这家公寓。这家公寓里还住了一位年轻的美国小姐，她姓帕特里克，全名是埃尔茜·帕特里克。于是我们成了朋友。还没有等到我在伦敦住满一个月，我已经深深爱上她，离不开她了。我们悄悄在登记处结了婚，然后我们夫妇俩双双回到了诺福克。你会觉得一个名门望族子弟，竟然以这种方式娶一个来历不明的妻子，简直是发疯吧，福尔摩斯先生。不过你要是见过她、认识她的话，那你就完全理解了。

“她在这一点上很直爽。埃尔茜确实很直爽。我不能说她没给我改变主意的机会，但是我从没有想到要改变主意。她对我说：‘我一生中跟一些坏人有过来往，现在只想把他们都忘掉。我不愿意再提过去，这会使我痛苦万分。要是你娶了我，希尔顿，你娶的妻子个人没有做过任何有愧自己的事。但是，你必须答应我，并且允许我对在嫁给你以前我的一切经历保持沉默。要是这些条件太苛刻了，那你就回诺福克去，让我照旧过我的孤寂生活吧。’她的这番话就是在我们结婚前夕对我说的。我告诉她我愿意满足她的条件娶她，我也一直遵守着我的诺言。

“我们结婚到现在已经一年了，一直过得很幸福。可是，大约一个月以前，就在六月底，我第一次看见了烦恼的预兆。那天我妻子接到一封美国寄来的信。我看到上面贴了美国邮票。她脸变得刷白，把信读完就扔进火里烧了。后来她再也没有提起这件事，我也没提，我既然许下诺言，就应遵守。从那时候起，她就没有过片刻的安宁，神色惊惧，好像她在等着什么，盼着什么。她本可以充分信任我，把我看做是他最可靠的朋友。但是，除非她开口，我什么都不便说。请注意，福尔摩斯先生，她是个值得信任的人。不论她过去在生活中有过什么不幸的事，都不能怪她。我虽是个诺福克的普通乡绅，但是在英国我最看重家庭声望。这方面她很清楚，而且在没有跟我结婚之前，她就很清楚。她决不愿意给我们一家的声誉带来任何污点，这我完全相信。

“好，现在我谈这件事可疑的地方。大概一个星期以前，就是上星期二，我在一个窗台上发现画了一些跳舞的滑稽小人，跟那张纸上的一模一样，是粉笔画的。我以为是小马倌画的，可是他发誓说他一点都不知道。反正那些滑稽小人是在夜里画上去的。我把画全刷掉了，后来才跟我妻子提到这件事。使我惊奇的是，她把这件事看得很严重，而且求我如果再出现这样的画，让她看一看。连着一个星期，什么也没出现。到了昨天早晨，我在花园日晷仪上找到这张纸条。我拿给埃尔西一看，她立刻昏死过去了。以后她就像个梦游人，精神恍惚，始终露出恐惧的神色。到了这个时候，福尔摩斯先生，我才写了一封信，连那张纸条一起寄给了你。我不能把这张纸条交给警方，因为他们准要笑话我，但是你会告诉我该怎么办。我并不富有，但万一我妻子遭到什么不测，为了保护她，我愿意倾家荡产在所不惜。"

他是在英国土生土长的漂亮男子——纯朴、正直、文雅，有一双大大的蓝眼睛，显得很真挚，一张宽宽的脸庞，十分秀气。看他那神情，足以说明，他深深爱着妻子，信任妻子。

福尔摩斯全神贯注地听完他讲的这段经过以后，默默地坐着沉思了片刻。

"你不觉得，丘比特先生，"他终于说，"最好的办法莫过于直接请你妻子把她的秘密告诉你吗?"

希尔顿·丘比特摇了摇大脑袋。

"许下的诺言就该遵守，福尔摩斯先生。假如埃尔茜愿意告诉我，她就会主动告诉我的。假如她不愿意，我不能逼她说出来。不过，我自己想办法搞清楚。我一定得想个办法。"

"我很愿意帮助你。首先，你听说过你家附近一带来过陌生人没有?"

"没有。"

"想来你那一带是个很偏僻的地方，任何陌生面孔出现都会引人注意，是吗?"

"离我们家很近的地方是这样。但是，离我们那儿不太远，有好几个饮牲口的地方，那里的农民经常留外人住宿。"

"这些难懂的图案显然有其含义。假如纯粹是信手乱画的，那我们多半解释不了。从另一方面看，假如不是偶然之作，我相信我们会把它彻底弄清楚。但是，仅有的这一张太简短，我无从入手。你提供的这些情况又太模糊，不能作为调查的基础。我建议你回诺福克去，多加留意，以后要是再出现新的跳舞的人的画，那就照原样准确地临摹下来。非常可惜的是，早先那些用粉笔画在窗台上的跳舞的人，没有一张复制下来。你还要仔细打听一下，附近有没有来过什么陌生人。要是收集到新的证据，请再来这儿。这就是现在我能给你的最好建议。如果有什么新的紧急情况，我随时可以赶到诺福克你家里去。"

这一次的会见后，福尔摩斯变得非常沉默。一连数天，我几次见他从记事本中取出那张纸条，久久地仔细研究上面画的那些古怪图案。可是，他绝口不提这件事。一直到差不多两个星期以后，有一天下午我正要出去，他把我叫住了。

“华生，你最好别走。”

“怎么啦？”

“因为早上我收到希尔顿·丘比特的一份电报。你还记得他和那些跳舞的人吗？他应该在一点二十分到利物浦街，随时可能到这儿来。从他的电报中，我推测已经出现了很重要的新情况。”

我们没有等多久，这位诺福克的绅士坐马车直接从车站赶来了。他像是又焦急又沮丧，一副倦态，满额皱纹。

“这件事真叫我受不了，福尔摩斯先生，”他说着，就像个筋疲力尽的人一屁股坐进椅子里，“当你感觉到无形中被人包围，可是那些人你既看不见、摸不着，更不知道他们的底细，可他们在一心算计着你，这就够糟的了。加上你又明白这件事正在一点一点地折磨自己的妻子，有血有肉的人哪能受得了？她给折磨得一天天消瘦下去，我眼见她瘦下去了。”

“她说了什么没有？”

“没有，福尔摩斯先生。她还没说。不过，有好几回这个可怜的人想要说，又鼓不起勇气来开这个头。我也试着来帮助她，大概我做得很笨，反而吓得她不敢说了。她讲到过我的古老家庭、我们在全郡的名声和引以为自豪的清白声誉，这时候我总以为她就会说到点子上来了，但是不知怎的，眼看着要说到节骨眼上，就岔开去了。”

“那么你自己有什么发现吗？”

“可不少，福尔摩斯先生。我给你带来了几张新的画，更重要的是我看到那个家伙了。”

“怎么？是画这些画的那个人吗？”

“就是他，我看见他画的。还是按顺序跟你说吧。上次我来拜访你以后，回到家里的第二天早上，头一件见到的东西就是一排新的跳舞的人，是用粉笔画在工具房黑色的木门上的。这间工具房挨着草坪，正对着前窗。我照样临摹了一张，就在这儿。”他打开一张纸，放在桌上。下面就是他临摹下来的图案：

“好极了！”福尔摩斯说，“好极了！请接着说下去。”

“临摹完了，我就把门上这些记号擦了，但是过了两个早上，又出现了新的。我这儿也有一张。”

福尔摩斯搓着双手，高兴得咯咯笑出声来。

“咱们的资料积累得好快呀!”他说。

“过了三天，我在日晷仪上找到一张纸条，上面压着一块鹅卵石。就是这张。纸条上很潦草地画了一行小人，跟上一次的完全一样。从那以后，我决定在夜里守着，于是取出了我的左轮枪，坐在书房里不睡，因为从那儿可以望到草坪和花园。大约在凌晨两点的时候，我正坐在窗口，外面除了月色，黑洞洞的。突然我听到后面有脚步声，原来是我妻子穿着睡衣走来了。她央求我去睡，我就对她明说要瞧瞧谁在干这样荒唐的事，捉弄我们。她说这是毫无意义的恶作剧，要我不去理它。

“‘假如真叫你生气的话，希尔顿，咱俩可以出去旅行，躲开这种讨厌的人。’

“‘什么？让一个恶作剧的家伙把咱们从自己的家里撵走?’我说。

“‘睡去吧,’她说,‘有事咱们白天再商量。’

“她正说着，在月光下我见她的脸忽然变得更加苍白，她一只手紧抓住我的肩膀。

我看见对面工具房的阴影里，有什么东西在移动。一个黑糊糊的人影，偷偷绕过墙角走到工具房门前蹲了下来。我抓起手枪正要冲出去，我妻子使劲把我抱住。我用力想甩脱她，她拼命抱住我不放手。最后，我挣脱开来。等我打开门跑到工具房前，那家伙跑了。但是他留下了痕迹，门上又画了一排跳舞的人，排列跟前两次的完全相同，我已经临摹在那张纸上。我把院子各处都找遍了，也没见到那个家伙的踪影。可这件事怪就怪在他并没有走开，因为早上我再检查那扇门的时候，发现除了我已经看到过的那排小人以外，又添了几个新画的。”

“你有没有那些新画的?”

“有，很简单，我也照样临摹下来了，就是这一张。”

他又拿出一张纸来。他记下的新舞蹈是这样的：

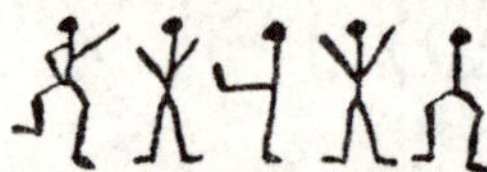

“请告诉我,”福尔摩斯说，从他眼神中可以看出他非常兴奋，“这是画在上

一排下面的呢，还是完全分开的？”

“是画在另一块门板上的。”

“好极了！这一点对咱们的追查来说最重要。我觉得很有希望了。希尔顿·丘比特先生，请把你最有意思的部分接着讲下去。”

“再没有什么要讲的了，福尔摩斯先生，只是那天夜里我很生我妻子的气，我怪她不该就在我可能抓住那个偷偷溜进来的流氓的时候，把我拉住。她说是怕我会遭到毒手。我听了她这话顿时脑子里闪过一个念头：也许她担心是那个人会遭到毒手，因为我已经相信她知道那个人是谁，而且她懂得那些古怪图案是什么意思。但是，福尔摩斯先生，听我妻子的话音，看她的眼神都不容我怀疑她。我相信她心里想的确实是我自己的安全。这就是全部情况，

现在我需要的是想听听你教我该怎么办。我打算叫五六个农场的小伙子埋伏在灌木丛里，等那个家伙再来，就狠狠揍他一顿，叫他以后再也不敢来打搅我们了。”

“这件事太复杂，恐怕不是用这样简单的办法解决得了的，”福尔摩斯说，“你能在伦敦待多久？”

“今天我必须回去。我不能让我妻子整夜一个人待在家里。她神经很紧张，也要求我回去。”

“你回去也许是对的。要是你能不走的话，说不定过一两天我可以跟你一起回去。你先把这些纸条留给我，可能不久我会去拜访你，帮着解决一下你的难题。”

我们这位客人走前，福尔摩斯始终保持住他那种职业性的沉着。但是我很了解他，一眼就看出他心里是十分兴奋的。希尔顿·丘比特的宽阔背影刚从门口消失，我的伙伴就急急忙忙跑到桌边，把所有的画着跳舞的人的纸条都摆在面前，开始进行精细复杂的分析。我一连两小时看着他在纸条上一张张全都编上号，写上字母。他一心扑在这件事上，完全忘了我在旁边。他干得顺手的时候，便一会儿吹哨，一会儿唱起来；有时给难住了，就好一阵子皱起眉头、两眼发呆地望着。最后，他满意地叫了一声，从椅子上跳起来，在屋里走来走去，不住地搓着手。后来，他在电报纸上写了一份很长的电报。“华生，如果回电中有我希望得到的答复，你就可以在你的记录中添上一件非常有趣的案子了，”他说，“我希望明天咱们可以去诺福克，给咱们的朋友带去一些非常明确的消息，好让他知道使他烦恼的原因。”

说实话，我当时非常想问个究竟，但是我了解福尔摩斯喜欢在他认定适当的时候，以自己的方式来透露他的发现。所以我等着，直到他觉得适合向我说明一切的那天。可是，迟迟不见回电。我们耐着性子等了两天。在这两天里，

只要门铃一响，福尔摩斯就竖着耳朵听。第二天的晚上，希尔顿·丘比特捎来一封信，说他家里平安无事，只是那天清早又看到一长排跳舞的人画在日晷仪上。他临摹了一张，附在信里寄来了：

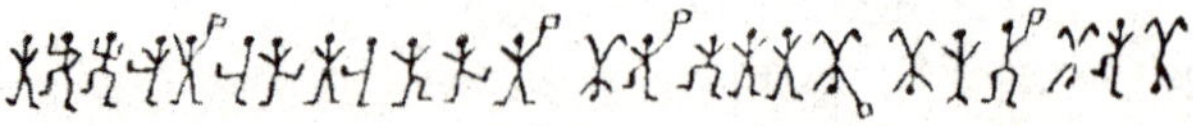

福尔摩斯伏在桌上，对着这张古怪的图案看了几分钟，猛然站起来，发出一声惊异、沮丧的喊叫。他那憔悴的脸上显得十分焦急。

"这件事咱们再不能听之任之了，"他说，"今天晚上有去北沃尔沙姆的火车吗?"

我找出了火车时刻表。末班车刚刚开走。

"那么咱们明天提前吃早饭，坐头班车去，"福尔摩斯说，"现在非咱们出面不可了。啊，咱们盼着的电报来了。等一等，赫德森太太，也许要拍个回电。不必了，完全不出我所料。看了这封电报，咱们更要赶快让希尔顿·丘比特知道目前的情况，多耽误一小时都不应该，因为这位诺福克生性单纯的绅士已经陷入了奇怪而危险的罗网中了。"

后来事实证明的确如此。回想当初，我觉得这是个幼稚而怪诞的故事，现在当我即将结束这个悲惨故事的时候，不免再次体验到我所感受到的那种惊讶和恐惧。虽然我乐于给我的读者一个光明的结尾，但作为事实的记录者，我必须照实把一连串的奇怪事件先后交代明白，对那些不幸的危机也不放过。后来正因为发生了这些事件，使得跑马村庄园一度在全英国成了家喻户晓的地方。我们在北沃尔沙姆下车，刚一提我们要去的目的地，站长就急匆匆朝我们跑来。"你们两位是从伦敦来的侦探吧?"他问。

福尔摩斯的脸上露出懊恼的样子。

"你怎么知道的?"

"因为诺威奇的马丁警长刚打这儿过。要不，你二位是外科大夫吧。她还没死——至少我刚听到的消息是这样讲的。可能你们赶得上救她，但也只不过是让她活下来等着上绞架罢了。"

福尔摩斯的脸色阴沉，焦急万分。

"我们要去跑马村庄园，"他说，"可我们没听说那里出了什么事。"

"惨哪，"站长说，"希尔顿·丘比特和他妻子两个都给枪打了。她拿枪先打丈夫，然后打自己。这都是他们家的用人说的。男的已经死了，女的也没有多大指望了。唉，可怜哪，原是诺福克郡最古老、最体面的一家!"

福尔摩斯二话没说，赶紧上了一辆马车。在这长达七英里的途中，他就没有开过口。

我很少见他这样绝望过。从伦敦来的一路上，福尔摩斯一直心神不宁，我注意到，他仔细地查看各种早报的时候，显得忧心忡忡。现在，他所担心的最坏情况突然变成事实，使他感到无所适从，痛苦万分。他靠在座位上，愁容满面，陷入沉思默想之中。然而，这一带景色独特，引人入胜。我们正穿过一个在英国算得上是独一无二的乡村，为数不多的农舍散落其间，表明如今居住在这一带的人不多了。处处有方塔形的教堂，耸立在一片平坦青葱的景色中，述说着昔日东安格利亚①王国的繁荣昌盛。一片蓝紫色的日耳曼海终于出现在诺福克绿岸边，马车夫用鞭子指着掩映在小树林中的两座老式砖木山墙说："那儿就是跑马村庄园。"马车驶到带圆柱门廊的大门前，我就看见了前面网球场边那座黑色工具房和那座日晷仪，当初这两个所在曾引起我们种种奇怪联想。有个人刚从一辆一匹马拉的马车上走下来，短小精悍、动作敏捷、留着胡子，他自我介绍说是诺福克警察局的马丁警长。他听到我搭档的名字的时候，露出很惊讶的样子。

"啊，福尔摩斯先生，这件案子还是今天凌晨三点发生的，你远在伦敦怎么就听到了，而且跟我一样快就赶到了现场？"

"我已经料到了。我来这儿是希望阻止它发生。"

"那你一定掌握了重要的证据，在这方面我们一无所知，因为据说他们是一对最和睦的夫妻。"

"我只有一些跳舞的人作为物证，"福尔摩斯说，"以后我再向你解释吧。目前，既然没来得及避免这场悲剧发生，我非常希望利用我现在掌握的材料来伸张正义。你是愿意让我参加你的调查工作呢，还是宁愿让我单独行动？"

"如果我们真的能联起手来，我感到非常荣幸。"警长真诚地说。

"这样的话，我希望马上听取证词，检查现场，刻不容缓。"

马丁警长是个明智之人，他让我的朋友自行其是，自己则乐于仔细记下结果。本地的外科医生，是个满头白发的老年人，他刚从丘比特太太的卧室下楼来，据他报告说，她的伤势很严重，但未必致命。子弹是从前额打进去的，多半要过一段时间才能恢复知觉。至于她是被人枪杀的还是自残的问题，他不敢冒昧表示明确的意见。有一点是可以肯定的：这一枪是从离她很近的地方打的。在房间里只发现一把手枪，里面的子弹只打了两发。希尔顿·丘比特先生的心脏被子弹打穿。可以设想为希尔顿先开枪打他妻子然后自杀，也可以设想他妻子是凶手，因为那支左轮就掉在两人正中间的地板上。

"他有没有被搬动过？"福尔摩斯问。

---

① 安格利亚：英吉利古称。

“没有，只把他妻子抬出去了。我们不能眼看着受伤的人在地板上躺着。”

“你来了有多久了，大夫？”

“四点钟就来了。”

“还有别人吗？”

“有的，就是这位警长。”

“你什么都没有动过？”

“没有。”

“你考虑得很周全。是谁去请你来的？”

“这家女仆桑德斯。”

“是她发现的？”

“她跟厨子金太太。”

“现在她们在哪儿？”

“在厨房里吧，我想。”

“我看咱们最好马上听听她们怎么说。”

这是间古老的大厅，镶着橡木墙板，高高的窗子。大厅正好成了调查庭。福尔摩斯坐在一把老式的大椅子上，脸色憔悴，那双威严的眼睛却闪闪发亮。我能从他眼睛里看出坚定不移的决心，他准备用毕生的力量来追查这件案子，最终为这位他没能搭救的当事人报仇雪耻。在大厅里坐着的那一伙奇特的人当中，还有衣着整齐的马丁警长，白发苍苍的乡村医生，我自己和一个呆头呆脑的本村警察。

这两个妇女讲得十分清楚。“砰”的一声枪声把她们从睡梦中惊醒，接着又响了一声。她们睡的两间房间紧挨着，先是金太太跑到桑德斯的房间里来。后来她俩一块儿下了楼。书房门开着，桌上点着一支蜡烛。主人脸朝下趴在书房正中间，已经死了。他的妻子就在挨近窗子的地方蜷着、脑袋靠在墙上。她伤得非常重，脸的一侧满是血，大口大口地喘气，已说不出话来了。走廊和书房里满是烟和火药味。窗子肯定是关着的，并且从里面插上了。在这一点上，她俩都说得很肯定。她们立即就叫人去找医生和警察，然后在马夫和小马倌的帮助下，把受伤的女主人抬回她的卧室。出事前夫妻两个已经就寝了，她身穿外套，他睡衣的外面套着便袍。书房里的东西，都没有动过。据她俩说，夫妻间从来没有吵过架，是一对非常和睦的夫妇。上面就是两个女仆提供证词的要点。在回答马丁警长的问题时，她们肯定地说所有的门都从里面关好了，谁也跑不出去。在回答福尔摩斯的问题时，她们都说记得刚从顶楼房里跑出来就闻到火药的气味。“我提请你注意这个事实。”福尔摩斯对他的同行马丁警长说，“现在，我想咱们可以开始彻底检查那间书房了。”

书房不大，三面靠墙都是书。一张书桌对着一扇窗，窗外是花园。我们首先注意的是这位不幸绅士的遗体。他那魁伟的身躯横躺在屋里，四肢摊开。他衣衫凌乱，说明是从睡梦中匆匆起来的。子弹是从正面射过来，穿过心脏，还留在体内，他当时就死了，没有痛苦。他的便袍上和手上都没有火药痕迹。据乡村医生说，女主人的脸上有火药痕迹，但是手上没有。

“没有火药痕迹说明不了问题，要是有的话，情况就完全不同，”福尔摩斯说，“除非是很不合适的子弹，里面的火药会朝后面喷出来，否则打多少枪也不会留下痕迹。我建议现在就把丘比特先生的遗体搬走。大夫，我想你还没有取出打伤女主人的那颗子弹吧?”

“需要做一次复杂的手术，才能取出子弹来。那支左轮里面还有四发子弹，另有两发已经打出来了，造成了两处伤口，所以六发子弹都有了下落。”

“好像是这样，”福尔摩斯说，“你能不能解释打在窗框上的那颗子弹?”他突然转过身去，用他的细长的指头，指着离窗框底边一英寸地方的一个小窟窿。

“可不是!”警长大声说，“你倒是怎么发现的?”

“因为我找过。”

“说得好!”乡村医生说，“你说对了，先生。那就是说，当时一共放了三枪，因此一定有第三者在场。可是，这会是谁呢? 他是怎么跑掉的?”

“这正是咱们就要解答的问题，”福尔摩斯说，“马丁警长，你记得在那两个女仆讲到她们一出房门就闻到火药味儿的时候，我说过这一点极其重要，是不是?”

“是的，先生。但是，坦白说，我当时不大明白你的意思。”

“这就是说在打枪的时候，门窗全都是开着的，否则火药的烟不会那么快吹到楼上去。这非得书房里有穿堂风不行。不过，门窗开着的时间很短。”

“何以见得?”

“因为那支蜡烛并没淌下蜡油来。”

“说得对!”警长大声说，“说得对!”

“我既然肯定了这场悲剧发生的时候窗子是开着的，于是就设想到其中可能有一个第三者，他站在窗外朝屋里开了一枪。这时候如果从屋里对准窗外的人开枪，就可能打中窗子框。我一找，果然那儿有个弹孔。”

“那么窗子是怎么关上、闩上的呢?”

“女主人出于本能的第一个动作当然是关上窗子。啊，这是什么?”

那是个鳄鱼皮镶银边的女用手提包，小巧精致，就在桌上放着。福尔摩斯把它打开，将里面的东西倒了出来。手提包里只装了一卷英国银行的钞票，五十英镑一张，一共二十张，用橡皮圈箍在一起，此外，没别的。

“这个手提包必须保管好，它还要出庭作证呢，”福尔摩斯一边说着一边把手提包和钞票交给了警长，“现在必须想法说明这第三颗子弹。从木头的碎片来看，这颗子弹明明是从屋里打出去的。我想再问一问他们的厨子金太太。金太太，你说过你是给响亮的‘砰’一声枪声惊醒的。你的意思是不是在你听起来它比第二声更响?”

“可不是，先生，我是睡着时给惊醒的，所以很难分辨。不过当时听起来确实很响。”

“你不觉得那可能是差不多同时放的两枪的声音?”

“这我可说不准，先生。”

“我确信那无疑是两枪的声音。马丁警长，我倒认为房里的一切已很清楚了。你愿意的话，我们一起到花园里去看看，那里能不能找到什么新的证据。”

外面有一座花坛，一直通到书房的窗前。我们走近花坛，大家不约而同地惊叫起来。

花坛里的花踩倒了，松软的泥土上满是脚印。那是男人的大脚印，脚趾特别细长。福尔摩斯像猎犬追踪中弹的鸟那样在草里和地上的树叶间搜寻着。忽然，他高兴地叫了一声，弯下腰捡起来一个铜质小圆筒。

“不出我所料，”他说，“那支左轮有推顶器，这就是第三枪的弹壳。马丁警长，我想咱们的案子差不多办完了。”

这位乡村警长对福尔摩斯神速巧妙的侦查感到万分惊讶。看他那表情，最初他还想讲讲自己的主张，这时已佩服得五体投地，心甘情愿对福尔摩斯唯命是从了。

“你猜想是谁开的枪?”他问。

“以后再说吧。在这个问题上，有几点我现在还解释不了。既然我已经走到这一步了，最好还是照我自己的想法进行下去，最后把这件事对你彻彻底底说个清楚。”

“请便，福尔摩斯先生，只要我们能抓到凶手就行。”

“我丝毫不想故弄玄虚，现在正在行动的时候，不便作冗长复杂的解释。这起案子的线索我全都有了。即使这位女主人再也恢复不了知觉，咱们仍旧可以把昨天夜里发生的事情一一设想出来，并且保证让凶手受到法律制裁。首先，我想知道附近是否有一家叫做‘埃尔里奇’的小客栈?”

问遍所有的用人，谁都没有听说过这么一家客栈。在这个问题上，小马倌帮了点忙，他记起有个叫埃尔里奇的农场主，住在东罗斯顿那边，离这里只有几英里。

“是个偏僻的农场吗?”

“很偏僻，先生。”

“昨晚这里发生的事情也许还没传到那儿的人的耳朵吧？”

“也许没有，先生。”

“备好一匹马，我的孩子，”福尔摩斯说，“我要你送封信到埃尔里奇农场去。”

他从口袋里取出许多张画着跳舞小人的纸条，摆在书桌上，坐下来忙了一阵子后，便交给小马倌一封信，嘱咐他把信交到收信人手里，尤其要记住不要回答收信人可能提出的任何问题。我看见信外面的地址和收信人姓名写得很凌乱，跟福尔摩斯一向写的那种严谨的字体完全不一样。上面写的是：诺福克，东罗斯顿，埃尔里奇农场，阿贝·斯兰尼先生。

“警长，”福尔摩斯说，“我想你不妨打电报请求派押送人员来。因为如果我估计不错的话，可能有一个非常危险的犯人要押送到郡监狱去。送信的小孩就可以捎带着你的电报去发。华生，要是下午有回伦敦的火车，我看咱们就赶这趟车，因为我有一项非常有趣的化学分析要完成，何况这件侦查工作很快就要结束了。”

福尔摩斯打发小马倌送信后，吩咐所有的用人：如果有人来问起丘比特太太的情况，立刻把来人领到客厅里，决不能说出丘比特太太的身体情况。他非常严厉地叮嘱用人记住这些话。最后他领着我们去客厅，并说现在的事态不在我们控制之下，大家尽量休息一下，等着看事态的发展。乡村医生已经离开这里去看他的其他病人了，留下来的只有警长和我。

“我想我能够用一种有趣又有益的方法，来帮你们消磨一小时，”福尔摩斯说着，把椅子挪近桌边，又把那几张画着滑稽小人的纸条在自己面前摆开，“华生，我这么久不让你的好奇心得到满足，算我欠了你一份情。至于你呢，警长，整件案子可能会使你感兴趣，权可当作你一项不寻常的业务研究。我必须先告诉你一些有趣的情况，那就是希尔顿·丘比特先生曾两次来贝克街找我商量。”他接着就把我前面已经说过的那些情况，简单扼要地重述了一遍，“在我面前摆着的，就是这些独特的作品。要不是它们成了这么可怕的一场悲剧的先兆，谁见了也会一笑置之。我比较熟悉各种形式的秘密文字，也写过一篇关于这个问题的粗浅文章，其中分析了一百六十种不同的密码。但是我承认，这一种我还是第一次见到。想出这一套方法的人，显然是为了使别人以为它是儿童随手涂抹的画，看不出这些符号传达的信息。

“然而，只要一看出了这些符号代表的是字母，再应用秘密文字的规律来分析，就不难找到答案。在交给我的第一张纸条上那句话很短，我只能稍有把握假定代表 E。你们也知道，在英文字母中 E 最常用，即使在一个短的句子中也是经常看得到的。第一张纸条上有十五个符号，其中四个完全一样，因此把它估计为E是合理的。这些图形中，有的还带一面小旗，有的没有小旗。从小旗的分布来看，带旗的图形可能是用来把这个句子分成一个个的单词。我把这看做一个可以接受的假设，同时记下E是用来代表的。

“可是，现在最棘手的问题来了。因为，E之后，哪个英文字母出现次数最多呢，并不很清楚。在一页印出的文字里和一个短句子里，平均出现的频率可能完全不同。大致说来，字母按出现次数排列的顺序是T、A、O、I、N、S、H、R、D、L；但是T、A、O和I，出现的次数几乎不相上下。要是把每一种组合都试一遍，直到得出一个意思来，那会是一项了无止境的工作。所以，我只好等来了新材料再说。希尔顿·丘比特先生第二次来访的时候，果真给了我另外两个短句子和似乎只有一个单词的一句话，就是这几个不带小旗的符号。在这个只五个字母的单词中，我找出了第二个和第四个都是E。这个单词可能是sever（切断），也可能是lever（杠杆），或者never（决不）。毫无疑问，使用末了这个词来回答一项请求的可能性极大，而且种种情况都表明这是丘比特太太写的。假如这个判断正确，我们现在就可以说，三个符号分别代表V，N和R。

“甚至在这个时候我的困难仍然很大。但是，一个很妙的想法使我知道了另外几个字母。我想，假如这些恳求是来自一个在丘比特太太年轻时候就跟她亲近的人的话，那么一个两头是E，当中有三个别的字母的组合很可能就是ELSIE（埃尔茜）这个名字。我一检查，发现这个组合曾经三次构成一句话的结尾。这样的一句话肯定是对‘埃尔茜’提出的请求。这一来我就找出了L、S和I。可是，究竟请求什么呢？在‘埃尔茜’前面的一个词，只有四个字母，末了是E。这个词必定是COME（来）无疑。我试过其他各种以E结尾的四个字母组成的词，都与案子无关。这样我就找出了C、O和M，而且现在我可以再来分析第一句话，把它分成单词，还不知道的字母就用点代替。经过这样的处理，这句话就成了这种样子：

. M. ERE. . ESL. NE.

“如此说来，第一个字母只能是A。这是最有帮助的发现，因为它在这个短句中出现了不只三次。第二个词的开头是H也是显而易见的。这一句话现在成了：

AM HERE A. E SLANE.

“再把名字中所缺的字母添上，就成了：

AM HERE ABE SLANEY.

（我已来。阿贝·斯兰尼。）

“我现在已掌握了这么多字母，能够很有把握地解释第二句话了。那就是：

A. ELRE. ES.

“我看这一句中，我只能在缺字母的地方加上T和G才有意义。如果这是个地名，那便是写信人待的房子或客栈的名。”

马丁警长和我兴致勃勃地听着我的朋友详细讲他如何找到答案的经过，这下我们的疑团全消了。

“接下去怎么样，先生？”警长问。

“我有充分理由猜想阿贝·斯兰尼是美国人，因为阿贝是个美国式的缩写，而且这场灾祸的导火索就是从美国寄来的一封信。我也有充分理由认为这件事带有犯罪的内情。女主人含含糊糊提到有关她过去的话和她拒绝把实情告诉她丈夫，都使我从这方面去想。所以我才给纽约警察局一个叫威尔逊·哈格里夫的朋友发了一个电报，问他是否知道阿贝·斯兰尼这个名字。这位朋友不止一次利用过我所知道的有关伦敦的犯罪情况。他的回电说：‘此人是芝加哥最危险的骗子。’就在我接到回电的那天晚上，希尔顿·丘比特给我寄来了阿贝·斯兰尼最后画的一行小人。按已知的这些字母译出来，就成了这样的一句话：“再添上P和D，这句话就完整了（意为：埃尔茜，准备见上帝），说明了这个流氓已经由劝诱改为恐吓。对芝加哥的那帮歹徒我很了解，所以我想他可能会很快把恐吓的话付诸行动。我立刻和我的朋友华生大夫来诺福克，但不幸的是，我们赶到这里的时候，最坏的情况已经发生了。”

“能跟你一起处理一件案子，使我感到荣幸，”警长热情洋溢地说，“不过，恕我直言，你只对你自己负责，我却要对我的上级负责。假如这个住在埃尔里奇农场的阿贝·斯兰尼真是凶手的话，他要是就在我坐在这里的时候逃跑了，那我准得受严厉的处分。”

“你不必担心，他不会逃跑的。”

“你怎么知道？”

“逃跑就等于他承认自己是凶手。”

“那就去把他抓起来吧。”

“我估计他很快就来这儿了。”

“他为什么要来呢？”

“因为我已经写信请他来。”

“简直难以相信，福尔摩斯先生！为什么你一请，他就乖乖地来呢？这不恰恰会引起他的怀疑，促使他逃走吗？”

“我不是编了一封信吗？”福尔摩斯说，“要是我没有看错，这位先生正往这儿来了。”

说话间，只见在门外的小路上，有一个身材高大、皮肤黑黑、挺漂亮的家伙正迈着大步走过来。他穿了一身灰法兰绒的衣服，戴着一顶巴拿马草帽，胡子拉碴，大鹰钩鼻。他沿着院子路径，大摇大摆走着，旁若无人，仿佛走的是自家的院子。不久传来响亮而自信的门铃声。

“先生们，”福尔摩斯小声说，“我看最好都各就各位，站到门后面去。对付这样的家伙，还得小心在意。警长，你准备好手铐，让我来同他谈。”我们静静地等了片刻，这可是永生难忘的片刻。门开了，这人走了进来。福尔摩斯立刻用手枪柄照他的脑袋敲了一下，马丁把手铐套上了他的腕子。他们的动作是那么麻利，那么熟练，这家伙还没回过神来，就动弹不得了。他瞪着一双黑眼睛，把我们一个个都瞧了瞧，突然苦笑起来。

“先生们，这次我可栽在你们手中了。我还以为是撞到什么硬东西上了呢。我是应希尔顿·丘比特太太来信来这儿的。这里面不至于有她吧？难道是她帮你们给我设下了这个圈套？”

“希尔顿·丘比特太太受了重伤，现在快要死了。”

这人发出一声嘶哑的叫喊，声震屋宇。

“胡说！”他拚命嚷着说，“受伤的是希尔顿，不是她。谁会伤害小埃尔茜？我可能威胁过她——上帝饶恕我吧！但是我决不会碰她一根毫毛。收回自己的话吧——你！告诉我，她没有受伤！”

“发现她的时候，她已经伤得很重，就倒在她丈夫的旁边。”一声伤心的呻吟，他跌坐在长靠椅上，用铐着的双手遮住自己的脸，一声不响。过了五分钟，他抬起头来，绝望而冷漠地说了起来。

“我没有什么要瞒你们的，先生们。”他说，“如果我开枪打一个先向我开枪的人，就不是谋杀。如果你们认为我会伤害埃尔茜，那只是你们不了解我，也不了解她。世界上确实没有第二个男人能像我那样爱她了。我有权娶她。很多年以前，她就向我保证过。凭什么这个英国人要来横插一杠呢？告诉你们吧，我是第一个有权娶她的，我争取的只是自己的权利。”

“在她发现你是什么样的人以后，她就摆脱了你的势力，”福尔摩斯厉声说道，“她逃出美国是为了躲开你，并且在英国同一位体面的绅士结了婚。你紧追着她，使得她很痛苦，你是为了引诱她抛弃她深爱而敬重的丈夫，跟你这个她既恨又怕的人逃跑。结果你使一个贵族死于非命，又逼得他的妻子自杀了。这就是你干的这件事的记录，阿贝·斯兰尼先生。你将受到法律的惩处。”

“要是埃尔茜死了，那我就什么都不在乎了。”这个美国人说。他张开一只手，看了看攥在手心里的一张揉成一团的信纸。“哎，先生，”他大声说，露出了一点怀疑的目光，“你不是在吓唬我吧？如果她真像你说的伤得那么重，这封信是谁写的？”他把信朝着桌子扔了过来。

“是我写的，为的是把你叫来。”

“你写的？除了我们帮里的人以外，从来没有人知道跳舞人的秘密。你怎么写得出来？”

“有人想得出来，就有人能破解出来。”福尔摩斯说，“会来一辆马车把你带到诺威奇去，阿贝·斯兰尼先生。现在你还有时间对你所造成的伤害稍加弥补。丘比特太太已经受到重大嫌疑，说她谋杀丈夫，你知道吗？好在今天有我在场，恰恰掌握了材料，才使她不致受到控告，你知道吗？为了她你至少应该做到向大众说明：对她丈夫的惨死，她没有任何直接或间接的责任。”

“最好没有了，”这个美国人说，“我相信最能证明我自己最好的办法，就是把全部真相和盘托出。”

“我有责任警告你：这样做可能对你不利。”警长本着英国刑法公正的严肃精神，高声地说。

斯兰尼耸了耸肩膀。

“我愿意冒这个险，”他说，“我首先要告诉在座诸位先生的是：埃尔茜还是个孩子的时候，我就认识她了。当时我们在芝加哥结成一帮，帮里一共七个人，埃尔茜的父亲是我们的老大。老帕特里克是个很聪明的人，他发明了这种秘密文字。除非你懂得这种文字的解法，不然就会当它是小孩信手乱涂的画。后来，埃尔茜对我们的事情有所耳闻，可是她不能容忍这种行当。她自己还有一些正当来路得来的钱，于是她趁我们都不防备的时候溜走，逃到伦敦。她已经和我订婚了。要是我干的是另外一行，我相信她早就跟我结婚了。她无论如何也不愿意跟不正当的行当沾上关系。到了她跟这个英国人结婚以后，我才知道她的下落。我给她写过信，但是没有得到回信。之后，我来到了英国。因为写信无效，我就把要说的话写在她能看到的地方。

“我来这里已经一个月了。我在那个农庄租到一间楼下的屋子。这样可以每天夜里，自由进出，谁都不知道。我想方设法要把埃尔茜骗走。我知道她看到我写的那些话了，因为她有一次就在其中一句下面写了回答。于是我急了，便开始威胁她。她就寄给我一封信，恳求我离开，并且说如果闹出事来损害到她丈夫的名誉，那就会使她心碎的。她还说只要我答应离开这里，让她安安生生过日子，她就会在早上三点，等她丈夫睡着了，下楼来在最后面的那扇窗前跟我说几句话。她下来了，还带着钱，想用钱打发我走掉。我气极了，一把抓住她的胳臂，想从窗子里把她拽出来。就在这时候，她丈夫手里拿着手枪冲进屋来。埃尔茜瘫倒在地板上，我们两个面对面站着。当时我手里也有枪。我举起枪想把他吓跑，让我逃走。他开了枪，没有打中我。差不多在同一时刻，我也开了枪，他立刻倒下了。我急忙穿过花园逃走，这时还听见背后关窗的声音。先生们，我说的句句都是实话。后来的事情我都没有听说，一直到那个小伙子骑马送来一封信，使我像个傻瓜似的到了这儿，把自己交到你们手里。”

这个美国人说这番话的时候，马车已经到了，里面坐着两名穿制服的警察。马丁警长站了起来，用手碰了碰犯人的肩膀。

“该走了。”

“我可以先看看她吗？”

“不行，她还没有恢复知觉。福尔摩斯先生，但愿下次再碰到重大案子，要是还有你在身边，那我可走运了。”

我们站在窗前，望着马车驶去。我转过身来，看见犯人扔在桌上的纸团，那就是福尔摩斯曾经用来诱捕他的信。

“华生，你看上面写的是什么？”福尔摩斯笑着说。

信上没有字，只有这样一排跳舞的人：“如果你使用我解释过的那种密码，”福尔摩斯说，“你会发现它的意思不过是‘马上到这里来’。我相信，他决不会拒绝邀请，因为他想不到除了埃尔茜以外，还有别人能写这样的信。所以，我亲爱的华生，结果，这些被恶人利用的跳舞人，在我们手中就变成有益的了。我还觉得自己已经履行了诺言，给你的记事本添上一些不平常的材料。三点四十分有班火车，我想咱们该乘这班车回贝克街吃晚饭了。”

这里还要补充几句，作为本故事的结尾：在诺威奇冬季大审判中，美国人阿贝·斯兰尼被判死刑，但是考虑到一些可以减轻罪行的情况和确实是希尔顿·丘比特先开枪的事实，改判劳役监禁。至于丘比特太太，我只听说她后来完全康复了，现在仍旧寡居，用她的全部精力帮助穷人，管理她丈夫的家业。

美国首都凶杀案

帕特里夏·麦吉尔

谋杀故事有两派写法。一派主张一开头就得有砰的一声枪响——就像这样：“忽然一声枪响，一个女人尖声呼叫，一个男人浑身是伤，血淋淋地从屋顶上倒栽下来。”这派人士认为眼前这个故事也该这样开头：“头一具尸体是在林肯纪念堂那座庄严高大的林肯塑像后面发现的，一颗子弹射穿了那人的心脏。”

另一派则比较轻松洒脱，先描写一些跟犯罪现场毫无关联的琐事，然后再笔锋一转，过渡到谋杀案，例如，“福尔摩斯轻盈地拉着他的小提琴，奏出一支悦耳动听的曲子，在为讲话的华生伴奏，后者正在喋喋不休地谈起他到萨里郡去了一趟的情况。”也许眼前这一系列惊人的凶杀案用这种写法来开头比较好一些，这些案件搞得华盛顿居民人心惶惶，也使游客在参观那座纪念堂时胆战心惊，疑神疑鬼。

咱们就用这种间接方式来讲这个故事吧。

话说华盛顿有一份名气不大的《彗星报》，发行量很小，不过它倒也颇有雄心壮志，极想胜过同业中最强的竞争对手。

在该报市区新闻编辑部，主编斯坦·莫里斯正在拆阅邮局早晨送来的信件，远处角落里有人在掷骰子玩，一名勤务工在用一个铅笔头破解报纸上的文字谜语，这春意浓浓的早晨倒也宁静。莫里斯把那些垃圾信件一封封地扔进字纸篓，其中包括一场画家对作家的球赛预告啦，一次保健讲座的通知啦，一台露天音乐会的节目啦，等等，等等。最后他从一只封信中抽出一张小纸条，上面只写着“Sic sempertyrannis”[①]。他挑了一下眉毛，又看了一眼，耸耸肩膀，把它也丢进了字纸篓。他摸摸兜儿里的零钱，站起来，朝掷骰子的人那边走去。两个小时过后，他排好了一个版面，回到自己的写字台前，准备再赶写一篇报道。这当儿，电话铃响了。

“喂，是啊，”他答道，“什么，林肯纪念堂？知道了，警长。好的，我们立刻派记者前去。谢谢你的通知。”

挂上电话之后，他便冲屋子尽头喊道：“杰米，赶快行动。有个家伙在林肯纪念堂被谋杀了。一群中学生在参观的时候发现了那具尸体。叫瓦特跟你一块儿去，让他从各个角度给那具尸体拍些照片，记住，背景要带上林肯塑像。”

杰米和瓦特走了半个钟头之后，莫里斯忽然想起一件事，急忙奔到字纸篓前翻里面的废纸，真叫那名勤务工感到纳闷。后来那名记者和摄影师回来时，发现莫里斯情绪十分激动。

“没多少油水，”杰米对他说，“尸体已被验明，不是什么大人物，只是国家档案局的一名工作人员。我已经采访了全部情况。”

“没多少油水？”莫里斯发着颤音说，“杰米，咱们在尽力支撑着这份报纸，这可是今年的头号新闻。瞧瞧今天早晨收到的这封信。”

杰米不太感兴趣地把那张揉皱了的小纸片接过去。

“明白什么意思吗？”莫里斯问，“那正是当年约翰·威尔克斯·布思[②]在刺

---

① Sic sempertyranni：拉丁文，意为“暴君就该如此下场。”

② 约·威·布思（1838～1865）：美国演员，1865年4月14日在剧场刺杀了林肯总统。

杀林肯之前叫嚷的那句话。这意味着那名凶手要重演那次暗杀事件，而且事先向咱们《彗星报》打了招呼。快把你掌握的材料写篇报道发出去!”

杰米看出主编那股兴奋劲儿，便写了一篇精彩的报道，公众的反应却十分冷淡。往轻里说，他们不大相信其中的说法。《彗星报》的竞争对手随即发表了一篇题为《多么靠不住啊!》的文章总结了公众的观点，并且谴责该报伪造那张写着拉丁文字的纸条是一种不道德的行为，目的不过是想引起一阵轰动，增加该报的发行量罢了。甚至连那位一向对莫里斯友好的警长在后者建议他化验检查那张小纸条和信封时也笑话他，因为那都是市面上出售的极普通的廉价信纸信封，根本查不出什么名堂来。

两天来对这起凶杀案件的调查毫无进展，连《彗星报》也把“警方受挫”的消息移到第九版上去了。可是第三天，莫里斯在写字台上又发现一个跟上次一模一样的信封，邮戳是前一夜盖的。他战战兢兢地打开信封，发现里面又只有一张小纸条，上面写着：“在老地方偿还新债。”他连忙伸手去抓电话机，可是还没拿起听筒，电话铃却响了。

“是啊，我是莫里斯。”他嘟哝道。

他听了一会儿，两只眼睛睁大了。

“什么，财政部门口？老天爷！警长，听我说，我刚刚又接到一封信——别紧张，绝对不是要花招。你听我说嘛……好，好，我这就派记者去。”

莫里斯心里不大痛快，觉得受到了曲解。他又派杰米前去采访。这次受害者是政府印刷局的一名职员。那人也是被人枪杀的，警卫在次日早晨打开大门时发现了他的尸体。这起接踵而来的凶杀使公众对《彗星报》的说法有点儿相信了，这次报道把新近的凶杀案与当年联邦政府首任财政部长亚历山大·汉米尔顿[①]遭人枪杀一事联系了起来，并作了分析比较。

然而，警方对此却仍持怀疑态度；《彗星报》的另一竞争对手发表了一篇论新闻道德的社论。文章并未点《彗星报》的名，却强烈指出，一份胡编乱造的报纸会给整个新闻界带来坏名声。莫里斯读完那篇文章感到很苦恼，因为他既想扩大报纸的发行量，也对自己的报纸的名声十分重视。他真希望，那个无名刺客把他那种免费预告的纸条寄到别家报社去就好了。

第二天和第三天，各家报纸都以大字标题报道了“警方仍无进展”的消息。没有发现两名受害者之间有任何关系，两起案件之间也无任何联系。不过两次都是枪杀，而且都跟历史上的一个暴死人物挂得上钩。警方也许是急于要干出

---

① 亚·汉米尔顿（1755～1804）：乔治·华盛顿时代的财政部长，1804年在一场决斗中被枪杀身亡。

点儿成绩来，才勉强同意莫里斯的建议，派了一名警察到市邮政总局去拦截所有写给《彗星报》市区新闻编辑部的信件——凶手如果还想作案，也许还会事先通知该报社。这项措施直到第三天晚上才有所收获。

那名警察截获了一个熟悉的信封，里面装着一张小纸条。这次纸条上只写着简短的问句："乔治·华盛顿也躺在这儿吗？"

当天夜里，首都采取了紧急防范措施。至少有十几名警察隐蔽在华盛顿纪念塔周围，另有一名把守电梯，一名在塔楼里守候，两名潜伏在接待室里。杰米又给派去采访新闻，莫里斯本人则随同另一支分遣队赶往芒特弗农，在华盛顿故居和葬地巡逻。这两处通宵戒备森严，临了却什么事也没发生，只有那位市区新闻版主编差点儿要狠揍另一家报社的一名记者，因为后者讥诮地对他说："莫里斯，回家再给自己写张小纸条吧！"

可是没过多久，一起为莫里斯和《彗星报》辩白的事件就发生了。那件事使整个华盛顿市区陷入一种极端恐怖的氛围，真是自从当年"撕人魔"杰克[①]骚扰伦敦以来最叫人谈虎色变的了。

一个清晨，锻炼的人们沿着泰德尔水库周围的公路跑步时，在樱桃树丛里发现了一具尸体——脑袋上砍着一把斧子。

华盛顿居民并非人人都对《彗星报》有关樱桃树丛和斧头的传奇般报道感兴趣，不过人人都提心吊胆，生怕自己是下一名受害人。那些有色人种商人则略感宽慰，因为最近那名受害者是国家健康、教育和福利部的雇员。"你瞧，"他们相互用一种并不能叫人十分信服的口气提醒道，"凶手只杀政府工作人员。这些疯狂的杀人犯一如既往。"

警方如今时刻监视着《彗星报》，不断跟莫里斯取得联系，只有一件不大体面的事伤了他的自尊心，那就是警方坚持要他本人和报社全体职工留下各自的指纹印。

"我们当然知道你们不会干这种事，"警官笑着敷衍道，"可是局里不断接到外界质问的电话。其实这样做对你们报纸的发行量也很有利，反正查一查也没什么坏处，对不对？"

他们把《彗星报》报社工作人员的指印和斧头把儿上的指印核对之后，证明该报社完全清白无辜。警方在采取了这项唯一坚决的行动之后不久，又在邮局截获了一张纸条，这次上面只写着两个意义含混的字："So long"[②]。

警方简直对此束手无策。这两个字不易解释清楚，他们不知道该采取什么

---

① "撕人魔"杰克：是1888年8月至11月间在伦敦东区至少杀死7名妓女而始终未查明的一名杀人犯。

② So long：有"再见"的意思，也可作别的解释。

措施。广大群众更关心的是应该避开哪些地方，可是这张纸条没提供给他们任何线索。乐观派则感到欣慰，因为这两个字明明有“结束”的意思。“这是自杀的信息！”他们坚持说，“凶手已经完成了他的任务，在说再见啦。”

“他是在说再见，”悲观派说，“然而却是指咱们自己再见。他没准儿要扳弄一个什么装置，轰隆一声把咱们这个城市整个儿从地图上抹掉哩！”

一夜过去了，没有什么动静。国务院几名密码专家正在绞尽脑汁破译那张纸条上的字。白宫周围增派了特工人员。政府部门各个办公室的职工缺勤率创了历史最高纪录。上午也过去了。没有发现新的尸体，可大家谁也没有因此而松劲。

在《彗星报》报社的办公室里，杰米的写字台上堆满了档案卷宗，他一直在苦心研究那三名受害人的信件，想从中找出一点儿联系。这真是一项枯燥的任务，可他终于有了发现。就像玩纸牌拿到了一副同花顺那样，他把三封信啪的一声甩在莫里斯的办公桌上。

“总算找到了，莫里斯！”他高兴地说，激动盖过了疲劳，“差点儿忽略掉，因为这些信看上去都很一般。只有一个人给这三名被害人都写过信。你仔细看一看，就会觉得其中必有蹊跷。”

“奥·奥·史密斯，”莫里斯念出三封信上的同样签名，“他是干什么的？”

“是个小城镇的中学教员，写过一本美国史。他花了 12 年时间才完成了那部著作，却找不到一家出版社给他出版。难怪他精神崩溃了。你看，”杰米指着信中一个段落念道，“我掌握了大量原始材料，作了新的探讨。这本书会使其他教科书都显得陈旧，而且会彻底改革教学法。因此，出版界便沆瀣一气，联合起来压制我的著作。”

“那他干吗要痛恨政府文职人员呢？干吗不到纽约去宰那些出版商呢？”

“他原希望政府能把那部著作接过去出版，每所公立学校和每个图书馆都收藏几本。这三名被害人都收到过他的请求信，可都婉言谢绝了他的要求，因此他认为他们都参与了那项阴谋。他本人呢，却一直生活在历史氛围里——明白了吗？他因此打算让历史重演！”

“听起来还真有点儿道理。”莫里斯微笑着说，连连点头，“可是问题在于他给多少政府机关部门写过这类信？在他的名单上，谁是下一名受害者呢？”

杰米摇摇头：“这会有上百个答案。也许是五角大楼哪位将军拒绝使用他那本书作为基本教材。也许他曾经要求新闻总署把他那本书寄往海外。随便你说个部门，我都可以给你联系上。现在唯一的办法就是把这事赶快在报纸上用大字标题公布出去，敦促所有收到过史密斯信的人尽快躲起来，并且要求人身保护。”

“对。可以这么干，只要他还没下手，就如同……”莫里斯顿住了，“就如同——如同——嗯，他寄来的每张纸条都有含义，这张也不例外。如——同。等一下。”他使劲拍拍自己的脑门，想找出个答案。“Sic[①]——Sic——”

“他当然是犯病了，”杰米同意道，“这家伙就是个疯子！”

“我指的不是这方面。我在想第一张纸条上的字：Sic simpertyrannis，我们把它译成‘暴君就该如此下场’。可是，我们也可以把它译成‘如同暴君那样的下场’。现在‘So long’中的‘So’也有‘如同’这个意思！我以前怎么会没有想到呢？眼下几点钟啦?’

“11点40。”

“国会12点开会。快，快走!”

他拉着杰米冲向门口，跟走进来的警长撞了个满怀。他俩也拉着他一起上了汽车，叫司机以最快的速度驶往国会大厦。

“要去干什么?”警长问道。

“咱们如果运气好，”莫里斯气喘吁吁地说，“几分钟之内就可以抓到凶手。运气如果不佳，就会有一名参议员死于非命。杰米，跟他讲讲史密斯那些信吧。”

警官默默地听着。

“真叫人难以置信，”他说，“可咱们现在去追捕谁呀？莫非你已经知道谁是下一个要被杀害的人吗?”

“眼下还不知道。”莫里斯承认道，“可我知道那家伙要在哪里作案，怎样行凶。”

汽车在国会大厦前停下，莫里斯急忙跳下车，首先奔上台阶。参议院外边像往常那样乱哄哄的，像是马上就要开会啦。一群前来参观的中学生正在倾听一名导游讲解。

四周的光线挺亮，莫里斯眯起眼睛观察着周围的动静。电梯门打开了，一位年老的议员走出来，几名助手提着公事皮包簇拥着他。莫里斯一眼就认出那是参议院拨款委员会主席，今天他要在会上发表有关联邦教育经费拨款的讲话，史密斯当然也给他写过信。

突然莫里斯看见有个人影在一根柱子后面晃动，他急忙奔向那名议员，把他扑倒在地。

“准是那个杀人疯子!”学生们欢乐地嚷道，并朝那两个摔倒在地的人那边涌去，“这回可抓住凶手了!”

---

① Sic：拉丁语“Sic”（如同之意）与英语“Sick”（生病之意）读音同。

一声枪响使他们愣住了。就在莫里斯扑向议员那当儿，杰米也朝那个躲在柱子后面的小个子猛冲过去，他正好来得及把那人的手臂朝上掀了一下，一颗子弹嗖的一声打在了电梯上方的那块铸板上。

那名警官几乎在同一时刻拔出枪来冲了过去，在大家还没弄清到底是谁枪杀谁之前，他俩已经把史密斯押进了一间小屋。

几名助手把那位参议员搀扶起来，他战战兢兢地揉着大腿和胳膊。

“小伙子，看来你救了我的性命。”他对莫里斯说，“不过，我下一次不一定再经受得住这种救护办法啦。”

“议员先生，对不起，我的动作太粗鲁了。”莫里斯说明了自己的身份，又补上一句，“我希望您能给《彗星报》写篇专稿，谈一下您今天受到枪击而侥幸脱险的感受。”

“好的，完全可以满足你这个要求。”议员同意道，“可你怎么会想到在这儿抓到那个凶手呢?”

“他在新近一张纸条儿上透露了。”莫里斯解释道，“其实‘So long’并不是‘再见’的意思。那个‘So’字是‘如同’之意，也就是说：‘如同朗那样’——‘如同体伊·朗①那样。’”

“可怜的休伊，”议员说，“我跟他很熟。他被人暗杀，至今已经过去25年了。”

“对，”莫里斯说，“他是在巴吞鲁日②正在州议会发言的时候让人暗杀身亡的。您在国会大厦这儿也正要向参议员发言……所以，那名凶手又要以他的方式叫历史重演。”

（屠珍　译）

凶杀案！有没有?

费尔·戴维斯

要不是因为我老婆，我是感觉不到那几桩杀人案的。共是四桩，第五桩正进行着就被制止了。像凶杀的情况凶杀组是看不见的，除了以“自杀”归档的案件之外，杀人案都似乎是事故。

虽然警察和强盗再也不是我的工作，我仍然喜欢为这类事动脑筋。我在局子里不算什么角色，一个喜欢凭直感觉办事的刨根问底的人而已。现在我退休

---

① 休伊·朗（1893～1935）：美国路易斯安那州州长，美国参议员，在他权力最盛时遭暗杀。

② 巴吞鲁日：美国路易斯安那州首府。

了——不是因为年龄，而是因为我一个有钱的叔叔离开了人世——我倒可以玩玩破案，不用担心挨批了。

第一个所谓的事故死亡出现在一个动物医生身上，没有给我留下印象。是因为煤气取暖炉出了毛病而死的。这算什么稀奇？这种事一直都在报上读到，是吧？

然后是一个木匠的手卷进了电锯，而且是在他自己的车间里。对职业木匠而言，这倒不太常见，但对业余木匠可就平常了。总之，两天后他们才在电话机旁发现了那可怜的家伙伸着手臂，显然想用没断的手拿起电话。

我对区局的朋友说："我嗅出点味儿来了，马尔提，职业木匠是不会在保险罩没盖上时靠近电锯的。这人为什么会那么做？"

马尔提喜欢耸肩膀："不小心呗！"他说。

我点点头，我的脑髓照常活动，仿佛仍装在一个警探的脑袋瓜里。木匠也有可能不小心的。但是在他的手被锯断之前，那机器总该打算锯一个不是手的东西吧？可在那锯木台附近，连个木头橛子都没有。"这又是怎么回事呢？"我问马尔提。

马尔提宽容地、怜悯地望了我一眼。"他并没有锯木头，汉克。他只是在把手放在台子上时偶然碰到了开关而已。"

好吧，这也算个回答。我把那案也存了档。

然后就是这位药剂师。他是在自己药铺的后房被发现的，已经冰凉，一肚子氰化物。显然是自杀。一个药剂师若是想走，是该知道怎么走的，可以走得又快又轻松。

这个案子我不太争辩，它是自不待言的自杀。但我却为一个问题纳闷，虽然局里不以为意：这三桩案子都发生在星期一下午四点三十分左右。

马尔提厌恶地举起手，"你干吗不回家看侦探电视去，"他说，"自己能写上几部更好。"

对他这两个建议我都不予理会。"你想象一下看，"我坚持我的论点，"每一桩案件都发生在星期一下午四点三十分左右，间隔一周或两周。很有趣的，是吧？"

可马尔提并不觉得好玩。他承认这事有点奇怪，然后就给我上了一堂关于巧合的理论课。我这人很有涵养，没有找碴跟他纠缠。

我常到区局去，有一回来了个报告，说是一位叫亚当斯的先生，东区杀虫剂公司的老板，在调制杀虫剂时被杀虫剂呛死了。我对自己说，这会不会是第四桩凶杀案？我还想，怎么可能不是呢？又是星期一，而且是下午四点三十分左右。

瑙拉躺在床那边思索着她每周一次的文字游戏难题，而我却仰望着天花板，希望说不定能在那上面找出答案。杀虫专家亚当斯按配方配药已经二十年，他杀死的全是虫子。现在他在调制着一种凡是学化学的中学生都明白的致命药品，却“拜拜吧，亚当斯先生”了。这是怎么回事？马尔提告诉我说，经过常规调查，发现是瓶子上的标签贴错了。又是个专业人士不小心的案例，行了……

瑙拉尖叫起来：“解决了，解决了。”

伟大业绩！又解决了一个文字游戏的难题。

“听我说，亲爱的，”她说，“这个题目确实深刻。”

我向她表态，“伟大业绩。”我说，“你讲讲看。”

“可别小看了我，亲爱的，这是我所做过的最困难的文字游戏题。”

我斜眼瞄了瞄她那隆起在透明的睡衣下的匀称的乳房：“小看你，我？”

她把被子往下巴颏下拉，“你胆儿大着呢。”她说。

那就是瑙拉，一个地道的正经人。我往她身边一挪，让她为我读读她那深刻的文字游戏的答案。她得意地瞥了我一眼，读道：“为消灭消灭者，虫子们必须于月儿圆满之日之次日奋起吃掉吃掉者。”

她等着听我的反应。我只好让她等着，因为我没听懂。

“怎么样？”她终于说。

“这里头有什么东西那么深刻吗？”

“你还没有懂得它的意思吗？”

“难道这东西还有意思吗？”

“它的意思是，大自然有一天会奋起把我们全部消灭，因为我们全都围绕着大自然很不像话地胡闹。”

“不坏，”我勉强赞同，“就像我告诉过你的那位小小的消灭者一样。他一辈子都在配制消灭虫子的东西，现在那东西却消灭了他自己。”我皱起了眉头，“那是个有趣的巧合。”

“什么东西巧合了？”

“再读一次。”

她又读了一次，这一回我听仔细了。“为了消灭消灭者，虫子们必须于月儿圆满之日之次日奋起吃掉吃掉者。”

我点了点头，皱了皱眉。“那位杀虫人——他的位置应该在月儿酒家之后。”

“那么？”

“那么他就会死于四点三十分。正是酒客满座，月儿（酒家）圆满之时。你那难题指出了事情要发生在什么时候、什么地点、什么人。”

“什么人身上，”她纠正我的错误。然后她装出一副甜腻的面孔模仿我，

“‘正是酒客满座，月儿（酒家）圆满之时’，说这话可降低你身份呢，汉克!”

我得意地笑了，我的智慧未必全是珍珠，但是我仍然知道，那是偶然的巧合。

“好了，明天晚上你就要去看德丽莎·特琳波了，你可以去问问她。”

“她是谁呀?”我皱起眉头说。

“就是那个给杂志编写文字游戏的小老太婆。”

我老婆对我嘲弄地笑了，显然在欣赏我那抬起来不放下的眉头，于是我放下眉头，摆出耸耸肩的样子，以嘲弄回敬。

她再也忍不住了。

“你想不想知道，”她说，“我们明晚为什么会去她那里?”她的口气泄露出她在这场嘲弄赛里已经败北。

“你马上就要告诉我了，是吧?”

“是的，我给她寄去了一封追星信，她就请我们吃晚饭了。”

我的眼珠向天花板一转。“伟大，竟有编写古怪文字游戏的老女人请吃饭。”

“她是个很神奇的人。你知道她在上周的文字游戏里说了什么吗？我记住了。‘海象大谈大白菜，木匠压根不出声，因为噪音太厉害，说出还是听不清’。你知道这是什么意思吗?”

我没有等她告诉我那意思。我这头脑的直感已经嗒嗒嗒地敲了起来，就像过分热心的电脑。我从床上一跃而起，向瑙拉的书桌扑去。我听见她在叫：“嗨!”

“你作出了答案的其他文字游戏我全都要看一看。”我翻着她的文件。

“欢迎知识分子参加。”她得意地说。

我向她做了个鬼脸，回头又研究难题。谈到药剂师或动物医生的游戏我没找到——没有明确的词句表示。但里面却有足够的东西使我对特琳波小姐感到骇异。我盼望着明天的约会。

德丽莎·特琳波飘出去取糖果，我们在客厅里等候。她那地方可能启发出查理·亚当斯的绘画创作灵感：马海毛的家具，嵌珠子的门帘，布艺的扶手垫，暗香隐约的玫瑰花袋。我正想告诉瑙拉这房间让我毛骨悚然时，她却说道：“很迷人，是吧，汉克?”

对她这种问题你能怎么回答？于是我点点头，让她相信这屋子确实迷人。

德丽莎·特琳波小姐穿过嵌珠子的门帘碎步进了屋，手上捧着一盘水芹菜三明治和三小杯酒。她是个鸟儿一样的娇小女人，七十岁左右。“对我来说这是极其快活的时刻。”她说。那嗞嗞的声音像是穿过柳林吹来的。

"我们非常高兴能来，"瑙拉说这话黏糊得能招来一大群蜜蜂，"星期一晚上常常是汉克打桥牌的时候。"

我点了点头，露出一脸"啊，我做了多大的牺牲!"的痛苦表情。

特琳波小姐匆匆地往下说。"你那封称赞我的文字游戏的亲切的信我收到了，我立即觉得必须跟你见见面。等到你接受了我卑微的邀请时……"她住了嘴，瞪大眼带着半迷糊的目光望着瑙拉，然后慢慢伸出手去抚摩她的面颊。"你这么年轻，"她轻声说，"又这么鲜活——"她有了一个想法，于是突然住了嘴。"我，我有了一个精彩的念头！一分钟就回来!"她一转身飘了出去。我开始东翻西看。

"别那么坐立不安了，"瑙拉悄悄地说，"一个晚上不打牌不会要你的命的。"

这时我已在角落里的秘书座位上浏览着分了类的文件。瑙拉尖锐地指责我："汉克，你不能进了女人的房间乱翻——"

"听听这个，"那是下一周的文字游戏的校样，"'绿色是他的业务，虽然他的货品是或深或浅的黄色。黑色是他灵魂的本性，死亡在苍白的粉红身上找到了安息'。"

瑙拉双眼闪光了："汉克，你不能……"

"我这样子怎么样?"特琳波小姐的声音让我们转过身去。她已换上了五十年前出品的一种长袍，摆了个姿势站在嵌珠门帘旁边，仿佛等待别人崇拜。

我吃力地赞扬着："太精美了。像个德莱斯登的洋娃娃，特琳波小姐。"

"你说得多么可爱，巴尔恩斯先生。我穿这长袍已是五十年前的事。它带来种种甜蜜的回忆。"她热情地、温柔地望了望瑙拉，"一见你就让我想起了自己年轻漂亮的昨天。"她的目光落到了自己送进来的盘子上。"啊，你们还没尝过我的三明治呢。不会影响吃晚饭的，很清淡。"她的声音带了点不高兴的调子，"虽然我担心这水芹菜有几分令人失望。它原本该更脆嫩些。"这时她的脸透露了几分狡猾。"我的果蔬贩不把我放在眼里了，我得换一个。"

我的电脑头脑又嗒嗒地敲了起来："你的果蔬贩?"

她对我快活地点了点头。然后拿起一杯酒对瑙拉举起："我要为你祝福，巴尔恩斯先生。为美丽干杯。你的妻子对一种灭绝的艺术找到了信心。"她把杯子举到唇边，这时她的注意力却被一个空鸟笼吸引开了——那鸟笼就悬在旁边一个高高的架子上。她的目光呆滞了，凝望着笼子。她一声不响地站了几秒钟。她瞥见了我俩迷惑的反应："我是三周前的今天失去我的约纳丹的，"她解释道，"那个动物医生太不小心。"她伸出盘子："现在，你们来尝尝这个吧，你会觉得它清脆爽口的。"

我伸手取了一块三明治，却偶然碰翻了酒杯，把酒洒到了地毯上。

“啊，汉克。”瑙拉责备起我来。

“我很抱歉，特琳波小姐。”我弯下身子用纸巾擦拭，特琳波小姐却阻止了我。

“甭担心，巴尔恩斯先生，”她说，“在那一小杯酒浸入我的地毯之前很久，蛾子早已经进去了。那时消灭者正在配制一种独特的溶液，但是蛾子显然比他要聪明些。”

我从我弯腰的角度抬头望着她，谨慎地说：“你说的是不是那位杀虫专家，住在东 47 号街的?”

她的反应是一个感到意外的微笑：“什么？是的，巴尔恩斯先生，你也用亚当斯先生的药吗?”

我慢慢地站直了身子。“我不，”我说，“而且我觉得现在亚当斯先生的处境已不能接受业务了。”

瑙拉把瞪大的眼睛从我慌张地转向了特琳波小姐。

我在梦里听见自己在背诵：“绿色是他的业务，虽然他的货品是或深或浅的黄色。绿色是他的业务……”

然后我便听见特琳波小姐的声音在说：“我的果蔬贩没有把我放在眼里。我得换一个。”

“绿色是他的业务——”

“我得换一个——”

我猛然惊醒过来，叫喊道：“啊，不!”我翻过身去推推瑙拉：“亲爱的……心肝……宝贝……”

她对我转过惺忪的睡眼。

“我明白了!”我大叫，然后压低嗓门说，“我担心。”

她冲着我的脸打了个哈欠。“你明白什么了？你担心什么呀?”

“我认为那位怪人特琳波女士要换掉她的果蔬贩了，没错。她要把他从活人换成死人了。”我伸手从架上取下夜间电话。

“这不是巧合，马尔提，”我说，“所有你那些事故死亡都跟这个文字游戏捆在一起。”瑙拉再次给我们倒上了咖啡。

“三点三十分，”马尔提睡意蒙眬地嘟哝，“而且是凌晨三点三十分。”

瑙拉点头同意。“想想看，凌晨三点三十分来吃酥饼。”

“很好吃，”马尔提满嘴酥饼说，“我还要吃一个。”

我把一摞已解答的文字游戏题送到他鼻子下摇晃。“你还记得那个动物医生吗？因为取暖炉出毛病死掉的那个？我可以打赌，你会发现治疗特琳波小姐那只断翅的鸟儿的就是他。还有那位跟她地毯里的蛀虫进行斗争而遭到失败的杀虫专家。”我翻看着那摞文件，“全都在这儿。木匠，药剂师。我此刻是在警告你，马尔提，下周星期一的四点三十分又会有一个果蔬贩死掉。”

马尔提叹了一口气。“能帮我个忙吗，汉克？‘果蔬贩’究竟是什么鬼把戏？”

瑙拉带着她那超级智慧插嘴了：“卖水果和蔬菜的小贩呗。”然后她又用她那超级逻辑对我发动进攻：“我们昨天晚上才跟她吃了晚饭，汉克，她的行为像个在四周之内杀死了四个人的女人吗？而且，即使都是她干的，她为什么要用文字游戏题公布？”

“这个女士是个什么人？”马尔提想知道。是个杀人女魔头？是个犯罪大师吗？我不知道。但我以前已经领教过你的直觉，而你又对了。所以我现在就跟你一起去。但你别报告我的上司。”

“对，”我转身对我妻子说，“瑙拉……”她睡意蒙眬在那里。于是我按照一个当过警探的血性丈夫在这种情况下该做的样子做了，我对着她的耳朵大吼：“瑙拉！”

她脑袋一个激灵，醒了，叫了起来：“果蔬贩是个小贩，是卖蔬菜和水……”

她看见我冲着她憨笑，就闭了嘴。“这话你以前已告诉过我们了，亲爱的。”我居高临下地说，“我们现在需要知道的是：下一个受害者是哪一个果蔬贩。”

我给她布置了任务。

瑙拉是个办事好手，德丽莎·特琳波的果蔬贩是个瘦弱的小个子，名叫品卡斯。在列克星顿大道开了一间铺子，距离特琳波小姐的住处不远。顾客们都叫他粉红[①]。就是那文字游戏里用过的“死亡在苍白的粉红里找到休息”的“粉红”。

随后的星期一我和马尔提就在粉红的地点监视。四点五分左右，她在人行道上现身了，溜进了商店。我们下了车，等在店铺门口。我们听见品卡斯热情地招呼特琳波小姐。她想知道她的蘑菇长好了没有。“你答应过我的，粉红先生，”她用那细弱的声音说，“今天……星期一……四点三十分，记得吧？”

“当然记得，”品卡斯说，“我的地窖一整周都没有灯。蘑菇一定长得很漂亮。我马上就回来。”

品卡斯先生从后面的门进了屋。我们从前面的门进了商店。特琳波小姐吃了一惊，“太巧了，巴尔恩斯先生？”她说，“能见到你，我多么高兴，你也要买

① 品卡斯和粉红：品卡斯为 Pinkus，粉红为 Pink，两者读音相近。

品卡斯先生的蘑菇吗?”

“不完全是。”我介绍了马尔提。

“很高兴见到你，戈尔登先生。”

马尔提回答：“谢谢。”

特琳波小姐转向了陈放的柿子。“品卡斯先生说捏了柿子会伤害柿子，但你要是不捏一捏，又怎么能知道它熟了没有呢?”她在一个柿子上轻轻地捏了一捏，向我投来一个“通同作弊”的微笑。“他永远也不会知道的。”

特琳波小姐又回头东捏西捏，去检查柿子。墙上的钟不祥地滴答着。似乎走得太快。然后，一段短暂的永恒似乎终于过去。我看了看表，瞥了马尔提一眼：“你那表是什么时间?”

马尔提还没有来得及回答，特琳波小姐已经转过身来：“四点三十分。”

她说话那样子让马尔提和我交换了几个警觉的眼色。那足以让马尔提溜进后门去了。

“巴尔恩斯太太可爱极了，”特琳波小姐正在说，“她上星期三到我家做客。我还请她喝了我家那特别的莱莉花茶。我有个茶叶商很不错……”

我神经紧张地瞄着后门，“她告诉过我。”我说。

“她那么年轻漂亮，”特琳波小姐说下去，“你是个非常幸运的男人，巴尔恩斯先生。如果她能照我的办法做，她就永远不会衰老。”

我在她身边柜台上看见一本杂志，正是瑙拉订的那种——有文字游戏题的。我还没来得及问，马尔提已从后屋出来。由于恐怖，五官攒到了一起。

“他死了。”马尔提根本无法相信地说。

特琳波小姐一副关心的态度，“我的蘑菇怎样了?”她说。

克罗利探长是个胖子，满面红光，老在出汗，有个捏得指关节嘎嘎响的习惯。他在特琳波小姐的房里盘问她。看她那副平静安详、满不在乎的样子，我不能不认输。

克罗利捏得关节吧一声响，说：“再告诉我一遍，特琳波小姐，以下的文字游戏是什么意思——”他开始读抄件，“‘绿色是他的业务’等等等等……”

“我希望你别那么做。”特琳波小姐说。

“我的工作就是提问题。”

“我指的不是提问题，我指的是你捏得指关节响。”

克罗利对马尔提和我露出腻味的表情。得到克罗利的同意我接过了盘问。“你的文字游戏里是否包含了对品克斯先生的警告?”

“警告?”她天真无邪地说，“警告什么?”

我重复了那个文字游戏“绿色是他的业务，虽然他的货品是或深或浅的黄色”。我把我的解释告诉了她。“这话的意思是：他是个果蔬贩，但是也卖黄颜色的东西，比如香蕉、南瓜、梨等。对吧？”

“你那是一个很有趣的诠释，巴尔恩斯先生。”她印象良好，说。

我继续说：“‘黑色是他灵魂的本性’，这不就说明你不喜欢他的做法吗？”

“啊，不，巴尔恩斯先生，我只是觉得他的水芹菜令我失望，如此而已。事实上我很喜欢粉红。”

我点点头：“粉红，死亡在苍白的粉红身上找到了休息。”我摆出一副最友好的面孔，“好了，特琳波小姐，你是不是把这话当做一种威胁呢？”

“文本，”她纯洁地说，“我的每个文字游戏的文本，都可以有各种诠释。它们之所以能那么成功，原因就在这里。每个人都能在它们身上找到自己的诠释。”

“你的诠释是什么呢？”

马尔提插嘴了：“你喜不喜欢听品克斯在地窖阶梯上滑倒，在水泥地上磕破了脑袋的声音呢？”

“我什么声音也没听见。”她甜蜜蜜地说。

轮到克罗利了：“你钻进地窖去给台阶打了蜡，又扭松了灯泡——是吧？”

马尔提抢了进来：“还有，那位杀虫剂专家又是怎么回事？你是从他的后屋溜进去，调制好杀害他的溶液的吗？”

“还有那个动物医生，”克罗利大吼，“你带了鸟儿去找他的那个，你是在他午睡时开了他的取暖炉的喷气管的吗？”

“还有那个木匠……”

“还有那个药剂师……”

他们突然停止了盘问，瞪大眼望着特琳波小姐。这时她取出了一个丸药盒子，从水瓶里倒了点水。

“我想不起在什么时候的晚上，”她说，“曾过得这么刺激过。”她打开丸药盒，递给我们，“来点薄荷吗？”

瑙拉一个接一个发出了三声“啊！”第一声是在我递给她一封特快专递信件的时候，那一声“啊！”充满了惊奇。如果那信是我的，我就会说，“他妈的，谁还会给我写特快信呀？”不过我老婆是位淑女。她的第二声“啊！”表现的是意外，那时我告诉她那信就是那位文字游戏老怪物写来的。第三声“啊！”是在她拆开信时发出的。信上说，“这是我提前复制的文字游戏稿本。我衷心希望你能解答。”她对我皱起眉头：“你估计她这样做是为了什么？”

我没有心情去估计，只一把抓过文字游戏题就拼命地跑，直奔中央大街。那里有电脑可以破译密码、密码文件和诸如此类的东西。

整整过了三分钟，电脑把难题解决了。但是那机器尽管聪明，却无法为我解释。谈到解释，我老婆和我可比那机器强。

我把那东西给瑙拉看，她也茫然。

我把那话读来读去：X 加上太多的 Y 等于死亡，因为无论是找到的希望还是失去的信心，都阻止不了太阳西下处灭亡时刻的到来。我苦恼地望了瑙拉一眼：“我的命中率是零。”

“你的状态很消沉，亲爱的，”她说，“也许你应该退出比赛了。”

我重复那开头的话：“X 加上太多的 Y 等于死亡。你读读下面一行，亲爱的。”我闭上眼睛听着。

“……因为无论是找到的希望还是失去的信心——听懂了吗，亲爱的？”

我缓慢地重复：“——因为无论是找到的希望，还是失去的信心——”我睁开眼睛，“你估计她那‘找到的希望’是什么意思？”

“‘失去的信心’又是什么意思？”

“是的。失去的信心，找到的希望。”

“你不能指责她使用的语法有问题。”瑙拉说。

“那跟问题有什么关系？”

她耸了耸肩：“没有关系。我只是说她考究语法。她没有说：‘无论……而是’而是说‘无论……还是。’”

我感到后脑勺的毛发竖了起来。我重复着那一行“无论是找到的希望还是失去的信心”，我再低沉地念道：“无论是找到的希望，找到的希望，找到的希望，还是失去的信心，还是失去的信心，还是失去的信心，还是……”我尖声大叫起来：“瑙拉！”①

瑙拉几乎从椅子里跳了起来：“什么？”

“‘瑙拉失去的信心’。”

瑙拉吞了口唾沫，发出极其微弱的声音：“我吗？”

星期一下午警察进了我家的起居间。瑙拉坐在床沿上，神情沮丧。“我该怎么办？”她抱怨道，“坐在这儿等待毁灭的时刻降临吗？”她指着手表，“离现在只有五分钟了。”

我说：“放松一点，宝贝。”

---

① 这里是一个文字游戏。“还是失去信心”原文是 nor a lost faith。其中的 Nora 和瑙拉（原文为 Nora）很像，从而有：“瑙拉失去信心”的意思。点了瑙拉的名。所以“我”很恐怖。

克罗利说："没有什么好担心的，巴尔恩斯太太。我们在整幢楼房都布置有人，在特琳波小姐那里还设有监视哨。"

马尔提说："在我办过的案子里这是最古怪不过的。X加上太多的Y等于后颈窝酸疼。""给你提供点线索吧，马尔提，"我说，"X指的是我，因为我是个X（前）警探，太多的Y意味着我问的why（为什么）太多[1]。加起来就是……"

马尔提挡住了我，他说："我知道，我知道，但是'太阳西下处的灭亡时刻'是什么意思？"

对文字游戏的这一部分我不太有把握。我估计那是特琳波小姐的一种方式，告诉我们她要在四点三十左右采取行动。在一年的这个季节，那也差不多就是太阳西斜的时刻。

电话铃响了，克罗利去接。瑙拉希望那是权威方面来的豁免令。却是布置在特琳波小姐住宅附近的人告诉我们，她三十秒钟以前离开了。瑙拉的反应是恶心地吞了口唾沫，说了句恶心的俏皮话："凶杀案，真有吗？"

我们对了对时间，我的表是四点三十，马尔提的是四点二十九，克罗利的是四点三十一。

我们等待着……等待着……等待着。零情况。

五点三十，电话铃又响了，报告说特琳波小姐刚回了家。她好像只是逛了一会儿商店。

马尔提和克罗利都骂我，他们受够了我那捕风捉影的猜测。瑙拉也骂我，她受够了警察、威胁和我对文字游戏的"深刻解释"，受够了我那绞尽脑汁产生的直觉。我也骂自己，然后就坐到角落里去舔伤口。

我老婆毕竟是她那类老婆，她来安慰我的自我了，说了些不可能百试百灵之类的话，还亲了亲我的后颈窝，再打发我去玩星期一晚上的扑克牌。这我倒非常乐意。

我离开大楼是在七点二十分，如果我等到七点三十分才走，我就跟走进大楼的特琳波小姐碰上头了。

扑克比赛是在两三个街区之外的乔治·巴锦家。他的老婆到洛杉矶去了，因此他提前开始了比赛。我五分钟后就走到了。

乔治惊讶地望着我。"嘿，我还以为你不会来了呢，我打电话约了内特顶替你了。"

---

① X和前警探，Y和问问题：X和英语前缀ex－（前）发音相同，这里指前警探：Y和why（为什么）发音相同。这里是为什么。

内特说：“位子我还是给你，汉克。但是我已经出了十五万。”

“算了吧，”我说，“我就支支招，玩一会儿吧。”

乔治看了看表，“我答应了七点三十分给我老婆打电话，汉克。”他说，“你坐我的座位。她在电话上一吹就得一个小时。”

我哈哈大笑，你也太晚了吧，现在已经是七点三十分。

他离开了牌桌，我坐了下来。

“是洛杉矶时间四点三十分，”乔治解释，“你是了解薇拉的，什么东西都是她的。‘四点三十分给我打电话，我的时间。’她说。你以为她会说：‘七点三十分给我打电话，你的时间’吗？不会的。她的时间，我必须在她的时间上加上三小时时差，或是从我的时间里减去三小时时差。我得先变成个数学家才能打电话。他拍拍我的肩膀：“这是个幸运座位呢。”

我抓了一个从 9 到 K 的顺子，脑袋里却嗡嗡响着乱糟糟的文字游戏。牌友问我开不开牌，我却听见自己说：“太阳西下处的灭亡时刻。太阳西下处的！”我像是给一辆十吨大卡车撞了一下，彻底明白了过来。那个女人安排好了，现在是西方时间四点三十分！我一个抽搐动作跳了起来，撞得筹码乱飞，扔下一群牌友向门口奔去。

我不知道从乔治家到我家跑了多久，但是等到我穿过大堂时，我剩下的气已经不多。那点气只够我喘出一个感恩祈祷：电梯还等在那里。

我用拳头砸十二楼的按钮，却不起作用。“见鬼吧你，动呀你！”我又砸了它一家伙，再砸，再砸。零效果。我往楼梯上扑。

年轻力壮时我的跑步相当不错，可从来不搞登山运动。十二楼对我就是一座山。我往山上爬，仿佛是多年的登山老手，我仍然不是在登山，而是在跑山，确实。

我上到了十二楼，跑完了走廊，正好看见特琳波小姐用一支小手枪对着电梯面前的瑙拉。但是那里没有电梯，只有深深的空梯井。

瑙拉的脸恐怖得僵住了，没有看见我，只瞪大眼笔直望着枪管。特琳波小姐也没有看见我。她过分专注于自己的杀人游戏。不用说，我必须小心，稍一过分，就可能开枪，也可能把瑙拉推进电梯井里，或是又开枪又落井。

特琳波正在说话：“这么年轻、这么鲜活、这么美丽的一个人，绝对不应该衰老。但是我高兴我能制止这种变化。”她的嘴撅了起来，“虽然你确实令我失望，你不应该允许你那迷人的丈夫提出那么多问题。你失去了信心，瑙拉。现在你懂了吗？”

我沿着走廊非常缓慢地移动着，我感谢房东铺了很厚的地毯，我希望特琳波小姐没有听见我咝咝的呼吸声。

“这事太刺激了，”特琳波小姐还在说，“编文字游戏常常很沉闷，我终于想出了这种游戏。你知道，亲爱的，我原没有把握赛过你那聪明的丈夫，但是，我现在赛过他了。”她把枪举得更高了，瑙拉恐怖的目光跟着枪口。“进去吧，亲爱的，”她说，“只不过又一次出了事故。我把门收拾好，还让电梯降了下去。这并不难，只须让两面金属接触就行。而现在，甚至连电梯都上不来了。我很善于安排。”她温和地催促着瑙拉，“退后小小的一步，亲爱的，再退后一步——”

现在瑙拉已来到梯井边缘。那么你该怎么办？没时间计划了。

“啊，哈喽，特琳波小姐。”我异常平静地说。

瑙拉倒抽了一口气，特琳波小姐转过身来，对我吃惊地、却也欢迎地笑了，“啊，巴尔恩斯先生？”她说，“我们又见面了，多么愉快！”

我缓慢地向前走，小心翼翼地走。枪口对着的是我了。“你穿上这身袍子真是太美妙了！”我说，“就像个德莱斯顿的洋娃娃。”我重复那句话，更强调了一点“德莱斯顿的洋娃娃”。

她刚才那种刺激感没有了。“你说的话多好听，”她不由自主地说，“我穿这身袍子已是五十年前的事……它具有那样的——”

我从她手上轻轻取走了枪。她甚至没有注意。

“它带来了多么美好的……回忆。”

瑙拉摇晃了一下，我立即挪过特琳波小姐身边，伸出手臂挡住瑙拉，不让她倒退进电梯空井里。

“别紧张，宝贝，”我屏住气叮咛，然后又用最柔和的口气说，“我们邀请特琳波小姐进屋喝茶。”

“这就令我想起，”特琳波小姐说，“我的茶叶商在茉莉花里加香红茶。他不该那么做的。”

我同意她的话，同时把她带进了我家的房门。

死前留谜

南茜·夏赫特尔

奥哈拉遭到了挫折，而丹尼尔·爱泼斯坦·奥哈拉一遭到挫折，若干英里之内都能感到它的震动。于是遭到扰乱的护士开始希望：这人显然是不会立即离开医院了，但莫名其妙地死去还是可能的。无可奈何时，她们甚至考虑过一种可能性：由她们来让他提前死亡。有时她们还认为：从此得到的解脱可能大于随后遭受的惩罚。

奥哈拉不但离不开医院的病床，而且上了牵引。不过，即使上了牵引，奥哈拉也不可小觑。

除了事实上被禁锢在医院里，奥哈拉还遭到另一种挫折：他那伤痛的性质。那不是在履行职责时的光荣负伤，而是在上个滑雪季的最后一周左腿受到的螺旋形伤，于是他成了只圣诞节的鹅，给挂了起来——这是他私下的想法。

早晨的洗澡和随之而来的屈辱过去，奥哈拉（或是他那大半个精瘦的身子）躺到了一床耗子窝样的被单上，周围是那天两种晨报的片段。《号角存声》的一部分滑到了地板上，奥哈拉伸手去取，上半身已歪到了床外，非常危险，好一会儿几乎要靠那打了石膏的腿挂在头顶的牵引滑车上了。

“我来给你拿吧!”幸好这时乔万尼警官来了，赶在奥哈拉摔出祸事前弯下腰去拾了起来。

“本世纪最重要的一桩凶杀案。”奥哈拉听着对面墙壁上电视机播放的新闻，嗷嗷地抱怨，“已差不多到了该解决的时候，可我却给搁在了这里，像个烤叉上的火鸡，还得跟街上的老百姓一样，自己费工夫从每天的报纸上去搜集资料。”

“你这是在休病假。”乔万尼警官告诉他。

“如果我手边没有工作让我忙，我在这儿是会发疯的。我的身体可能行动不了，可我的心还能行动。”

“我是给你送信来的——你桌上的信。”乔万尼说着递给他几封扎好的信。

受罪的人几乎没望一眼就把那沓信塞进了床头柜的抽屉。然后便往枕上一靠，双手使劲抄在胸前，一头红铜色带灰白的硬发早被他那暴躁的爪子抓得倒竖。“来呀，乔万尼，谈谈线索吧。”

“哎，”乔万尼对报纸做了个手势，“差不多全都上报了。”

“少来那一套，小子。报上可是什么都没说。那里只有一条消息：普罗宾死了。来，从头说起，没掌握事实我怎么能帮助破案呢?”

“好吧，”乔万尼迟疑不定地望了望门口，“我估计多待几分钟也不会有多大差别。死去的是杰拉德·普罗宾。”他谈了起来，仿佛在念笔记。

“我知道!”奥哈拉挡住了他，“每个小学生都知道杰拉德·普罗宾。他是矿山的老板，工厂的老板，如果让大家明白真相的话，他还是州议员的老板。他住在高门——或说是死前住在高门——高门这名字名副其实，是城东八英里的一处房产，比诺克斯城堡还略难攻破一些。可竟有人在那里把普罗宾打死了。现在是你告诉我事实，还是我自己下床跛到总部去取资料?”

乔万尼脸红了。他是个温和的人，矮而壮实，至今畏惧奥哈拉，但是经过六个月的接触，他已差不多习惯了。他敬而远之，站在窗户边一定的距离之外。

“普罗宾什么时候给杀死的我们不知道，他好像把大部分时间都花在了花房里。下午一大早他就去了那里。他有一条很大的德国牧羊犬伏尔玧，宠物的成分多于看家狗。他让它在场地里到处转悠。五点前不久，厨娘听见那狗在哀嚎——时间她说不太准——嚎得确实凄惨，她说，于是打发个女用人去看看出了什么问题。女用人在花房外发现了普罗宾，已经死去。那狗趴在他身上哀嚎。”

奥哈拉斜过身子专心听着，却狠狠望了一眼电视机，那东西正在播放一出愚蠢的肥皂剧。“把那个白痴东西关掉。”

乔万尼望了望自己头顶的机器。“遥控器在你那里。”他理直气壮地指出。

奥哈拉在被单里抓来抓去，摸到了遥控器，在按钮上乱按了几下。电视机闪现出西部旧片、快活赛事，然后是关掉频道时的雪花点，最后才瞪出了一张黑脸。“这就好些了，你可以靠前一点，用不着我大喊大叫了。我是不会传染的，你知道。”

乔万尼靠到了床前。

“他死了多久了?”奥哈拉问。

“啊，他的伤在腹部，医生说他可能拖了十到三十分钟。他在地上爬，因此泥地上的线路很清楚。他在大部分路上都流着血。他爬行的那线路，我可看不出有多少道理。你看，他是在那一头原来站着的地方被打中的，距离大门很远。我猜想凶手若不是被狗吓跑了，就可能要了老头儿的命。看来老头子是躺在那里流了一会儿血，才开始拖着身子爬的。要爬到那地方有三条通道，像这样——”乔万尼身子向床边一靠，用一支钝头铅笔在附近报纸的角上画了个草图。“一条通道直接从门口通到中心。普罗宾就在那通道的那一头。可是，如果他要想得到救助，你会觉得他应该对直往门口爬，但是他那路线却非常清楚，是绕着通道尽头爬的，像这样——”他的铅笔一快，把铺在床上的报纸给戳穿了。“然后他爬过了一半外通道——如果是叫那名字的话，在那里躺了一会儿——那地方有一大摊血，然后那上面也有血迹，在……你们叫它什么呀?”

“长椅。”奥哈拉插嘴。

“是的，不管那是什么，总之那上面有血，他爬到那里，要想扶着椅子站起来。他已经拽起了一大把花，女用人发现他时还攥在手上。我估计他是摔倒之后站不起来。这才又往门外爬的。但奇怪的是——我估计他一定是痛糊涂了——他不是向房屋爬去，而是往相反的方向爬。女用人发现他时，他直挺挺地躺在一个蓄雨池旁边。”

“在什么旁边?”

“蓄雨池，有点像水槽，只是比地面高，是用来承接雨水的。他孙女说老普罗宾认为用雨水浇花最好不过，要比自来水多许多营养成分。总之，他是躺在那里的。好像曾打算靠在蓄雨池上。那是他爬到的最远的地方。”乔万尼的声音带着戏剧性的终结意味降了下来。

“是什么花？”

乔万尼耸了耸肩：“他手上的花吗？不知道，我分不清花。”

奥哈拉上半身向前一倾，上了牵引的腿危险地摇晃起来：“行了，去查出来，妈的！”

“是，长官！”

门吱的一声闷响打开了，一个大胸脯的壮实中年女护士向奥哈拉冲了过来。

“你没见我们正忙着吗？”奥哈拉哇哇地叫。

“行了，奥哈拉先生，我们不能这样说话的。”奥哈拉张开嘴想抗议，护士已把一支口腔体温表塞到他舌头底下，然后又用结实的指头攥住了他的手腕，低头望着手上的表。

病号用空出的手向乔万尼做了个“讲下去”的动作。乔万尼紧张地望了望两人，清了清嗓子，讲了下去。

“女用人是五点左右发现普罗宾的，他之前有大半天和那天整天都发着肠流感，因此没有正规进过食，想吃的时候就偶然喝点热茶，吃点饼干。因此没有办法从他胃里的状态准确判断死亡时间。而那狗伏尔坎又趴在他身上，有可能打乱了他冷却的正常时间。医生计算了一下他受伤后活了多久，多久后才被发现。说是他被杀害的时间有可能在那以前半小时到两小时。”

护士从奥哈拉唇间取出口表，以职业化的姿态一扭手腕，举起来读度数。“好了，奥哈拉先生，”她冷漠地说，“可怜的老普罗宾先生的事我不知道，可你的温度却在正常地下降。”她填写着记录。

奥哈拉带着痛苦的神情狠狠地说：“这附近的人好像全成了小丑！”

护士匆匆地出了门，关门前回头笑了笑。

“在这地方她们是不会让你安生的，”奥哈拉说，“但是我得承认，后半夜我疼得受不住时，几位当方神灵娘娘还是容易找到的。”他在乱糟糟的被单上自己挪了挪身子，仿佛怕暴露了什么弱点，然后又气冲冲地望着乔万尼，“好了，我们来听下面的情况。你们认为谁是嫌犯？”

“对谁也没有把握。首先是他家的人，除了普罗宾自己，有个弟媳妇，似乎是个穷亲戚，还有个孙女玛尔拉……玛尔拉……”

“薇曼，”奥哈拉补全了姓名，“我在城里见过她。一个可爱的小丫头，二十岁左右。”奥哈拉那十六分之一的爱尔兰血统有一种在舌头上表现的倾向。“黑色的长发配可爱的迪尔德丽①恰到好处；眼睛蓝得像沙农河②的水。”

---

① 迪尔德丽：爱尔兰传说中伍斯特的一个公主。和情人私奔去了苏格兰，情人被谋害死后，她也自杀而死。

② 沙农河：爱尔兰河流名。

乔万尼暗暗纳闷：沙农河的水究竟有多么蓝？“算了吧，”他说下去，“然后还有一个管家，一个厨娘（管家的老婆），两个女用人，一个车夫兼勤杂工，还有看门老头和他老婆。告诉你，奥哈拉，只要普罗宾不让谁进他家大院，那就谁都别想进得去的。”

“我不是告诉过你那地方就像诺克斯城堡吗？墙壁就有八英尺高，整体由石头砌成，好几英里长，把那地方整个地保护了起来。那道唯一不上锁的门日夜都有人把守。”

“对，”乔万尼同意，“门房的老婆婆发誓说她老头儿一整天都没离开过岗位。除非我们能找到可以发出相反誓言的人，看门老头就可以不算。在普罗宾最后一次到厨房要茶之后，只有三个人进过大院。”

奥哈拉聚精会神地思考着，红润的额头皱了起来。“你有把握他得的是肠流感，而不是什么人在两天前的晚上放到他晚餐里的一点砷化物之类的吗？枪杀有可能已是第二次谋害了，你知道。”

乔万尼像小学生得到一个意外的A时那么兴奋。“那正是我的头一个念头。医生下午查房时这个问题就可以清楚了。我们马上就能得到他的报告。”

“除了我们俩，办这案的还有谁？”

乔万尼犹豫了。他刚调来时听见的头一件事就是：跟奥哈拉办案你就不知道他那猫会往什么方向跳。禁锢在医院病床上并不能减少奥哈拉那敏感的自我的活动。

“初期调查由林兹特罗木和我负责。”

奥哈拉点了点头，歪了歪嘴：“他办案子倒蛮不错，玛斯特森案就办得很好。”乔万尼吃了一惊，感到意外。奥哈拉以前谈到林兹特罗木时给他扣过一顶帽子：穿大皮靴的乡下佬。

“但是记住，”奥哈拉继续说，“我是要一直跟你合作下去的。别担心，我不会拆你的台的。”他和善地笑了，似乎考虑着他这话能送给同事们多少安慰，“你说的进过‘诺克斯城堡’的三个人是谁？”

乔万尼继续看着自己的笔记，“路佩特·肯德尔是在三点整进去的。我在工厂里跟普罗宾的秘书谈过。而肯德尔是个好人，可以把钱托付给他。前两周他到处大发脾气，说是老头子盗窃了一部分他所发明的磨粉设计。”

“不是盗窃，是改进。”

“不管是什么，”乔万尼耸了耸肩，“据说可以节省几百万——或者是几千。两人闹了个天翻地覆。司机兼杂役的霍金斯在车库（容量四辆）外面洗车，离花房大约五十英尺。他说两人为那事闹了个天翻地覆，从他所听到的话看来，肯德尔用了一切他的舌头能说出的名称叫那老头。”

“肯德尔……”奥哈拉思索着，“我好像应该认识。”

四十出头，又瘦又黑，脑门有点秃。眼睛确实很敏锐，像能看穿你似的。

奥哈拉满意地点点头：“我认识他，鹰钩鼻子，嘴唇敏感，看上去像个诗人和海盗的杂交种。他是怎样为自己解释的？”

“他承认跟他吵过架，”乔万尼说，“但是他到处发誓说他离开时普罗宾活得好好的。”

“你要是处于他那地位，能不那么讲吗？”

“我估计也会。”不过，看门老头记下他的出门时间是三点二十分。十分钟之后一个叫做约翰·洛克的人来了。”

奥哈拉点点头：“这人我认识，中等个儿，五十出头吧？是尖酸、刻薄的一类。娶过普罗宾的女儿——不是玛尔拉的妈妈，而是另一个女儿，现在已经去世。他在老头子手下做事，或者说我上次听说到他时，还在那里做事。”

“就是那个人，会计。他进屋时管家告诉他普罗宾在花房里，他就上那里去了。但他说他中途改变了主意，决定不去打扰老头子。他是直到三点四十五分才离开的。我问他为什么耽误了那么久，他说他注意到了车库里玛尔拉那辆法拉利车，就在那里东看西看，过了一阵，记下了它的特色。心想自己什么时候才能买得起一辆。”

“那时车夫还在那里吗？”

乔万尼摇摇头：“车夫大体在肯德尔离开时就已洗完了车，然后进城给厨娘办事去了。看门老头说他是在肯德尔之后不久开车出去的。有人还在市场上见过他。”

奥哈拉向床头柜歪过身子，取出一封信，开始在信封背后记笔记。

“洛克是在三点四十五分离开的吗？”

乔万尼点头：“这事我们有两个人证。洛克正要离开，孙女儿的男朋友罗仁·雷诺第开车过来了。你要是问我的话，那人看来是没盐没味的一类。我估计有二十三岁，个子高高的，身材匀称，但是那张脸却谈不上漂亮，你就说不清是个即将绽放的天才，还是个快要成形的白痴。长长的直发垂在衣领上，很可能不太干净。可服装是另外一回事。当然，老普罗宾自己也穿松垮垮的旧裤子和仿佛才从烟囱里拽出来的夹克，一副刚搭了黄鱼车的样子。”

“百万富翁装穷汉可是没有问题。”奥哈拉说，“那位男朋友到门外花房里去过没有？”

“他说他没去。薇曼小姐和她婶娘都证实他跟她们在一起过了大约二十分钟，然后才离开她们去找老头子的。据说雷诺第想说服普罗宾让他同意把孙女嫁给他。但是他又自己说是失去了勇气，在那地方逛了一会儿，想再次鼓起勇气。最终却还是出了大门走掉了。他希望找个更合适的时候来对付老头，而不是在老头一肚子他所谓的‘难堪’时来找他。”

“如果老头子死了，那小子娶到玛尔拉做老婆，讨来的可就是一大堆钱呢。不过，还是先结婚后杀老头子聪明些——如果作案的人是他的话。”奥哈拉脑袋一歪，一双鹰隼样的明亮眼睛似乎在眼前的空气里做着抽象的估计。“先弄死老头有可能更聪明。因为无论如何玛尔拉那钱总归可以得到，而老头子就没有法子反对了。”他把凝视的目光转向了乔万尼，“现在普罗宾既然死了，那蛋糕是怎样分法?”

“最大的一块归一个基金会，医药研究，给城里修一个新图书馆，以及这类花销。款项由一个委员会掌管。玛尔拉直接得到三百万，由一个信托机构掌握，直到她二十一岁。还有工厂的股票。那婶娘（或是婶奶奶，是老头子一个弟弟的妻子）得到一份年金。如果她就在高门住，就是两万。如果她因为某种理由要搬走，就是三万五千。工作人员也都有一份可观的收入（一个时间太短的女仆除外），每人从五千到一万五不等，决定于她在高门工作时间的长短。还有几个小小的受益者，那就与案件无关了。”

奥哈拉嘘地吹了声口哨，“三百万！小时候有保姆和管家，进美国和英国最好的学校，还要在索尔邦[①]读上一年，再加上那么多钱。有些人可够幸运的呀。但是我不相信那小丫头会干出那种事来，何况她已经非常不错了。有人证明她清白吗?”

“很多。她的婶娘和几个仆人都可以证明她那时在什么地方，只有在她的男朋友走后的大约二十分钟例外。她说她那时在图书馆做笔记，准备她正在写的一个报告——她在大学三年级念书。但是那段时间没人见过她，从理论上讲，她有可能溜出去把老头子杀死。我跟你有同样的看法，我觉得她不是那类人。老头子死后她非常痛苦，几乎垮掉了。”

“其他的人呢?”

“都交代清楚了。玛尔拉在图书馆时，婶娘跟厨娘一起在厨房里讨论某个美食家的一个新菜品。两个女用人都在楼上，两人的工作情况使她俩能彼此完全证明。因此，她们的情况也很清楚，除非两人是联手作案。”

“管家怎么样?”

“他整天晕晕乎乎，也许跟普罗宾害了同样的病。雷诺第走后，玛尔拉就让他回他住处躺着去了。他上楼时有个女用人看见了，而那天下午的大部分时间那女用人都在那个地方干活。她说如果他下过楼，她是会看见的。”

---

① 索尔邦：巴黎大学，特别是其文理学院所在地。

奥哈拉在信封上潦草地做下了记录。“关于人的情况已经不少，现在，我们掌握了什么物证没有？”

“没有多少，老头子是被一支0.38口径手枪打死的。屋里有几支枪，但只有一支是手枪，是0.22口径的，就放在老头书桌里，从上次擦过之后再也没有用过，甚至连子弹也没装。”

“有关的指纹有没有？”

“办案组正在调查，到目前为止还没有得到什么有用的东西。”

“脚印呢？”

乔万尼点点头：“有一个。花房是泥地面，夯得相当结实。但是车夫兼苗圃工说，他两天前在门口附近打翻了一个浇水用的罐子。现在地面已干到相当程度，但我们仍然得到一部分脚印——似乎很有希望。车夫霍金斯说，老头子再也不让伏尔坎进花房，因为它的尾巴老打翻东西。但是我们的部分脚印里却有一个伏尔坎向门口走去的脚印。这说明那是那狗在干扰了凶手之后再踩出来的。自从打翻水罐之后，就没有外人进过花房，只在那天下午除外。那人的脚印很清爽，但上面有个疤一样的东西，似乎是穿鞋的人把一个小石子踩进鞋底再甩掉后留下的，一个清晰的小洞迹印。”

奥哈拉快活得满脸皱纹。“那样具体的东西很有用处。如果是凶手的脚印，而他还不知道我们掌握了它，我们就可以在他处理掉鞋之前核对脚印了。”

乔万尼望了望手表，吃了一惊：“听着，奥哈拉，我知道你希望什么东西都能听到，但我是来给你送信的，我还要继续工作，林兹特罗木还在等着我。”

“好了，好了，”奥哈拉嘟哝道，“那你就走吧，但你要不断给我送资料来。还有，别忘记查出老头子手上拿的是什么花。”

乔万尼转身向门口走去：“我会努力的，我今天晚上还会来，最迟明天早上，带给你最新的消息。”

“今天晚上就来！”警官走时奥哈拉威严地叫道。他瞪大眼望了半天关上的门，这才回头，又去思考。

那一天剩下的时间奥哈拉让二楼的医护人员受够了罪。那更多的是由于挫折而不是故意。下午换班时，交接下来的最重要的话不是赫尔利太太严重的药物反应，也不是麦卡伦医生禁止简威先生的客人私带酒进病房的指示，而是“小心奥哈拉！”

晚饭后不久，护士站的护士长看见乔万尼警官穿过大厅向204号病房匆匆走来时，不禁长吁了一口气，放下心来。大概马上就会好一些了吧！

“好了，”乔万尼警官在门缝里偷看时，奥哈拉吼叫起来，“你离开的时间也太长了点吧！你到哪里去了？”

“我还要赶好多的活儿呢，今天上午花在这里的时间太长了。”乔万尼口气比他几个月前少了许多抱歉的意味，“不过我有不少新的发现。”

“比如?”

“首先，没有查出毒物的迹象，哪怕可能引起反胃之类问题的东西都没有。花房里也没有发现无法正常解释的指纹。我们给那脚印做了个很好的石膏模，显出了那个疤痕。薇曼小姐告诉我，老头子手上的花是康乃馨。”

“康乃馨?”

“她说是康乃馨，我对花的事一窍不通。”

“那么，是什么颜色呢？什么样子呢?”

“老头子只在倒下时抱住一把花，那能有什么意思?”乔万尼带了几分大胆的火气问。

“意思！我会告诉你意思的，小子！你见到那花了吧?”

“我们到达时，他手上的花已经蔫得厉害，说不出是什么花了。但是放在长椅上那一把——他扶过那长椅——却有各种各样的颜色。”乔万尼把心灵的眼睛转回花房，眯细了眼睛，皱紧了眉头，聚精会神地说，“有些是粉红色的，有些是白色的、黄色的，还有些带点紫红，也有大红的，的确很好看。高高的，就像是一大簇，真是花花绿绿，如果你懂得我的意思的话。”

“如果你真想知道的话，我并没有懂得你的意思，”他抱怨道，“不过，埋怨工具的人是干活蹩脚的人。”

面对这种显然不合逻辑的推理，乔万尼没有吭声。

“别的还有什么没有？你们找到跟你们那石膏模印吻合的鞋没有?”

乔万尼摇摇头：“按照目前的情况，克莱顿法官不肯签发搜查证去搜查嫌疑人的房屋。他说我们必须能拿出可以指控某一个人的材料，才可以发证。但是，到目前为止还没有足够的证明能够支持发证。”

“而与此同时有人经过分析后决定：明智的办法是摆脱鞋印问题。我们的命运就是这样，操他！我真不想在这儿干了。不管条例不条例，那双鞋我是一定要找到的。”

乔万尼离开了病床几步：“好了，如果你不需要我做别的，我就……”

奥哈拉还在研究信封上有关案件的记录，只心不在焉地挥了挥手，让他走掉。“去吧，去吧，我要思考我现有的资料了。”乔万尼离开楼层时，护士站的医护人员彼此理解地望了望：解脱的时间太短了。

不过，晚上倒也相对的平静。探病时间之后，安静的时间出乎意料的长。护士们更新了图表，清洁了架子，涂好了指甲油，还低声交换了些闲言碎语，然后，问题才终于出现：奥哈拉病房的灯亮了。“我不管!”几个护士同声宣布。

“我自己去。”老护士自告奋勇。然后一声不响地匆匆穿过了大厅。

“什么事，奥哈拉先生，你是要安眠药吗?”

房间是黑的，符合睡眠时间的规定，可床后有一盏灯柔和地亮着，照在床边摇摇欲坠的奥哈拉的身上——他的牵引设备绷紧了，他一只手扶着床头柜，另一只手在徒然地抓那刚好抓不到的电话。

“要安眠药干吗！我要抓杀人犯，不要安眠药。我要的是外线电话!”

“对不起，奥哈拉先生！你会把别的病人吵醒的。你没有意识到已是半夜两点了吗?”

“给我外线电话，否则我不但要吵醒别的病人，而且连死人也得吵醒。”他作出威胁，却也略微压低了嗓门。

“奥哈拉先生……”

“求你行不?”

他这态度非常意外，护士还没意识到自己在做什么，已经把话筒拿到了手上。“你要拨什么号?”

奥哈拉告诉了她。不一会儿她就把话筒递给了他。

“我是奥哈拉，我找乔万尼讲话。”

短暂的等待之后一个睡意蒙眬的声音从话筒里传来。

“乔万尼，你需要的线索我已经找到。你把林兹特罗木叫醒，看看是否可以让克莱顿法官签发搜查证。不得已的时候就连他也叫起来。你得把那双鞋找到，否则怕会来不了及。”

话筒里传来叽里咕噜的抗议和提问，声音震响在安静的病房里。奥哈拉发表了一连串干脆的意见，把他思考出的道理和它所指向的人都告诉了警官。那护士吃惊得倒抽了一口气，在旁边急切地听着。

“现在就动手，早晨向我报告。”奥哈拉把话筒还给了护士。

“现在，我的美人儿，您如果离开这儿，我将感激不尽。他们现在不是教导你们要让医院里的病人得到大量休息吗?”奥哈拉往枕头上一偎，在现有的条件下尽量作出一个惬意的睡姿。他对护士不客气地眨了好一会儿眼睛，然后闭上眼睡着了。

乔万尼下一次进入 204 房间时，勤杂工正推着一车车早饭盘旋过大厅。奥哈拉得意地笑着招呼了他——可惜一嘴炒鸡蛋略微破坏了那效果。“找到鞋了吧?”

乔万尼点了点头，“克莱顿法官说他愿意照你的思路碰碰机会，给我们签发了搜查证。那双鞋塞在一个善心捐赠的口袋里，鞋底上有小洞的明显迹象，鞋底和石膏模印完全吻合。我们还捞到了一份意外的礼物，枪。”他欢喜得满面红光，等着看奥哈拉的反应。可抬起的眉毛和期待的沉默却在催他说下去。“那枪已经擦过，但是我们找来了弹道人员。完全正确，那就是作案的枪。”

奥哈拉满意了，一脸快活。“干得好，我估计可以在证据消失之前找到答案。现在我猜你会问我是怎么解决这案子的了，是吧?”

乔万尼犹豫了一下，难道奥哈拉忘记凌晨两点在电话上的话了？好吧，他有权利凭冲动说话。“你的思路。我的意思是，”最后他说，“我一上午都没太跟上。听来像是碰上了好运。”

奥哈拉把一片三角形的面包往盘子里一扔，“碰上好运！几乎不可能。给我答案的是对世道人心的理解。我们这些生活阅历多的人强过你们青年人的就在这种地方。啊，不用担心，有了时间和经验你们也会很快就赶上的。你看，老普罗宾受伤后的行为是整个案件的线索，你已经注意到了，却没有追究下去。他为什么要爬那么长的路到门口，然后又离开了屋子呢？注意，是离开，而不是进去，我们是会估计他要进屋求救的。”

“我现在明白了，”乔万尼回答，“我以前还以为他是痛得失去了理智呢。”

“我比你有更多的时间思考问题，”奥哈拉解释道，“普罗宾不是在倒下时抓住花的，不是的，他是故意爬到长椅那儿去找花的。因为他担心自己受了那样的伤，活下去的机会已如雪球，于是用生命的血为我们画出了那条路线。他强迫自己爬到门口，又爬出门去，为他的凶手签发了死刑命令。”

“勇敢的老人!”乔万尼肃然起敬，低声说道。

“把花确认为康乃馨几乎使他那番临死的努力失去了意义，你要知道。”

乔万尼控制住自己。“我告诉过你，我是分别不出花的。说那花是康乃馨的是薇曼小姐，可它是康乃馨吗?”

“就说话的方式而言，它是的。”为了效果奥哈拉说话时顿了一顿，乔万尼的双脚在床前不安地替换着。“但是你应该记住，我们的小玛尔拉幼时是有保姆的，一个英国老奶奶，老头子给她的都是最好的。她又到英国上过寄宿学校。那么，英国人把那种情况的花叫什么？能够满足你那不太准确的描述的花儿叫什么？高高的，花朵呈簇状，粉红色、白色、黄色、紫色。我终于想出来了，那叫‘植株’！就是那东西，植株!”

“从来没听说过，但是我对花知道得很少。”

“可普罗宾知道得不少。他抓住一个‘植株’，然后往门外爬，向蓄雨池爬去——如你所说。”

“是的。”

“你说过它‘有点像水桶’。有那么多很好的和神圣的名字，你为什么说它是‘水桶’呢?”奥哈拉不客气地问。

“水桶是什么东西谁都知道。”

“并不是谁都知道，”奥哈拉承认，“但是我一思考，几个意思就串到了一起。我所做的就是问我自己：跟‘植株’和‘水桶’在一起的，应该是什么东西？——在这儿要说是：应该是什么人？”

“即使是刚从暖烘烘的被窝被叫起来，我在这儿就已经跟上了你。”乔万尼说。“那就是‘锁’[①]（洛克）。现在，如果你可以原谅我的用词的话，我们已经把洛克锁了起来。我们找到了那双鞋，又让洛克看了那脚印的石膏模印，告诉他那是在他宣称没有进去过的花房里取到的，他只好嗯嗯啊啊的了。最后他承认，是去看过老头子。但仍然发誓说他离开老头子时他还活着。然后我们就用临死的人的指控突击他，这才让他彻底地崩溃了。是老故事。他是个精明的会计，开始篡改起了账目，从中瞒下了一笔像样的小数，但是老头子比他还精明了一点点，把问题给查出来了——尽管两次查账都失败。洛克以为虽是婚姻关系，毕竟还是一家人，老头子不会送他进监狱的，但是他对百万富翁的判断却不那么高明。两人出门进了花房，普罗宾就告诉他，马上就要起诉他，他最后是要坐班房的。于是洛克杀死了老头子。他是带了枪来的，因此，就不存在缺少预谋的问题。而现在，我们又找到了枪，案子就给拾掇得比圣诞树还漂亮了。”

“谢谢普罗宾老爷子，”奥哈拉宣布，“而且他这是一份真正的礼物，用银盘呈献给你的，就像莎乐美呈献的被奉为圣徒的施洗约翰的头[②]。”

“对。”乔万尼说。

“那么现在，”奥哈拉在一片三角形的面包片上涂着果酱说，“你就可以干别的活去了。”

“好了，谢谢你的帮助，”乔万尼说着向门口走去，“而那礼物是‘献给’莎乐美的，不是莎乐美‘呈献’的。”他喃喃地说，虽然这话是到他在身后悄悄关上门后才说出口的。

---

① 跟“植株”和“水桶”在一起的应该是“锁”：这是一个英语习语的双关语。英语有一个习语：lock，stock and barrel，直译是：枪栓、枪托和枪管，实际是以枪的全体表示一般的全体、整体的意思。比如：He has failed lock，stock and barrel，意思是：他完全（从枪栓、枪托到枪管都）失败了。这里却分别使用了这三个字的其他意义：锁（lock）、植株（stock）和水桶（barrel）。既然出现了stock和barrel，lock也就随之而来。普罗宾老头就是用stock加上barrel点了lock（Locke洛克）的名，引起了奥哈拉的注意的。

② 《圣经》故事，美丽的莎乐美爱上了被希禄王囚禁的施洗约翰，被约翰拒绝，于是她为希禄王跳舞，要求希禄王把约翰的头给她。希禄王果然杀死了约翰，用盘子盛了约翰的头给了她，然后又命令杀死了她。见《圣经·马太福音》第14章第8节。

洞察幽微，智缉真凶

疯狂的茶会

埃勒里·奎因

天下着滂沱大雨，四周一片漆黑，满地泥泞。一个高个子年轻人站在火车站门口，觉得在这样糟糕的天气来到长岛这个偏僻的地区真是大错特错。而且该死的欧温在哪儿呢？他心想，干脆给欧温打个电话表示一下遗憾，就搭下一班火车返回去算了。就在这当儿，车站前开来一辆溅着水花的小轿车，从车上下来一个身穿制服的黄头发小伙子。

"是埃勒里·奎因先生吗?"他眯缝着眼睛问道。

"是。"埃勒里叹口气，轻声答道。

"哦，真对不起，我是欧温先生的司机，名叫米兰。欧温先生不能亲自来迎接您，非常抱歉，因为家里有好几位客人……请上车，奎因先生。"

埃勒里上了车，心里很不痛快。他和欧温其实只是一面之交，欧温无疑是要把他当做一头受过训练的海豹那样展览一下，因为大家都喜欢听他讲些惊人的犯罪案件，叫他觉得自己真像个珍奇怪物。这次他绝对闭口不谈罪案。不过欧温说艾美也会光临，他倒挺想跟艾美相识。据说她是一个贵族出身的外交官的女儿，性格很怪，后来进入了演艺圈。兴许她是那类自命不凡而装腔作势的女人吧？此外，欧温还想请他看看新近买下来的那幢怪可爱的房子。

小轿车在黑夜里溅着水花行驶。

米兰沉默一阵后告诉埃勒里："今晚欧温先生家里挺热闹，先生。琼纳森小少爷明天过生日。小家伙 9 岁了，爹妈要给他举办一次茶会，送给他一件特别的礼物。小少爷现在还一点儿也不知道呢。他准会惊喜万分。"

"但愿如此!"埃勒里嘟哝了一句就陷入了沉默。

理查·欧温那幢怪可爱的房子有个三角屋顶、五颜六色的石墙和色彩鲜艳的百叶窗，坐落在一条两边排列着高树的小道尽头。房子里灯火通明。

"我们到了，奎因先生!"米兰先下车，扶着车门，"您一蹦就可以跳到门廊上，不会淋湿的。”

埃勒里只得这么办。米兰从车上取下行李，微笑着说：“门开着呢，大伙儿没准都在观看表演。”

“表演?”埃勒里纳闷地问。

米兰推开前门，请埃勒里走进去：“我去找一下欧温先生……他们正在排戏……琼纳森小少爷醒着的时候没法排，所以得等他睡觉之后大伙儿才排练。您要知道，这全是为了明天的生日茶会。那个小家伙特别好疑，他们在他身上可没少费心思……”

埃勒里站在门厅，望着那间宽敞而漂亮的客厅：“这么说。他们是在排戏……好，那就让他们排吧。等他们排完，我再进去。”

米兰把行李放下，手碰一下帽檐，便在门外的黑暗中消失了。埃勒里脱下雨衣和帽子，把它们挂在衣帽间里，然后在前厅的壁炉前烘烤两只冻僵了的手。他隐隐约约地听见从客厅传来一阵说话声。

一个女人装着女孩子腔说：“好了，请往下说吧，我再也不打断你的话啦……”

埃勒里心想这准是艾美，可他们到底在干什么呢?他走到客厅门前，靠着门框往里观看。真是一幅叫人吃惊的景象。

客厅里装饰得很时髦，尽头那边给腾空了，用一块浆过的床单当做帷幕，可以随意开闭。幕开启着，那边摆着一张铺着白台布的桌子，上面放着杯盘刀叉。首席坐着艾美，异想天开地穿着一件小姑娘的罩裙，浅棕色头发披散在肩头，两条瘦长的腿穿着白短袜，脚踏两只矮跟的黑便鞋。她身旁坐着一个扮成白兔的角色，两只大长耳朵直直竖着，毛茸茸的脖子上扎着一个大蝴蝶结，嘴一张一闭地说着人话。大白兔旁边是扮成懒耗子的角色，一张笑眯眯的小脸，动作懒散，像是没睡醒似的。在这个小懒耗子后面还有一个最引人注目的角色，长着两条扫把眉毛，系着一条带花点儿的蝴蝶结，身穿一套老式服装，头戴一顶布制的高帽子。

观众是两位妇女：一位满头白发的老太太和一个高胸脯、红发碧眼的漂亮女人。埃勒里瞥见另外一扇门前还有两个女仆伸头进来偷看，咯咯发笑。

“是在排练《爱丽丝漫游奇境》中那个疯狂的茶会!”埃勒里心里在想。

等到帷幕晃晃悠悠地合上，埃勒里一边鼓掌一边走进客厅：“太棒了!”

高帽子先生张大两眼，摘掉帽子，迎向埃勒里。他那张涂了油彩的脸显出既宽厚又有点儿狡猾的神情。他是个中年胖子，一派春风得意的样儿：“奎因，你什么时候到的?什么事叫你耽搁了?”

“家务事。欧温，你这身打扮蛮自然。我真不明白你干吗进入了金融界。你天生是个扮演高帽子这类角色的好演员嘛。”

“是吗?”欧温得意地咯咯笑了，“我确实一直想登台演戏，因此一直在鼎力赞助艾美的演出。来，我给你介绍一下。这位是我的丈母娘。”他指着那位白发老太太，“劳拉的母亲——曼斯菲尔德夫人。”老太太微微一笑，可埃勒里发现她的眼神很机警。“这位是加德纳太太。”欧温又指着那个高胸脯、红发碧眼的女人。“信不信由你，她就是那边那个毛茸茸的白兔的太太，哈，哈，哈!”

欧温的笑声叫人觉得不免有点儿失礼。埃勒里朝那位美貌女郎一鞠躬，紧接着说：“加德纳！莫非您就是著名建筑师保罗·加德纳的太太?”

“岂敢，岂敢!”大白兔怪声怪气地说，同时脱去面具，露出一张小瘦脸，两眼闪闪发光。“你好，奎因！自从我在舒尔兹谋杀案给你爹作证以后，咱俩还没见过面。”两人握握手。

埃勒里说：“加德纳太太，您有一位非常聪明的丈夫，在那起案件侦讯中，他一眼就把凶手辨认出来了。”

“我一直说保罗是个天才，”红发女郎一边微笑，一边用低嗓音说，“可他不信任我，认为我是这人世间唯一不欣赏他的人。”

“得了，卡萝琳。”加德纳尽管笑着抗议，两眼的光芒却消失了。不知什么缘故，他还瞥了一眼欧温。

“你一定记得我的太太劳拉吧，”欧温拉着埃勒里的胳膊，嘻嘻哈哈地说，“是不是一只可爱的懒耗子?”

劳拉的母亲曼斯菲尔德夫人顿时收敛笑容，欧温竟然在公开场合这样评价自己的妻子。劳拉是个小巧玲珑的妇女，眼神倦慵，面颊已经松垂。

“这位呢，”欧温像牲口贩展示一头获奖的母牛那样得意扬扬地说，“是天下独一无二的演员艾美。艾美·韦罗斯小姐，来见一下奎因先生。他就是我一直跟你说起的那位破案专家。”

“奎因先生，您看到我们方才排戏了吧。”那位女演员喃喃道，“我希望您不是来这儿办公事。倘若是的话，我们马上就换上便装，好让您办正事。”

“不，不，”埃勒里冲她说，“穿着戏装更迷人。我更喜欢您扮演的爱丽丝。”她顿时做出爱丽丝小姑娘那种可爱的表情。

“你一定认为我们不是疯子便是傻子吧。”欧温笑着说，“请坐，奎因。我们正在为明天琼纳森的生日茶会彩排节目，邻近的孩子都接到了邀请信。这是艾美的主意，她从剧团带来了戏装。要知道，他们上星期六已经演完了最后一场。”

“我们就排到这里为止吧。”保罗·加德纳说着开始脱去戏装，“卡萝琳和我回家，还要有一段艰苦的旅程呢。下雨天，满地泥泞，一定很不好走。”

“是啊，简直糟透了。”埃勒里彬彬有礼地说。

“这我可不同意，”劳拉·欧温说，她身材矮小，毫无性感，“在这种大风大雨天开车回家太危险啦！卡萝琳，你和保罗今晚得住在我们这儿。”

“只有 4 千米路，劳拉。”保罗·加德纳喃喃道。

“不行，在这种坏天气，那可比 40 千米还要远!”欧温插嘴道。他那张涂了油彩的脸显得特别苍白而黏糊：“就这么定了！我们家有好几间客房。保罗在设计这幢房子时，早就考虑到这一点了。”

“这就是建筑师机灵的一面，”艾美做了个鬼脸说，一屁股坐到一张沙发上，把两条腿盘在身下，“人家家里有几间客房是瞒不了他们的。”

“别在乎艾美说的话，”欧温笑着说，“她是演艺圈里出名的尖嘴姑娘，没有一点儿规矩。好，就这样定了。保罗，怎么样，再喝一杯?”

“不喝了，谢谢!”

“卡萝琳，你再来一杯吧？你是在场唯一最随和的美人儿。”

埃勒里意识到他的主人在兴高采烈的外表下真是有点儿醉了。

加德纳太太卡萝琳睁着大眼望着欧温：“好吧，理查!”两人眉来眼去地相望。欧温太太不自在地转身去整理她那身笨重的戏装。

曼斯菲尔德夫人起身，对大伙儿说：“请原谅，我有点儿累了。我年纪大了……劳拉，亲爱的。”她走向她的女儿，吻了一下她那皱起的额头。

大伙儿嘀咕了几句。埃勒里看不惯这种叫人尴尬的局面。恨不得马上远远离开这个地方。

埃勒里猛一下子醒了，在床上辗转反侧。他从凌晨一点钟醒来就被窗外的雨声搅得不能安睡，于是坐起来，拿起床头柜上的手表看看。时间是两点过五分。他回想起女主人方才尽管十分周到，却总显得愁眉苦脸的，男主人则像这场暴风雨那样叫人觉得闹得慌。他侧耳听听旁边房间里的动静，琼纳森小少爷像是在打着呼噜，睡得很香甜。

两点十五分，他还是睡不着，便开了灯，穿上睡衣，想到楼下书房去找本书看看。他打开房门，探头向外瞧瞧，只见楼梯那边亮着微弱的灯光，四下里一片寂静。他蓦地感到一阵恐惧，自己也闹不清是什么缘故。接着他慢慢走下楼梯，不知电灯开关在何处，便摸着黑走进前厅。他琢磨书房一定是在前厅壁炉的另一边，可是炉火已经熄灭，一点儿亮光也没有。他在大雨淋漓的响声中摸索到书房那扇门，轻轻地把它打开。这时他已经习惯了黑暗，凝目探视那间屋里的摆设，里面一片漆黑……他正要走进去，却止了步，觉得那里不像是书房，他肯定走错了房间。他像一个在森林中迷路的人，注视了一下前面那片黑暗就轻轻地把门关上了。

他又摸索着朝左边走去，走了几步摸到另一扇门。他打开门，扭开电灯开关，正是书房。窗帘紧闭，室内还像他跟主人在上楼睡觉之前见到的那样杂乱无章。

他走到沿墙那排书架前，浏览了一下，最后抽出一本马克·吐温的《哈克贝利·历险记》，以便消磨这个无聊的长夜。他关上灯，走出书房。前厅的楼梯上有脚步声，他抬头定睛一看，发现楼梯口那儿有个男人的侧影。

“是欧温吗?”那人小声问道。

埃勒里笑道：“是我，奎因。加德纳，你也睡不着吗?”

他听见那人松了口气说：“老天，可不是，我正要下楼找本书看看。我妻子卡萝琳在我隔壁那间屋里睡得死死的，她可真能睡！今天夜里气候反常，叫人睡不安稳。”

“也许你喝多了吧?”埃勒里一边说，一边登上楼梯。

加德纳身穿睡袍，头发乱蓬蓬的：“说实话，我一点儿酒也没喝。都是这场讨厌的雨闹的。”

“也许是的。你要是睡不着，何不到我屋里来抽支烟?”

“那合适吗?”

“搅我的觉吗?不会的。我下楼来就是为了找本书消磨不眠之夜。聊聊天总比看小说强。来吧。”

他俩进入了埃勒里的卧室。坐下之后，埃勒里敬了烟，两人就从烟草聊起，聊到旧书啦，奶酪价格啦，一直聊到拂晓。加德纳打着哈欠返回自己的房间，埃勒里则昏昏沉沉地睡着了。

埃勒里觉得有人在摇他，睁开眼睛一看，天已大亮。米兰涨红着脸，站在他身前。

“奎因先生，快醒醒!”

埃勒里惊讶地醒过来：“什么事，米兰?”

“欧温老爷……他失踪不见了!”

埃勒里从床上一骨碌爬起来：“你说什么，小伙子?”

“他失踪了，奎因先生。我们找不着老爷，没影儿了。欧温太太急得……”

“你先下楼，”埃勒里平静地脱下睡衣说，“先去告诉欧温太太，在我下楼见到她之前什么也别干；另外谁也不许离开，不许打电话。明白了吗?”

“明白了，先生。”米兰喃喃道，转身走出了房门。

埃勒里像消防队员那样利索地穿上衣服，洗了一把脸，便匆匆跑下楼梯。只见欧温太太穿着皱巴巴的睡衣蜷缩在沙发上哭泣。曼斯菲尔德夫人在一旁抚慰她的女儿。琼纳森小少爷在冲外婆抱怨。艾美默默地抽着香烟。加德纳夫妇面色苍白，一声不响地站在窗前。

艾美立刻说道："奎因先生，这可是一出戏——戏外戏，至少劳拉·欧温该这么认为。您可否说服她，也许根本就没出什么事？"

"这我办不到，"埃勒里笑着说，"等我弄清情况之后再说。欧温走掉了？怎么走的？什么时候走的？"

"哦，奎因先生，"欧温太太抬起泪痕满面的脸，哭诉道，"昨天夜里理查领您到您的房间去以后，他下楼对我说还要到工作室去办点公事，让我先去睡。别人都上楼了，仆人也都去睡了。我提醒他别熬得太晚，就上楼了。我累极了，立刻便睡着了……"

"你们俩睡在一间屋吗，欧温太太？"

"是的，一对单人床。直到半小时之前我才醒过来。我发现……"她颤抖一下，又哭起来。她母亲挺生气，却又无能为力。"他根本就没上床睡过。他那些衣服——就是他换上戏装之前的那些衣服——还搭在床边那把椅子上。我大吃一惊，连忙奔下楼来，可他已经走掉了……"

"怪事儿，"埃勒里纳闷地说，"按您的说法，他还穿着那身高帽子戏装吗？您有没有查看他的衣柜？他有没有穿走他平时穿的衣服？"

"没有，全都在。唉，我猜想他准是死了！"

"劳拉，别瞎说。"曼斯菲尔德夫人责怪道。

"哦，妈妈，太可怕了……"

"您先别紧张，"埃勒里说，"欧温近来有没有什么叫他着急的事？譬如说，生意方面？"

"没有，肯定没有。昨天他还谈起生意不错，何况他也不是那种爱着急的人。"

"那他最近有没有受到过什么惊吓？"

"没有，没有。"

"他尽管还穿着戏装，但有没有可能去办公室了呢？"

"不会的，他星期六从来不去办公。"

琼纳森小少爷把手插进上衣口袋，抱怨道："我猜爸爸准是又喝醉了，害得妈妈直哭。我倒巴不得他再也别回来！"

"琼纳森！"曼斯菲尔德夫人喊道，"你给我回屋去，听见没有？你这个坏孩子，回屋去！"

谁也没吭声，欧温太太还在哽咽，琼纳森翘起嘴唇，流露出对外婆的厌恶神情，跺着脚上楼去了。

埃勒里皱起眉头，又问道："欧温太太，您最后见到欧温是在什么地方，是在这间屋里吗?”

“不是，是在他的工作室。”她答道，“我上楼时，他正走进工作室。就是那扇门。”她指了一下书房右边那扇门。埃勒里一愣，那正是他头天晚上差点儿闯进去的房间。

“您认为……”卡萝琳·加德纳低沉地开腔道，可又止住了。在黎明的灰暗光线下，她的头发显得不那么红了，眼睛也不那么绿了。看上去这桩刚发生的事好像把她内心的活力都扑灭了似的。

“你可别往里瞎掺和，卡萝琳。”加德纳粗暴地对他妻子说，两眼由于缺觉而通红。

“好了，好了，”埃勒里说，“也许正如艾美小姐所说，我们这里什么事也没发生。请原谅，我想去查看一下工作室。”

他走进工作室，随手把门关上。那间屋子显得很长，里面没放几件家具，倒像是一间办公室。写字台上布置得挺简朴，室内一尘不染，看上去绝对不像是个有人犯过罪的现场。

埃勒里久久环顾四处，以一个陌生人的角度观察一切。里面并没有什么异样。接着他的目光转移到一样东西上。怪了！对面墙上安装着一面从天花板直到地面的大镜子，跟这间屋子里的其他摆设很不协调。镜子里清楚地反映出埃勒里瘦长的身躯和他身后的房门。他从镜子里还看到门框上有一面新式样的电钟。在暗淡的光线下，挂钟的指针闪闪放光……他离开门框，抬头往上瞧瞧，看到了那只直径约一英尺的挂钟。

他打开门，呼唤米兰，后者正在客厅里跟那些默默无言的人在一起。“有梯子吗?”

米兰按照吩咐抬来一把梯子。埃勒里把门关紧，爬上梯子。检查了一下挂钟。开关在钟背后，插销通着电流，钟在正常运转。他对了一下手表，时间基本准确。他又用手遮住光，看到钟的字码和指针上都涂有一层闪闪发光的磷。他爬下梯子，打开门，把梯子交还给米兰，然后走进客厅，大伙儿都关切地望着他。

“怎么样?”艾美耸耸肩问道，“发现了什么重要的线索吗？可别告诉我们欧温穿着那身戏装打高尔夫球去了。”

欧温太太也急切地问：“怎么样，奎因先生?”

埃勒里在一张沙发上坐下，点上一支香烟：“工作室里有点儿怪。欧温太太，您装修过这幢房子吗?”

她困惑不解地说：“装修？没有。买下来之后，我们就把自己的东西搬进来了。”

“这么说，工作室里挂着的那个电钟是你们自己的了。”

“挂钟？”大家都睁大眼睛望着他，“是啊，当然。怎么啦……”

“哦，”埃勒里说，“那挂钟会童话里说的那种隐身术。”

“可那挂钟跟欧温的失踪有什么关系？”曼斯菲尔德夫人好奇地问。

埃勒里耸耸肩：“我也还没闹清楚。问题是今天凌晨两点过一点儿的时候，我睡不着，曾经下楼误进了那间工作室，以为那是书房。我打开房门往里看过，却什么也没看见。”

“你是看不见，奎因先生。”加德纳太太小声说，“屋子里那么黑……”

“怪事就出在这儿。”埃勒里接着说，“加德纳太太，正是因为黑，我才应该看见点儿什么。”

“看见什么呢？”

“门框上方挂着的那个钟。”

“你走进去没有？”艾美皱着眉问，“我还是没听明白。门框上方那个挂钟，对吗？”

“对着那扇门有一面大镜子，”埃勒里解释道，“就因为屋子里黑，那挂钟更应当引起人的注意，因为字码和指针上都涂有磷，在漆黑的屋里应当很显眼，可我什么也没看见。”

大家都困惑地默默无言。加德纳嘟囔道：“我还是没闹明白……是不是有人正站在镜子前面，把钟挡住了？”

“没有。钟挂在门框上房，离地足有 7 英尺。那面镜子从天花板直到地面。室内没有一件高 7 英尺的家具可以把挂钟挡住，当然我们也没法想象有一个闯进去的人有 7 英尺高。不对，不对，加德纳。我当时探头往里瞧的时候，那挂钟根本就没在那儿！”

“年轻人，这你敢肯定吗？”曼斯菲尔德夫人打断他的话，“你知道自己在胡说些什么吗？我还以为大伙儿都在关心我女婿失踪的事，你怎么竟说起那钟没挂在那儿的事？”

埃勒里闭上两眼说：“结论是钟给挪动过了。我探头往里瞧的时候它没在那儿。等我一走开，它又给放回去了。”

“奎因先生，”女演员喃喃道，“是谁要把那钟挪开呢？这事可比爱丽丝的童话还离奇。”

埃勒里答道：“这正是我在琢磨的问题。说实话，我也闹不明白。”接着他睁开两眼：“顺便问一句，有人看见那顶高帽子没有？”

欧温太太声音发颤地说：“没有，那也不见了。”

“您找过吗？”

“找过。您愿意就自己去找……”

“不，不，欧温太太，我相信您的话。哦，对了，您的丈夫有没有仇人？”他微笑着说，“这只是履行公事，有必要问一问。”

“仇人？哦，肯定没有。”欧温太太说，“理查有时有些无礼，藐视人，可我敢肯定没人恨他恨得要把他杀死。”她打了个哆嗦，把睡袍紧紧裹在身上。

“别胡说，劳拉。”曼斯菲尔德夫人说，“我看你们俩简直就像孩子！这也许说明了一切。”

“倒也可能，”埃勒里附和道，“天气不好也有点儿影响人的情绪。也许……看！雨已经停了。”大家看了一眼窗外，雨确实停了。“也许有这样一种可能，欧温太太，您的丈夫让人绑架了。别太惊慌，这只是猜测。他身穿戏装消失，这确实不大寻常，因此很可能是被迫离开的。您有没有找到字条什么的？早上来的邮件……”

“绑架？”欧温太太惊吓道。

“绑架？”加德纳太太也问了一声。

“没留下字条，也没有来信。”曼斯菲尔德夫人插嘴道，“劳拉，我认为你要么认真处理这件事，立刻报警；要么就听其自然，不去管它。理查昨天晚上灌了不少酒，也许醉醺醺地溜到哪儿去了，没准儿眼下正在哪块田地里睡着了。哼，他早晚会得肺炎返回来！”

“这种判断倒蛮高明。”埃勒里笑道，“曼斯菲尔德夫人，我看我们先别报警，鄙人也有破案的本事。现在我们暂时把这件不愉快的事搁在一边，再等待一下。如果欧温先生到天黑还不回来，我们再商量下一步该怎么办，好不好？”

“说得有理。”加德纳先生心神不安地说，“我能不能……”他微笑一下，耸耸肩，“这事也太离奇了！……我可否给我的办公室打个电话？”

“当然可以。”埃勒里说。

欧温太太忽然想起一件事，惊叫道：“还有琼纳森的生日茶会！我都忘了，对那些接受邀请的孩子，我该怎么交代啊？”

“我建议，”埃勒里伤感地说，“就说琼纳森身体不适，茶会取消了。欧温太太，您最好赶紧打电话通知所有的孩子，向他们表示一下歉意。”说完之后，他就起身走进了书房。

尽管天已大亮，阳光明媚，大家却都很消沉。上午慢慢消磨过去，什么事也没发生。曼斯菲尔德夫人坚持让女儿躺下休息，还叫她服了点儿安眠药，然后一直陪着她直到她入睡。随后，老太太给所有接受邀请的孩子打了电话，解释说琼纳森突然发了高烧……琼纳森对外婆这种做法大发雷霆，又喊又闹，叫待在书房里的埃勒里坐立不安。结果是曼斯菲尔德夫人、米兰、女仆和厨娘联合起来才把欧温那棵独苗哄好。其实是一张 5 元的钞票起了决定性作用……艾美看小说消磨了一上午。加德纳夫妇无精打采地玩纸牌。

中饭时，大家也全无兴趣，一言不发。

下午，大家更感到无聊，连那位女演员也开始忐忑不安，抽了许多支烟，喝了好几杯鸡尾酒，随后就沉默不语。一点儿消息也没有。电话铃倒是响了一次，是当地甜食店老板抗议临时退掉了预订的冰淇淋。埃勒里几乎整个下午都在书房或工作室里。他在神秘地查找什么，只有他本人知道。傍晚 5 点钟，他从工作室走出来，沉着脸，紧锁双眉，慢慢走到门外廊子那儿，倚在一根柱子上默默沉思。外面的地面已经让阳光晒干了。他回到屋子时，天色已暗。

房子里很安静，大家都垂头丧气地回自己的房间里去了。埃勒里走到楼梯口侧耳倾听一下，没有一点儿声息。他踮起脚尖走到电话机旁，小声跟纽约某某人通了 15 分钟电话。打完之后，他便上楼，进入了自己的房间。

一小时后，大家正聚集在楼下准备进晚餐，埃勒里偷偷下楼，从后门溜出门外，连厨房里的厨娘都没发现他。他在黑漆漆的户外待了一段时间。

晚餐后发生了一件事。埃勒里跟所有别的人一样感到十分困倦，顿时打起瞌睡。那顿晚餐吃得较迟，欧温的失踪显然影响了大家的胃口。8 点过后由女仆端上咖啡——埃勒里确信咖啡有问题。困劲是在半小时后发生的。当时大家都在客厅里，十分烦闷。欧温太太面色苍白，默默无言，大口大口地喝下咖啡，还添了一杯。曼斯菲尔德夫人坚决认为应当立刻报警，她对一位名叫诺顿的警官特别信任。加德纳有点儿烦躁不安，无聊地弹了会儿钢琴。艾美不再欢悦，半闭着眼睛不声不响，加德纳太太一直很紧张。琼纳森小少爷被仆人拉去睡觉，哭啊喊地离去了。接着……

房间里挺暖和，大家舒舒服服地犯起困来。埃勒里觉得额头出了许多汗，后来感到头昏得整个房间都旋转起来。他在失去知觉之前看出周围的伙伴都显露出被药麻醉了的神情。

他再次睁开两眼时，天已亮了。老天，整整昏迷了一夜……别人都在懒懒散散的姿态下费劲地喘息着。他走到酒柜前，倒了杯酒喝，然后走到艾美身旁，轻轻把她摇醒。

“噢，几点钟了？”她问。

“我们都让人用了迷药。”埃勒里说，“艾美小姐，想法把大家唤醒，我去查看一下四处的动静。”

他摇摇晃晃地走进厨房，发现女仆、厨娘和米兰都趴在桌上失去了知觉，桌上还放着没喝完的咖啡壶。他回到客厅，见艾美正在钢琴旁拼命地想叫醒加德纳，便走上楼去。他进入琼纳森的卧室，孩子还在打呼噜，看上去睡得很自然。埃勒里又走进旁边的洗手间察看了一下。随后，他下楼进入那间工作室，没多会儿便惊恐地走出来，到衣帽间拿起自己的帽子，到阳光明媚的户外去了。他在那幢房子周围的小树林里转悠了一刻钟。等他面带失望的表情回到房内时，大伙儿都醒了，抱着脑袋哼哼唧唧。

“奎因。到底是怎么回事?”加德纳粗声粗气地问。

“不知是谁用楼上洗手间里的那瓶安眠药把我们都蒙过去了，”埃勒里皱着眉头说，“就是曼斯菲尔德夫人昨天为了让欧温太太睡一会儿而让她服用的药。现在那一大瓶药几乎全给用光了！大家随便活动一下，我去厨房查问一下。问题一定出在那壶咖啡上。”可是他从厨房回来后只做了个怪脸：“看来在厨娘到外边取蔬菜，米兰在车房修车，女仆也不在厨房时，让人趁机把安眠药倒进咖啡壶里了。该死的家伙!”

“我要报警啦!”曼斯菲尔德夫人尖声喊道，“再不报警，我们就会在睡觉时让人谋杀啦。劳拉，我坚持要……”

“别着急，老夫人，”埃勒里说，“您先去料理一下厨房里的事吧，厨娘和女仆都要卷铺盖，不想干啦。”老太太咬着嘴唇，走了出去。

“可是，奎因，”加德纳抗议道，“我们不能就这样毫无人身安全保障啊。”

艾美也紧问道：“这事到底是谁干的？为了什么啊？楼上那瓶安眠药……看来是我们当中一个人干的，对不对?”

加德纳太太吃惊地尖叫一声：“啊，我们当中的一个?”

埃勒里冷笑一下，目光转向门厅，说道：“我好像听见门口有点儿声响。”他走出去，一下子拉开大门，大家看见他弯身拾起一样东西，还向四处张望了一下。可他摇摇头，关上门。走回来，嘟囔道：“一个包裹！我觉得好像有人……”

大家目瞪口呆地望着他手上那个牛皮纸包。

“包裹?”欧温太太面带惊喜的神情问，“大概是理查送来的吧!”

埃勒里慢吞吞说：“是寄给您的，可是没贴邮票，也没有邮戳。是用铅笔写的印刷字体。我想我得冒昧地亲手打开这个包裹，欧温太太。”他扯开牛皮纸，眉头一皱，因为包裹里是一双男人的旧皮鞋，鞋底和后跟都磨损了。

欧温太太惊叫道：“噢，这是理查的鞋!”说罢就瘫倒在了沙发上。

“是吗?”埃勒里喃喃道，“真有趣。欧温太太，不会是他星期五夜里穿的那双吧？您敢肯定这是他的鞋吗?”

“哎呀，他准是给绑架了!”曼斯菲尔德夫人从厨房走回来，哭丧着脸说，“鞋里有没有短信，有没有血迹?”

“只是一双鞋，什么也没有。我现在还不信是绑架。这不是欧温星期五夜里穿的那双鞋。欧温太太，您最后一次是什么时候见到这双鞋的？”

她哽咽道：“昨天下午我还在楼上壁橱里见到过呢。”

“嗯，”埃勒里严肃地说，“这双鞋大概是昨天我们都给蒙过去的时候让人偷走的，而现在又给送回来了。到目前为止，我觉得还没出现什么伤害的事。不过，我们肯定把一条毒蛇养在怀里了。”

谁也没笑。艾美小姐说：“真是怪事！我一点儿也看不出这个包裹说明什么，奎因先生。”

“我也闹不明白，”埃勒里微微一笑，答道，“要么是有人在恶作剧，要么就是有人在背后耍什么鬼花招！”说完之后，他又抓起帽子，朝大门走去。

“你又去哪儿？”加德纳太太诧异地问。

“哦，到上帝赐给的蓝天下去思考。这是留给侦探的一项特权。可你们大家谁也不准走出这幢房子。”

一小时后，他回来了，没作任何解释。

中午时分，门口又出现了一个包裹，是一个用同样牛皮纸包着的硬方盒，里面装着孩子玩的玩具小船。包裹上写着“艾美小姐收”。

“这可真叫人害怕，”加德纳太太嘴唇发颤地说，“我浑身都起鸡皮疙瘩了。”

艾美嘟囔道：“里面要是放着一把血淋淋的匕首，我反倒会觉得舒服些。两只玩具小船！”她倒退一步，眯起两眼：“现在听我说，好人们。我一向心情愉快，爱开个玩笑，可是玩笑归玩笑，不能太过火。是谁在搞这种恶作剧？”

“玩笑！”加德纳面色苍白，气呼呼地说，“这简直是疯子干的事！”

“得了，得了，”埃勒里小声说，盯视着那两只奶油色的小船，“欧温太太，您见过这两个小玩意吗？”

欧温太太已经差不多神经崩溃了，结结巴巴地说：“哦，老天爷，奎因先生，我没有……哦……是琼纳森的！”

埃勒里眨巴了一下眼睛，走到楼梯口喊道：“琼纳森，下楼来一下！”

小少爷懒洋洋地走下楼来，不大高兴地问：“干什么？”

“过来，孩子，你最后一次见到这两只小船是在什么时候？”

“小船！”琼纳森立刻奔过来，一把抓住那两个小玩意，瞪眼问道：“这是我的小船，从来没放在这里。你干嘛偷我的小船？”

“别吵，别吵！”埃勒里涨红着脸说，“乖一点儿，你最后一次是在什么时候见到这两只小船的？”

“昨天！在我的玩具柜里！我的东西！你可真不要脸！”小少爷喊道，接着就抱着小船跑上楼去了。

“准是同时偷的。”埃勒里无可奈何地说，“顺便问一声，欧温太太，这两只小船是谁给琼纳森买的?"

"是他……他爹。"

"该死的家伙,"埃勒里有点儿生气地说,"大家都赶快去检查一下自己丢了什么别的东西。"可是看来谁也弄不清自己丢失了什么。

大家下楼后看到埃勒里正在翻弄一个白信封。

"又出了什么事?"加德纳厌烦地问。

"从门缝里塞进来的,"他若有所思地说,"方才没注意到。怪事儿!"

那是一个蛮讲究的信封,背面用火漆封住。封面上还是用铅笔涂写的几个字。这次是给曼斯菲尔德夫人的。

老太太瘫倒在一把椅子上,手捂住心口,一时吓得说不出话来。加德纳太太连忙说道:"那就把信打开看看吧!"

埃勒里撕开信封,发愣道:"哟,是个空信封,里面啥也没有!"

加德纳啃着手指甲,转身走开了。他的太太晃着脑袋,跌跌绊绊地走向酒吧台,她今天已经第五次去取酒了。艾美紧锁着双眉。欧温太太悄声说:"可那是妈妈专用的信封啊!"

埃勒里自言自语道:"事情越来越怪了。我得把这几件事联系起来研究一下。鞋是个谜。玩具船可以看作是琼纳森的生日礼物,可那又是他自己的玩意儿——真是一场叫人捉摸不透的玩笑!"他摇摇头:"还有这个空信封,看来这是一样关键性的东西,可又是曼斯菲尔德夫人专用的。"他仔细瞧瞧信封背后那块火漆,却没发现盖有印章。

欧温太太认为那是欧温书房里用的那种火漆。大家随同埃勒里匆匆进入书房。

埃勒里问道:"是放在写字台抽屉里的吗?"

"对,"欧温太太答道,"我星期五写信时还用过。哎呀,怪事!"抽屉里那段火漆不见了。大家都瞪视着那个抽屉,这当儿门铃响了。

这次前门门廊上出现了一个菜篮子,里面放着两棵碧绿的大白菜,上面插着一个字条,是用同样铅笔写的:"保罗·加德纳先生收。"

加德纳两眼发愣地注视着那两棵大白菜。曼斯菲尔德夫人浑身发抖,不顾一切地抓起电话,向一位当地警官叽叽呱呱地报了案。挂上电话后,她对埃勒里说:"奎因先生,这种疯狂的玩笑耍得够可以的了!我当初就不同意我女儿嫁给这个畜生。"接着她像个疯婆子那样笑个不止。

一刻钟后,警车来了,从车上下来一胖一瘦两名警察。那位胖警官说:"我是诺顿。这儿出了什么事?"

埃勒里介绍自己是老奎因之子,中心街理查·奎因侦探事务所的探长。

“哦!”诺顿说，随即立刻板着脸转向曼斯菲尔德夫人，“您方才电话里为什么没告诉我奎因先生在这里？夫人，您该知道他……”

“哦，我讨厌这帮人，”老太太嚷道，“打这个周末开始就是瞎胡闹！瞧，那边那个讨厌的女演员，穿着短裙子，露着大腿……还有这个女人……”

诺顿摸摸下巴：“奎因先生，请到这边来，说说这儿到底出了什么事。”

埃勒里叹了口气，一五一十地把情况说了。那名警官越听脸色越红：“难道你们真把这当回事吗？听起来确实是瞎胡闹。欧温先生犯了神经病，在跟你们大伙儿开玩笑吧。我看事态并不严重。”

“恐怕挺严重咧，”埃勒里说，“老天，那又是什么声响？那个幽灵又送礼来了!”他冲向大门，猛地把门打开。门廊上放着第五个包裹，这次是个挺小的。两名警察连忙冲出房门搜查，用手电筒向四处照射。埃勒里小心翼翼地拾起那个小盒子。还是那种熟悉的字迹，这次是给加德纳太太的。里面放着两枚国际象棋棋子，一白一黑，都是王。

“你们谁会下棋?”他问。

“我丈夫会下，”欧温太太尖声喊道，“噢，我的上帝，我都快疯啦!”

经检查，那两枚棋子确实是欧温那副象棋盒里丢失的。

两名警察喘着气回来了，一无所获。埃勒里对诺顿警官说：“我倒有一个想法。”他把诺顿拉到一旁，低声跟他交谈。别人都无精打采地站在四处，惶恐不安。谁也不再装出无所谓的样子。

警官眨眨眼，点点头，转身冲大家说：“你们都到书房里去一下!”大伙儿吃了一惊。“我说了，每个人都去。这场瞎胡闹该结束啦!”

“可是，”曼斯菲尔德夫人说，“这些东西绝不可能是我们当中哪一位送来的。奎因先生可以作证，我们今天没有一个人单独行动过……”

“曼斯菲尔德夫人，请照我的话去做。”警官打断了她的话。

大伙儿都困惑不解地进入了书房。警察把米兰、厨娘和女仆也都叫了进来。谁也没吭声，谁也不瞧谁一眼。半小时、一小时过去了，门外静得像坟墓里一样。

七点半，房门给打开了。埃勒里跟诺顿警官走进来，后者简短地说：“大家都出去吧，快!”

“出去?”欧温太太惊讶道，“莫非找到了欧温？他在哪儿?”

警察把大家领出书房。埃勒里走向那间工作室，把门打开。打开电灯，然后让开门口说：“请进，大家都坐下!”

诺顿警官拉上窗帘。另外那名警察关上房门，背靠在门上。大伙儿都服从地慢慢坐下。

埃勒里莫测高深地说："在某种程度上，这可是我所经办的一桩最离奇的案子。"

加德纳太太发抖地问道："你是说这里发生了一起案件？"

"对，"埃勒里轻声说，"我们当中有人犯了罪。我该说，欧温太太，是一起重大的案件。"

"莫非理查·欧温死了？"

"很遗憾。"一阵沉默。欧温太太没有哭，好像泪已哭干了似的。埃勒里接着说："太离奇了！问题就出在那挂钟上。大家一定记得我曾经说过那天夜里我走进这间屋时，没从镜子里看到那闪闪发光的钟。那钟准是给移动过了，可这只是一种说法，并非唯一的推断。"

"难道欧温已经死了？"欧温太太伤感地问。

"加德纳先生，"埃勒里接着说，"你曾经认为也许有人或东西把钟挡住了，我则认为不可能，因为钟挂得很高，什么也挡不住。所以就有另一种可能：钟在原处，而那面应该反映出挂钟的大镜子不在那儿。"

艾美小姐插嘴道："那怎么可能呢？听起来真像是胡说八道。"

"那么我们就拿出证据来证明一下吧。我说我没看见挂钟的夜光指针是因为镜子没在原处，可这堵墙却是实实在在的。而这面镜子想必是可以移动的。这可能吗？昨天我整整花了两个小时来寻找镜子的秘密！"大家都惊恐地转向那面镜子。"我终于找到了，揭开了谜底。你们猜我看到了什么？"

埃勒里走到镜子前面，在墙上某处按了一下，整面镜子就像一扇门那样朝一边打开，露出了里面的一个浅壁柜。几位妇女全都惊叫起来，捂住眼睛。壁柜里站着理查·欧温，身穿高帽子戏装。他瞪着两只可怕的眼睛望着大伙儿。

加德纳气喘吁吁地站起来，瞪大眼珠，惊叫道："欧——欧温！这不可能。我亲手把他埋在户外树林里那块大岩石下面了。噢，我的上帝！"他两眼一翻就昏倒在地。

埃勒里叹息了一声："行了，德维尔。"壁柜里那个戴高帽子的人便晃动起来，表情立刻不再跟欧温的神情相似。"你现在可以出来了。真是一次绝妙的表演！这个戏法变得十分成功。诺顿警官，你可以把犯人带走了。如果你再审讯一下加德纳太太，我相信你会得知她早在暗中成了欧温的情妇。加德纳显然发现了这桩丑事，便把欧温杀了。瞧——她也昏倒了！"

当天晚上，埃勒里和艾美小姐并排坐在那列返回宾夕法尼亚的火车上。她困惑不解地问埃勒里："我有好几个地方闹不明白……那个德维尔是谁啊？"

"哦，是我的一个戏剧界的朋友，能演各类小角色。要知道，我早就得出结论，问题出在那面镜子上。我仔细把它检查了半天，终于想法把它打开了。我发现身穿戏装的欧温的尸体躺在里面的壁橱里。”

“太可怕了，可您怎么没立刻宣布这一凶杀案呢？”

“那会得出什么结果呢？拿不出谁是凶手的证据。我得策划一个计谋叫凶手亲自暴露出来，于是就让尸体留在那儿……”

“您是说您一直坐在那儿，心里却明知是加德纳干的吗？”他耸耸肩：“那当然喽。欧温这家人刚在这幢房子里住了一个月。那面镜子的弹簧门设计得挺巧妙，要不是精心搜寻开关，也许一辈子也不知道它的存在。可我想起欧温本人星期五夜里提起过，这幢房子是加德纳设计的，因此我得出结论：谁还能比建筑设计师本人对隐藏的暗门了解得更清楚呢？他干吗要装它，我倒猜不透，也许只是建筑师一时的异想天开吧。所以，凶手肯定是加德纳。”他眨眨眼睛，胸有成竹地接着说：“我推敲了一番这桩罪案的全过程。星期五深夜，我们都休息后，加德纳下楼就他老婆的丑事跟欧温摊了牌。两人争吵起来，加德纳出于气愤就把欧温杀了，可能并非是预谋。他头一个反应就是得想法儿把尸体移出去，可是在大雨天移尸户外，不可能不留下足迹。于是他想起那面大镜子，就先把尸首藏在里面，等雨停后再找机会转移走，埋在一处永远不会被人发现的地方。可是，正在他把尸体往壁橱里藏的时候，我打开了工作室的门，因此在黑暗中没见到镜子里反映出那只挂钟。等我在书房里找书时，他把那扇镜子门关上，匆匆奔上楼去。我听到动静，很快走出书房。他就决定厚着脸皮蒙混过去，假装以为我是‘欧温’。

“星期六晚上，他使用了安眠药，把我们都麻醉昏睡了一夜，并趁机把尸体转移出去掩埋掉，回来之后自己也服了点儿安眠药睡过去，可他没想到星期六上午我早已发现了镜子后面欧温的尸体……星期日上午，我发现尸体不见了，顿时猜出我们被蒙昏过去的原因。我就找个机会给德维尔打了电话，指示他该怎么做。他先翻出一身高帽子戏装，再从一家剧院办事处找到一张欧温的照片，化好妆就来到附近……我趁诺顿警官把你们都留在书房那当儿，叫德维尔进入那面镜子后面的壁橱等待。要知道，我得制造一种令人悬虑不安的气氛，以摧毁加德纳的自制能力，让他自行暴露出来，不自觉地泄露出掩埋尸首之处，而那只有他一人知道。结果这一招儿真灵验了！”

艾美皱着眉头说：“可那些稀奇古怪的包裹是怎么回事呢？天晓得，到底是谁送来的？”

埃勒里懒洋洋地笑道：“真格的，是你啊。”

“我？”她惊愕地张大嘴巴。

“不妨这么一说，”埃勒里闭上眼睛，喃喃道，“是你为庆祝琼纳森小少爷生日而想起举办一次疯狂茶会那个主意，在我头脑里引起了一系列奇思遐想。要知道，只打开那间隐藏的壁橱，发现了尸首，或者叫德维尔扮成欧温，还远远不够。我还得打一场心理战，叫加德纳迷惑不解，闹不清那些送来的礼物究竟带有什么含意……得好好折磨折磨他，把他的神经搞垮……我给我老爹打个电话是件很容易的事，他立刻派来了威利探长，我设法把那些从房子里偷到的东西偷运到小树林里交给威利……他再把它们一一包装好，逐个儿送到门口。”

她向他瞥了一眼：“奎因先生，您可真有一手！”

埃勒里微微一笑：“艾美小姐，您该明白这一点。对付一名谋杀犯，就得用一些叫他闹不明白的事困扰他，叫他晕头转向，最后给他致命的一击……怎么样？我觉得自己倒有点儿小聪明咧！”

（梅绍武　译）

阿里巴巴的洞穴

陶乐赛·赛耶斯

在兰贝兹镇上一座又暗又窄的房子里，一个汉子正在前室一边吃鲑鱼，一边看《晨报》。他个头不大，瘦削。棕色卷发，浓胡须修剪得挺美。他那身双排扣深色西装、领带、手绢和袜子相互搭配得蛮得体，棕色皮鞋也擦得锃亮。看上去他不像是一位绅士老爷，也不像是个伺候绅士老爷的仆从，可他的一举一动却显出他对上层社会的礼仪相当熟悉。他站起来，走到旁边的小桌前，用特级侍者的熟练手法给自己切了一份火腿，不过从他的年纪上来看，他又不像是个退休的侍者，兴许是个刚得到一笔遗产的听差吧。

他津津有味地吃完那盘火腿，呷着咖啡，又仔细看了一遍一则大字标题的报道：

彼得·温赛勋爵的遗嘱

听差获得遗赠年金

慈善机构也获万镑捐赠

内容是：“彼得·温赛勋爵不幸于去年12月在非洲坦噶尼喀湖狩猎时遇难身亡；他的遗嘱昨日得到确认，遗产高达50万英镑。其中10万镑捐给一些慈善团体（此处详细开列了受赠单位名称）。他的听差默文·班特也获得了每年500镑的遗赠年金，连带遗嘱人在伦敦皮卡迪利大街上的一套公寓住房。（下面是其他一些受益人的名单。）其余财产，包括皮卡迪利大街公寓里的珍贵善本书和绘画，都留给遗嘱人的高堂老母，尊贵的丹佛公爵老夫人。彼得·温赛勋爵遇难时年仅37岁。他是当今联合王国最阔绰的丹佛公爵的小弟。彼得勋爵是一位著名的犯罪学家，曾经参加侦破过一些离奇的大案。他又是一位著名藏书家，一位交际甚广的知名人士。”

那位看报人轻松地叹了口气，说道：“人如果还想复活的话，就不会把自己的财产统统送光。这家伙已经咽气入了土。我自由了!”他喝完咖啡，清理好餐桌，洗净餐具，然后就戴上圆顶硬礼帽走了出去。

他搭上一辆开往贝蒙萨区的公共汽车。下车后他走进阴暗的小巷，进入一家肮脏的下等酒馆。他要了一杯双份威士忌酒。这家酒馆刚刚开门，不少顾客正拥在酒吧柜台前。这个很可能当过听差的人在伸手去取他那杯酒时，胳膊肘碰到了一个身穿花格呢上装的人的下巴颏上。

“瞧着点儿，你想干什么？我们这儿不欢迎你这号人。滚出去!”那人一边怒冲冲地说，一边朝他胸口狠揍一拳。

“酒馆是给大家开的，你要怎么样?”那个打扮得像绅士模样的人问道，也回敬一拳。

“听着!”吧女插嘴道，“这位先生并非故意碰你，朱克斯先生。”

“是吗?”朱克斯先生说，“可我倒是故意咧!”

“你可真不害臊，”那个年轻女郎答道，“大清早上，不许你们在我的酒吧里吵架。”

那位从兰贝兹来的人说：“我不是个爱吵架的人，一向是在最有教养的人家干活的，可是这位先生如果想找麻烦……”

“算了，算了，”朱克斯先生缓和道，“我也不打算给你换副新面孔。倒也不是换个样儿会有什么坏处。下次注意着点儿，没什么。再来杯什么酒?”

“不，不，”另一个争着说，“这一杯由我来请客。刚才碰了你一下，我向你道歉，可我就是受不了别人的顶撞。”

“好了，”朱克斯先生宽容大度地说，“这杯酒我请。小姐，再来一杯威士忌，照老样子。咱俩到那边不挤的地方去坐，否则你又会惹麻烦。”

他在前面领路，走到角落的一张小桌前。

“行了，”朱克斯先生说，“表演得不错。我想这儿没危险了，不过总得小心谨慎些。怎么样，罗杰斯？决定加入我们一伙吗?”

“决定了，”罗杰斯一边说，一边回头瞥了一眼。“对，决定了。要是一切没有问题，我就参加，不过我不打算卷入任何危险的勾当。我提供点儿消息给你们倒是可以的，可是得先说清楚，我可不想直接参加任何具体行动。”

“你就是想参加，也不会让你去的。”朱克斯先生说，“那摩温[①]只派专门人才去干具体行动。你只消告诉我们东西放在哪里，怎样能弄到手就行啦，别的

① 那摩温：No.1 的音译，头目之意。

事全由组织去干。我可以告诉你，这可是个了不起的组织。你甚至不会知道谁去干，怎样去干。你谁也不认识，谁也不认识你——当然，那摩温什么都知道，而且认识组织里的每个成员。”

“还有你吧。”罗杰斯说。

“还有我，当然，不过我就要给调到另一区去啦。从今以后咱们俩不会再见面，除非是在参加全体大会的时候，而那时大家又全都戴着面罩，谁也认不出谁。”

罗杰斯好奇地问：“还有什么别的事？”

“还有嘛，你会给领到那摩温那儿去……他看得见你，可你看不见他的真面目。他要是认为你行，就让你参加，然后会告诉你到哪里去接头。每半个月召开一次地区会议；每三个月召开一次全体大会，并且当场分红。每位成员都是以号码称呼的，一听到叫自己的号就上前去领取自己那份红利。”

“可是万一派两个人去完成同一项任务呢？”

“如果是在大白天干，他俩会化装得连自己的亲娘都认不出来。不过一般都是在夜里下手。”

“明白了。可是会不会有人跟踪我回家，然后把我告发到警方去呢？”

“当然不会。但愿谁也没有那种想法！前一次有个家伙还没来得及去告密，他的尸体就让人从格德里兹河里捞起来了。要知道，那摩温洞察一切。”

“那摩温到底是谁啊？”

“不少人出了大价钱都没弄清他的真面目。”

“谁也闹不清他是什么人吗？”

“没人闹得清。那摩温可真是个了不起的人物。他是一位绅士，这点我倒可以告诉你，从仪态上看还是一位层次相当高的绅士老爷。他眼观八方，胳膊长得从这儿一直可以伸展到澳大利亚，可谁也不了解他的真正底细。当然，2号也许知道，可我对那个娘们儿也不敢打保票。”

“组织里还有女人吗？”

“那当然了。这年头没有女人，啥事也办不成。不过你对这事不用担心，我们那里面的娘们儿都很可靠，跟咱俩一样，谁也不想落个悲惨的下场。”

“那么，朱克斯，报酬怎么说呢？干这类事风险不小，值不值呢？”

“肯定值。”

罗杰斯贪婪地问道：“那我能得到多少钱呢？”

“跟别人一样分成，不管你有没有参加某一具体项目。咱们一共有50个人，你能分到五十分之一，跟那摩温和我分到的一样。”

“此话当真？不骗人？”

“好歹你自己去琢磨吧。”朱克斯笑道，“信不信由你，这是我所知道的人间最了不起的行当，那摩温是个伟大人物。”

“你们已经胜利完成许多次行动了吗？”

“不瞒你说，次数太多了。记不记得卡鲁萨斯那户人家的贵重项链失窃案？那起高莱斯顿银行抢劫案？佛尔斯厄姆盗窃案？国家美术馆丢失的那幅鲁本斯的名画？还有佛兰斯厄姆珍珠案？那都是我们这个组织干的，至今没有一起被破案。”

罗杰斯舔舔舌头，试探道：“可我如果是一名密探，把你方才告诉我的话都报告警方，你怎么办？”

“你要是那么干的话，那我可不敢担保你在路上不会出事儿。不过嘛……”

“这就是说你已经派人监视我了，对不对？”

“那就用不着你操心啦。对，即使你在路上没出事儿，你带着警察到这个小酒馆来搜捕鄙人……”

“怎么样？”

“你也根本找不到我。我早就到5号那儿去了。”

“谁是5号？”

“我也不知道他的姓名。他就是那位会给你换张新面孔的整容师。人称整容外科。还会改变你的指纹。干咱们这一行，事事都用最新式的方法。”

罗杰斯吹了声口哨。

“怎么样，干不干？”

“听我说，你告诉了我不少内情，我如果不干，会不会有生命危险？”

“当然会，不过你只要守本分，不给我们找麻烦，就没事。”

“要是我同意参加呢？”

“那你过不了多久就会成为一个富翁，过着绅士老爷的生活。其实你并不需要干什么，只消告诉我们你当过差的那些人家里的情况就行啦。”

罗杰斯沉思片刻，最后说道：“好，我干！”

“太好了。小姐，再来两杯酒！罗杰斯，我头一眼见到你，就认定你会干的。来，为那摩温和大把大把的钞票干杯！那么，你最好今天晚上就去见见那摩温。”

“听你的。到哪儿去见他？还在这儿吗？”

“不是。今天晚上10点整，你在兰贝兹那座桥上朝北走，会看见一辆黄色出租车停在那里，司机在修车。你就对他说：‘送我一趟，行吗？’他会回答：‘那得看你上哪儿？’你再说：‘送我到伦敦那摩温那儿去。’顺便说一下，伦敦有家店铺的招牌是‘那摩温’，可他不会送你到那里去的。你也不会知道他带你到什么地方去，因为车窗都用帘子遮住。你不许反对，这是头一次见面的规矩。等你成为我们的正式一员，就会告诉你具体地址。到了那里之后，你得说实话，如果不诚实，那摩温会给你苦头吃的。明白了吗?”

“明白了。”

“决定入伙了？不害怕吗?”

“当然不害怕。”

“好极了，我想咱们该走啦。多保重，因为咱俩不会再见面啦。多保重——祝你走运!”

“再见。”

他俩先后走出酒馆，进入了又窄又脏的小巷。

在这个当过听差的罗杰斯加入那个组织的两年里，伦敦不少知名人士的家中连遭盗窃，其中包括丹佛公爵老夫人的钻石冕状头饰被窃，已故彼得·温赛勋爵的公寓里丢失了价值700英镑的金银餐具，百万富翁温思罗普的乡村别墅遭到洗劫，后一起案子反倒暴露了那位发迹的绅士老爷原来是个诈骗集团的头目，爆出了轰动一时的丑闻。此外，丁格伍德侯爵夫人在皇家歌剧院倾听《浮士德》歌剧里那段《宝石歌》时，让人从脖子上揪走了那条著名的八连串珍珠项链，事后又证明那条项链原来是仿制的赝品，原件早让那位高贵的夫人在侯爵处境困窘时当掉了，这事也引起了一阵轰动。

1月份一个周末的下午，罗杰斯坐在兰贝兹镇自己家中，忽然听到前门那儿有轻微的响声，便连忙走进门厅，把门打开，街上却没有一个人影。他转身一看，衣帽架上放着一封信，上面写着“21号收”。罗杰斯如今已经习惯了那个团伙这种戏剧性的传递信息的方式，他耸耸肩，拆开了信封。信的内容是用密码写的，破译为：“21号——今晚十一点半在那摩温家中召开一次全体特别会议。若不出席，当自担风险。暗号是‘终结’。”

罗杰斯考虑一阵后走进身后一间小屋，那里有一个嵌在墙里的大保险柜。他操纵了一下密码装置就走了进去，里面真像个坚固的小房间。他拉开一个注明“信函”的抽屉，把刚收到的信放进去。过了一会儿他走出来，关上柜门，设置好新密码，回到起居室。

“终结,”他说，“对，早就应该如此啦。”他伸手抓起电话听筒，却又改变了主意。他登上阁楼，钻进紧贴房顶的空间。爬到尽头，按了一下一个嵌在木梁里的电钮，一扇暗门打开了。他钻进去，一直爬到相连的隔壁房舍那边的梁下狭窄的空间。一阵轻微的咕咕声传来，天窗下有3个笼子分别养着3只信鸽。

他谨慎地探头往窗外望一眼，对面是一家工厂无窗的后墙。下面小院里没有一个人影。他把头缩回来，从兜儿里掏出小笔记本，撕下一小片纸，写上几个字和号码，把它系在一只信鸽的翅膀下面。那只鸽子在窗台上伸伸爪子就展翅飞去。他看了一下手表。一小时后，他又放出第二只鸽子，再过一小时第三只也给放出去了。然后他下楼等待。

晚上九点半，他又登上阁楼。天色很黑，空中只有几颗昏暗的星星，一股冷风从天窗吹进来。一只信鸽已经返回。他从柔软的羽毛里找到了回条，先喂了信鸽，本想把它放回鸟笼，却又放弃了。“我如果发生意外，你这个小家伙没必要饿死。”他把天窗推得更开些就下楼去了。那张纸条上只有“O.K.”两个字母。他微微一笑，把它扔进壁炉烧掉。

罗杰斯吃完一顿简单的晚餐后，打开一个上锁的抽屉。取出一支手枪，装上子弹，然后在差一刻11点时走出了家门。

一路上，他换了好几辆公共汽车，最后才到达希兹区。在一处人烟稀少的地段，有几个黑影儿正从不同方向朝他靠拢过来。他在一棵大树下戴上黑丝绒面罩，面罩底端有白丝线绣的“21号”字样。越过一个小山坡就可以看到一座别墅，窗户里有亮光。那几个黑影儿也都戴着面罩，跟他一齐走过去。他数了数，一共有6个人。

走在最前面的那个人敲了几下门。门开了一个小缝，那人伸头进去小声说了句话就给放了进去，接着门又给关上。这样进去3个人之后轮到了罗杰斯。他也重敲3下，轻敲两下；门开后，他说了暗号“终结”，便被允许进内。他径直走进左边一间像是办公室的小屋，里面坐着一个身穿晚礼服的大块头。他走近写字台，报名道：“21号到，先生。”那名大汉抬起头来，露出他那丝绒黑面罩底端上刺眼的“1号”号码，两只深蓝眼睛盯视着罗杰斯。罗杰斯连忙掀去面罩让那摩温仔细观察一下，后者在面前的名册本上画了个记号，扬了扬手。罗杰斯如释重负地又戴好面罩，转身走出去。下一个人接着走进去。

那间会议厅相当大，布置得也很豪华，角落里一台留声机在放送爵士乐，大约有20对戴着面罩的男女正在跳舞呢。罗杰斯走到酒吧柜台前，要了一杯威士忌慢慢呷着。忽然音乐止住，那摩温出现在门槛那儿，身旁站着一个身穿黑色衣裙、胳膊雪白的女人，面罩底端绣着“2号”，威严的目光显示她也很有权势。

那摩温发言道：“女士们，先生们！今天晚上我们有两位英勇的同志，15号和48号，由于在获取直升飞机设计图纸的行动中不幸失败而没能到会。他俩让叛徒出卖，被警方逮捕了。”

人群中响起一片不安的喃喃声。

“你们也许会有人认为即使是最坚定的同志在受审时也会把你们统统交代出去吧。不必担心，命令早已下达。今天晚上收到了汇报，他俩已经永远沉默不语了。我相信你们一定很高兴得知那两位勇士不必再经受叛变的诱惑，不必再接受公开审判，受那长期监禁的苦难了。”

人群中响起一阵倒吸一口气的声息。

“他们的家属都会按常规得到赔偿。我布置12号和34号去办这件事。散会后，他俩到我的办公室来一下，听取具体的指示。”那摩温看了一下手表，接着说：“女士们，先生们！请带着你们的舞伴接着跳舞吧！”

留声机又响起音乐，罗杰斯转向身旁一位穿红色衣服的姑娘。两人便跳起狐步舞。

那个姑娘悄声说：“我有点儿害怕，你呢？我预感要发生一件可怕的事。”

“那摩温的做法确实叫人心寒。”罗杰斯附和道，“不过，那样灭口比较保险。”

“那两个人真怪可怜的！”

没多会儿，音乐又停下来，大家再次静听那摩温的发言。

“女士们，先生们！你们一定纳闷儿干嘛要开这次紧急会议。事态十分严峻。我们这次失败不是一起意外事故。警察那天到场也并非出于偶然。我们当中出了叛徒！”

舞伴们哗啦一下子都分散开来。人人都在退缩，就像蜗牛被人的手指碰了一下而缩回去那样。

“你们想必记得还有一些任务没能圆满完成吧，现在终于找到这些麻烦的缘由了。违纪者已经被发现，而且会给铲除！今后不会再出现差错啦。那个介绍叛徒进入咱们这个组织的家伙也会得到处置，他太缺乏警惕了！大家不必惊慌失措。”

人人都在转动眼珠寻找那个叛徒和那个介绍人。不定哪个面罩后面的脸已经大汗淋漓，面色苍白了。

“女士们，先生们！请带着你们的舞伴接着跳舞吧！”

留声机又传出一首老曲子《谁也不爱我》。那位穿红衣服的姑娘让一个穿黑礼服的男人请走了。忽然一个穿绿衣服的胖女人把冰凉的手伸进罗杰斯手中，请他跳舞，真把他吓了一跳。

音乐停止后，大家鼓了一阵掌，木然地站着等待那摩温再次发言。

“女士们，先生们！请表现得轻松些。这是舞会，不是一次听演讲的公众集会。”

罗杰斯请他的舞伴坐下，给她取来一杯冷饮，只见那个胖娘们儿胸脯一起一伏的，十分不安。

“女士们，先生们！你们想必都愿意知道谜底吧。好，我这就把罪犯揪出来。37号！”

一个汉子猛地站起来，恐惧地哭号着哀求道：“我，我从来也没有——我发誓没有——我是清白无辜的。”

“住口！你太不谨慎了，你会受到处置的，你要是对自己的蠢行有什么辩护，我以后再听。现在坐下！”

37号一屁股瘫陷在椅子里，把手绢儿伸进面罩擦汗。这当儿，两个彪形大汉顿时站在他的两旁。别人都像躲避传染病那样闪开了。

“女士们，先生们！现在我公布谁是叛徒。21号站出来！”

罗杰斯朝前走一步。48双仇恨的目光在烧灼他的脸。可怜巴巴的朱克斯号叫道：“噢，我的上帝！我的上帝！”

“安静！21号，揭掉你的面罩！”

罗杰斯揭下面罩。众人怒目瞪视着他，几乎要把他吞噬掉。

“37号，这个家伙是你介绍进来的，用的是约瑟夫·罗杰斯的名字，以前曾经在丹佛公爵府里当差，由于偷窃而被解雇。他的话你有没有验证过？”

“验证过，验证过。我从另外两个用人那里得到证实。全都调查过了，他说的话没错儿——这我可以赌咒发誓。”

那摩温看了一眼面前的一份报告，又看了一眼手表。

“女士们，先生们！请带着你们的舞伴接着跳舞吧！”

21号的两只胳膊给反绑在背后，手戴上了手铐，他毫无表情地站在那里，别人在他周围又跳起舞来。乐曲结束后，男男女女鼓了一阵掌，随即全都坐下，像是在迫不及待地等待立刻把罪犯处以绞刑似的。“21号，你报上来的姓名是约瑟夫·罗杰斯，以前是一名听差，因为偷窃而被解雇，这是你的真名实姓吗？”

“不是。”

“那你是谁？”

“彼得·温赛。”

“什么？我们当你早死了！”

“对。就是要叫你们这样想的。”

“约瑟夫·罗杰斯哪里去了？”

“死在国外了。于是我就代替了他。我该说你们这帮家伙没把我认出来，这不该怪我。我不仅取代了罗杰斯的位置，而且真变成了罗杰斯。我即使独自一人的时候，走起路来也像他，坐着也像他。我还阅读罗杰斯喜欢看的书，穿上他的衣服，最后连想法上都几乎跟他一样了。冒名顶替一个人，唯一成功的办法就是永远别松懈。”

“你那座公寓里的失窃也是你事先安排好了的吗？”

“那当然。”

“公爵老夫人的头饰被盗，当然也是你有意策划的？”

“对。那副冠冕头饰挺难看，倒也不算什么大损失。顺便问一声，我能抽支烟吗？”

“不行。女士们，先生们……”

大家又像提拉的木偶那样跳起舞来，那名罪犯面带嘲讽的神态观望着。

“15号、22号、49号，你们仨一直在监视他，有没有发现他跟什么人联系过？”

“没有，”22号代表他们三个人说道，“他的包裹和信件都经过检查，电话也受到监听，他的一举一动都在我们的严密监视中，连他家的水管子都查过了。”

“你说的都是实话？”

“绝对没错儿。”

“囚犯，你冒这次险，完全是孤军作战吗？老老实实招供，否则你会受到一种想象不到的处置。”

“对，单干。我不冒那些不必要的风险。”

“那我们也得对你的警方接头人采取措施，叫他闭嘴——他叫什么？——派克吗？灭他的口！还有你的男仆默文·班特，也许还包括你的母亲和妹妹，令兄是个蠢货，不会是你的心腹人。可我想对他也得加以监视，以防万一。”

犯人第一次作出反应：“我向你保证，我母亲和妹妹对这事一无所知。”

“你早就该考虑到她们的安危。女士们，先生们！请带着你们的舞伴接着……”

“不——不！”那伙人再也受不了这种煎熬了，“干掉他！赶快把他干掉就散会吧。太危险啦，警察马上便会……”

“安静！”

那摩温朝人群扫了一眼，个个显得惊慌失措。他只好让步。

“好吧。把罪犯带下去，灭了他的口，按照第七条条款处置。先向他详细说明那种处置的方式，然后结果他！”

众人露出满足而残忍的目光。几只强劲有力的手紧紧抓住温赛的胳膊。

“慢着——看在上帝的分上，让我体体面面地死，好不好？”

“你早就该考虑到这一点。把他带下去！女士们，先生们，请放心吧——会让他先受受罪，然后慢慢咽气的。”

“等一等！”温赛绝望地喊道，“我还有话要说。我不是要你们饶命——只求迅速一死——不过我倒有点儿情况可以提供给你们。”

“我们从来不跟叛徒谈交易。”

“可你们至少听一听嘛！你们认为我事先没想到现在这种处境吗？我又不是个疯子。我发出了一封信。”

“啊！一封信，发给谁？”

“警方。我如果明晨没回家……”

“怎么样？”

“他们就会照信中的内容采取行动。”

“先生，”15 号插嘴道，“他胡说八道，根本就没发出什么信。我们已经严密监视他好几个月了。”

“不瞒你说，那封信是我来这儿之前想法儿发出去的。”

“如此说来，里面没有什么情报价值。”

“哦，有的。”

“有什么？”

“我那个大型保险柜的密码。”

“这人的保险柜你们检查过没有？”

“检查过，先生。”

“里面有什么？”

“没有什么重要的东西，先生。”

“可你们有没有检查过那个保险柜后面的密室？”

一片沉默。

“听见他说的话没有？”那摩温问，“你们发现那个密室了吗？”

“根本就没有什么密室，先生。这家伙在胡说八道。”

“我不想反驳你，”温赛尽量用平时那种欢快的腔调说，“我认为你们太疏忽大意了。”

“好吧，”那摩温说，“如果确实有密室，里面藏着什么玩意儿？”

“这个组织里每个成员的真实姓名，连带他们的地址、相片和指纹。”

“什么？”

众人的眼神都充满了恐惧。

“你是怎样搞到这些情况的？”

“要知道，我一直在干侦探的活儿。”

“可你一直在受到监视啊。”

“不错。那几个监视我的人的指纹都在我的记录本的第一页上面。”

“证实一下你说的话。”

“好，我就来证实一下。譬如说，50 号的姓名是……”

“住口！”一阵气急败坏的嘟哝声。

那摩温挥手叫大家安静："你如果真的指名道姓，就没有宽恕的指望了。另有第五条处置条款——专门针对指名道姓的败类。把犯人带到我的办公室去。大家接着跳舞吧。"

进入办公室后，那摩温拔出一把手枪，隔着桌子对准温赛，命令道："现在好好给我交代！"

"我如果是你，就会把那个家伙收起来。"温赛蔑视道，"砰的一枪把我打死，总比按第五条处置法死得舒服，我真巴不得你这样做呢。"

"见鬼！"那摩温说，"可你未免机灵得过了头。现在快交代你都知道了些什么！"

"我如果告诉你，你会放我吗？"

"我从不做出许诺。快交代！"

"好吧，我告诉你。你如果听够了就叫我打住。"

他朝前低声说起来。外面的舞会还在进行，过往行人会认为这幢房子里又在开一次热闹的晚会。

"怎么样？"温赛问道，"还往下讲吗？"

戴着面罩的那摩温像是在狞笑，接着说道："爵爷，听你这么一说，我感到惋惜的是，你不是我们当中的一员。我们这个组织真需要你这种智慧、勇气和勤奋啊。"

他按了一下写字台上的电铃。

"请大家全到餐厅去一下。"他对进来的那个戴面罩的人说。

餐厅在底层，窗户都用窗帘遮住，当中有张长桌，四周围着椅子，温赛以前从来没进去过。尽头那边地上有个暗门敞开着，看来情况不妙。

那摩温在首席落座后，发言道："女士们，先生们！目前情况十分严重。犯人方才向我说出了20多个姓名和地址。我原以为只有我一个人知道。我们太麻痹大意了。"——他的声调十分沉重——"必须立刻总结一下。他也得到了指纹，给我看了几张照片。调查员为什么没查出那间密室，这要追究一下责任。"

"别怪他们，"温赛说，"那间密室设计得十分巧妙，没人能发现。"

那摩温没理睬他的插话，接着说："犯人告诉我，那本登记着姓名和地址的册子就在密室里储存着，还有一些从我们成员家中偷走的信件和文件，以及一些带有他们的指纹的物品。我相信他说的是实话。他提出以快刑处死来交换保险柜密码。我认为可以接受这个要求。你们的意见如何，女士们，先生们？"

"那个保险柜的密码我们早就知道了。"22号说。

"笨蛋！犯人已经告诉我，也证实了这一点，他就是彼得·温赛勋爵。你认为他会忘记改变密码吧？此外还有怎样才能打开那间密室的门。如果他今天晚上失踪，警察就会进入他的住宅……”

“听我说。”一个女人开腔道，“答应他吧。马上行动，时间十分紧迫。”

一片喃喃的同意声。

“听着，”那摩温对温赛说，“本组织同意快刑处死你来交换你那个保险柜的新密码和打开密室门的方法。”

“一言为定？”

“当然。”

“谢谢。还有家母和舍妹呢？”

“你如果保证她俩确实不知道实情，我们就可以赦免她们。”

“谢谢，你可以放心，她俩真的什么也不知道。我怎么会让她俩为这种冒险的事担惊害怕呢。”

“好，就这样定了。”

“那我告诉你们，保险柜的密码是 13 个字母的‘Unreliability’（意为“不可靠）。”

“里面的暗门呢？”

“里面那扇门开起来比较费事儿，因此我把它敞着，等待警察来到。”

“我们派人去，要是遇到警察干预，那你可……”

“是啊，那对我也没什么好处，是不是？”

“这确实是一次冒险行动，”那摩温沉思道，“可我们还是要冒这个险。把犯人带到地窖去，叫他好好想想 5 号条款处置法。现在，12 号和 46 号……”

“不行！”一个大汉说，“不行——我们当中已经出现一个叛徒和一个蠢货，谁敢相信 12 号和 46 号不是一路货色呢？”

一个姑娘插嘴道：“对；他也可能会把我们统统出卖给警方。”

“我也同意。”另一名成员说，“在眼下这种处境，谁也不可靠，谁也不可信赖。”

那摩温耸耸肩：“那你们说该怎么办？”

一阵沉默。那个姑娘又尖起嗓门说，“我看该由咱们的头头去。他是唯一知道我们真实姓名的人，不会向警方告发。再说，凭什么该由我们向冒险，而让他坐在家里独享其成呢？”

餐桌四周响起一片同意声。

“这么说，大家决定让我亲自出马？”

45 只手高高举起，表示同意，只有 2 号的手没举。那摩温的目光扫视了一遍那群威胁的人，最后落在她的身上。

那女人有气无力地说：“别去！”

“你们听见了吗?”那摩温问道。

“我认为2号的话毫无道理，”一名成员说，“我们自己的太太如果处在她那种特权地位，也不会让我们去的。”话语里明显带有侮辱的意味。

“你们错了，他是我们的领导和灵魂。如果没有他在场纠正错误，我们能有5分钟的安全吗?”2号气呼呼地说。

“让我来提个建议吧。”温赛突然插嘴道，“看来这位夫人是得到头头的特殊信任的，何不让她辛苦一趟呢?”

“她不能去。”那摩温阻拦道，“如果这是全体的意愿，那我就亲自去。把他那座房子的大门钥匙交给我!”

有人从温赛的上衣兜儿搜出一把钥匙交给他。

“那座房子有没有人在监视?”

“没有。”

那摩温走出门口时回头说：“我要是在两小时后还没回来，你们就各奔东西吧。把这个家伙随便处理掉算了。我不在场，就由2号下达命令，作出决定。”

2号站起来，挥了挥手：“女士们，先生们!晚餐就算用过了。大家再接着去跳舞吧!”

地窖里，4个人看管着温赛和朱克斯，其中一个嘟哝道：“头头已经走了快两个钟头了!”突然那扇暗门打开了，有人喊道：“把叛徒带上来!”

全体成员又一次围坐在餐桌四周。2号坐在首位，用凶狠的目光盯视着温赛，问道：“我们的头头已经走了两个小时了，你这个双料叛徒，他究竟出了什么事?”

“我怎么会知道呢?”温赛答道，“没准儿他自己溜之大吉了吧。”

“畜生!”她狠狠地给了温赛一巴掌，“我们的头头对朋友绝对忠诚，永远不会那样做的。你又要了什么阴谋?快交代!否则我会用红烙铁逼你说出来!”

“我只能瞎猜猜，夫人。真格的，我也挺为他担心，他也许忙着检查保险柜里的东西，一时疏忽竟把自己反锁在里面出不来了。如果真是那样的话……”他不无遗憾地望着她。

“你这是什么意思?”

温赛环视了一下四周，说道：“我看还是让我先把那个保险柜形容一番吧。那是我自己发明设计的，相当科学，用的是费希特公司出品的锁。用我刚才说的密码打开外面的门之后，里面是一间普通的保险库，储存着我的现金啦、袖扣啦等贵重的玩意儿。可是再往里还有一间暗藏的内室；那扇对开门的外表像是薄钢板，涂的绿漆叫人看上去像是保险柜的后墙，没露出缝隙，用一把普通钥匙就能打开。门是朝外开的。我离开时，没锁上那扇门。”

“你认为，”那个女人讥笑道，“头头会上当受骗，给关在那里面了吗？”

“肯定是的，夫人。因为再往里还有一道滑门，那是紧嵌在厚墙里的，不容易让人发现，我也没把它关上。那摩温想必走进紧里面那间密室了。顺便说一下，那间……”

“说得简短些。”

温赛鞠一躬，依然慢腾腾地说下去：“我很荣幸收集了这个组织的活动情况和各位的真实姓名，把它们都记在一个很厚很沉的本子上了——那个本子可比那摩温先生在楼上用的那本人名册要大得多。顺便说一下，夫人，千万记住把他那个本子收藏在一处安全的地方，免得让警方或新成员发现。”“这用不着你操心。”她匆忙答道，“哎呀，老天爷！交代你自己的事！”

“好吧。我那个大本子放在那间密室里的钢架子上面了。等一下，我还没形容那间密室的大小呢。嗯，6英尺高，3英尺宽，3英尺深。一个人站在里面没问题。那摩温身量比我高，他要是站累了，可以蹲在里面。顺便说一下，你们把我绑得太紧了，能不能……”

“他这是在拖延时间。揍他！”

“你们要是揍我，我可就死也不说啦。冷静点儿，夫人，你们的头已经给将了军，千万别乱了阵脚。”

“快说下去！”她暴跳如雷地跺脚，嘴里喊道。

“我刚才说到哪儿了？哦，对了，那间密室。那里面挺暖和，可是不透气，没有通风设备。我方才有没有提到那个本子挺沉，放在钢架子上面了？”

“说了，说了。”

“对，那钢架子上面装了暗藏的弹簧，只要那本厚册子一离开钢架，弹簧孔把它提上去，同时接通了电流，那间密室的滑门便会自动关上，只有冲它念句咒语才打得开。想想看吧，夫人，我们尊敬的头头走了进去，看到那本大册子，连忙伸手去取它。为了弄清是不是要找的那一本，他翻开看看，接着又找那本指纹册。就在那当儿，那道滑门倏地关上了。”

“噢，我的老天！”2号举起双手，像是要揪掉她那个叫她透不过气来的面罩。“你——你这个魔鬼！快把打开那道门的咒语说出来！否则我会硬从你嘴里掏出来！”

“那句咒语倒挺容易记，夫人。记不记得咱们小时候读《一千零一夜》里《阿里巴巴和四十大盗》那个故事？开启那道滑门的咒语是：‘芝麻，开开门！’”

“噢！人在你那个鬼陷阱里能活多久？”

“我想他如果保持冷静，可以坚持几个小时，就是说他别又喊又捶门，别消耗掉大量的氧气。如果咱们现在立刻去找他，他想必没什么问题。”

“我自己去一趟。这家伙交给你们——爱怎么处置就怎么处置吧。不过，先别让他死掉，让他受受罪。我要亲眼看他咽气!”

“且慢，”温赛对这项决定毫不在意地说，“我想你最好还是带我一块儿去吧。”

“为什么?”

“因为只有我才能叫开那道门。”

“那你方才交代的那句咒语是胡说八道吗?”

“没胡说，那句话没错儿——可那是一种新式的电门，只有我的声音才管用。”

“你的声音?我会亲手掐死你，叫你出不了声儿。你这是什么意思?”

“松手，松手!如果我的嗓音变了，那道门就打不开啦。有一次我患了感冒，声音沙哑，那道门有一个星期打不开。即使平时，我也得试好几次，声调准确才能叫开。”

她转身问身旁的一个矮胖子:“这是真的吗?可能吗?”

“当然可能，夫人。”胖子彬彬有礼地答道。温赛猜想那人大概是个技术专家，也许是一位工程师吧。

“那种装置你懂吗?”

“懂，夫人。里面某一部位装了一个麦克风，用声波振动一根电针，那根针若摆到一定位置，电流一通，门就开了。用光波也可以起这种作用。”

“能不能用工具把它撬开?”

“按说也可以。不过那道门也许相当结实。”

“那当然了。”温赛插嘴道。

她用双手抱住头，显得十分痛苦。

那位工程师接着说:“咱们恐怕得费很大的劲儿，花很长的时间。”

“不行!总会有人熟悉这种机关吧。把安装那道门的工人找来。”

“他们都在德国。”温赛又插嘴道。

“哎呀，那可怎么办?现在已经是凌晨两点，咱们得赶快去救出头头，否则他就快闷死啦。”

一阵沉默。远远传来了汽车的喇叭声。

“那只好让他去一趟。给他松绑!”她转身对温赛说，“你这个魔鬼，还不至于恶毒到极点吧。现在立刻回去把他救出来!”

“绝对不能让他一个人去!”一名成员说，“难道他不会去报警吗?头头完蛋了，没别的法子了。咱们还是尽快各自逃命吧。全都完蛋了，伙计们。把这个家伙绑得紧紧的，关到地窖里去。别让他鸡猫子喊叫得把四邻都吵醒。我现在赶紧去销毁人名册和档案。夫人，你要是不信任我，可以监督我去做。30号，你知道爆破按钮在哪儿。给大家15分钟疏散的时间，然后就把这个地方炸成粉碎吧。”“不行——你们不能这样四散而去——不能让他死——你们的头头——我的——我不许你们这样做。松开这个家伙。谁来帮我解开这些绳子。”

“别来这一套啦！”刚才说话的那个汉子一把揪住她。她又喊又叫地想挣脱开。

“想想吧，”那个汉子说，“再过两小时，天就亮啦，警察随时都会来到。”

“警察！”她好像忽然醒悟过来似的，连忙说道，“噢，是啊，是啊，你说得对。咱们不能为他一个人而牺牲大伙儿。他本人也不会同意的。好，赶快把这个祸害关进地窖。大家尽快疏散吧！”

“另外那个犯人呢？”

“他嘛，可怜的家伙！他不会是害群之马。他什么也不知道，就放了他吧！”她蔑视地下达了命令。

几分钟后，温赛被五花大绑地关进地窖。他感到纳闷儿，那伙人竟然毫不顾惜那摩温的生命。他自己冒了这次险，如今看来不可能活着作为见证人啦。

那两个带他下去的人临走时，把他的两只脚也绑得紧紧的，然后熄了灯。

“喂，伙计！”温赛说，“一个人坐在这里已经够寂寞的了，就别再关灯啦！”

“没关系，朋友，”其中一人答道，“你不会摸黑儿待很久的，爆炸导火线已经点燃了。”

另外那个人扬声大笑一阵，两人便走了出去。过一会儿他就会跟这幢房子同归于尽啦。在这种情况下，那位头头在给挖出来之前想必也归西了。他本想把那名江洋大盗送上法庭，现在却白费了心机。英国警方为了破获这个盗窃团伙已经花费了6年时间。他侧耳听听动静，头顶上方响起了杂乱的脚步声，那伙人正在撤离。忽然门给打开来，有一个人影儿摸黑儿走了进来。

“嘘！别出声！”一个女人的声音说。她摸到他的脸、胳膊和身体，把他手脚上的绳子都给割断，又用钥匙打开了手铐。

“快！快！他们已经装好了计时器，就要炸毁这所房子啦。快跟我走！我是偷着回来的，说我忘记拿我的首饰匣子了。是真话，我故意留下来的。你得救出头头——只有你做得到。快！”

温赛浑身酸痛地跟她奔到楼上。她打开窗户，对他说：“快去！快把他放出来！答应我吗？”

“答应。另外我警告您，夫人，这幢房子早已被包围。我那个保险柜里面的密室一关门就有警铃通知我的用人去报警。你的同伙都已经……”

“噢！可你快去——甭管我——快！时间紧迫。”

“快离开这里！”

他拉着她的胳膊，跌跌撞撞地奔进花园。树丛里亮起了手电筒的光束。

“是你吗，派克？”温赛喊道，“快把你的人带开。快！这所房子就要爆炸啦！”

花园里好像四处都是人们慌张奔走的脚步声。温赛拉着那个女人奔向一堵墙，他一跃而上，再揪起那个女人。他俩连忙往下跳，那个女人啊的一声跌倒在地，温赛也让石头绊了个跟头。接着轰隆一声巨响，四处一片火海。

温赛从坍倒的墙堆里挣扎着爬起来，离他不远的地方响起一声呻吟，说明那个女人还活着。手电筒的亮光突然照在他的脸上。

“可找到您了！”一个人高兴地说，“没事儿吧，老伙伴？老天爷！瞧您这副狼狈相，满脸胡子楂儿！”

“没事儿，”温赛说，“只是有点儿气喘。那位女士活着吗？唔，还好，只是一条胳膊骨折了。情况怎么样了？”

“那伙人当中有七八个给炸死了，其余的全给逮捕了。”温赛这时才发现身边围着一圈身穿警服的人。派克接着说：“爵爷！您这位知名人士就这样回来了！我们都以为您去世两年光景了，我当时还买了块黑布裹在胳膊上呢。您干这件冒险的事，除了班特之外，还有谁知道？”

“家母和舍妹，咱们还得有点儿麻烦事，得请律师证明我还活着呢。哈喽，是老朋友苏格吗？”

“是，爵爷，”苏格探长兴奋地答道，“真高兴见到您复活了。您干得真不赖。大伙儿都等着跟您握手呢。”

“好极了！可我想我得先去洗一洗，刮刮胡子。一个人在兰贝兹孤独地待了两年，真够戗！又见到你们真高兴。这像不像演了一出戏？”

“那个头头会不会已经死掉了？”

“哎呀！”温赛惊呼道，“我都忘了保险柜里的那位先生啦。快去开辆车过来。我把那个罪大恶极的首犯闷在我那个保险柜的密室里了。上车，叫那位女士也上车一块儿去。我答应过她，会把他弄出来……”（他在派克耳边嘀咕了几句）“这里面可能有谋杀案件。那个家伙的罪轻不了。把她叫醒。他关在那里面坚持不了多久。你们要的罪犯是他，他就是莫里森案、魏明顿案等一百起案件幕后的黑手！”

他们抵达兰贝兹镇时，天已破晓。温赛把那位女士从车上搀下来。她的面罩已经脱落，只见她面色苍白，充满恐惧和痛苦。

“是个俄国人吧？”派克在温赛耳边悄声说。

“可能是吧。糟糕！他把我的大门关上了，钥匙还在他身上呢。咱们只好从窗户跳进去。”

温赛领着大伙儿走到后室保险柜那里。外面那扇门和第二扇门都敞着呢，紧里面那道门像是一面绿色的墙壁。

温赛面对那道墙说道：“好了，老伙伴，露一手吧。芝麻，开开门！该死的，不开！芝麻，开开门!”

绿色的门突然倏地朝一边滑向墙里。那个女人首先冲进去，一把搂住那个朝前摔倒下来的、失去知觉的大块头。他那身衣服已经给撕扯得稀巴烂，两手淌着鲜血。

“没问题，”温赛说，“没问题！他还活着——可以接受审判。”

（梅绍武　译）

紫苑奇案

赫尔伯特·富特纳

私人侦探斯特瑞夫人破获了一起大案后声名大振，她为了躲避新闻媒体的追踪采访，准备前往偏僻的康涅狄格州她的好友家去小住，并让我这个雇员陪同前往，也好度个假。

我们原以为没人知晓我们的行踪，哪知就在我们抵达的当天晚上，当我们正在朋友家里安安静静地玩牌时，忽然有人打来电话找斯特瑞夫人。她接完电话，回到牌桌前就对我说：“贝拉，咱们又得去干活了，接了个案子。”

“弗雷蒙镇那边发生了一起凶杀案，”她接着说，“一位乡绅在自己的书房里被人枪杀了。警方已经逮捕了一名嫌疑犯——一位年轻姑娘。打电话找我的人显然是那姑娘的男友，央求我去一趟查明真相。他说话的声音表明他焦虑不安，对那姑娘十分忠诚，相信她不会犯罪。这叫我大为感动，于是答应他马上就去。”

“一起凶杀案?”主人李普斯康先生吃惊地问道，“离我们家这么近？谁被杀了?”

“康纳勒斯·苏顿先生。”

“不会吧!”我们的主人惊跳起来，“他是我们这一带的大人物。他那‘紫苑’宅邸是一处出名的观光景地……是谁杀了他?”

“那个受到怀疑的姑娘叫莱拉·达纳尔。”

李普斯康夫妇目瞪口呆地望着斯特瑞夫人，片刻后男主人开口道：“老天爷！苏顿老先生是莱拉的监护人啊，那个姑娘比他还要富有，一个蛮秀气的富家小姐，阔公主似的……是谁给你打来的电话?”

“一个小伙子，叫魏杰。”

“没听说过这个人。那个姑娘想什么有什么，她干吗要杀死她的监护人呢？”

“闹不清楚，”斯特瑞夫人说，“咱们得去了解一下。我想借用一下你的汽车，行吗？”

“当然可以，我也想陪你去一趟，做你的保镖。你大概通宵都回不来，眼下已经是午夜时分了。”

路程约摸20英里，半个钟头我们就到了。“紫苑”宅邸是一幢25年前盖的宏伟楼房，周围是苏顿先生的私人花园。整幢房子里灯火通明，却空空旷旷，只有一名警察在站岗，还有那个给斯特瑞夫人打电话的年轻人，衣着简陋，充满信心和能力。他内心十分焦虑，一见到我的雇主就定了点心。他说那幢楼房里的人都让乡镇地方法官传去了；要先开一次听证会。

“咱们可不能错过这次听证会。”斯特瑞夫人说，“贝拉，你马上去那里，做好记录。我查看完现场就立刻赶到。”

李普斯康先生开车把我送到韦汉法官的寓所，那里已经有六七辆汽车停在门口，大门外还聚集着不少人在小声议论。对一个宁静的小乡镇来说，这可是个不同寻常的景象！李普斯康先生不打算进去，就坐在车里等待。房子里到处是人，我走进去也没人过问。法官还没下楼。

法官那间办公室在左边的后厅，是一间装饰古老的房间，大家都想挤进去旁听。我看见那个被指控的姑娘坐在一张小沙发上，脑袋埋在身旁一位年纪不大的黑衣女郎怀里。姑娘文雅纤弱，身穿一套印花麻纱晚礼服，肩上搭着一件白色裘皮斗篷。我看不见她的脸，那头短短的金色发卷引人不胜哀怜。她不住低泣，两肩在发抖。她那么年轻标致，却牵扯进一桩谋杀案，真叫人惊愕不已。

越来越多的人拥进室内，女仆搬来更多的椅子。我慢慢溜到一位中年妇女身旁打听，她轻声告诉我，那个黑衣女郎是苏顿先生的女管家贝金顿小姐，约摸35岁，很时髦，很漂亮，而且十分能干，不是一般的女管家。这当儿她两颊满布泪水，紧紧搂着那个姑娘，她穿着一套普通的黑色衣裙，紧裹着一件貂皮大衣。

一位年长的胖绅士紧张地坐在她俩身旁，我了解到他是姑娘的律师格雷先生。

法官进来了，是位面颊红润的忠厚长者。“这些都是什么人？”他问道，“这儿可是我的私人住宅！”

没人答理他，他只好叫警察把不相干的人赶到前厅去。我在第二排椅子上落了座，这样，做记录时便不会引人注意。韦汉法官走到他的写字台后面坐下，面对着大伙儿，一位惊慌的速记员在他身旁坐下。

“拉瓦尔警长，”法官严厉地说，“你逮捕了嫌疑犯，那就提出你的指控吧。”

拉瓦尔警长也跟别人一样显得惊惶不安，耷拉着脑袋，站在法官的写字台旁，倒好像他本人是被告似的。他用几乎让人听不见的嗓音嘟哝道：“我指控莱拉·达纳尔小姐谋杀了她的监护人康纳勒斯·苏顿先生。”

这句话使众人大为震惊。那个姑娘蓦地跳起来，那张稚气的脸现出痛苦的神情，惊恐而困惑。她抽抽噎噎地哭泣，瘦弱的躯体在发抖。尽管那个黑衣女郎和那名律师在安抚她，她还是喊道：“我怎么会……怎么会干那种事？你们都不相信我吗？我还是原来的我啊。”她看见前厅坐着三位衣着考究的妇女（我后来才知道那是她的三位表亲），便跑过去冲她们喊道：“你们相信我，对不？你们知道我不会干那种事。跟他们说，你们都相信我！”

“嘘，莱拉！”她们当中一个用冷冰冰的声调说，“我们当然相信你，可是让他们继续审理吧。”

莱拉失望地转过身，喊道：“难道这里就没有一个我的知心朋友吗？”

贝金顿小姐用胳膊搂住姑娘，温柔地说：“安静，亲爱的！我是你的朋友。我知道你不会那样干的！”

姑娘扑入她的怀里。“谢谢你！谢谢你！”她喃喃道，接着放声大哭，“请原谅我，我有时对你不好，觉得你冷酷无情。”

她们俩又一起在沙发上坐下，情景十分感人，尤其大伙儿都知道贝金顿小姐一向是个严厉而不轻易表露感情的娘们儿。

“你对这项指控有什么要说的吗，孩子？”韦汉法官问道。

“不是我杀的！不是我杀的！”她倚在贝金顿小姐肩上，没抬起头来答道。

“犯人言称自己无辜。”法官对速记员小声说，接着问那位警官，“谁是证人？”

“兰姆利先生，他是苏顿先生的男管家。”

那人便走向前来作证。他是个态度温和的高个子，怜悯地望着那位年轻女主人，好像不愿作证似的，可这反而增添了致命的效果。

他刚开始讲话，斯特瑞夫人和魏杰走进了前厅，在后面暗处的旮旯里落了座。我对那个据说是莱拉的情人颇感兴趣，便向我身旁的村妇打听。

“哦，他叫艾尔温·魏杰。”那个女人无所谓地答道，“不是个什么了不起的人物。新近才来到这里，还没交什么朋友呢。据说他是个能干的发明家，可我压根儿没听说过他发明了什么。他跟他的母亲住在铁路那一头的一所小房子里。那边靠墙站着的那个女人就是他的妈妈。”

我看到那是一位平凡的中年妇女。

这时兰姆利男管家作证如下：“我在苏顿先生家做了 4 年男管家。目前家中有苏顿先生、他所监护的达纳尔小姐、女管家贝金顿小姐、我本人、厨娘费努堪太太和5名女仆。还有火夫杜根，住在地窖一间屋里；园丁李维特跟他的家人住在花园门口的小农舍里。另外两位单身汉司机普莱斯利和戈登跟园丁住在一起。

“今天夜里11点，我上床睡觉去了。家里没有客人，我想当时除去主人，大家都已经就寝了。老主人按照往常的习惯，独自在书房里看书。书房在楼房侧翼，是跟其他房间隔开的。我躺在床上，却没入睡，忽然听见一声闷闷的枪响，就急忙跳下床，披上衣服。那当儿，我听到教堂钟声正敲响11点。我的房间在三楼，我没叫醒任何人就独自奔下两层楼，敲了一下书房门，可没人应声。我便开门，门却给锁上了。”

“等一下，”韦汉法官打断他的话，“你主人在书房里看书一向锁门吗？”

“不锁，确实一向不锁。”

“好，那就往下说吧。”

“我高声呼喊也没人回答。我首先想到的是强盗人室抢劫，因为保险箱在书房里。我闹不清究竟来了多少强盗，因此不敢独自一人到户外去查看，就奔向地窖，叫醒杜根。他有一把手枪和一个手电筒。他连忙披上衣服跟我出来，我们俩从前门出去，绕到书房窗户底下。书房有一扇通平台的落地窗，窗子开着……”

“这么冷的天开着窗户？”法官问道。

“这是我主人的习惯……书房里亮着灯。我们看见……”兰姆利突然顿住，浑身直打哆嗦。

“往下说。”法官催促道。

“苏顿先生坐在书房当中他那张写字台那儿，脑袋伏在桌面上，左边太阳穴中了子弹。血从写字台上淌下来。老先生已经死了。保险箱给打开了，旁边有个翻开的记事本。我认出那是我主人总带在身上的小本子。翻页上是保险箱的密码，保险箱里都是些文件，好像没给翻动过，不过里面的一个小抽屉给打开掏空了，旁边放着一个空首饰盒。”

“你是说，”韦汉法官插嘴道，“苏顿先生深夜独自坐在书房里，开着灯，敞着窗户，也不放下百叶窗吗？”

“这是他的习惯，先生。我曾经冒昧地提醒过他这样不妥，他只笑笑，表示这对个人不会有什么危险。当然窗户上都安有铜窗纱。凶手是通过窗户开的枪，然后抬起纱窗，闯进室内的。”

“唔，往下说。”

“杜根和我用手电筒在外面巡视了一番，在平台边上花坛松软的土地上发现了凶手来去的脚印。那些脚印看上去像是个高个儿男人穿着套鞋踩的，可是脚印又有些异样……”

“请你详细解释一下。”法官说。

“嗯，就是说，每个脚印当中都显得有点儿模糊不清。我们俩都觉得那倒像是凶手用破布条什么的把套鞋绑在脚上踩下去似的……”

那人的叙述真叫人听着透不过气来，室内一片寂静。

“我们顺着脚印追寻，到了花坛边上的杂草处却不见踪迹了。我心想，一个匆忙逃跑的家伙必定朝直奔跑，便径直搜索，结果在草坪当中的玫瑰花丛那儿又找到了脚印，可见凶手准是逃进了小树林。我们俩便进入了小树林，发现有块地刚刚被人挖过……”

“你这是什么意思？”

“那里有个挖过的坑，又匆匆给埋上了。我们便掘开它，首先找到了一双旧套鞋，上面粘满了尘土和干泥巴；接着找到了一把小口径手枪；最后又发现了几件钻石首饰，用一块女人手绢包着。杜根当即认出套鞋是他冬季铲雪时穿的那双，后来给扔在锅炉旁边，早就忘记了……”兰姆利顿住，犹豫不决，两眼怜悯地望着他的年轻女主人。

“说下去！说下去！”法官不耐烦地说。

“从树林那儿开始就是女人的脚印了，”兰姆利挺勉强地开口道，“她穿的是一种宽松的平底鞋。脚印一直延伸到大门口的车道那边，可我们走到那边之前，在草地上就看不到脚印了。当然啦，在那硬水泥车道上也留不下什么印迹，于是我们便决定回到楼房打电话报警。”他的声调又低沉下来：“我们走近楼房那当儿，发现路边有个人影，是个女人。我们连忙躲到一边不让她看到。我认出那个女人是……是达纳尔小姐！”听众席中爆出一阵惊讶声。“我从她身后碰了她一下，她大声喊叫起来，我还当她要晕倒了……”

那个姑娘突然嚷道：“那有什么奇怪？一个男人事先没打招呼，忽然从暗中窜出来，吓人一跳！”

格雷律师和贝金顿小姐让姑娘保持镇静。

“我就把她搀进楼去。”兰姆利用低沉的嗓音说下去，“进到楼里，我看到她的衣着跟现在穿的一样，脚蹬一双宽松的平底鞋。此外，那把手枪也给辨认出是苏顿先生几个月前给小姐买的。老主人的想法是，当今人人为了自卫都该备有枪支。那把枪发射过一颗子弹。那块手绢也是达纳尔小姐的，上面绣着她的姓名缩写。”

室内鸦雀无声。贝金顿小姐在轻拍姑娘的肩膀，后者嘤嘤低泣。

韦汉法官用手帕擦擦他那涨红了的脸问道：“还有什么要说的吗？”

“还有，先生，”兰姆利低声说，“我把贝金顿小姐叫醒，把达纳尔小姐交给她照管。我强迫达纳尔小姐脱下一只鞋——我认为这是我的职责，然后我跟杜根回到小树林核对了一下脚印，结果一点儿也不差。我于是回到楼里打电话报了警。”

拉瓦尔警长把那只运动鞋放在桌上。

“有个问题，”韦汉法官问道，“达纳尔小姐怎么弄到了那双套鞋？她大概不会常去地窖吧。”

“这我问过杜根，”兰姆利答道，“他说一个星期前他患扁桃腺炎，卧床休息，达纳尔小姐去看望过他。到他屋去得经过锅炉旁边，她想必看见了那双套鞋。”

姑娘挣脱贝金顿小姐维护的胳膊喊道：“我从来就没见过那双套鞋，只在今天晚上才见到！一派胡言！我……我……”

格雷律师用一只胳膊搂住她抚慰道：“孩子，安静！这里不是争辩的地方，而且也不是时候。你得按照我的指点……”

姑娘跳起来，歇斯底里地喊道：“甭管我！我要说说！我不能让人认为那桩可怕的事是我干的。我可以解释，没什么可隐瞒的……今天夜里9点钟以后我就一直没在家里。”她十分激动地接着断断续续地说：“至于我的鞋，我晚上去花园总是穿运动鞋。难道我能穿高跟鞋吗？……9点钟我就出去了！我没听见枪声，不知道发生了什么事。可我回家的时候，发现门厅亮着灯，大门敞开着。我有点儿害怕，不知出了什么事，没敢进门，就站在花园外面张望……我的手绢……我眼下还带在身上呢，我总不会带两块吧，就在我的兜儿里……”她转身用哆里哆嗦的手寻找。“就在这儿……给你们看……”可她惊慌失措地喊叫了一声：“啊！怎么没有了……我发誓刚才还在！”她扑倒在沙发上哭了起来。

“那你出门干什么去了？”韦汉法官温和地问道，“你如果不愿意说，也可以不说。”

“我说，”她竭力控制住自己答道，“我出去会见……会见我的未婚夫。我们家不许他进门，我只好偷着去会见他。这也不是什么见不得人的事。他是艾尔温·魏杰……”

一阵轻微的惊叹声从听众席中传出。一位阔小姐居然要跟一名穷科学家结婚！太不可思议了！众人都朝那个小伙子望过去。韦汉法官也颇感惊讶，摘下眼镜使劲擦着镜片。

“魏杰先生，请你回答一些问题好吗？”法官问道。

“当然可以。”那个小伙子大步走到前面。

“今天夜里达纳尔小姐跟你在紫苑见面了吗？”

“见了。我们俩约好 9 点钟在大门附近一棵榆树下的石凳那儿见面。”

“她跟你在一块儿多久？”

“大约两个小时吧，先生。”

“你什么时候离开她的，能说出具体时间吗？”

“不能，因为我没看表。”

“你径直回家了吗？”

“对。”

“到家要用多少时间？”

“15 分钟吧。”

“你几点钟到家的？”

“说不准，先生。”

这当儿从前厅传来了小伙子母亲的插话：“对不起，法官大人，我可以告诉您。我儿子回到家中那当儿我听见教堂钟声正敲响 11 点。”

小伙子默默地点点头。

韦汉法官掐算道：“这么说，你是差一刻 11 点离开她的。”魏杰没吭声。“达纳尔小姐，”韦汉法官转向那个姑娘，“如果魏杰先生是差一刻 11 点离开你的，兰姆利是在 11 点 15 分见到了你，那当中半小时你在干什么？你如果愿意回答就回答。”

“我愿意回答……”姑娘结结巴巴地说，“我没干什么……只是在院子里的车道上走来走去，心里烦透了。我只是在琢磨……琢磨个解决的办法！”

这种回答根本站不住脚。那个小伙子尽管有坚强的自我克制力量，也掩盖不住脸上绝望的表情。大伙儿都认为姑娘罪责难逃了。

韦汉法官那张苍老而慈祥的脸也显露出失望的神情。他一边思索，一边用他那副眼镜轻敲着桌面，半晌后，他的两眼微露出一线希望的光芒。

“这事太不幸了，可还不能说明企图干什么可怕的事。”法官沉吟道，“魏杰先生，我想再问你一个问题。达纳尔小姐跟她的监护人之间的关系好吗？”

那个小伙子吞吞吐吐道：“我不想回答这个问题，不能把达纳尔小姐由于信任我而跟我说的话透露出来！”

这当儿，斯特瑞夫人清澈而响亮的声音蓦地从屋子后面传过来：“魏杰先生，我建议你回答这个问题。把真实情况都摆出来！你拒绝答复反倒对达纳尔小姐不利。”

大家都转身盯视着那位戴面纱的女人，交头接耳地议论起来：“那个女人是谁啊？”

小伙子立刻改变了态度：“好吧，我说。达纳尔小姐跟她的监护人关系很坏，因为那个老头子是个非常独裁的监护人，总有种种奇特的想法。谁都知道达纳尔小姐每年有几十万元的收入，可那老家伙却不允许她花一分钱!”

“真的吗?”法官惊讶道。

“千真万确，先生。当然，她可以拥有一个时髦姑娘该享有的一切，想买什么就可以去商店买，不过账单得给送到家里来，她手中连一文钱都没有。他也不许姑娘驾驶自己的汽车，出门得由司机开车，另有一位女伴陪同。这一切都让姑娘十分扫兴。”

“我们俩打算结婚，”小伙子沉着而自尊地接着说，“不过这当然根本不可能。我眼下靠微薄的收入为生。苏顿先生还有两年期限绝对控制着达纳尔小姐的财产，随后还要部分控制她四年。老头子根本看不起我，甚至管我叫骗子，是在贪图达纳尔小姐的钱财。我对此根本不加理睬——我有自己的工作——可是这叫达纳尔小姐心里很不痛快!”

“这事已经发生好久了吧?”韦汉法官说，“可这并不能完全说明达纳尔小姐今天夜里那种特别不愉快的反常心情。是不是还有什么别的原因?”

“有。今天夜里我们俩一直在谈论一件事。要知道，我最近刚完成一项发明，细节就不说了。这项发明能使某项重要工业得以改革，扩大生产。于是那家控制这种工业的大公司想收买我的发明，但达纳尔小姐强烈反对我接受那笔交易。他们出的价并不优厚，是在企图压制我的发明。达纳尔小姐想自己出钱资助我，这样我们就可以自己生产，跟那家公司竞争。她考虑更多的是我的名声，而不在于钱财。她相信那会使我一举成名。可是苏顿先生拒绝给她这笔钱。”

“看来事情已经发展到了严重地步，对不对?”法官问道。

“对，先生。看来我只好忍痛接受那家公司的出价。发明家也得吃饭活命啊!”

“说得不错!你知不知道苏顿先生在遗嘱上怎么写的?”法官问道。

“我看见格林费尔德先生在外间屋，”魏杰答道，“他是苏顿先生的私人律师，这该由他来回答。”

格林费尔德先生给召唤过来。他是个中年男子，英气勃勃，他走过来时同情地瞥了一眼那个不幸的姑娘。他仔细说明了苏顿先生的遗嘱条款。苏顿先生严格控制着姑娘的财产，万一他去世，就由格林费尔德继任莱拉的监护人和财产受托管理人。

法官问道：“方才那个小伙子提到苏顿先生的那种态度，你有什么看法?”

“他之所以采取那种态度，是由于他亲眼目睹当今的年轻人太放荡太挥霍了。他严格控制达纳尔小姐是为了保护她。我也曾向他多次提出他那种管束方法不大合适，可他是个固执己见的老人。”

“你听说过这位魏杰先生的发明吗?”

“听说过。今天中午我跟苏顿先生共进午餐前，达纳尔小姐在门口等着我，把这事跟我说了，求我利用我的影响让她的监护人资助魏杰先生的发明。可是我了解苏顿先生的脾气，便告诉她这恐怕办不到。可怜的姑娘十分懊恼，还气呼呼地说：‘难道就没有什么办法可想了吗?’”

“你怎么回答的呢?”法官问道。

格林费尔德先生刚要回答，忽然顿住了，好像想起了什么事似的，便含糊其辞地说：“我想还是不说了吧。”

“你必须说出来。”法官指责道。

“我当时信口说道：‘除非给苏顿老先生下把毒药!’开个玩笑罢了。”

“当然！当然!”韦汉法官说，两人都勉强地笑笑。可是这事却给人留下一个十分不祥的印象。

韦汉法官似乎已经一筹莫展，那张慈祥的面孔露出疲惫而无可奈何的神情。他显然难于出口宣布把那个娇生惯养的姑娘关进牢房：“我现在只得下令把达纳尔小姐……”

斯特瑞夫人突然站起来打断他的话，掀开面纱，用清澈而引人注意的声调说：“法官先生，在您结束这次听审之前，请允许我根据我所了解的情况提几个问题。”

韦汉法官纳闷地问道：“可是夫人，您是哪位?”

魏杰替她答道：“罗茜卡·斯特瑞夫人!”

听众席中响起一片惊讶声，脑袋都一下子转向了我的雇主，因为斯特瑞夫人是家喻户晓的知名侦探，各报章称她为“纽约最富智慧的女人”。大家一致觉得她参与这起案件的调查，必定会使这个小镇顿时遐迩闻名。

善良的老法官欣喜地结结巴巴说：“当然……当然可以……您大驾光临真使本镇和我感到万分荣幸。请您到这边来就座，跟我共同审理此案……”他大声喊女仆给斯特瑞夫人搬个椅子来。

在众目睽睽之下，我的雇主在老法官身旁落座。“看来案情已经给提出来了，不过还有一两处需要进一步搞清楚。”她说。

大家顿时明白听证会并没结束，而是刚刚开始。

“达纳尔小姐需要一大笔钱资助魏杰先生，”斯特瑞夫人说，“可是失窃的那几件首饰根本不顶事。她打开保险箱，拿了首饰，当然只是想显示那是强盗作的案……可是这种计谋只能把犯案的线索引回到楼房前面来。她总该想到那声枪响肯定会把人惊醒吧？所以这里有漏洞。”

法官脸上露出了喜色。

“我方才检查了一下苏顿先生的书房，”斯特瑞夫人接着说，“楼里的各间屋子也看了。遗憾的是苏顿先生的尸体已经给搬出书房，放到了他那间卧室里。因此，如果允许的话，我想问男管家几个问题。”

韦汉法官当即同意。

“兰姆利先生，你刚才说你去睡觉之前，老主人在书房里看书，可你发现他的尸体时，他却坐在写字台前。这是他一向看书的习惯吗？”

“不是，夫人。我发现他右手还握着一管自来水笔，左手按在吸墨纸上，好像被害前正在一张纸上写什么。”

“可是那张纸不见了，对不对？”

“对，夫人。”

“这说明他在纸上写下了什么跟凶手相关的事，因此凶手把它拿走了。好，就先问这些，谢谢你。”

她接着转向法官说：“我在苏顿先生的写字台上看到一个普通的记事日历本，今天那页上记着：‘给 G. G 写封信’，一个破折号，接着是‘遗嘱’两个字；下面另写着：‘也给伊娃·戴恩哈特写封信。’我理解 G. G 是乔治·格林费尔德律师的姓名缩写。”

那位先生搭腔道：“对。苏顿先生是这样称呼我。”

“今天你跟他讨论过他的遗嘱没有？”

“没有，夫人，没提过。”

“你有他的遗嘱吗？”

“有，那是我起草的，如今放在我的保险箱里。”

“你今天跟他谈起过什么事，使他不得不写封信给你吗？”

“没有。不管发生了什么事，那准是在我走后发生的。”

“你几点钟离开他的？”

“下午 3 点。”

“谢谢……现在，兰姆利，你的主人在律师走后干什么了？”

“他把贝金顿小姐叫到书房，”那位男管家困惑地答道，“今天是每周算清日常开销账目的日子。”

“他俩之间发生了什么事没有？”

“难说，夫人。”

“你干吗有点儿犹豫？”

“嗯，倒是有一件不太寻常的事。”

“什么事？”

“老主人在电话里让我给他接电话局询问台，他一般都由我给他拨他要打的外线电话。”

“你有没有听到他都说了些什么？”斯特瑞夫人和蔼地问道。

“听到了，夫人。苏顿先生说了纽约三家公司的名称：哈默尔父子公司、尼古拉·安斯林公司、道布勒·莱万公司，请查查他们的电话号码。后来询问台答复说没有这三家公司登记的号码。”

“贝金顿小姐离开书房后，老主人又干了什么？”

“到乡村俱乐部打高尔夫球去了。”

“贝金顿小姐呢？”

“她搭乘火车进了城。”

“匆匆忙忙地出行吗？”

“看上去是的，夫人。”

“她什么时候返回来的？”

“晚饭前吧。”

“带回来几包东西吧？”

“是的。”那位管家诧异地答道。

“这是不是有点儿不太寻常？”

“嗯，一般来说，家中需要的物品都是给送来的。”

“没有什么要问了，谢谢你。”斯特瑞夫人转身对韦汉法官说：“我后来要求到贝金顿小姐的房间里看看。房门上了锁，警官替我打开了门。我知道这样做有点儿违法，不过我相信那位房主人如果良心无愧，会原谅我的。屋内有张写字台，我在一个抽屉里发现了这些纸张。”她从自己的手提包里取出一摞纸，交给法官。

法官睁大眼睛望着那些纸片。

“这是您刚才听到的那三家公司的空白发票。”

“这是怎么回事？”

斯特瑞夫人解释道：“我又回到书房，在一个柜子里找到了不少前几个月家庭开支的发票，发现每月都有不少张是这三家神秘公司开的，数额还不小……”

“夫人，您不是说……”

斯特瑞夫人严厉地答道：“这就是说，贝金顿小姐每月都坑骗主人好几百块钱。”

在场的人都把目光转向了贝金顿小姐。达纳尔小姐倏地从她的怀里挣脱出来，惊讶而失望地望着她。贝金顿小姐面色苍白，垂头丧气，目光却十分凶狠。

“我认为苏顿先生必是发现了这种欺骗手段，”斯特瑞夫人说，“咱们再回过头来谈谈遗嘱。格林费尔德先生，苏顿先生的遗嘱中有没有贝金顿小姐的份额?”

“有，而且数额不小。”

“这我早就料到了。苏顿先生发现这事之后，首先就是要写信给你，把贝金顿小姐的名字勾销。记事日历本上写下的另一个女人的姓名伊娃·戴恩哈特，我赶巧认识这个女人。她开办了一家服务公司，专门负责推荐可靠的女秘书或女管家——还需要我说什么别的吗?”

“可是有关那起谋杀，夫人，那起谋杀呢?”韦汉法官追问道。

“我正在追查谋杀动机呢，”斯特瑞夫人严肃地说，“这个女人正面临名誉扫地的处境。苏顿先生那当儿正在写那封会使她大为丢脸的信。”

“您有什么证据吗?”

“我在她的房间里没找到什么……”斯特瑞夫人淡然地说。贝金顿小姐坐直身子，阴险地微微一笑。“不过嘛，我建议现在搜一下她的身。”斯特瑞夫人平静地说。

那女人一听此话，好似受了电击，扯起嗓门叫喊道：“我不让!”说完就朝门口冲去。

拉瓦尔警长一把抓住她，她就像只野猫那样死命挣扎。大伙儿都目瞪口呆，很难想象那位一贯温文尔雅的贝金顿小姐居然如此失态。

“把她带到餐厅里去搜身。”韦汉法官命令道，“兰姆利，你去帮一下警长。”

斯特瑞夫人指示我：“贝拉，你也去一下。男人按住她，你搜一下她的身。”

我并不喜欢干这种活儿，可也只好遵命。长话短说，我从她身上搜到一块绣着达纳尔小姐姓名缩写的手绢，又在她那件貂皮大衣里翻出一双运动鞋。最奇怪的是，还搜出一条缠在她腰上的细绳梯，尽头有两个铜钩子。我把这些东西全都放在了法官的写字台上面。

“这我早就猜测到了。”斯特瑞夫人说，“你们看，她还没来得及把这些东西处理掉呢。”她把那几件东西依次拿起来：“手绢是她刚才坐在达纳尔小姐身旁时偷的，这就叫可怜的姑娘更加没法说清了。这双鞋跟达纳尔小姐穿的那双一模一样，是她今天进城买来的，因为她知道姑娘去花园总穿这种运动鞋。这个绳梯嘛，是她进出她那个房间用的。你们可以在她屋内的窗沿那儿看到钩子留下的印。”

案情大白，不由得引起人们一阵骚动。大家都挤进这间屋来了，有的祝贺，有的谴责。贝金顿小姐畏缩到一边，浑身瑟瑟发抖。

韦汉法官气得涨红了脸，颤悠悠地谴责道：“你这个阴险的女人！故意陷害这个无辜的孩子！我当了这么多年的差，还从来没见过这样伤天害理的事呢。”

贝金顿小姐这时已经瘫倒在地，哭喊道：“我没有！没有！我只是想让人认为是强盗干的！”

“可你干吗买那双鞋？”法官斥责道。“在整个这次听证会过程中，你还坐在那里搂着姑娘，假惺惺地安慰她，而你却暗中制造了证据陷害她。这简直太卑鄙无耻了！把她押下去！”他对警长说。

贝金顿小姐给押走后，大家都挤向前祝贺那对年轻人，感谢斯特瑞夫人。我看到那对年轻人正感激涕零地向斯特瑞夫人道谢。

最后，这对情侣从一扇旁门跑了出去，手拉手地钻进了一辆汽车。人群在那辆车后面欢呼不止。

（屠珍　译）

事不过三

玛杰里·阿林厄姆

九月的一个下午，时针指向五点，罗纳德·弗雷德里克·托贝正在为他的第三次谋杀作准备。

罗纳德非常警觉，提醒自己要慢慢来。他很理智，知道粗心的后果会很严重。

谋杀这种事，做得越多就越危险。第一次结婚前，他在一本杂志里读到这句话时就印象深刻，认为很有道理。此外，他还意识到，成功靠的是头脑，所以他很懂得克制。他确信，他比大多数人都聪明，但并没有为此沾沾自喜。一旦意识到这种自大的想法要从心底冒出来时，他会立刻果断地制止。

他停了片刻，靠在刚租下的别墅浴室的洗手池边，若有所思地看着梳妆镜里的自己。

镜子里是一张中年人的脸，脸庞瘦削，面色苍白。稀疏的黑发从又高又窄的额头开始脱落，蓝眼睛很漂亮，极具风采。可惜嘴巴长得太奇怪。薄薄的嘴唇又窄又长，几乎呈一条直线。他常常下意识地弯起嘴角，像是在微笑。就连罗纳德·托贝自己都不喜欢他的这个嘴巴。

楼下厨房里的声音打断了他的沉思，他立刻挺直了背。伊迪丝熨完衣服，就会上来洗个泡沫浴。为了说服她洗泡沫浴，他费尽了口舌。

但如果她在他做好准备之前进来，这一切将失去意义。他屏住呼吸，静静地等着——只是虚惊一场。她从后门出去了。

他走到窗边，正好看到她绕过房子一侧，来到一个小方院。这条长长的郊区街道上有很多这种小方院。他知道，她准备把刚刚熨好的亚麻布晾起来。尽管这给了他充足的准备时间，他还是感到很生气。

到目前为止，他成功地追求到三个姿色平平的中年女人，先是说服她们嫁给他，然后诱使她们将微薄的财产留给他。而在这三个女人中，显然，伊迪丝的麻烦最多。

在他们六个星期的婚姻生活中，他不止一次地要求她不要在院子里待太久。他不喜欢她一个人出门。虽然她生性害羞保守，但现在隔壁搬来了新邻居，难保不会有过分热心的女人来与她套交情。在这个节骨眼上，这是他最不愿意看到的。

他的前两任妻子也都很保守。他选择妻子非常谨慎，一定要是合适的类型。而他觉得自己之所以成功，原因主要就在这里。

他的第一任妻子玛丽在平房里发生致命“意外”时，几乎没人发现。那座平房与眼前这座房子很像，只不过那是在英格兰北部，而现在是在南部。那是一个发展很迅速的小镇。验尸官来去匆匆；警察深表同情，但公务繁忙；邻居也没有多大兴趣打探详情。只有一个当地报纸的小记者添油加醋写了一篇文章，说这是乐极生悲，还附了一张他们结婚时的照片，并且按照当地特有的惯例，轻描淡写地将文章题为“蜜月中的不幸”。

多萝西在他生活中的短暂演出与仓促谢幕，给他带来了一些麻烦，但并无大碍。她说她在这世上孤身一人，但她骗了他。葬礼过后，她那令人讨厌的哥哥露面了，打听妹妹的财产在哪儿。幸好罗纳德态度坚决。否则，这个令人尴尬的问题很可能会非常棘手。当时法庭进行了简单审理，罗纳德轻而易举赢了这场官司，没费多大周折就拿到了保险金。

那是四年前的事了。现在，他换了名字，编造了新的身份背景，来到一个新的地方。他觉得很安全。

第一次见到伊迪丝，看到她独自坐在海滨旅馆餐厅靠窗的位子，他就知道，她将是他下一个目标。他总是用“目标”来形容自己的妻子。这会营造出某种伪科学的氛围，而这种氛围令他满足。

伊迪丝坐在那儿，衣着整洁，腰背挺直，神态有些过于严肃。但她脸上隐隐现出一丝胆怯，近视的眼睛里有种渴望，仿佛极易受到惊吓。听了侍者的恭维话，她会紧张得脸红，不知如何回应。她戴着一枚宝石胸针。罗纳德一走进餐厅，就看出那是真的。他对宝石一向很在行。

那天晚上，在休息室里，他上前搭讪。一开始她很冷淡，但经不住罗纳德的再三示好，最后终于开口了。从这以后，一切都朝着他期望的方向发展。他用传统的方式追求她，同时又极其浪漫。不出一个星期，她就彻底迷上了他。

在罗纳德看来，她的背景比他希望的还要理想。二十多岁时，她一直在寄宿学校教书，后来被叫回家里，照顾独居多病的父亲。父亲久病不起，这让她没有时间追求自己的人生。现在，四十三岁的她还是独身一人，手中小有财产，像没有方向的航船一样在大海上漂浮。

罗纳德小心翼翼地不让她从爱情的梦幻中清醒过来，把全部精力都用在她身上。相识五个星期之后，两人在这个陌生小镇登记结婚。当天下午，两人分别将对方立为自己的遗产继承人，然后搬进这栋别墅。由于度假旺季即将结束，租金还算便宜。

这是他迄今为止最为愉快的征服。玛丽喜怒无常，多萝西吝啬多疑，而伊迪丝却显露出让人意想不到的欢快气息。另外，她也算比较理智，不过还是略带傻气，居然相信男人会在第一次见面时就疯狂地爱上她。罗纳德自鸣得意地认为，换成另一个男人，一定会犯下致命错误，对她心慈手软。但他告诉自己，他要比那些人“高明”多了。于是，他开始为“她的未来”——他总是在心中使用这个残酷的字眼——制订计划。

有两个原因让他决定提前动手。其一是，她坚持独自管理自己的钱财；其二，她对他的工作太过热心，热心得让他觉得尴尬。

在结婚证书上，罗纳德在职业一栏填的是推销员。他编了一个故事，说自己是一家化妆品生产企业的小股东，老板很慷慨地给他放了一个长假。对此，伊迪丝深信不疑，当即决定去拜访他的公司和工厂。此后，她就一直说要去添置新衣服，以免“辱没”他的身份。她把所有的商业文件锁在一个旧文具箱里，不管他如何小心翼翼地提起这个话题，她总是闭口不谈。罗纳德泄气了，非常恼火，决定提前动手。

他离开窗口，小心脱下夹克，开始给浴缸放水。他感觉到自己的心怦怦直跳，不由皱起了眉头。他不喜欢这样，必须保持镇定。

他们搬来以后，重新粉刷了浴室。罗纳德亲自动手，还在浴室里装了一个小架子，里面放着他新买的浴盐和一个老式的双组电暖气。这种电暖气价格便宜，而且颜色跟墙壁一样，都是白色的，不引人注意。他身体前倾，打开电暖气，等着两条象征暖气的红线出现。然后，他任电暖气开着，转身向楼梯边的平台走去。

控制整栋房子电源的保险丝盒藏在顶楼被单毛巾柜后面。罗纳德垫着手帕，轻轻打开门。这样，在按下总开关的时候，就不会留下指纹了。

他回到浴室，电暖气的红光已经退去，两条红线也变回了黑色。他满意地看着这个小仪器，然后用手帕垫着，把它从架子上取下来，小心翼翼地放进水中。他仔细调整了位置，使它比废弃不用的插头略高一点，挨着底部，几乎不占空间。白色电线沿着浴缸的瓷砖，垂到格子地板上，绕到门后，连接到浴室外楼梯平台的墙上插座中。

当初安装电暖气时，伊迪丝就反对这种设计。但罗纳德解释说，地方议会里的那些傻瓜说水是导体，因此最好不要在浴室墙上安装插座。伊迪丝信以为真，同意他把电线铺设在油毯下，这样就不大引人注意。

这会儿，浴缸中的电暖气极为显眼，就像是放置不稳、意外掉下去的一样。这样，任何神智健全的人踏进浴缸后都会发现。他停下来，蓝色的眼珠暗淡下来，难看的嘴巴抿得更直了。

整个计划如此简单，如此完美，它必定能迅速致人死命。而且最重要的是，没人会怀疑到他。一想到这里，他就像以前一样因愉悦而颤抖起来。

他停止放水，等待着，倾听着。伊迪丝回来了。他能听到她在后门移动物体的声音。他俯身从衣架上的夹克口袋里掏出一个塑料香袋。他又读了一遍香袋背面的使用指南。

突然传来一声轻响，他抬起头，心头不禁一惊，那个女人就在离他不到五英尺的地方。她的脑袋突然出现在洗涤室的平台上方，就在浴室窗子外面。她正在打扫排水沟里的落叶。他想，她一定是在后门旁边高高的台阶上站着。

这个男人一向冷静，这个时候丝毫也没有慌张。他拿着香袋走到窗前，温柔地问道："你到底在干什么啊，亲爱的?"

听到他的声音，伊迪丝吃了一惊，差点跌下台阶，瘦削的脸颊上出现一抹红晕。

"噢，你吓坏我了！我正想着收拾完这个，就上楼换衣服呢。如果下雨的话，排水沟里的水会流得到处都是。"

"你真细心，亲爱的。"他的语气中带有一丝调侃。他发现，这种语气最能摧毁她微弱的自制力。"可是你也知道，我正在楼上为你准备美人浴呢。这个时候打扫可有点不聪明！你觉得呢?"

他故意把"美人"两个字说得极为温柔，她听出来了。他看到她吸了一口气。

"也许吧。"她没有看他，"你太好了，罗纳德！费心为我准备这些。"

"这没什么。"他表现得很有男子气概，好像没有发现她的冷淡，"我今晚要带你出去，我希望你能让别人觉得——尽善尽美。快点，做个好姑娘。泡沫不会持续很长时间。这些香料可是很贵的。高级美容院的香料也不过如此。把衣服脱到卧室，换上浴袍，快去享受吧！"

"好吧，亲爱的。"她边说边走下台阶。

罗纳德走向浴缸，把香袋里的香料倒进水中。粉红色的晶状颗粒漂浮在水面上，散发出浓烈的玫瑰香。他突然把水压开到最大，颗粒开始融解成亮晶晶的泡沫。有那么一瞬间，他很怕这些泡沫无法掩盖水下的秘密，便弯下身、用手将水打出更多泡沫。

但他的担心是多余的。粉红色的泡沫层越积越厚，不仅掩盖了浴缸底部及其里面的东西，连浴缸的瓷砖、白色的电线、墙上的电板以及浴室的地面也都笼罩在粉红色的泡泡中。一切都完美极了。

他拿起夹克，打开门。

“伊迪丝，快点，我最亲爱的!”他正要说出这些话，就看到伊迪丝颤抖着走过来。她戴着一顶难看的浴帽，蓝色浴袍包裹着瘦弱的身子。

“噢，罗纳德!”她惊恐地瞪着浴缸，“会弄得到处都是吧？天哪！地板上也是泡沫!”

她的犹豫激怒了罗纳德。

“没关系的。”他的声音中带着怒气，“趁泡沫还没有散去，快点进去吧！你洗澡的时候，我会去换衣服。我给你十分钟，快进去躺下！它能改善你暗淡的皮肤。”

罗纳德走出浴室，停下来倾听里面的动静。不出所料，她锁上了门——一辈子的习惯不是短暂的婚姻生活所能改变的。听到她插上门的声音后，他强迫自己下楼。他打算给她一分钟：三十秒脱衣服，三十秒站在散发着玫瑰香气的浴缸前犹豫。

“感觉怎么样?”他站在被单毛巾柜前问道。

她没有立刻回答。罗纳德额头上冒出汗水。然后他听到她的声音。

“还不知道，我刚进来。闻起来不错。”

罗纳德没等她说完，就用手帕包着手，来到主开关前面。

“一，二……三!”他用令人害怕的平静声音念着，然后按下了开关。

保险丝断裂的瞬间，只听“哧”的一声，他身后墙壁上的插座发出一道闪光，然后一切归于平静。

四周一片寂静，罗纳德能听到自己脉搏跳动的声音、楼梯底部钟表的滴答声、被困在玻璃窗前的苍蝇的疲惫的嗡嗡声，以及隔壁花园里除草机的低鸣声。那个外表严肃，但看起来很健康的男人搬来以后，每周都要整理一次那片小小的绿色草坪。

浴室里悄无声息。

过了一会儿，他悄悄回到浴室，敲了敲门。

“伊迪丝?”

没有回答。没有声音。什么都没有。

“伊迪丝?”他又叫了一声。

还是一片寂静。一分钟后，他挺起身子，长出了一口气。

他立刻开始准备进行第二步。他很清楚，接下来的这段时间很敏感。

首先必须发现尸体，但不能太快。

多萝西发生“意外”时，他就犯了这种错误。警官问他，为什么这么快就报了警。还好他很冷静，安全过了这一关。

这次，他打定注意要等到半小时后再去敲门，然后去找邻居，最后再把门撞开。他打算在此期间去买份报纸，并且在门口大声告诉伊迪丝他的行踪，当然要让行人听到。但走到楼梯间时，他想到，会有一件更重要的事等他去做。

伊迪丝保存私人信件的皮箱放在一个帆布帽盒里。她还真的相信他不知道这个地方，想起来叫人有点心酸。他到底还是发现了。盒子是锁着的。为了不引起她的注意，他没有试着撬开。但现在没有什么可顾虑的了。

他轻轻走回卧室，打开衣柜。盒子还在原处，看起来沉甸甸的，似乎很有分量。他满怀感激地用双手抚摸着盒子。

那把锁比他想象的还要难以对付。不过，最后还是打开了。映入眼帘的是收拾得整整齐齐的物品。乍看起来，这样的结果很令人满意，比料想的好多了。里面有几沓存款凭证；几个厚厚的信封，信封上面的红色印章显示出律师所属的事务所名称；最上面是人们都熟悉的蓝本，是邮局发给每一位储户的。

他用颤抖的手指打开蓝本，浏览上面的内容。两千元，这数目让他吹了声口哨。两千八百五十元，她一定从中得到不菲的利息。两千九百元。她取了一百英镑准备嫁妆。两千八百元。他原以为这是最后一笔记录，但下一页还有一笔交易。交易时间不超过一星期。

他还记得邮局寄来信件的那天。她自以为瞒过了他。起初，他只是漫不经心地扫了一眼那些文字和数字。突然，他感到一阵惊慌。他瞪着那页纸，眼珠突出，眼神呆滞。她几乎取出了所有的钱。白纸黑字写得很清楚：9月4日，取出两千七百九十八镑。

他的第一个念头就是，那些钱一定还在这儿，那些百元大钞也许就在某个信封里。他急切地搜寻。焦急之下，再也顾不得谨慎的原则。文件、信件、凭证撒得满地都是。

一个写着他名字的信封让他停下所有的动作。看得出来，信是最近封上的。上面是伊迪丝令人意想不到的硬朗的笔迹。他吃惊地发现，信封上的日期是两天前的。

亲爱的罗纳德：

假如你看到这封信，那么我相信你一定会感到很震惊。长久以来，我一直希望不必写下这封信，但是你的行为使我不得不去考虑一些令人不快的可能性。

罗纳德，我想，在某些方面你是很传统的。你难道没有想过，一个匆忙走入婚姻的平凡的中年妇女对于泡澡这种话题，总会有点怀疑和敏感吗（除非她是个十足的傻瓜）？

你知道，詹姆斯·约瑟夫·史密斯和他新娘的事还没有被大家忘记。

坦白地说，我并不想怀疑你。有段时间，我认为自己是爱你的。但自从结婚当天，你说服我立下遗嘱，我就开始怀疑。接着，看到你对这座房子的浴室那么感兴趣，我知道我最好做点什么。我也是传统的人，所以我去找了警察。

你有没有注意到隔壁刚搬来的邻居从不跟你说话？你让我觉得，我最多只能隔着墙与隔壁的女人聊天。她给我看了两张当地报纸的剪报，都是关于女人新婚期间洗泡沫浴发生致命意外的报道。两张剪报上都附有一张在葬礼上拍到的她们的丈夫的照片。虽然照片很模糊，但我一看到照片，就知道我应该听从那位警官的建议。自从拿到你第二任妻子的哥哥提供的这两张照片，三年来，那位警官一直在找这个人。

我想说的是，罗纳德如果你找不到我，我是说在浴室里，你会发现我已经从平台上出去，正穿着浴袍坐在隔壁厨房里。嫁给你是我一时糊涂，但我没有你想象的那么傻。女人也许很傻气，但她们不像以前那么好欺骗了。我们也开始有自己的想法了，罗纳德。

你的，
伊迪丝

附言：我又读了一遍，发现自己忘了告诉你：隔壁新邻居不是一对夫妻，而是刑事调查局的康斯特布尔·巴茨福德侦探和他的助手理查兹警官。警官们告诉我，如果不让你再次施行谋杀，就没有足够的证据宣布你的罪行。所以，我只好强迫自己勇敢地扮演好角色。因为我真的为你前两任妻子感到难过。她们一定像我一样被你骗了。

罗纳德·托贝狭长的嘴巴扭曲成O形，疲惫的双眼从信上移开。

房子里还是一片寂静，隔壁花园里除草机的声音也停了。打破这片寂静的是后门被撞开的声音。紧接着，重重的脚步声穿过大厅，踏上楼梯，朝他走来。

（李强　译）

都柏林神探

克拉克·霍华德

当柯克开办公室门的时候，电话铃响了。他赶紧冲进屋里，拿起电话。

“我是柯克。”他说道。

“请问是罗伊·柯克先生吗?”一个略带犹豫的女性声音问道，听起来非常年轻，“是罗伊·柯克先生，柯克侦探吗?”

“是我。请问找我有什么事吗?”

“柯克先生，我是达莉·戴维莱，是贝尔法斯特的约瑟·戴维莱的女儿。”

一幅图画马上出现在柯克的脑海里并慢慢扩散。不是因为约瑟·戴维莱，而是嫁给他的那个女人夏蒙。打电话的这个女孩很可能就是她的女儿。

“那你爸爸还好吗?”柯克问道，“还有，你妈妈呢?”

“我爸爸现在很不好，柯克先生，”女孩回答道。尽管柯克当时决不可能看到她的表情，却能从她的声音中猜测出她的嘴唇一定在颤抖。“他遭遇了严重的车祸。他的商店被人炸了。他被送到了圣·巴塞洛缪医院，现在还不知道是死是活——”

“是你妈妈让你给我打电话的吗?”柯克一边问，一边皱起了眉毛。十八年前，夏蒙·卡万选择了约瑟·戴维莱，伤心的他为了将她忘记去了美国。

“不是，她甚至还不知道我正给你打电话呢。”达莉·戴维莱说道，“我爸爸曾告诉过我在你去美国之前他就认识你。当他听说你从美国回来并在都柏林做了侦探时，他告诉我你是一个永远值得依靠的人。他说如果我遇到什么困难，就可以去找你，只要告诉你我是约瑟·戴维莱的女儿就行了。你会把我当亲生女儿一样来帮我。这就是我给你打电话的原因，先生。不是为了我，而是为了我爸爸。他需要一个人为他讨回公道。那些警察好像不是特别关心是谁炸毁了商店。”

“他在爆炸中伤得严重吗?”柯克问道。

“要多严重有多严重，不过还是被称为活人。”女孩说，“噢，柯克先生，他现在看起来特别可怕，你能过来一趟吗? 我求你了。”

女孩的声音让柯克想起了夏蒙深深的红褐色头发，一眨一眨跳跃的翠绿色眼睛，能露出不整齐的牙齿却能使她更迷人的微笑，宽宽的肩膀，一双强壮却优美的大腿，甚至在她16岁的时候就可以对男人掌控自如，只要她想那样做。

“好的，我马上去。”柯克说，“我乘火车过去，今晚在医院见。”

柯克买了高速火车的头等车票，乘这辆车从都柏林到贝尔法斯特只需两小时二十分钟。离都柏林北部有一小时路程的丹托克，是爱尔兰自由州的最后一站。过了丹托克，火车驶进了阿马县，已经进入了爱尔兰北部。

在阿马的第一站泡特岛，英国士兵上车厢对乘客进行检查。从泡特岛到贝尔法斯特，一名佩带武器的英国士兵一直在每节车厢后部巡视。旅程快要结束的时候，大部分乘客甚至都没有离开他们的座位去洗手间。

在贝尔法斯特中心，车站的中央有英国士兵检查站，乘客在那里接受搜查和询问。

“请出示身份证。”一个脸颊红红的年轻中尉命令道。柯克把皮夹子递给他。“你去贝尔法斯特干什么，先生?”

“去看一个生病住院的朋友。”

“先生，你将在那儿待多久?”

“我不知道，可能只有 48 个小时，我不确定。”

“名单上你的职业是私人咨询代表，确切说是什么?”

“我是私人调查员，是个侦探。”

这个年轻的官员顿时有了兴致：“你是说像那些美国私人神探，像马格努那些家伙?”

“嗯，差不多吧，不过比他们空闲。”

中尉皱了皱眉头：“我希望没有携带武器。”

“没有。”柯克在想为什么他这样问。一个警士已经全身搜查了柯克，不过两个士兵又翻寻了一遍，尽管他只是在那儿住一夜。

“通过。”官员说道，同时把皮夹子还给了柯克。

在终点站的外面，柯克上了一辆黑色出租车。“我去圣·巴塞洛缪医院。”他说。

司机从后视镜里瞥了他一眼，然后透过窗户看着外面渐渐暗淡的天空，下午马上要过去了。“在公寓区。”他说。

“公寓区?”

“对，联合公寓区，天主教区。我把你送到那里，但是我不能等你，也不能回来接你。我不是天主教徒，我不敢冒险天黑之后还待在公寓区。”

“把我送到医院就行了。”柯克说道。

在穿过城市去往医院的路上，雨开始下起来——是那种突如其来，而且伴随着狂风的大雨，好像永远都是从北海峡突然而来，把本来已经阴暗的街道变得更加昏暗模糊。柯克忘了带雨衣——他离开贝尔法斯特太久了，甚至都忘了天气是那么的变幻莫测。

“好像要下冰雹。”他说。

“嗯。”司机一边回答，一边打开了扫雨刷。他没有再说下去。

柯克对联合公寓这个地方并不熟悉。他、约瑟·戴维莱和夏蒙·卡万都是在一个叫巴马夫的贫民窟长大的。那是一个破烂不堪的地方，比柯克在纽约当警察的十年间见过的任何一个贫民窟都要糟糕。在纽约，他在黑人住宅区和南布朗克斯工作过，但这两个地方都没有巴马夫那么贫穷、破败和糟糕。巴马夫不是一个排水沟，而是一个下水道。柯克和约瑟·戴维莱都曾向夏蒙许诺过他们一定要把她带出这个他们从小长到青年的贫穷地方。

可是夏蒙没有选择柯克。“我决定要跟着约瑟了。”一天晚上，他们在夏蒙的后楼梯下做爱后她告诉柯克。

“我认为你爱我。”柯克说。

“我爱你们两个。”夏蒙回答，“如果不是这样的话，我怎么能和你们两个这样做。只是我不能拥有你们两个，所以我必须选择，不是吗？我选择了约瑟。”

“为什么？为什么是他不是我？”柯克说。

“有很多原因，”她轻轻地说。“我喜欢夏蒙·戴维莱这个名字胜过夏蒙·柯克。而且我认为约瑟在生活上一定比你做得更好。他在亚麻厂有一份好工作——某天他会成为一名工头，而你却不做任何事情去改变你自己。”

“我上学，”柯克反驳道，“将来我要成为一名警察——”

“我不喜欢警察，”她轻蔑地说，“他们都是呆子。不管怎么说，约瑟如果成了工厂的工头，能够比你成为警察赚更多的钱。”

柯克失望到极点，“如果只是因为钱的话，也许我可以做些别的——”

“不是因为那个。”她说。

“那是什么？”

“你知道。”她不情愿地回答，“约瑟——比较擅长——你知道——”她不耐烦地叹了口气。“他更像个男人，你明白我的意思。”

柯克想他可能永远都走不出这番话的阴影。这足足让他阳痿了6个月。直到他离开爱尔兰去南安普敦，登上去往美国的船，在甲板上遇到一个丰满的捷克斯洛伐克女子，才开始摆脱这种障碍，体会到新的自由，才又一次开始感觉到自己是个男人。从此之后，他再也没有什么问题——但是他决不会忘记夏蒙说过的话。

“我们到圣·巴塞洛缪医院了。”司机说。

柯克抓起他的包下了车。司机找了他零钱，又抬头看了看渐渐暗下来的天色，然后快速驶去。

柯克四处看了一下联合公寓区。这是一个贫民窟，就像巴马夫，尽管没有那么荒凉和肮脏，但确实是个贫民窟。夏蒙跟了约瑟并没有好到哪儿去，他心想。

在医院的前厅，一个穿着阿尔斯特慈善修女长袍的修女翻了一下档案，然后告诉柯克到三层的一个病房。和其他几个女拜访者一块儿等电梯的时候，他注意到北方的女人没有南方的女人迷人。她们大部分穿着T字领的上衣，清晰地勾勒出内衣的形状，宽松肥大的裤子，或是短得可怜的裙子，没穿长筒袜，系着带子的鞋使她们的脚踝看起来特别粗壮。她们的头发看起来好像只有脸颊两旁的梳理了，其他的就由它自由生长一样，好像太多了不好整理似的。很明显，她们是穷苦的女人。柯克知道，老了之后，她们都会成为高尚的母亲，努力不让丈夫喝酒，让孩子敬畏上帝和天主，让家看起来像个家的样子。她们是贫穷的北爱尔兰天主教家庭中沉默的力量。柯克在想夏蒙是不是也变得像她们一样。

在三楼病房，他走过双开式弹簧门往四处瞧了瞧。第一眼看到达莉·戴维莱他就认出了她。她看起来一点也不像约瑟。尽管从她身上他只看到一点点夏蒙的影子，这已经让他毫无怀疑地辨认出她了。金棕色的头发，长得有点太近的眼睛，略微有点弯曲的嘴唇，几乎可以称得上不协调。在她身上有明显的流浪儿的特征，那是排水沟留下的痕迹，柯克想。

她正站在病房里的一个移动屏风外，屏风把最后一张床和其他床位隔开了。她目光呆滞，恍恍惚惚。柯克把他的包放在墙边，朝她这边走来。当他进入她的视线的时候，似乎她发现了他。她一直看着他朝她走来。他们的目光交会在一起并停了下来。

“你是达莉？”他说，“我是罗伊·柯克。”

她伸出手。“谢谢你能过来。”她朝屏风后的床努努嘴，“我爸爸在那儿，变成了那个样子。”

在床的一边有一名医生和两名护士，护士手里托着覆盖着的铝托盘，从柯克身边走了出去。他们离开后，柯克完全看清了床上的一切。他看到的人已面目全非，看起来像盖着被单的一个大枕头，在上面安了个脑袋。几根橡皮管安在上面，一些液体正从床旁边架子上的瓶子里往里流动。他脸上戴着氧气罩。看到被单下没有胳膊也没有腿，他感到嘴唇发干。

“请问你是谁？”注意到柯克，医生问道。

“一个朋友，从都柏林来的。他的女儿打电话让我来的。”柯克尽量忍着，但还是禁不住问道，“他还活着吗？”那个样子看起来确实不像在呼吸。

“是的，但是为什么，怎么样，我不知道。这次爆炸彻底毁了他。很明显，他是伤得最严重的一个。爆炸的火焰烧瞎了他的双眼，强烈的噪声震破了他的鼓膜，现在他是彻底聋了，炽热的气体进入他张开的嘴巴，烧焦了舌头和声带，使他成了哑巴。气浪的压力毁坏了他的肺，击碎了他的四肢，我们不得不切断他肘以上和膝盖以下的部分。这样他躺在这儿，不能看，不能听，不能说，没有氧气罩不能呼吸，没有胳膊和腿，但是他还活着。”他把柯克带到达莉站着的地方。“夜里我已经让他镇静下来了，”他告诉她，“你回家休息，年轻的女士，这是命令。”

柯克轻轻抓着达莉的胳膊，把她领出了病房，并不忘顺便捡起他的包。在一层还有家正在营业的小吃店，柯克把她带了进去，找了一张偏僻的桌子，并点了茶水。

“你妈妈现在怎么样？”

达莉耸耸肩：“对她来说没什么大不了的。这几年他和爸爸处得并不好。”

柯克决定不再追问这个话题：“这是什么爆炸？怎么发生的？”

“我们不知道。据说 RUC 正在调查此事。不过你知道结果会怎样。”

RUC 即皇家阿尔斯特警察部队，是北爱尔兰的平民警察部队。像所有其他爱尔兰由英国管辖的六个北部郡县的内部服务机构一样，都是由伦敦和超过90％的天主教徒掌控的。

“他们怀疑是 IRA（爱尔兰共和军）所为。”达莉又补充着说。

“当然了。”柯克想。很有可能是他们做的。像大多数爱尔兰人一样，他知道，如果 IRA 为他们所犯的每一宗罪负责，那背后藏着的人将会是五万，而不是实际的不到一千。“你爸爸还很热衷于那些事吗？”他问道。

达莉瞥了他一眼，犹豫了一下才回答。柯克期望得太多了。尽管有父亲推荐，但他对她来说仍然是个陌生人。对陌生人说 IRA 的事，将是非常危险的。但是，关于他的一些东西，却明显地让她信任了他。

“不，他已经不太关心了。财政上他仍然尽可能地支持这个组织，但他不再参加抢劫或类似的活动了。”

“他和那些橘子人有什么矛盾吗？”柯克问道，他指的是那些反对爱尔兰统一的虚伪的新教徒。他们的活动和 IRA 一样充满暴力，尽管也从来没有公开过。

“据我所知，爸爸和那些人没有任何矛盾，”达莉说道，“除了他对 IRA 的资助，他远离他们的政治。过去这几年他所关心的就是他的商店。他以他的商店为荣。”

“什么商店？”柯克问道。最近的一次，他听说约瑟·戴维莱正在一家亚麻厂努力向上攀登。

“是家亚麻商店。桌布，餐巾，手帕，一些被套，还有少部分的窗帘。如果爸爸知道一样东西的话，那就是布。他在亚麻厂工作了 18 年，没有得到一次提升，但是他学会了关于布的一切东西，最终他决定辞职了。他要回了他所有的资金和利润，开了这个商店。妈妈对此非常生气，说那些钱有一半是她的，因为她也有养老金。但是爸爸仍然那样做了。”

“是从那时他们之间的关系开始紧张的吗？”

“并不是，他们已经那样很长时间了。”达莉低头盯着桌面，“妈妈有个男朋友，或者两个。”

“你告诉她你给我打电话了吗?”柯克问道。

“后来我告诉了她。”

“她什么反应?”

“她脸上有一种很滑稽的表情，就像我很长时间没见过的那种，当我很小的时候，每当爸送给她一大束花的时候，她往往会有那种表情。我向她提起你的名字，好像我替她做了一些特殊的事情。你和妈妈很熟悉吗?”

柯克点点头：“我和你爸妈都很熟，我和你爸是最好的朋友。但是，对于你妈，我们却是情敌。你爸赢了。对我来说，他这个对手太厉害了。”

“他现在不会再竞争了，不是吗?”她问道。突然她泪流满面。

柯克让她镇静下来，并让她把茶喝完，然后和她一块儿走了两里路回家，因为她不想乘公交车。雨已经停了，阴冷而灰暗的街道闻起来湿漉漉的，空气也感觉沉重起来。柯克的手掌因为提手提箱而冒出了汗，达莉的头发在背上弹跳的方式让他想起了夏蒙。

在路上，他向她许诺一定要调查这场毁灭了生命，毁坏了她父亲一切的爆炸事件。

戴维莱一家租住在一间狭小而破旧的房子里，看起来就像潮湿的报纸一样。当柯克和达莉走到门口的时候，夏蒙·戴维莱为他们开了门。

“你好，罗伊。”她说。

“你好，夏蒙。”

她的模样让他大吃一惊，她看起来好像没有一点他具有的岁月的痕迹。没有肥胖的脸颊，没有宽大的臀部，和那些在医院电梯里看到的妇女简直完全不同，她看起来不过30岁。

“进来吧，罗伊，我给你沏茶。”

“其实，我们刚刚喝了茶。我要去订房间了。”

“你可以住我这儿，我和达莉住一块儿，地方不是很大，但很干净。”

“谢谢你的好意，不过我最好住在闹市，我告诉达莉我一定要调查清楚这起爆炸案。”

夏蒙快速而愤怒地瞥了她女儿一眼：“她总是急于寻求她想要的，甚至和陌生人。”

“我真的不那样认为，我对她来说不是个陌生人。毕竟，她是你的，也是约瑟的。”

“是的，我确信如果你能帮助 RUC 的话，他们会非常感激你的。”她的眼睛在他高大的身材上快速地上下移动，“你看起来很健康，罗伊，也很成功。”

“不是的，我只是过着一种很惬意的生活，这就是我的一切，但是，这是我想做的。”

“嗯，那么你是比较幸运的一个。大多数人都没有得到他们想要的生活。真的不喝茶吗？真的不在这儿过夜吗？”

“真的不要，谢谢。我要走了，在街角有公共汽车吗？”

夏蒙点点头：“5 路车，我带你去大维多利亚街，我还会再见到你吗？”

“当然会了，”柯克说。“我就在附近。”

当柯克沿着街道走的时候，她才意识到他还没有说对约瑟的遭遇感到遗憾。

他在闹市区的欧洲旅馆订了个房间。整整一夜，他心神不宁地盯着城市的夜空辗转反侧。

当夜晚终于结束，黎明的曙光出现在贝尔法斯特湖上空的时候，当透过旅馆的窗户看到浓浓黑烟从大片的造船厂的烟囱里直冲云霄的时候，当市内的仆人们开始忙着沿好沃街道去附近的宕皋广场上班的时候，他冲了个澡，刮了胡子，下去吃了早餐。

吃过早餐，他走着去了牛津街，皇家公正法庭正位于此处。他发现 RUC 总部也位于这儿附近。

他把来访的意图告诉了门厅里的一个接待员，然后被领到了一层爆炸调查部门的比尔·奥曼巡佐的办公桌旁。

“嗯，嗯，”比尔·奥曼看着柯克的身份证说道，“一个真正的活生生的私人侦探，就像电视上看到的一样。”他是个 40 岁左右很帅气的男人，有着好看的浓而黑的眉毛，属于在妇女看来很有吸引力的黑色爱尔兰人。在他苏格兰粗呢夹克衫的翻领上别有一枝淡绿色的扫石楠树枝。一个整洁而漂亮的人，柯克心里想。“你意识到你的侦探证在这儿是没有用处的，不是吗？”奥曼问道。

“当然了，”柯克说，“我只是应戴维莱先生女儿的请求来的。”

“我相信她是个未成年人。”

“是的，我也相信她是。像我刚开始说的那样，尽管我从未被聘请过或有类似的经历。这个女孩只是想知道谁炸伤了她的爸爸，我确信你也想知道。”

“我们已经知道了，”奥曼说，“是 IRA。”

“我知道，我可以问一下你怎么知道的吗？”

“爆炸是由葛里炸药引起的，除了 IRA 没人使用它。每次我们搜查 IRA 总部的时候，我们都会没收约有一英尺高的满满一箱这种炸药。”

柯克点点头："我想知道由于什么原因 IRA 去炸约瑟·戴维莱?"

"他们想做的事是不需要理由的，"奥曼嘲笑说，"他们是疯子，他们都是疯子。"

"你是说他们只是简单地决定去炸商店——任何商店——很偶然地选择了约瑟·戴维莱的?"

"注意对我们说话的方式!"

这次柯克摇了摇头："对不起，奥曼巡佐，我不能接受这个假设。我一直觉得 IRA 在采取行动方面一定比这要谨慎。我认为他们只会在一些具有战略意义的地方，像英军集合或巡逻的地方，或者一些能够在经济上产生影响的地方引爆。我认为炸毁一家小亚麻商店对他们不会有任何好处。"

"我也不这样认为，"奥曼很虚假地笑了笑，"但是，你和我都不是 IRA 恐怖分子，不是吗?"

"这件事仍在调查吗?"不管巡佐的问题，柯克问道。

"严格说来，是的。"

"但是它没有任何作用?"

"我没有那样说，柯克先生。"

柯克提高了声音："你没必要。我想知道如果 IRA 解散的话，关于犯罪数据你们会怎么办? 不管怎样，谢谢你，巡佐，祝你愉快!"

从 RUC 总部出来，柯克乘公共汽车回联合公寓区，在路上，他注意到一些污染了这座城市的乱涂乱画。有一条写道，"这儿不要教皇。"又一条，"这儿不要女王。""争取自由，上帝拯救我们的教皇"与"不要投降，上帝拯救女王"对立鲜明。一些城市街区警告，"军队滚出去，士兵是残忍的"。另外一些宣称，"阿尔斯特要打起来"。最危险的是最简单的"告密者注意"。

路上，公共汽车两次碰见行进的萨拉森人，大型六轮装甲车辆载着三个士兵在天主教区巡逻，大型坦克经过在人行道上玩耍的儿童，他们都没有看他们一眼，他们所知道的街道没有一条是没有巡逻的。

在圣·巴塞洛缪医院，柯克看到达莉坐在爸爸的床边，轻轻地抚摸着绷带以上胳膊的残余部分。她看起来年轻而纯洁，像个学生。柯克从旁边拉了把椅子坐在她的旁边。

"你爸爸积极参与 IRA 的时候，你知道他的一些联系吗?"他轻轻问道。

达莉摇了摇头："唯一一次提到这个组织是他和妈妈为此而吵架的时候。她说就是因为他被怀疑参加 IRA，在亚麻厂才得不到提升。在她看来，是 IRA 这么多年一直让我们待在联合公寓区。"

“你知道他去过的任何集会地点吗?”

“我不确定，在佛丝路有家酒吧叫布什比尔。过去我洗衣服检查爸爸的裤兜时经常发现那个地方的火柴盒。但是他离开 IRA 后，我再也没有发现过。”

她说的时候，不自觉地停止了抚摸她爸爸残断的胳膊。让柯克感到吃惊的是，床上的不完整的身体在氧气罩下开始发出一种可怜的哀求声。达莉马上又开始抚摸，约瑟·戴维莱的躯体慢慢地平静下来。

“我都不知道他是否知道是我。”达莉说。

“我确信他知道。”柯克告诉她。尽管他一点也不确定。

“我希望能有种和他交流的方法，”女孩说道，“可能他知道谁对他做了这些。”

是的，柯克想。他可能知道。但是怎么可能和一个看不到，听不到，不能说，没有手来写、来感觉、来做手势的只有一个活的灵魂的人交流呢?

“今晚你会来吃晚饭吗?”达莉问道。“妈妈会出去的，不过我是个比较不错的厨师，不管怎样——至少爸爸总是这样说。不会发生太离谱的事的，你知道的。”

“不好意思，今晚我很忙，达莉，如果可能的话我想和 IRA 联系一下。”

她把她的另一只手放在他的膝盖上：“完事之后来我家串串门，这样我会知道你是安全的。”

他答应他会的。

离开医院的时候，柯克感觉腿上刚才被她触摸的地方热乎乎的。

在贝尔法斯特，像布什比尔这样的酒吧附近就有一百多家。一两扇脏兮兮的玻璃窗，几个隐蔽的角落，一个有着磨砂玻璃窗的私人隔间，一个像圣餐仪式上小女孩的脸蛋一样闪闪发光的柜台。而且总会有一个手风琴演奏者，空气中还总会弥漫着不新鲜的啤酒的味道。除非是点了一品脱的散装烈性黑啤酒，其他任何人都会受到不屑的白眼。当陌生人进来的时候，所有的谈话都会停止。

柯克一声不吭地站在柜台的末端，点了一品托的啤酒。端上来后，他付了钱然后一小口一小口地慢慢喝。他一边用手背抹去上面的泡沫，一边用一种所有在场人都能听到的声音和侍者说话。

“我叫罗伊·柯克，是自由州的一名侦探，不过我在贝尔法斯特长大，就在巴马夫。我父亲是道乐·柯克，我母亲是菲·昆·柯克。我母亲的父亲是达西·昆，他曾经是朗夫郡随军牧师，在沃姆坞他主人的监狱里特权服役过四年。我之所以来这里是因为我的一个名叫约瑟·戴维莱的朋友三天前在他的亚麻商店里被炸伤了。他还活着，不过他现在拥有的已经不包括眼睛、耳朵、声音、双手和双脚。RUC 告诉我是 IRA 干的。但是我不相信。我想从知道此事的人口中得到确切的答案。我就住在欧洲旅馆 79 号房间。一小时后我会回到那儿。”

就在柯克满腹怀疑的时候，他的话起作用了。夜幕刚刚降临，两个人就过来找他，把他领到了一辆停在旅馆附近的金属板卡车上，让他坐在后面，并且蒙上了他的眼睛。卡车在崎岖的街道上开了大约 30 分钟，转了很多弯。最后卡车终于停了下来，柯克被带出来领进一座大楼，下了几阶楼梯，最后眼罩被拿下来，他发现自己在一个很小的乱七八糟的房间里，一个白头发男人坐在一张斑驳的桌子后面。

“我父亲和你爷爷一块儿坐过监狱，”白头发男人说，“我是麦克·麦克谷乐。”

“很荣幸见到你，先生。”柯克说道。铁人麦克·麦克谷乐在爱尔兰北部是个传说。一个第三代爱尔兰自由抗争者，他是这个郡最需要的人。在贝尔法斯特，六岁以上的儿童没有不知道他的名字的，但是近十年大家几乎没见他露过面。

“我听说了约瑟·戴维莱的不幸遭遇，”他说，“发生了这样的事我感到很悲痛。约瑟曾经是一名为统一爱尔兰而奋斗的忠实士兵。几年前他离开了组织，因为个人原因。不过我知道他一直向我们提供资金，我对此非常感激。他离开我们的时候，没有任何坏的打算，从来也没有。一个人，尽他所能做他能够做到的，这就是我们所要求的。如果约瑟现在还是我们组织积极的一员，我们会马上去找出谁炸伤了他。既然他现在已经不在组织了，我们最好不插手此事。不过我向你保证，我们和这起事件没有任何关系。”

柯克点点头：“我知道，嗯，谢谢你告诉我，先生，也谢谢你们不辞辛苦地把我带到这里。”

“不用客气，没什么的。如果我是你的话，我会特别重视我在哪些地方做了你在布什比尔做的那番演讲，还有些酒吧你没去过，那些酒吧受另一方的保护。”

“我知道。”柯克说，“谢谢你的建议。我可以多问一点吗？”

“随便。”

“我怎么才可能和橘子人联系上？”

麦克谷乐迅速和那两个带柯克过来的人交换了眼神。“有什么目的？”他问道。

“和来这里的目的一样，想知道他们是否为此负责。如果是因为政治原因，约瑟发生的事，我就不会再管。但是如果橘子人也否定此事，那么我会继续调查的。”

麦克谷乐紧闭双唇，一声不吭地用他一只手短而粗的手指敲打着桌面。“好吧。”过了一会儿他说，“我认为橘子人与这件事也毫无关系，不过我也可能错了。不管怎样，唯一有权发布杀人命令的是黑地组织。那是一个内部恐怖组织，擅长绑架、折磨和焚烧房屋。在78年就是他们放火烧了伯格萨两百多天主教徒的家。这群匪帮的领头叫布莱克·杰克·朗曼。他在船厂工作。你通常可以在协会办公室找到他。”麦克谷乐笑了笑，这是柯克见过的最冷酷的笑容。“你见到他，告诉他我一直想着他，日日夜夜。一直想着他。”

说完这些话，麦克谷乐点了点头，柯克又一次被蒙上眼睛，领了出去。

协会办公室全天24小时开放。因为哈兰和沃夫船厂实行的是三班轮流制。办公室就位于船厂入口外边的一个由波状金属制成的小楼里。很明显协会的支持和赞助就来自这些船厂。一进门就是橘子修道会的旗帜和一首镶框的诗歌：

天主教徒注意，你们的日子马上就要过去！

听听我们新教可畏的鼓声！

为了纪念威廉，我们要举起我们的旗帜！

我们要举起我们鲜艳的橘色旗，烧掉你们的绿色旗！

威廉即橘子·威廉，他娶了英格兰最后一位天主教国王詹姆士二世的女儿为妻，然后背叛了她，把她赶下王位，把英国变成了一个新教国家。五年后，橘子协会在爱尔兰由新的阶层成立，威廉曾给这些新的阶层分配过土地。根据自己的宪章，它的目的是为了维护新教对该国的统治。几乎两百年之后，这个组织还在尽力这样做，尽管在爱尔兰的32个郡县中有26个遇到过挫折。该组织在贝尔法斯特力量是最强的，它控制着贸易联盟。没有任何地方比阿尔斯特最好的单一工业区哈兰和沃夫更能展示它的实力了。在它的一万名员工中，只有一百名天主教徒。

“我可以帮你吗，先生?”柯克进门的时候一个长得像大头狗似的男人问他。

“有人说在这里可以找到杰克·朗曼。”柯克说。这个小办公室的几个男人瞥了他一眼，然后迅速地移开。

“我可以问问你是做什么的吗，先生?”

“我是都柏林的一名侦探。我的一个老朋友三天前在他的商店里被严重炸伤，我想就怎样最快找到凶手这个问题征求朗曼先生的意见。”

小个子的大头狗竖起了脖子：“你为什么认为他能在这些事情上给你建议?”

“你为什么认为他不能?”柯克反驳说，“你有权代替他说话吗?”

这个小个子男人脸红了：“我去看看他在不在。”

几分钟后，一个穿工作服的年轻人——袖子上还沾着金属刨花和尘土——过来叫柯克。以被访问者的身份，他领着柯克穿过一个安全门进入了船厂。他们一声不吭地走了二百码，然后领着他去了焊接棚，那里至少有30个人正在钢铁船体部工作。他指给柯克一道通向狭窄人行道的金属梯子，一个手里拿着写字板的高个子男人站在那里。

柯克爬上梯子，走向人行道，以便能和他说话，没想到他先开了口。

"我是朗曼，你想干什么？"

"你认识约瑟·戴维莱吗？"柯克问道。

朗曼点点头。他是一个消瘦的男人，下巴由于长期使用直面刮胡刀而变得铁青。他的眼睛像两个深不可测的子弹孔。

"我想找出谁对他做了那样的事，"柯克说，"不过只是在无关政治的情况下，如果这是一起政治性事件，我不会管的。"

"为什么过来问我？"朗曼问，"我是个在英国合法居住的公民。我工作，照顾我的家庭，支持长老教会和我的贸易协会。我对爆炸这样的事一无所知。谁让你找我的？"

"麦克·麦克谷乐。"

一瞬间，朗曼的脸上闪现出一种惊奇的神情，不过很快就消失了。"铁人麦克，嗯？"他说，好像这些话在他嘴里是那样的令人厌恶，"你见到他了，是吗？"

"是的，他向我保证IRA和约瑟的事情没有任何关系。他说只有你才能告诉我是不是黑地组织做的。"

"铁人麦克现在怎么样？"朗曼好奇地问，"十年了，连张他的照片也没见过。"

柯克想了一会儿，然后说："他看起来老了，也很疲惫。"

朗曼轻轻地嘟囔着："哦，像我一样。"他瞟了柯克一眼，"他说关于我的什么事了吗？"

"说了，他非常想念你。"

朗曼笑了一下，不过看起来像麦克谷乐的笑一样令人讨厌。"我希望他咽最后一口气的时候还在想着我。"这个高个子男人很快陷入了沉思，之后又轻轻叹了口气，"任何和橘子修道会有关的人都和你朋友的爆炸无关。"他告诉柯克。"你不得不去其他地方找爆炸嫌疑人了。"

柯克谢了他，然后布莱克·杰克·朗曼让人护送他出了船厂。

还不是太晚，柯克坐公共汽车去了戴维莱家，他想知道约瑟是怎样度过那一天的，问问夏蒙和达莉，既然排除了政治性动机的可能性，那还有谁有理由要害约瑟。他到了之后，敲了敲门，没人马上开门。她们可能已经睡了，他想。过去这几天对她们来说无疑是非常厌烦而疲劳的。特别是达莉，好像已经精疲力竭了。正转身要走，这时候穿着宽松睡袍的夏蒙开了门。

“你好，罗伊。达莉不在——她整夜都待在医院。约瑟的脑子开始活动了，他在床上上下乱动，发出可悲的声音，毁坏了不少东西。唯一能让他安静下来的方法就是达莉的抚摩。医生说他的触觉是现在唯一能起作用的，他已经被减弱到最初级的状态，不管那意味着什么。我给你沏茶，不过我很快就要出去了。”

她没有从门口移开，也没有邀请他进去。

“不用沏茶了，”柯克说，“不过我想问你几个问题。”

“我就要睡了，罗伊。明天再问行吗?”她一定注意到了他脸上奇怪的表情，因为她马上改变了回答，“我想你现在可以问我，不会占用太多时间，对吧?”

“不会的。”

她领着他进了简陋的客厅，磨损的沙发，破旧的地毯，有抓痕的咖啡桌。她表现得特别像个淑女，她把睡袍紧紧地裹着，甚至领口也严严地盖着。她矜持的举动让他想起达莉对他说过的话，“妈妈有一个或两个男朋友”。柯克希望夏蒙从开始的时候就能够帮助他调查此事，现在看起来她正做着相反的事情。

“对不起，达莉不在家，”她说，“她没见到你一定非常遗憾。她很喜欢你，你知道。”

“别开玩笑了，”柯克嘲笑说，“她只是个小女孩。”

“看吧，罗伊，她可是比我当年和你一块儿在楼梯下的时候还要大呢。”

“这不一样。我确信她只是把我当成她的叔叔或类似的什么。”他坐了下来，“现在言归正传，我已经与IRA和橘子协会联系过了，他们两方都向我保证他们和约瑟商店的爆炸没有任何关系。”

“你相信他们?”夏蒙问。

柯克点点头：“没有理由不相信，如果任何一方这样做的话，他们一定会有目的的——像IRA，比如因为约瑟在某些方面背叛了它；橘子协会，比如因为他仍然向IRA提供资金援助，或者其他一些不为人知的原因。不管怎样，这次爆炸就是要拿他做个例子，从中不谋取任何利益不是这次爆炸的目的。如果任何一方这样做了，他们一定会承认并说明原因的。”

“那么你认为是谁做的?”

“这正是我想知道的。你认为可能是谁做的?”

“我不知道。”

“他有什么敌人吗?”

“约瑟？好像没有。他必须做了什么才会有敌人。约瑟什么也不做。当然，约瑟加入了IRA，不过只是因为他的很多朋友都在那里。而且他最后还是离开了那里。唯一一件他自己做过的事就是离开亚麻厂，开了那家丝绸店。那也是他一生当中唯一一次自己作的决定，你看结果怎么样了。”

“他赌博吗？你知道吗？他有没有可能欠债而你不知道？”

夏蒙轻蔑地咕噜了一句：“他不敢去赌。”

“你认为会不会有另外一个女人，一个红眼的丈夫或是男朋友？”

她摇了摇头：“绝不会。”

“嗯，有人不喜欢他？”柯克说，“你不能想象出任何人吗？”

“只有我。”夏蒙很平淡地回答。

“你？”柯克明明知道，不过他绝没有想到她会如此坦白。

“是的，我。”有一种轻蔑的意味。“为什么不呢？看一下你的周围。”她扬起一只胳膊，挑衅地说，“我所有的生活就是这个样子，陈旧，破败，陈腐，单调，这儿就是我以青春为代价所换来的一切，这就是我所拥有的一切。他所给予我的一切。对，我憎恨他。假如他是被毒死或者被菜刀砍死，我会成为怀疑的对象。不过即使我有那些合适的东西我也不知道怎么去做炸弹啊。”

“不，你不会的。”柯克说。他想他听到房子后面有声音——嘎吱嘎吱的，好像有人踩在不结实的地板上。“是达莉回来了吗？”

“不会的，她总是走前门的。可能是松了的百叶窗。我们可以找个时间再聊吗，罗伊？我头疼得厉害，真的想去睡觉。”

“当然可以。”

在往前门走的时候，柯克注意到在桌子上的一个烟灰缸里有些紫色的东西。他只看了一下，不过当他再看的时候，夏蒙拿起来，倒在了桌子下面的垃圾桶里。“晚安，罗伊，”她说，“上帝保佑你。”

“晚安，夏蒙。”

他没有说“上帝保佑”，因为他已经明白过来烟灰缸里的紫色东西是什么了。

爱尔兰石南。绿色的爱尔兰石南植物。死后会变成紫色。

柯克去了医院，发现达莉在等候室的长沙发上睡着了。“她太累了。”负责病房的修女告诉他，“她爸爸最后终于安静下来，我们让她来这里躺一会儿。她很快就睡着了。”

“他还在睡吗？”柯克问起了约瑟。

“我们从来不知道，不是吗？”修女轻轻地回答，“他睡觉是不需要合眼的。”

柯克走进病房，站在约瑟的床边。戴维莱的躯体一动不动地躺在那儿，眼睛完全张开，凝滞不动。“我可能知道是谁对你这样做的了，约瑟，”柯克轻轻说道，“不过在我做一些事情之前我必须要确定一下。”

柯克走到狭长房间尽头的窗子旁，盯着黑色的夜空，看到的只是从约瑟床边的灯光里反射出来的自己模糊的影子。他想，如果我问他些简单的问题，他能用点头或摇头回答就好了。但是他妈的怎么可能和一个既不能听又不能看的人交流呢？假如他有手指头，可以用儿童用的木制字母块，约瑟可以感觉字母。

假如，当然，柯克沮丧地承认。如果他有手指，如果他有眼睛。如果他妈的我可以创造奇迹，我可以读懂他血淋淋的大脑。他从窗户旁转身，又一次看了看约瑟。他叹着气，走进了大厅。他在想能不能叫醒达莉把她送回家。

穿过大厅，在通往另外一间房的门上面，一盏红灯在一明一暗地闪烁。有个病人按了按钮呼叫护士。柯克走了出来，忽然他停下了脚步，转身，盯着红灯看。

一闪一闪，一闪一闪。

柯克快速冲进病房，拉了把椅子坐在约瑟的床前。已经很长时间了，有30年了吧，或者更长。但是如果有机会的话——

柯克轻轻地把手掌放在约瑟的胸骨上，就在锁骨的下面。约瑟微微动了一下。柯克想起了30年前，他们把带有字母BSI的蓝色围巾、黄褐色帽子和金色的布片别在他们的衬衣上。国际童子军。那是唯一一个进入巴马夫贫民窟帮助那里孩子的青年组织。柯克记得，他们在莫尔斯电码课上学到的第一件事情就是如何写他们的名字。

用手指作为索引，他开始在约瑟·戴维莱的胸骨上轻轻敲打。

短—长—长—长，这是J。长—长—长，是O。短是E。

J—O—E，约瑟。

约瑟·戴维莱皱起了眉头。柯克又开始敲了起来。他重复了同样的字母，J—O—E。氧气罩下约瑟的嘴唇张开了。他的呼吸也加快了一点。他明白了，柯克想，他明白了！

柯克快速地摩擦他的手，告诉他已擦去刚才的信息，又要开始新的信息。他敲：短—长—短，表示R；长—长—长表示O，长—短—长—长表示Y。他的名字罗伊。

约瑟的嘴唇张得更大了，他费力地从喉咙里发出沙哑的声音。听起来好像是个长长的“啊”，但这对于柯克来说已经很神妙了。这意味着他已经能懂得约瑟的想法了。

柯克又开始敲了起来，慢慢地，认真地。尽可能地让信息简短而简单。他敲入“用眼皮，短，快眨眼，长，慢眨眼”，然后他等待着。

经过短暂而漫长的时刻，他想恐怕约瑟不能够这样做，他的嘴唇仍然张开着，无神的眼睛一动不动。不过，过了一会儿，他的眼皮合上了，停了一会儿，睁开，快速眨了一下，又合上，又停了一秒钟，睁开。长—短—长。这是字母K。他做到了！

柯克注视着眼皮合上，睁开，眨眼。它们表示的字母深深刻在了他的脑子里。K—I—R—R—G。然后停止了眨眼。

K—I—R—R—G？这究竟是什么意思？

柯克拿出钢笔，从床头的医院表格上撕下了一页纸。把纸翻到空白一面，他写下了他和约瑟在童子军里学会的所有国际代码。然后他继续破解约瑟刚才用眨眼表示的意思。K和I是对的，他想。但是两个R一定是错的。不能快速确定它们错在哪里，他移向了G。看起来很像“我”。莫尔斯最常见的错误之一就是错把M，长—长，和E，短，当成G，长—长—短。两个字母之间间隔太短，以至于让接受者误以为只是一个信号。

柯克现在认为是K—I—R—R—M—E。皱着眉头，他又仔细看了看刚才写的代码符号，什么接近于R呢，短—长—短？

他想起来了，短—长—短—短。最后是两个短的，不是一个。这个字母是L。约瑟表达了K—I—L—L—M—E。

杀了我。

柯克输入了一个新的信息，不。

戴维莱眨眼回复，快，疼，快疯了。

柯克：不。

为什么？

柯克敲击：达莉。

约瑟发怒地摇头，眨眼：负担。

敲击：夏蒙。

回复：杀了我，快。

谁投的炸弹？柯克想知道。

为什么？

讨回公道。

又一次剧烈地摇头：伤害达莉。

谁？

夏蒙。

她投的？

不。

怎么伤害达莉？

夏蒙。

参与？

这次约瑟眨眼的时候摇了摇头：可能。不管怎样，杀了我。

不，谁投的炸弹？

然后杀了我？约瑟问，在信息的后面加了一个问号。

柯克想了一会儿，然后他敲击：好吧。

约瑟的下一次信息是：O—M—A—R—N。

柯克点了点头，奥曼。那个衣冠楚楚的炸弹调查巡佐。他有办法弄到从IRA没收的炸药，他知道怎样使用。而且他有权力去掩盖事实而不是去解决。

奥曼，对。当他看到夏蒙烟灰缸里枯死的石南枝时他就怀疑了。和奥曼翻领上的小枝是同一种类的。他想知道夏蒙和奥曼是怎样认识的，又是怎样成为情人的。夏蒙是不喜欢警察的，当年自己告诉她要去当警察，她选择了约瑟而不是他。

他想知道夏蒙对这次爆炸究竟知道多少，这并不是说它很重要。如果约瑟的事故发生之后她仍然和奥曼见面，这已经够了。柯克确信她仍然在见他。戴维莱房子后头传来的声音可能就是他。夏蒙急切地想让他走，奥曼一定也在那儿听。

从床上发出的不清楚的声音把柯克的注意力又引到了约瑟身上。他在快速地眨眼，重复着同一个信息：快做，你答应的。快做，你答应——

柯克把手又放在了约瑟的胸骨上，他敲击：过一会儿。

达莉仍然在等待室的长沙发上睡着，一个修女给她盖上了条毯子。柯克轻轻地打开钱包，取出门钥匙。

夜已经很深了，联合公寓区黑暗而安静。他走了两千米来到戴维莱的家，路上没有碰到任何人，也没有看到任何人。到了以后，他进去了，不过只是站在门口。房子很安静。客厅里有一盏夜灯昏暗地亮着。柯克慢慢地移向房子后面，小心地靠着墙根走，这样地板就不会嘎吱嘎吱地响。

在一间卧室的门口，他看到暗淡的灯光下，两个裸体正躺在床上熟睡。在门把上挂着一件哈里斯的苏格兰粗呢运动上衣。他进了房间，走到唯一的一扇窗户前，窗户关得严严的，而且还被插上了。

柯克轻轻地溜出卧室，沿着客厅的墙边找到了厨房。窗户也是关着的。他从口袋里拿出一条手帕，打开了炉子上所有的煤气开关。

他离开之前，关了达莉小卧室和客厅的门，封闭了除厨房和那两个情人睡觉的卧室外房间所有的部分。然后他离开了。

黑暗中，他藏在一个小商店的门旁，观看着房子里的动静，在角落里等待着。灯没有开，也没有任何活动的迹象。柯克又等了一小时，然后回到了医院。

达莉还在睡着，他把门钥匙放回她的钱包。但是约瑟已经完全清醒，当柯克敲入第一条信息“已讨回公道”时，他马上做出了回答：

谁？约瑟眨着眼睛。

柯克敲击：奥曼，夏蒙。

一声疲惫但舒畅的叹息从约瑟的胸口传出，这是柯克第一次听到他发出的像人一样的声音。随后他眨眨眼：现在该我了。

柯克回答：是的。

柯克伸出手，捏住往约瑟·戴维莱的肺里传输氧气的管子。随着他的呼吸越来越困难，约瑟眨眼：达莉。

柯克用他另一只手回答：我知道。

约瑟的喉咙开始缩紧，他的脸因为身体其他部分氧气不足而扭曲变形。他只能够再传达一条信息：上帝保佑你，他眨眼……

柯克坐在等候室里，看着熟睡中的达莉·戴维莱，一直等到新的一天开始，公共汽车又开始跑动起来。他叫醒达莉，跟她一块儿离开了医院。在去市区的汽车上，他告诉她爸妈是怎样死的，不过不是被人害死的。她妈妈和奥曼被认为是自杀。爸爸只是没能熬过他的痛苦。

当汽车到达大维多利亚街的时候，他们下了车。

“我们去哪儿?”达莉问。

“先去旅馆拿我的东西。”

“然后呢?”

“去爱尔兰自由的地方——都柏林。”

达莉什么也没有问，跟着他走了。

令人叹服的推理智慧

狗的启示

切斯特顿

“对，”布朗神父说：“我一直喜欢狗，只要这个字不是倒着拼写的[1]。”

谈话中反应敏捷的人在听话时也不一定总能反应过来。布朗神父的朋友和伙伴名叫法因斯，是个为人热心，想法多，故事也多的年轻人。一双蓝眼睛炯炯有神，梳理得光溜溜的金发紧贴后脑勺，仿佛是他漫游世界时被风吹成了这个样子的。神父讲的话意思很简单，但他还是困惑不解。由于一时弄不明白，他的滔滔不绝的话头竟一下子给噎住了。

“你的意思是人们过分重视狗?”他问道，“唉，我真不明白你的意思。我认为狗是神奇的动物，有时我想，狗知道的事比我们人类知道的多。”

布朗神父什么也没说。只是半出神地抚弄着客人带来的那头拾猎[2]的脑袋。

“嗯，”法因斯自管自热衷地说下去，“我来找你是为了一件人们称为‘隐形谋杀’的疑案。你知道，这件案子牵涉到一条狗。是一个奇特的案件，但从我的观点来看，那条狗才是案件中最奇特的角色。当然，罪行本身也是神秘之极的——老德鲁斯怎么会独自一个人呆在花园凉亭里，让人在光天化日之下给神秘地杀害呢?”

布朗神父停下对狗的有节奏的抚摩，平静地说道：“哦，是在花园凉亭里，是吗?”

“我还以为你在报上统统读过了有关案件的报道了呢?”法因斯回答说，“等等，我想我带来了一份剪报，你可以读到这个案件的所有详情。”他从口袋里掏出一份报上剪下来的新闻报道，递给神父。

神父一只手接过剪报，凑近他闪烁的眼睛，开始阅读；另一只手继续下意

---

① 狗倒着拼写为神（god），布朗神父的意思是他不喜欢异端邪神。

② 拾猎：经过训练能叼回猎物之猎犬。

识地抚摩着狗。正像《圣经》上说的那个人，左手做的事不要让右手知道。[①]

报纸对案件的报道如下：

“有许多神秘故事讲到人在门窗紧闭别人无法进出的房间里被人谋杀，凶手杀人后安然逃走，门窗依然紧闭。经过仔细检查，绝对没有可以进出房间的其他道路。如今这种故事在约克郡海岸上的克兰斯顿发生的奇特案件中成为现实。人们发现德鲁斯上校被人用匕首从背后刺死。匕首从现场完全消失，而且在附近一带也没找到。

“他死在自己宅邻的花园凉亭里，凉亭只有一个进出口，是普通的门道。从进出口可以向下望到通往住房的花园小路，也就是说凉亭位置稍高，从花园的各个角落都可以望见凉亭。凉亭在花园尽头，除了上述那个花园里人人可以望见的进出口之外，再没有其他进出口。花园小路两旁是高大的翠雀树，小路笔直通向凉亭进出口。任何人只能从这条小路走上凉亭；而只要有人从这条小路走上凉亭，就绝不可能不被人看到。凑巧的是，案发时间前后，花园里，住房里都有人在活动，整个凉亭的进出口和小路都在人们的眼光注视之下。这些人对自己在案发时的所作所为，都可以彼此确证。绝对没有一个人从小路走上凉亭。

“被谋杀者的秘书帕特旦克·佛洛伊德作证说，从德鲁斯上校最后活着出现在凉亭进出口到人们发现上校死了的时候，他一直处在可以俯视整个花园的位置上，因为他站在一架高高的双脚梯顶上，修剪着花园的树篱。

“死者的女儿珍妮特·德鲁斯证实这一点。她说，整个这段时间，她都坐在房间的露天平台上，看着佛洛伊德怎样工作。有关这段时间的另一部分，又被她的弟弟唐纳德·德鲁斯证实。由于他起床晚，当时正穿着晨衣，站在他卧室的窗口向下望着整个花园。

“最后，这些陈述都符合瓦伦丁医生和奥布里·特里尔先生的陈述。瓦伦丁医生是上校的邻居，从医院里直接来拜访德鲁斯小姐，和德鲁斯小姐谈了一段时间的话。据说，他在追求德鲁斯小姐。特里尔先生是上校的律师。他在凉亭里和上校讨论上校的遗嘱问题，上校亲自送他到凉亭进出口。显然，他是最后看到被谋杀人活着的人——大概除了凶手之外。

“大家一致认为事件发生的经过如下：

“大约下午三点半，德鲁斯小姐走出住房去问他父亲什么时候喝茶。父亲说他不喝，要等特里尔先生，约好的在凉亭会面。于是姑娘走了，在花园小路上遇到特里尔先生去凉亭见上校。大约半小时后，上校和他一起走到凉亭进出口。

---

① 左手做的事不要让右手知道：耶稣在山上讲道时讲的话（见“新约”玛赛福音6章3节）。

从外表看，上校健康如常，精神愉快。早上他还为儿子的作息时间不正常而有点烦恼。但这时他的心情似乎已经完全恢复正常。

“在这之前，上校还接见了其他客人，包括他这天特意请来并受到热诚接待的两个亲侄儿。但在整个悲剧发生的时候，这两个人在外边海滩上散步。他们提不出什么证词。

“不过，据说上校和瓦伦丁医生关系不怎么好，但是医生是来会他女儿的。据认为他这次来是认真求爱的。

“特里尔律师说，他从凉亭出来之后上校是独自一人在凉亭里。这也由俯视整个花园的佛洛伊德所证实，没有一个人走过小路到凉亭去。

“十分钟过后，德鲁斯小姐又下楼到凉亭去。她还没走到小路尽头，就看到父亲缩作一团躺在地板上。她父亲穿着白色亚麻布上衣，特别显眼。她尖叫了一声，惊动了花园里其他人，都跑到她这里来。大家走进凉亭，发现上校已死，躺在他坐的柳条椅旁边，椅子也翻倒了。瓦伦丁医生还没有走，他证实伤口是由某种匕首造成的，从左肩胛骨旁刺进，一直刺穿心房。警方在附近仔细搜查过，但找不到这样一件凶器。”

“那么，德鲁斯上校穿着一件白色上衣喽，是吗?”布朗神父放下剪报问。

“是的，这是他在热带生活养成的习惯。”法因斯说，心中奇怪神父为什么注意上校的衣着，“据他自己说，他在那里遭遇到很多稀奇古怪的事。我想，他不喜欢瓦伦丁医生，可能多少与医生也来自热带有关。不过这都是个人琐事。报上的叙述相当准确。要说发现，我并没有发现这个悲剧。当时我在外边，和德鲁斯的两个年轻侄儿牵着狗散步——那条狗就是我说的与案件有关的狗。

“怎样发现的我虽然不在场，但我对报上描述的这个悲剧场面及背景却犹如亲眼目睹。蓝色花丛相夹的花园小路一直通到阴暗的凉亭进出口。律师穿黑衣服，戴丝质礼帽，从凉亭走下小路。秘书用剪刀在树篱上咔嚓咔嚓地剪着。他的一头火红的头发，在绿色树篱的上方暴露无余。无论人们离他远近，都不会弄错他这一头红发。要是人们说这个红头发小伙子整个期间都在那里，你可以肯定他们不是说谎。秘书是个人物，整天蹦蹦跳跳，几乎上气不接下气地工作，他无论给谁工作，都像他干园丁工作一样卖力。我想他是美国人，他有美国人的生活观，也许就是所谓的人生观吧。天主保佑他们。”

“律师人怎么样?”布朗神父问。

法因斯沉默一会儿，然后开始讲下去。不过讲得连他自己都感到太慢了。“我对特里尔最深刻的印象是他是单身汉。老是穿着一套黑色衣服，几乎像个花花公子。但是你很难说他时髦，因为他蓄着两撇又长又密的黑八字胡，那是维多利亚时代过后就很难见得到的。他面容和举止均属优雅严肃，但他偶尔还记得对人微笑。当他笑着露出白牙齿的时候，似乎失去一点尊严，显得有点谄媚的样儿。也许他只是有点局促不安，因为这时候他往往会心神不定地摆弄他的领带和领带别针。他总是保持着漂亮、与众不同。要是我能想到任何人——可整个事件都是那么令人难以置信时，又怎么能想得到呢？没有人知道是谁干的，没有人知道这个人是怎么干的。但是我要把那条狗除开，整个事件只有它知道。”

布朗神父叹了口气，然后心不在焉地说：“你是作为年轻的唐纳德的朋友到那里去的，是不是？他没有和你们一起散步？”

“没有。”法因斯微笑着回答，“这个年轻的无赖那天早上才睡觉，下午才起床。我和他的两个叔伯弟兄在一起，他们俩都是从印度回来的年轻军官。我们的谈话相当琐碎。我记得大的那个是个养马的权威，名叫赫伯特·德鲁斯什么的。他什么都没谈，只谈他最近买到的一匹母马，和卖主的道德特点。他的弟弟哈里似乎还在为他在蒙特卡罗赌运不济而垂头丧气。我们在散步的时候，发生了一件事。我只提这一件事向你说明，对我们来说，没有什么超自然的事，只有当时和我们一起散步的那条狗，才是个神秘的谜。”

“那是一条什么品种的狗？”神父问。

“和这条狗同种。”法因斯回答说，“是一条黑色的大拾猎名叫‘诺克斯’，拉丁语意为‘黑夜’，一个很能引起人们联想的名字。它干下了一件比这次凶杀案更神秘的事。

“你知道，德鲁斯的住房和花园都靠着海，花园有一道树篱，像墙一样把花园和海隔开。我们沿着沙滩走了大约一英里，然后从另一条路向回走。路上经过一块名叫‘命运之石’的古怪岩石，这块岩石从花园里可以望到。它在当地很有名气，因为它是两块岩石，一块在另一块顶上刚好摆稳，只要碰它一下，就会滑下去落到沙滩上。两块叠起来也没有多高，只是上边一块悬空出来，显得有点凶险怕人。

“两个年轻伙伴并没有为这令人望而生畏的景象而不悦，但我却开始感到一种不祥的气氛。此刻我们该不该回去喝茶，这在一时间成了我们的话题，我甚至觉得早该回去了。赫伯特和我都没有表，所以我们就喊叫他的弟弟，向他问时间，因为他有表。他落在我们后边十几步远，正在树篱下面忙活他的烟斗。他扯开大嗓门，在渐渐加深的暮色中喊出‘四点二十’来。他的嗓门之大，听起来就像是在宣告什么惊人的事。他大概没感觉到他的嗓门过大，不过不祥之兆总是这个样子。这天下午的这个时辰是很不吉利的。据瓦伦丁医生证明，可怜的德鲁斯正巧死于大约四点半钟。

“哦，他们兄弟俩说，我们还有十分钟时间，不必忙着回去。我们就沿着沙滩再往前走。一路上我们没做什么事，只是往前扔石子让狗衔回来，或往海里丢手杖，让它跳进水中把它衔回来。但是对我来说，暮色却使我产生了异常压抑的心情，就连头重脚轻的命运之石的影子落在我身上，也仿佛产生了沉重感。

这时发生了一件怪事。诺克斯刚刚把赫伯特的手杖从海里衔回来，他弟弟哈里也把自己的手杖丢进了海里。狗又游出去。但就在这时半小时响一次的钟声传来了，也就是说这时正好四点半，狗却游回来上了岸，站在我们面前。它突然猛地抬起头来，发出一声嚎叫或是痛苦悲伤的哀鸣，我在这世界还从未听到过的嚎叫。

“赫伯特问：‘这狗怎么啦？’但我们没有一个人能回答。在这畜生哀鸣之后，海滩上长时间沉寂。那哀鸣的声音在荒凉的海滩上消失之后，沉寂突然被打破。真没想到，打破这沉寂的是来自远处的一声微弱的尖叫，像是一个妇女从我们刚刚离开的树篱背后发出的。当时我们不知道是怎么回事，但后来很快就知道了。这是德鲁斯小姐第一个发现她父亲尸体时发出的叫声。”

“我想你们即刻就赶回去了。”布朗神父平静地说，“后来怎么样了呢？”

“我这就告诉你后来怎么样了。”法因斯一脸严肃表情，语气也加重了，“我们回到了花园，首先看到的是特里尔律师。我现在仍然可以回想到他的黑礼帽和那撇黑黑的八字胡，在夕阳余晖和远方命运之石的奇特轮廓中，衬托着一直延伸到凉亭的蓝色花丛的远景，显得十分突出。背对着夕阳，他的脸和身子都遮在阴影中。但我可以发誓，他那雪白的牙齿露出在嘴外，他在微笑。

“诺克斯一看到这个人，就冲向前去，在小路当中站定，对着他气势汹汹地狂吠。好像对他有深仇大恨一样，因而发出与人类语言相仿佛的可怕诅咒。这时有人躬着身子，顺着蓝色花丛间的小路逃掉了。”

布朗神父吃了一惊，然后不耐烦地跳了起来。

“那么，你的意思是狗在谴责他了，是吗？”他叫道，“狗在启示你，它在谴责他，是吗？你看见有什么鸟在飞吗？你能肯定它是在你右手方向飞？还是在你左手方向飞。你和算卦先生商量过用什么牺牲祭献吗？当然，你也可能会把狗剖开检查他的内脏①。这就是异教徒自认为有科学根据的把戏，而你却当了真。”

法因斯目瞪口呆的坐着，好大一会儿他才回过神来说：“哎呀，你是怎么啦？我做了什么错事了？”

神父眼光里又出现焦急不安的神色，这种神色是一个人在黑夜中撞到一根电线杆上而怀疑自己是否撞伤了它的时候才会有的。

“我十二万分抱歉，”他出自内心地难过，“为了我的如此粗鲁，我请你原谅，请你宽恕。”

法因斯感到奇怪地望着他，“我有时候想，你比任何神秘事物都更神秘。”他说道，“不过，无论你怎么说你不相信狗的奥秘，但你不能否认，就在那畜生从海里回来，凄声嚎叫的那一瞬间，它的主人的灵魂已经离开了肉体，是被活

---

① 所有这些做法均为吉卜赛人的迷信活动。

人不能追踪甚至想象不出的某种无形力量打击死的。至于那位律师，我不是只凭狗对他的仇恨来说的，还有一些其他的奇怪细节。他使我想到那种圆滑、笑容满面、模棱两可的人。他的一举一动都暗示着什么。

“你知道，医生和警察都是案发后很快来到现场的。瓦伦丁医生从医院直接来看德鲁斯小姐，他离开手术室的时候，连手术服都没换下，听诊器、小件手术器械都还带着。所以他和德鲁斯小姐分手后，刚走出去就被叫回来了，他很方便地检查了尸体。跟着就打电话报警，警察马上赶到，封锁现场。在这么短的时间内，没有一个人离开这所房子。再加上这所房子与世隔绝，所以对每一个人进行搜查都是很容易的。警察彻底检查过每一个人，每一处地方，想搜出凶器——一把匕首。可是到处都找不到。匕首不翼而飞，就像凶手一样无影无踪。”

“匕首不见了。”布朗神父点点头说，好像突然注意起来。

“是的。”法因斯接着说，“我告诉过你，特里尔这个人有摆弄领带和领带别针的习惯，尤其喜欢摆弄领带别针。他这个别针像他本人一样，既引人注目，又是老式的。别针上有颗宝石，嵌在同颜色的环里，看起来就像一只眼睛。他对别针的专心致志，使我产生幻想，就仿佛他是希腊神话里的独眼巨人。不过这枚别针不但大，而且长。这使我忽然想到，他总是心神不安地整理他的别针，是因为它实际比外观还要长，长得像把匕首。”

布朗神父陷入沉思，然后点点头，问：“还想到过别的作案工具吗？”

“还有另外一种设想，”法因斯回答，“是由两个年轻的德鲁斯——我是说那两个叔伯弟兄——当中的一个提出来的。他们俩，无论是赫伯特还是哈里，个人的最初印象，都不大像是对会科学侦探工作有帮助的人。赫伯特是那种传统的典型骑兵，只关心马，再就是一心想当一名能为皇家骑兵卫队增光添彩的人，除此之外他什么都不关心。他的弟弟哈里却在印度警察局工作过，懂点侦察破案之类的事；当然，他是用自己的方式进行侦察的。他十分聪明，我以为有点太聪明了。我和他对凶器有过争论，这场争论引出一些新的东西。争论是从狗对特里尔狂叫开始的，他反对我的说法，他说狗充其量只会咆哮两声，不会狂吠。”

“他这话十分正确。”神父评论说。

法因斯说：“这个年轻人接着说，如果说到咆哮，他听到过诺克斯在这之前也对别人咆哮过，这些人中就有佛洛伊德秘书。我不同意他的观点，因为这次谋杀明明白白不会是两三个人干的，尤其不会是佛洛伊德干的。因为他像小学生一样的天真；而且整个事发期间，人人都一直看着他高高地栖在花园树篱上方，一头红发像红凤头鹦鹉一样显眼。

“我这个伙伴说：‘我知道这事有点不好说，但是我希望你跟我一块到花园去一会儿。我要让你看一件东西，我相信还没有别的任何人看到过。’这是发现谋杀案当天，花园还是原来的样子。双脚高梯仍然立在树篱边，就在树篱下边，我的向导停下来，从深草里拔拉出来一件东西，那是修剪树篱用的剪刀，一个剪尖上有血污。”

沉默了短暂一会儿之后。布朗神父突然问：“律师到上校家干什么？”

“他告诉我们上校请他来修改他的遗嘱。”法因斯回答，“等一下，关于遗嘱的事，还有另一件事我应该提一下。你知道，那天下午在花园凉亭里，遗嘱实际并没有签字。”

“我想是没有，”布朗神父说，“应该有两个证人。”

“律师在出事前一天来过，当时遗嘱签了字。第二天，上校又把他请来，因为老头子对一个证人有怀疑，要再落实一下。”

“证人都是谁？”布朗神父问。

“这正是问题的所在，”消息提供人急切地回答；“证人是那个秘书佛洛伊德和瓦伦丁医生，外科医生或者随便说他是什么。他们两个吵了一架。我现在不得不说，这个秘书可以说是一个好管闲事的人。他又热情又莽撞，热情容易转变，但不幸转到好斗和胡乱猜疑方面去了。转向了不信任人。红头发人总是那么极端地轻信一切，要么怀疑。有时二者并存。他不仅通晓每一件事，而且他警告每一个人都提防自己的同伴。在他对瓦伦丁医生的怀疑中，所有这些因素都必须考虑进去。但就这个案件而言，他对瓦伦丁的怀疑，却又不无道理。他说瓦伦丁并不真叫瓦伦丁。以前在别的什么地方曾经见过他，别人叫他德维隆。当然，这样一来就会使遗嘱无效。不过，他还善意地对律师解释法律对这一点是如何规定的。”

布朗神父笑了：“人们在为遗嘱作证时经常是这样。就这件事来说，这意味着按照法律，他们将得不到任何遗赠。不过瓦伦丁医生怎么说呢？可以相信，这位天下事知晓一半的秘书，对医生的名字，知道得比医生自己还多。但医生对自己的名字总还是有些说法吧。”

“瓦伦丁医生以一种奇怪的方式接受了挑战。瓦伦丁医生是个怪人，他的外表非常出众，但有浓郁的外国味。他年轻，总是蓄着一撮剪得方方正正的胡子。他的脸色苍白，苍白得怕人，也严肃得怕人。他的眼睛总好像在痛，仿佛该戴一副墨镜，或者他眼痛是因为头痛。不过，他很英俊。总是衣冠楚楚，高顶礼帽，黑色礼服，红色的小玫瑰花结。他的举止相当冷静、傲慢。看人的时候总是目不转睛地盯着对方，让人感到窘迫。

“当他的秘书揭发他曾经改名换姓之后，他只是像个狮身人面像似地盯着秘书，浅笑一下说，他想美国人是没有名字可改的。对此，上校也急躁不安起来。他对医生发了脾气，说了最气愤的话。这一切的缘故，都是由于医生自以为未来将在上校的家庭里占有一定地位。

“不过我本不应该对这些事了解过多，但由于悲剧发生那天下午的早些时候，我碰巧听到的几句话。本来我不想多提这些话，因为这些话，按照一般情况，人们是不愿意听到的。”

“我和我的两个伙伴带着那条狗向着前门走去的时候，听到两个人的声音。从声音判断，瓦伦丁医生和德鲁斯小姐躲在花园阴影里有一会儿了。在一排开着花的植物后，两人正悄悄地交谈着，话语里充满激情，有时甚至言词激动，既可以说是情人间的争吵，也可以说是情人腻语，所以没有人会去思量那些话。但是由于后来发生的不幸，使我感到有责任说出来。在他们的谈话中，不止一次地说道要杀什么人。不过，那个姑娘似乎是在恳求他不要杀某人，或者说是告知没有任何理由杀人。一位小姐对一位顺便来喝茶的人说这种话，真是太不寻常了吧。”

神父问：“你是否知道，瓦伦丁医生在秘书和上校演出了那场闹剧之后非常生气。我是说为遗嘱作证那回事。”

“根据所有人的说法，”对方回答：“医生生的气不如秘书的一半。在为遗嘱作证后，暴跳如雷走开的是秘书而不是医生。”

“说说遗嘱本身。”布朗神父说。

“上校很有钱，因此他的遗嘱至关重要。这段时间里，特里尔不会把改动的内容告诉我。但是从案发之后，说准确点是今天早上，我听说上校把大部分财产从他儿子名下转给了他女儿，只留给儿子很小一部分。其他所有人一概没份。我告诉你，我的朋友唐纳德和那个德鲁斯一样，花天酒地，放荡不羁。上校很不喜欢他这个儿子。”

“作案方法比作案动机复杂得多，”布朗神父评论道，“目前，德鲁斯小姐显然是上校死亡的即时受益人。”

“天呐，你的说话方式多么冷酷无情啊，”法因斯瞪着眼又叫了起来，“你的意思是在暗示她——”

“她是不是要嫁给这个瓦伦丁医生?”神父打断了他的问话。

“是的吧，有些人反对。”他的朋友回答，“瓦伦丁医生是个医术高明、热心的外科医生，在当地德高望重，受人敬爱。”

“热心过分的外科医生。他在用茶时间去访问那位年轻小姐时。还随身带着外科手术器械，想必会有小手术刀什么的。他医术高明，下刀一定不会错过任何要害部位。”

法因斯跳了起来，沉着脸以询问的眼光望着他，“你是在暗示他可能使用了手术刀——”

布朗神父摇摇头，“所有这些现在还只能是设想。问题不是谁干的或者用什么工具干的，而是怎么干的。我们可以想到很多可能作案的人和工具，别针啦，剪刀啦，柳叶刀啦。但是这个人怎么进的凉亭，甚至一根别针又是怎么进去的？”

他讲话的时候，沉思地凝望着天花板。但是在讲最后几句话的时候，眼睛忽然一闪，仿佛在天花板上突然见到一只奇怪的苍蝇。

“嗯，你对这个案子打算怎么办？”年轻人问，“你经验丰富，现在你要提出什么建议？”

“我恐怕起不了多大作用。”布朗神父叹口气说：“我从来没到过那地方，没接近过那些人，我提不出太多的建议。不过，你能画一张上校遇害的凉亭位置和周围环境的草图吗？”

法因斯画好之后，神父仔细地看着，然后指着一点说：“那狗在海滩惨叫之前，我想你是在这里。”

“是的。”法因斯坦然回答。

神父顿了一下说道：“眼下，你只能进行就地调查。我想，你的那位从印度警察局来的朋友，或多或少地在那里负责你们的调查工作。我应该下去看看他在怎么进行，看看他以业余侦探的方式一直在干什么。我想也许已经有了结果。不过，现在我很忙，不能下去。”

两个来客，两只脚和四只脚的，辞别离开之后，神父拿起钢笔，回到被打断了的讲道准备工作上。题目是《关于新事物》[①]，题目很大，不得不多次改写。

两天之后，神父正忙着同样工作的时候，那条大黑狗又蹦蹦跳跳地进了他的房间，非常热情，非常激动地张开前爪，整个儿地趴在他身上。它的主人跑着进来，不像狗那么热情但却一样地激动。不过他的激动可并不是愉快的激动，因为他的蓝眼睛快从脸上鼓出来了，而他神色急切的面容也有点苍白。

“你告诉过我，”他不来任何客套，单刀直人地说，“要我查出哈里·德鲁斯在干什么。你知道他干了什么？”

神父没有回答。年轻人用断断续续的声调接着说道：

“我告诉你他干了什么，他干掉了他自己。”

布朗神父的嘴微微启合，事实上他什么也没说——说与这个故事，与这个尘世无关的话，他在为死者的灵魂祈祷。

“你有时候神秘得让我毛骨悚然，”法因斯说，“你早已经——已经预料到了这件事。”

“我早就认为可能发生这种事，”布朗神父说，“所以我要你去看看他在干什么，当时我只但愿你不会去得太迟。”

“是我发现了他的尸体，”法因斯说话的声音有点粗哑，“这是我曾经见到过

① 《关于新事物》：这是 1981 年教皇利奥十三世颁发的教皇通谕，为了调解法兰西第三共和国和教会之间的事务。

的最丑恶最神秘最可怕的事。我回去，又走进了花园，感到这里除了发生过的谋杀案之外，还发生了一些新的不自然的事。在通向古老的灰色花园凉亭的阴暗小路两旁，成片的蓝色花朵从树上漫天飘落下来，但是对我来说，这些蓝色花朵看起来就像是在地狱的洞穴前跳舞的蓝色幽灵，我四下张望，似乎样样东西都原封未动。但我突然产生了一种奇怪的感觉，天空的形状有些不对头。跟着我就看出来是怎么回事了。那块命运之石总是对着海滩耸立在树篱之外，从花园可以望得到。现在命运之石不在了。”

布朗神父抬起头来专心倾听。

“这就像一座山从地面上走开，或者月亮从天上落下来一样不可思议。不过，我当然知道，只要一碰，就会使它落下去。守着这事的困惑，我一阵风似地冲下花园小路，僻僻啪啪穿过树篱，仿佛它是一张蜘蛛网。这树篱很薄，大概只有一根树枝那么厚，不过整整齐齐，从来没人碰过，就当花园的墙。在海滩上，我发现那块岩石从它的支撑点上滑落下来。可怜的哈里·德鲁斯压在它的底下，像失事船骸一样地躺着，一只胳膊像拥抱一样的围着石块，好像是他把它拉下来倒在自己身上的。旁边广袤的棕色沙滩上，他用狂乱的字体写出这句话：命运之石倒在傻瓜身上。”

“是上校的遗嘱造成的。”布朗神父评论说，“年轻人把一切希望都押在唐纳德失宠由他替补这样的赌注上，因为除去唐纳德之外，就只有他兄弟俩是近亲。尤其因为他伯父这天请了律师又请他们去，对他们非常热情地接待，更使他认定他会在遗嘱中代替唐纳德，因为他哥哥太老实了。这一宝押不准的话，他就完蛋了。他丢掉了印度警察局的工作，在蒙特卡里输得精光。只有老德鲁斯死了，他才会从他认定有他一份的遗产中得救。在他杀了他的伯父之后，却发现自己一无所得，自然只有自杀了。”

“喂，等一下，”法因斯瞪大了眼，喊道，“你讲得太快，我跟不上。”

“谈到遗嘱，顺便说点小事。”布朗神父继续平静地说，“在我们谈论大问题之前，为了怕我忘记，我想对有关医生名字的事，作一点简单说明。根据我的历史知识，医生实际是法国贵族，头衔是德维隆侯爵。但他又是热忱的共和主义者。他放弃爵号，恢复已被忘却的原来家族姓氏，就是瓦伦丁。正如（法国大革命）这本书上写的——‘你的里凯蒂公民身份，使欧洲困惑了十天。’所指的是米拉博伯爵[①]。”

① 里凯蒂（Riquette）：法国18世纪的革命派政治家米拉博伯爵（Comte Mirabeau）的家族姓氏。米拉博（1749～1791）在法国革命前放弃了爵号，恢复家族姓氏。此处，布朗神父是说瓦伦丁医生的名字问题与米拉博相同。他引用的句子是托马斯·卡莱尔 Thomas Carlyle（1795～1881）所著《法国大革命》书中的一段。原文为：“你以你的里凯蒂姓氏，使欧洲相互矛盾了三天”

“你讲了些什么?”年轻人茫茫然地问。

“不讲那么多了。”神父说，“总之，改名换姓十次有九次是不诚实的行为。不过这次却是狂热的高尚行为。这也就是他讽刺美国人没名字改的理由——美国人没头衔好改。在英国哈廷顿，侯爵永远不能成为哈廷顿先生。但是在法国德维隆侯爵就可以成为德维隆先生，或是瓦伦丁先生。所以这看起来就像改名换姓。”

“那么他要杀什么人呢?”法因斯追问。

“杀什么人，也来自法国贵族的习俗。医生是说，他要向佛洛伊德挑战决斗。姑娘是尽力说服他别这么做。”

“啊，我明白了。”法因斯若有所悟，近乎于喊叫地说道，“现在我理解她所说的话的意思了。”

“这又是从何说起的?”他的朋友微笑着问道。

“哦，”年轻人说：“这是刚好在我发现那个可怜人的尸体之前碰上的事，先前只顾谈哈里的悲剧，让我把这事忘记了。我想如果你亲眼看到这个悲惨结局，也许你也会把这段小小的浪漫插曲给忘记的。”

“当我走上通往凉亭的小路时，我遇到德鲁斯小姐和瓦伦丁医生在散步。她当然是身穿丧服，医生则是一身黑色礼服在参加葬礼。但是他们的面容可不像是参加葬礼或服丧的。我还从来没看到过任何男女比他俩更喜气洋洋，更欢天喜地的了。他们停下来向我致敬，她告诉我他们已经结婚，现在住在近郊一所小房子里，医生在那里继续开业。这使我有点惊讶，因为我知道，根据她老父亲的最后遗嘱，已把所有财产，包括房子和花园，都留给了她，只有少量的钱留给她弟弟。当我暗示这一点时，她只是笑了笑，说：‘哦，我们已经全部放弃，我丈夫不喜欢女继承人。’当我听到他们真的坚持把全部财产还给可怜的唐纳德的时候，我真的有点吃惊。我希望唐纳德受到这次对他有益的打击后，能够明智地处理好这笔财产。从此别再和狂饮豪赌的哈里搅在一起，因为当时我还不知道哈里已经自杀。她随后说的话我当时不太理解，但我现在明白了。

“她说：‘我希望这个红头发傻瓜别再为遗嘱大惊小怪。我的丈夫为了他的原则，情愿放弃与十字军同样古老的家族纹徽和贵族头衔。而这傻瓜却以为这样的人会为了一笔遗赠在花园凉亭里杀害一个老人?’她笑了笑说道，‘我的丈夫除了决斗这种方式之外，不会杀害任何人。而且他一直没有委托他的朋友去找对方的秘书①。’现在我总算明白她的意思了。”

“不过，我对她的意思只明白一部分，”布朗神父说，“她说秘书为遗嘱大惊小怪，准确点说，她是什么意思?”

---

① 指决斗时挑战方的代表去向被挑战方正式宣战，并商谈决斗时间、地点及武器等事宜。

法因斯回答的时候笑了，“布朗神父，我希望让你先了解了解这个秘书。对你来说，看着他把事情弄成一团糟的样子，会是一种乐趣。在服丧的房子里，他把一切事都弄得忙忙碌碌，把葬礼办成了最辉煌的运动会，使葬礼充满活力与热情。只要真的出了事，谁也拦不住他这么干。我已经告诉过你，过去他是怎样监督园丁的，就像是他在管理花园似的。还有他如何在法律方面指导律师等等。不必说，他也在外科业务方面指导外科医生。但由于这个外科医生是瓦伦丁，你就完全可以肯定，他的这种指导结果，会变成为指控瓦伦丁干了一些比庸医杀人还要恶毒的事。

“这个秘书在他那满头红头发的脑袋里，认死了是医生犯的这个罪。于是警察来到的时候，他趾高气扬，劲头十足。还用我说吗？他在现场成了最伟大的业余侦探。歇洛克·福尔摩斯从来没有认为自己智力超群，胜过苏格兰场的任何人，并因而骄傲得蔑视警探。哪会像德鲁斯上校的秘书那样，居然蔑视起调查上校凶杀案的警察来了。

“我说过观察他是件乐事。他带着一副大大咧咧的神态，到处踱来踱去。有时向后一甩他那满头红发，很不耐烦地用三言两语打发警察的问题。他这几天的行为把上校的女儿气得要死。当然，他对案情有他的说法，尽管只能是空谈而已。他属于书本上描绘的那种角色，逗人乐的地方多于烦恼人的地方。”

“他的说法是什么？”神父问。

“哦，满带劲的。”法因斯说话时情绪不那么高。“要是他的说法能稍稍站住脚，哪怕站住脚十分钟，他就会成为值得称道的，有新闻价值的报道对象了。他说当他们在花园凉亭里发现上校时，上校还没死。是医生借口把衣服割开，用外科医疗器械杀死的。”

“我明白了，”神父说，“我想上校是脸朝下平卧在地上的，像是午睡的样子。”

报信人继续说：“当我在命运之石底下发现哈里的尸体之后，整个事情就像被炸药炸开了似的。这太妙了，看那个无事生非的小子怎么说吧？我相信，佛洛伊德本来会把他的伟大想法在报纸上发表的，也许还会要求逮捕医生的。说来说去，还是书归正传吧！我想哈里自杀是忏悔。但是整个经过，他是怎么作的案，还是没有人知道呢。”

神父沉默了一会儿，然后谦虚地说：“我想我倒知道了整个经过。”

法因斯瞪圆了眼睛，望着神父叫道：“可是，怎么会这样呢？你怎么会知道经过呢？你怎么能肯定你知道的经过就是真相？你一直坐在一百英里外的地方，写你的讲道文章。而你现在告诉我你已知道事件的真相了。如果你真地得出了结果，那你究竟是从什么地方着手的？你知道的经过是怎样开始的？”

布朗神父突然跳了起来，激动得很不寻常。他喊出的第一声就像是炸弹炸

了一样

“那条狗，”他喊道：“当然是那条狗。如果你适当地注意那条狗在海滩上的表现的话，你就已经掌握全部经过了。”

法因斯眼睛瞪得更圆了，“可是你以前告诉过我，我对狗的感觉是废话。狗与此事无关。”

“那条狗和这个案子关系很大。”神父说，“只要你拿狗当狗一样看待，而不是像全能天主审判人那样来看待它，你早就该发现事实真相了。”

他有点尴尬地停了一会儿，然后面带动情的神色，道歉说：“事实是我碰巧喜欢狗。但我觉得，在人们对狗迷信而产生的耀眼光辉中，根本没有人真地了解可怜的狗。咱们还是从小事开始吧，从那条狗对律师的狂吠和对秘书的咆哮说起。

“你问我怎么能在一百英里远的地方推测出事情真相。老实说这大部分应归功于你。因为你把这两个人的情况介绍得很清楚，使我能知道他们是哪种类型的人。像特里尔这样的人，经常皱眉头，忽然又会微笑。又好摆弄东西，特别是好摆弄脖子下面的东西。这是个容易局促不安的神经质的人。我相信，那个工作很有效率的秘书，是个容易激动又容易受惊的人，这些花旗会活跃分子经常是这样的。否则的话，他就不会在听到珍妮特·德鲁斯尖叫的时候，把手在剪刀上割破，把剪刀掉在地上。

“狗恨神经质的人，我不知道神经质的人是否也会使狗神经过敏起来。或者是否因为它终究是畜生，就有点横行霸道。或者是否因为它不受人喜欢而虚荣心受到了伤害（狗的虚荣心还是很大的哩）。这些都可能是引起狗反常的原因。但是，在可怜的诺克斯对这两个人的敌对情绪中，除了因他们怕它而使它不喜欢他们外，其他什么原因都不存在。

“我知道你很聪明，没有一个有理智的人会嘲笑别人的聪明。但是我有时候想，你聪明过头，无法理解动物，有时又无法理解人，特别是在人的行动简直和动物一样的时候。动物是缺乏想象力，只讲求实际的，他们生活在一个按照规律自行其是的世界里。拿这个案件来说，一条狗对一个人狂吠，而一个人从狗这里跑开。你还不至于头脑简单到看不出这样一个事实：狗狂吠因为他不喜欢这个人，这个人逃跑是因为他怕这条狗。他们没有其他动机，也不需要有什么动机。而你非得把心理奥秘加进去不可，认为狗有超自然的视力，是命运的神秘代言人。你非要认为那个人不是逃避狗的牙齿，而是逃避刽子手的搜索。如果你终于想通了，那么所有这些更深一层的心理奥秘就都是不可能的。”

“如果这条狗真的自觉认出了杀害它主人的凶手，它就不会站在那里汪汪乱叫，像在茶话会上对一个副本堂神父乱叫一样。它可能会扑向这个人的喉管。另一方面，你真地认为有一个人硬起心肠谋杀了自己的老朋友，然后走出去，在老朋友女儿和验尸医生眼皮底下，对老朋友家人微笑。这样一个人会因为狗对他叫，就悔之不及，弓起身子跑掉吗？他也许会像一些悲剧故事中所说的那样灵魂受到震动。但是他不会发疯一般地冲出花园，逃避明知不会讲话的唯一见证者。人们只有在害怕狗的牙齿而不是灵魂受到震动的时候，才会那样跑开。诺克斯认为这次游戏有什么地方出了毛病。它回来是要严肃地控告手杖的行为，这种事以前从来没发生过，从来没有哪条高贵杰出的狗，遭受过一根老朽手杖的如此对待。”

“啊？手杖怎么了？”年轻人问。

“它沉下去了。”布朗神父说。

法因斯什么也没说，只是继续呆望。倒是神父继续讲话。

“它沉下去是因为它不是一根真正的手杖，而是一根钢棒，棒身边缘扁平而薄，端头是尖的，这是剑杖。我想，从来还没有哪个凶手能把凶器这么神奇而又自然地销毁掉——把凶器在抛给一头拾猎的幌子下销毁在海里。”

“我开始明白你的意思了。”法因斯承认，“但即使是一根剑杖，我却猜不出他是怎么使用的。”

“就在上次你开始讲案情的时候，你说上校死在花园凉亭里，我就有一种猜测。你说上校穿的是白上衣，我又有了一种猜测。但是由于医生验尸说是短匕首刺死的，这就使案情复杂起来，我的猜测和案情对不上号。因为上校送律师出凉亭之后，就一个人呆在凉亭里。花园里，住房里，众目睽睽，再没有一个人接近过凉亭。那么凶手是如何潜入凉亭用短匕首刺杀上校的呢？难解之谜就在这里。如果早想到凶器是双刃长剑，这案子可能早就解决了。”

神父向后靠去，望着天花板，继续顺着他原来的思路说：“我把花园凉亭、白上衣和双刃长剑联想起来，又有了一种尚不能确定的猜测。但是，谁有这种机会和可能呢？应该说任何人都没有。后来你说到你和两个年轻的德鲁斯从海边回来的时候，哈里落在你们后边十几步，在树篱下面忙活他的烟斗。我的猜测便又推进了一步。等我看到你画的草图之后，我的猜测就不仅是猜测了。因为哈里所站的地方就是那个凉亭。除掉不可能的，剩下来的就是肯定的了。花园里没有一个人接近凉亭，外边你和赫伯特始终在一起，所以不会是赫伯特。只有哈里那个时候落在你们后面，在树篱下面呆了一两分钟，只有他才有作案的机会。但我不知道他有没有长剑以及如何隐藏凶器。如今诺克斯把这一环连接起来了。”

室内一阵沉寂，法因斯默然无语，神父继续说：“我听你说过，上校的遗嘱内容作了改动，那么我知道，这之后一个赌徒在彻底失败走投无路的时候会干什么。但还是迟了。”

法因斯几乎跳起来。他问：“他在那里怎么作案？”

“像《黄屋》这类侦探小说中[1]谈到的，说一个人被人发现死在无人能进得去的封闭房屋里。这些情节都不适用于现在这个案子，因为这是花园凉亭。我们谈到黄屋或什么屋的时候，意思是房间四面墙是相同的并且不能穿透的。但是花园凉亭就不是这样修建的。就像本案的这座凉亭，他的四周是由紧密交织的树篱修建成的，中间到处有很多空隙。德路斯上校坐的柳条椅，椅背上也有空隙。从你画的草图看，凉亭的枝条板墙靠树篱，柳条椅背又紧靠枝条板墙；从树篱外滑到柳条椅背的直线距离也就一英尺多点。因为你刚才说过，树篱很薄，人站在树篱外边，从枝条叶丛的空隙中，可以很容易地看到上校的白上衣，就像一个白色靶子一样显眼。”

法因斯微微颤抖一下说：“你是说哈里在那里拔出剑来穿过树篱刺进那个白靶子。这真是个奇特的机会，也是个突然的决定。此外，他不能肯定老头子是否把钱传给了他，事实上也没有传给他。”

布朗神父的脸色兴奋起来。

“你误解了这个人的性格，”他像透视过这个人似的，“这个人是属于胆大妄为的赌徒类型。在他的想法中，唐纳德失宠了，老头子请了律师来，同时也请了赫伯特和他。老头子对他咧着嘴笑，热情地握手，钱肯定非他莫属了。问题是如何早点到手，以解燃眉之急，但他并没有为此预先设定计划。”

“当他偶然在树篱外看到里面白色上衣身影时，好像全世界的金钱都在他眼前飞舞，使他欲火燃烧。魔鬼对赌徒说，有了这个机会而不敢利用的人是傻瓜。”

他停了一会儿，然后语气沉重，神色郑重地说：

“现在，我们可以尽量想象那场面，好像我们亲眼见到过一样。他站在那里，为魔鬼给他的这个机会而头晕目眩。他抬起头来，看到命运之石的奇异轮廓。那块大险岩，岌岌可危的悬在另一块上，像金字塔倒过来立在另一座塔尖上。也许这是对他的摇摇欲坠的灵魂的写照。你想象得出吗？这样一个人在这样一个时刻，怎样去理解这样一种信号呢？这信号激起了他行动的念头，要成为人类的摩天大楼，就不要害怕有朝一日会倒塌。不管怎么着，他行动了。

“下一步困难是如何掩盖他的罪行。在随后肯定要进行的搜查中，被人发现一把剑杖，更别说是有血迹的剑杖，将会是致命的物证。如果他把它丢在什么地方，也会被发现，被追踪。即使往海里丢，这一行动也会引人注意，甚至怀疑，除非他能想出什么更好、更自然的方式来处理掉凶器。你知道，他想出了一个办法，一个很好的办法。他是你们三人中唯一一个戴手表的，他告诉你们

---

① 《黄屋》即法国侦探小说家加斯东·勒鲁（1868～1928）写的《黄屋的秘密》（1907年出版，翌年译为英文在英国出版）。布朗神父所指即为此书。

还不到回去的时间，并催促大家再向前走一会儿，而且开始给拾猹玩丢石子，丢手杖的游戏。他的眼光想必是十分阴沉地落在了荒凉的海滩上，然后才落到了狗身上。”

法因斯点点头，沉思地望着空中。他的思路似乎飘回到了故事的不那么实际的部分中。

“奇怪，”他说，“这条狗还是与这个故事有关。”

“如果狗能讲话的话，它本来差不多可以告诉你这个故事的。我所有的抱怨是因为它不会讲话，你替它编写了它的故事。你让它用人和天神的语言讲话。这是我在这个世界上越来越注意到的一些事情的一部分。他出现在所有报纸、谣传、聊天和口号中——随心所欲，毫无权威可言。人们容易囫囵吞枣地接受这种、那种或者其他未经验证的说法。这些东西淹没掉一切固有的唯理主义和怀疑主义，像海洋一样铺天盖地而来，其名字就叫迷信。”

他突然站了起来，脸色沉重，带着一种不以为然的神情，他仿佛四周只有他一个人似地继续道：“这是不相信天主的第一个结果。丧失常识，不能按事物的本来面目去看待事物。任何人谈论事物，都会弄出许多名堂，并且加以无限的延伸，看着像噩梦里的远景。狗是凶兆，猫是奥秘，猪是吉祥物，甲虫是护身符。从埃及和古印度的多神教里，提出所有这些破烂来，五色俱备。阿努比斯[①]，还有各式各样的兽神：象啦、蛇啦、鳄鱼啦，等等。所有这些都是因为你们害怕这句话——他们成了人啦！”

年轻人有点尴尬地站起来，似乎刚刚偶然地听到了一幕戏剧的独白。他对狗喊了一声，然后含含糊糊，满面愉快地道了声再见，就离开了房间。但他不得不对狗连喊两声，因为狗还纹丝不动地呆着，目不转睛地望着布朗神父，就像那头狼望着圣方济各一样[②]。

（杨佑方　译）

开往明天的有轨电车

爱德华·豪奇

在拉斯维加斯的角斗士宾馆兼赌场的总统套房里面，西蒙·阿克和我刚刚坐到豪华沙发上，奥斯卡·哈特曼就开门见山地说：“我生命中的一天就这么消

① 阿努比斯：埃及神话中引渡亡灵的神，形态为狗头人身。

② 圣方济各（1181～1226）：意大利天主教圣人，圣方济各传教会的创始人。狼的故事见《圣方济各的小花》一书（14世纪出版）。圣方济各在隐时，凶禽猛兽俱受其感化，依念其左右。狼亦驯服如家犬。

失了，阿克先生。我想要知道究竟发生了什么。”

当我还是耐普顿出版社的编辑时，哈特曼曾经为我们写过一本有关体育比赛博彩的书，但是我已经多年没有和他联络了。前一天早上他那通绝望的电话促使西蒙和我搭乘早班飞机赶到了维加斯。他一直以来是个大个子，高高的身材，宽宽的肩膀，可现在看上去不知怎么好像缩小了一圈似的。“你最好一五一十地告诉我们发生什么事情。”西蒙说道，他急切地听着这个人所讲的令人匪夷所思的故事。

哈特曼开始他的故事之前，先到房间一头的吧台上给我们倒了几杯酒，然后重新坐回到面对着我们的扶手椅上，开始了讲述。“二十年来，远在耐普顿出版社出版有关这方面的书之前，我在体育博彩方面就一直非常活跃。我尤其感兴趣的是奖金回报率极高的拳击比赛，有大笔的钱可以转手。事实上，我和我的朋友们组建了一个小型的博彩辛迪加。我在维加斯除了体育比赛项目之外从不赌博，因为这里面的钱很多。”

“那么这样的赌博究竟是怎样运作的?”西蒙想要知道。

“我们有四个人，在四个不同的城市里。我们每人各出四分之一的赌注，把钱压在各自城市的赌注登录处。星期一晚上的轻量级拳击冠军赛对我们的目标而言实在是太完美了。比赛在维加斯这儿举行，就在马路对面的明天宾馆兼赌场里。皮德罗·科第斯和哈里·琼斯是两个难缠的选手，两人都未尝败绩。双方比赛的输赢结果各占百分之五十的概率，但是好像有大笔的钱压在了琼斯身上。那就是我们的辛迪加决定将赌注压在科第斯身上的一个原因，因为他的赔率更高。我们一共要下注二十万美元，每人五万。赌注要分别下在维加斯、雷诺、芝加哥和洛杉矶四个城市，这样的话它们对于赔率的影响是微乎其微的。”

“其他的辛迪加成员是谁?”我问。

“他们的名字现在并不重要。如果有必要，我稍后会告诉你们的。”他呷了一口酒，然后继续说，“按计划，在星期一晚上，我要将我的五万美元的银行本票送到明天宾馆兼赌场的赌注登录处，在比赛开打前大约三小时。其他三个人要做的事情跟我一样。但是那天下午的早些时候出了点事。警方突击查抄了芝加哥分部，然后将其关闭。接着洛杉矶分部也很快关闭了，因为他们害怕自己就是下一个目标。当然，体育博彩在内华达州是合法的，所以雷诺和维加斯分部仍然开着，但是我们的赌注额成了问题。人人都说芝加哥和洛杉矶分部在几天以后就会恢复运作，可是目前这个帮不了我们，因为比赛是在星期一晚上。于是我们开了个电话会议，决定由我把二十万美元的赌注全部下在这儿的明天宾馆的赌场里面，因为这里就是比赛现场。也许这个不会对赔率有太大的影响。我的三个合伙人通过电话转账将钱打进我的银行，在五点钟银行关门之前，我开出了一张整整二十万美元的本票。当时的赔率是五比一，如果科第斯能赢得比赛的话，我们就有了一百万美元。”

“有人把本票偷走了?”我猜测道。

“刚好相反，本票还在我手里。角斗士宾馆和明天宾馆的主人是同一个人，叫索尼·查尔斯。两个宾馆之间的街道上方有座天桥，上面开通了一列有轨电车，把两个宾馆连接了起来。你们到的时候有可能见过电车。我5点之前离开了银行，回到这里，然后立刻搭上了开往明天宾馆的电车，带着本票去他们的赌注登录处。我说我要在科第斯身上压二十万美元，那个职员就笑了。他告诉我说，我晚了一天。比赛是昨天晚上进行的，科第斯也确实赢了，在第七回合中击倒了对手。”

“你把日子搞错了?”西蒙·阿克问道。

“没有，这是星期一的比赛，没错，但是他告诉我说这是星期二。我说他疯了，我要求见经理。他们给我看星期二的报纸，上面还登了关于比赛的文章。他们给我看他们的电脑，还有电视机屏幕上方墙上的大钟，那上面都有时间和日期。我又看了看自己的手表，他们是对的。那是10月21号星期二，刚过下午5点钟。不知什么原因，我丢失了整整一天，错过了那场重要的比赛。”

“所以你昨天早上打电话给我。”我说。

“我知道你跟阿克先生的友谊，我也知道他经常调查一些超自然的事情。假如这个不是超自然的话，我还真不知道究竟是怎么回事。”

西蒙不安地在沙发上换了个坐姿。这是维加斯一个阳光明媚的再平常不过的下午，他黑色的西装和灰色的面容使他看上去明显与这氛围格格不入。“也许你只不过是打了个盹，自己也没有意识到。”他说。

“一个盹打了二十四小时?不可能。”

“你报警了吗?”

“我怎么报警?没有犯罪行为，银行本票还在我的口袋里呢。”他掏出本票，递给了西蒙。本票上的日期的确是10月20号，比赛的当天。

“在你拿到本票和到达明天宾馆的赌注登录处之间的时间段里，你有没有碰到你认识的人?”

“没有，我没跟任何人说话。”

“告诉我你坐有轨电车的过程。还有没有其他的乘客?”

“当然有。我猜全都是游客。有个宾馆雇员正在往车厢里面引导客人，他把我带到了第二节车厢，里面坐着八到十个人。到达明天宾馆的赌场只要坐两分钟的车。”西蒙默然不语，陷入了沉思，过了一会儿，奥斯卡·哈特曼问：“你能帮我吗?”

“我不知道。我们想陪着你，重新走一遍你星期一晚上走的那条路线。”

“很好，”他说着站了起来，“这件事情对我，还有我辛迪加里的搭档都非常重要。尽管看上去没有犯罪行为发生，但是我们被抢走了下注的机会。从某种意义上说，我们被抢走了一百万美元。”

西蒙只是冲着他笑了笑，“即使你能证明你被运送到了另一度空间，我依然怀疑警方是否会抓人。”

当我们朝着电梯走去的时候，我问哈特曼他是否联系过赌场的主人，索尼·查尔斯。“我当然去了！”他告诉我们，“我直接去找了赌场主人，不管有没有用。他的反应就像我年纪轻轻就得了老年痴呆症似的。”

我们在底楼下了电梯，他指给我们看他从街上走过来，并且立刻登上有轨电车的地方。“这比在白天的时候走到拐角处、再穿越天桥下的马路要容易得多。”

在赌场的标志性建筑物——角斗士的雕像旁，只有几个人在等着。几分钟后，两节车厢组成的有轨电车就到了，几对年轻夫妇带着孩子下了车。没有人领座，于是我们选择了哈特曼坐过的第二节车厢，说不定可以通往另外一个空间。电车的车厢是绿色的，两边有金属座位和供站立者拉手的吊环，很像纽约的地铁车厢，只不过小了点儿，不到一半大小。“你当时在这儿有没有认出什么人?”西蒙问道。

“没有。”

“仔细想想。你坐在谁的旁边?”

“车厢里并不拥挤。我的右边没有坐人，左边是个黑发的年轻女人，我记得。有个引人注目的游客，戴着一顶橘黄色的鸭舌帽。我没有太注意。”

有轨电车带领我们穿越了拉斯维加斯天桥，到达了明天赌场，这里闪闪发亮的金属机器人代替了面貌凶恶的角斗士，向我们挥手致意。这里没有自动扶梯，取而代之的是微微带点坡度的自动传送带，坐轮椅的客人可以更方便地上下。赌注登录处靠近主楼梯后面，布置得十分精致，几排柔软的扶手椅面对着一排电视屏幕，上面正播放着全国各地的体育比赛项目。由于时差的关系，赛马显然是重播，但也有正在直播的高尔夫锦标赛。一个巨大的中央屏幕在播映正在比赛的世界职业棒球锦标赛的第五局。一张张印有赌注的纸片被插在屏幕旁边的纸插上。

“我走到窗户那边，出示了我的银行本票。就在那个时候，天塌下来了。”哈特曼说。

“时间和日期都显示在电视屏幕上面。”我指出。

“我到后来才注意到。我非常确定那是星期一晚上……”他的脸上呈现出一片绝望的神色。

我为这个人感到难过，但是找不到任何可能的解释来说明他的暂时失忆。也许他得了轻微的中风。不管怎么样，我相信，与其说他需要西蒙·阿克的推断，倒不如说他需要的是医生的检查。但是西蒙本人却将目光从体育赌注登录处的电视墙上移开，落到了一张海报上，上面写着：朗达·弗拉格——新世纪魔术！明天赌场，每晚上演！照片上是个迷人的年轻姑娘，金色的头发长得足够藏进几只兔子。她身穿一件无袖上装，露出的胳膊靠近左肩的地方有个问号形状的文身。

奥斯卡·哈特曼顺着西蒙的目光看去，突然说："我想起来了。电车上坐在我旁边的那个女人——她的右手腕上有个小小的文身。好像是两张牌，一个红桃A压着一个黑桃K。"

"有没有可能是朗达·弗拉格？"西蒙问道。

他摇了摇头："我认识朗达。这女人长着一头黑发，不是金发。"

"朗达有可能戴着演出时用的假发。"我暗示说。

"那不是她。"

但不知为什么，西蒙的目光在女魔术师的照片上停留了好一会儿。"有魔术表演的时候，人们就会寻找魔术师，"他富含逻辑地说，"我相信我们该去看看今晚的表演了，如果他们还有空位子的话。"

朗达·弗拉格高高的个子，能说会道，变魔术时嘴里念念有词，她的表演比魔术本身更吸引人。她真的从头发里面拉出了一只兔子，然后又将它装进一个戏法盒里面销声匿迹了。那个戏法盒一定是个胡迪尼（1874～1926，美国著名魔术师，以能从镣铐、捆绑及各种封锁容器中脱身的绝技而闻名——译者注）时代的老古董。她的道具不久就逐渐演变成了更大的动物，将一只山羊装进一个笨重的、装有镜子的箱子里面，随后就消失了。表演中有飘浮在半空中的灯泡，也有常见的忽分忽合的圆环。但是最出乎我意料的却是，西蒙竟然请求我们在她的化妆间跟她见面。

或许这些在维加斯工作的女人们习惯了在她们的化妆间会见上了年纪的男人，尽管他们都不如西蒙·阿克年纪大。她落落大方地问候了我们，尤其是当我宣布了我跟出版社的关系的时候。她的金发真的是假发，当我说到这个时，她笑着回答："你没以为我的头发里面有只兔子吧？"我琢磨着她说这句话的频率有多高。

"你的表演令人钦佩，就像往常一样，朗达，"奥斯卡·哈特曼告诉她，"我们明天或许还要来看。"

"不用费事，"她微笑着告诉他，"你经常看这样的表演，你一定知道它们都是一样的。"

我可以看见她的两只手腕上面都没有文身，但是西蒙对此不感兴趣："弗拉格小姐，请告诉我，你在演出的时候有没有用过催眠术？"

"从来没有。对我来说那个太难了。有时候会发生一些令人难以置信的事，要不然那就是假的。”

“这个城市里面目前有没有催眠师?”

“据我所知，现在没有。当然，我们还有其他几个魔术师，但没有人用催眠术。”

哈特曼请她出去吃晚饭，她欣然接受。西蒙和我离开了他们俩，朝着明天宾馆的餐厅走去。“说不定这样他可以暂时忘掉失去的一天，”我对西蒙说，“他们的交情好像不错。可我们该怎么办?”

他的回答让我吃了一惊，“既然来了，或许我们该去玩几把二十一点（一种利用扑克牌赌博的游戏——译者注)。”

我以前从未见过西蒙·阿克赌博，我能感觉到他对赌博的憎恶。他视察了每张二十一点的赌桌，最后选了一张有个颇有魅力的红发女郎发牌的桌子。桌上的最低赌注是二十五美元，他输了一把，将剩下的筹码装进口袋，随后就离开了。

“你这么干目的是什么?”我问。

“搜寻，我的朋友，不停地搜寻。”

“你希望在这个赌场里面找到恶魔吗?”

“有人说恶魔就藏在细节里面。记得那个女人手腕上的文身吗?”

“那个有轨电车上坐在哈特曼身边的女人?可是朗达·弗拉格只在肩上有个问号文身呀。”

“在这儿，拉斯维加斯，一个女人手腕上的一个A和一个K，对你来说意味着什么?那个女人最有可能是，或者曾经是二十一点的发牌人。”

“也许吧。”我半信半疑地承认。

“我玩那一把是因为，那个红发女郎是唯一的一个我从远处看不清她右手腕的人。但是当她发牌给我的时候，我看见她没有文身。”

“即使你的理论是对的，她也有可能没上班。那我们现在该怎么办?”

“回角斗士宾馆的赌场。她可能在那边上班。”

我叹了口气，跟在他身后，“可是并没有犯罪行为发生呀，没有人受到伤害。我们究竟在寻找什么?”

“另一度空间。”

我们坐有轨电车穿过天桥回到了角斗士宾馆，两分钟之内从未来回到了过去。在我们前面，有个男人推着一把轮椅，上面坐着他的妻子。我们顺着自动传送带到了赌场这层，西蒙立刻朝着二十一点的赌桌走去。

就在那个时候，有个人突然拦住了我们的去路，这人穿着蓝色衬衫，体格魁梧，看样子以前只可能当过保镖：“对不起，先生们，查尔斯先生想跟你们谈谈。”

“我不认识什么查尔斯。”我告诉他。

“索尼·查尔斯先生。你们在他的赌场里面。只要花费你们几分钟的时间就行。”

“我们很乐意见他。”西蒙抢在我进一步拒绝他之前说。

保安将我们带进了一间底楼的办公室，毫无疑问，办公室毗邻录像监控室，里面还装有单向透明玻璃镜，用以监视赌场。索尼·查尔斯显然是在等着我们，站起来跟我们握了握手。他皮肤晒得黝黑，年近六十，灰色的鬓角几乎延伸到了下巴上：“谢谢你们能来。”就好像我们能有什么选择似的。他示意我们坐下，面对一张约摸有台球桌大小的桌子：“你是西蒙·阿克?”

西蒙承认了事实：“你们这里的运作与众不同。”

索尼·查尔斯摇摇头，表现得十分困惑：“我知道你调查的是稀奇古怪的事情和心理现象。在这儿能有什么令你感兴趣的事情?”

西蒙微微笑了笑。“我可以说我和我的朋友只不过在这里度假而已，但这不是事实。你们的一个顾客，一个名叫奥斯卡·哈特曼的人，告诉我们一个荒诞不经的故事。当他乘坐你们赌场之间的有轨电车时，好像被送到了另一度空间。他失去了整整一天，使得他没法赶在上个星期一晚上，在科第斯对琼斯的拳击比赛中下注。”

“我跟他谈过了，”查尔斯承认，“他的故事没法引起我真正的关注。我怎么也想象不出他究竟想要什么。难道要我付给他没有下过注而从未赢得的钱?”

“这个世界是个千奇百怪的地方，像拉斯维加斯这样现代主义的绿洲，有时候也会被未知事物所触及。”

“在我的赌场里面不可能。它们就像钟表一样精确，这里所发生的事情还没有我不知道的。”

“噢，我不怀疑这一点，”西蒙表示同意，“我敢肯定，对于发生在奥斯卡·哈特曼身上的事情，你知道得一清二楚。”

“我和你之间会不会产生麻烦，阿克先生?”

“根本不会。我打算做完调查，然后走人。”

他叹了口气，又摇了摇头。“哈特曼付你多少钱?”

“我的活动与钱毫无关系，”西蒙向他保证，“我受到更高权力的雇用。”

“政府?”

我得打断他们了：“我们不会在这里待上很久的。”我向索尼·查尔斯保证。

他把注意力转向了我：“希望如此。这里没什么东西好揭露的。”

西蒙·阿克站起身来：“很高兴在这里见到你，阁下。”

查尔斯也站了起来：“你们现在要去哪儿?”

“我想再去玩会儿二十一点。”

由于过了晚饭时间，魔术表演也已结束，赌桌旁挤满了人。西蒙走过几张桌子，最后在其中一张前停下了脚步。一名年轻的黑发女郎正在发牌，牌滑过绿色毡制桌面，快得几乎来不及看。她的衬衫上面别着个椭圆形的金色胸牌，上面说她的名字叫麦迪。有个男人气急败坏地站了起来，西蒙坐到他的位子上，从口袋里掏出了剩下的筹码。我站在后面看，心里想着我们头顶上某个地方是不是也有其他的眼睛在盯着我们。西蒙这次玩了两把，而且都赢了，然后他让出了座位。

"她有文身。"他告诉我。

"可能不止她一个人有文身。"

"那我们就从她开始。"

我们在远处看了大半个小时，然后有个男发牌手替代了她。当她取下胸牌，朝着休息室走去的时候，我们拦住了她的去路。"很抱歉打扰一下，小姐，"西蒙叫住了她，"我们可以跟你谈谈吗?"

她立刻认出了他的黑西装。这不是人们在维加斯常穿的衣服："你刚刚在我的桌上打过牌。"

他点了点头："我正在寻找一个二十一点发牌手，手腕上有扑克牌文身，一个 A 和一个 K。"

"是我，"她承认，"我是麦迪·赛门斯。我中了大奖了吗?"

"星期一晚上你乘坐有轨电车去明天宾馆的赌场，坐在一个名叫奥斯卡·哈特曼的男人身边。"

"我吗?"

"我想知道发生了什么事情。"

"我记得没发生什么呀。"

"你在这里上班，为什么要到那边去?"

她耸了耸肩："他们让我去哪儿我就去哪儿。"

"是谁让你上有轨电车坐在哈特曼旁边的?告诉我们，我们可以付钱给你。"

"瞧，我这会儿休息。"她朝四周瞥了一眼，"我现在不能说。"

"你什么时候下班?"他缠着她不放，不肯让她走。

"午夜，有时候早点。"

"那么我们在那边的猫头鹰咖啡店见吧。"

"好吧，"她说，"也许，我不能保证。"

西蒙把他在赌桌上赢来的筹码给了她，"假如你肯帮我们的话，我们还会给你更多。"

"我明白了。"

她匆忙走向休息室，我觉得我饿了。"我们等她的时候去吃点东西吧。"我提议。

我们顺着街道走到了路克萨饭店，吃了顿半夜饭。11 点钟一过，我们就朝着角斗士和明天宾馆的方向走去。天桥下面马路上的交通似乎完全瘫痪了，我能看到前面急救车上闪烁的灯光。

“出了什么事了？”我们赶到人群边缘的时候我问道。

“有个女人从电车桥上摔了下来。我听到她尖叫了，她直接摔到了桥下的车流里。”

我们拼命往目瞪口呆的围观者里面挤，直到看见一具几乎全由防水油布包起来的尸体。她的右手腕露在外面，是两张牌的文身。“现在有犯罪行为了。”我对西蒙说。

“犯罪行为一直存在。这就是为什么他们杀了她的原因。”

我们在电视节目早新闻中看到了这个消息。玛丽亚姆·赛门斯，角斗士宾馆的二十一点发牌手，死于从电车桥上坠落。西蒙和我在我的宾馆房间里面看着电视，最后我说出了我们俩都在思考的问题：“他们杀了她，因为他们看见我们跟她交谈了。”

“很有可能，”他承认，“如果索尼·查尔斯和这事有关，他就会让监控器一直对着我们。”

“我们最好给哈特曼打个电话，把这事告诉他。”

我用力按下了他套房的号码，电话那头传来他昏昏沉沉的声音：“哈特曼。”

我表明了自己的身份，立刻把坏消息告诉了他：“快打开电视看看新闻。”他打开了电视——我听见电话的背景音里传来了新闻播报声，过了一会儿我说：“那个昨晚死在天桥下面的女人——她就是那天晚上在有轨电车上坐在你旁边的女人。”

电话那头倒吸了一口冷气：“我现在正在看呢。你们确定？”

“确定。西蒙跟她谈过，我们还约好她下班以后跟她再见面。”

“上帝呀！可怜的麦迪！”电视的声音听上去被关掉了，他说，“你和西蒙能来一下我的套房吗？我的一个搭档昨天深夜赶到了这里。他 8 点吃早饭。”

“我们马上来。”

我们到达的时候，侍者正在端早饭。和哈特曼在一起的人名叫皮特·盖勒赫。“我从雷诺来，”他加了一句，权当解释。他矮个子，秃顶，戴着的黑框眼镜使他看上去显得一丝不苟，“当我听说了发生在我们的赌注上的事情，我就决定开车到这儿亲自来看看。”

哈特曼的衣服才穿了一半，长裤，衬衫，光着脚丫。他的钱包、手表、几个筹码放在床头柜上。“我告诉他我们的钱十分安全，”哈特曼解释道，“我已经雇用了一个最好的侦探——”

“我不是侦探，”西蒙纠正他，“我调查的是现象，不是事实。”

皮特·盖勒赫伸手从旁边的桌上拿起一杯橙汁。“奥斯卡告诉了我所发生的事情，或者说得更确切点是没有发生的事情。他没能在星期一晚上比赛之前用我们的赌金下注，我们能赢得一百万美元的那天就这么消失了。”

“我们正在调查这事。”我告诉他。

矮个子男人显然很不高兴：“仅仅调查是不够的。”

“这个被杀的女人怎么了?”哈特曼问，“她出了什么事?”

“显然，桥上的电车轨道旁边有条紧急人行通道。她可能是从桥上跳了下去，也可能是被推下去的。”

“发生在我身上的事情，跟她有关吗?”

“几乎可以肯定有关，”西蒙告诉他，“如果你坐下，放松点儿，我就告诉你我认为所发生的事情。你的故事实在太过不可思议，我觉得它只能是真实的——或者至少从你的角度来看是真实的。我唯一确定的是你所经历的这件事有违常理。你在银行拿了本票后回到这家宾馆，然后立即坐上有轨电车去了明天宾馆的赌注登录处。在那里你得知你丢了一天。在马路上，宾馆里，假设你疾病发作并倒在地上，肯定会被人看见，你就会立刻得到医疗救治。在有轨电车上你是坐着的，也有可能打了个盹。我确信，不管在你身上发生了什么，这事确实在电车上发生过。那么只有两种可能性。要么这件事超出了科学可知的范围，要么就是犯罪。要么你被运送到了另一度空间，要么你不知不觉被人下了药，然后被绑架了。”

“我两个都相信。”哈特曼说。

“好吧，让我们先来看看超出科学范围这一可能性。你在星期一被带下了有轨电车，随即被投入了另一度空间，在那里你什么都不记得了。二十四小时后你回到了同一辆有轨电车的同一个位子上。”

“也许这就是发生的事。”

“不，这不是。你描述了电车上同行的乘客——戴橘黄色帽子的游客，坐在你旁边的手腕上有文身的年轻女人。这些人和你一起上车，一起下车。如果这是什么超自然现象的话，那么你在下电车时碰到的应该是不同的人，是星期二的乘客，而不是星期一的。”

“但如果假设我被下了药，并被绑架了二十四小时，然后再被送回到电车上。那么车上的人仍旧是不同的呀。”

“如果他们全都是阴谋的一部分，那么你在车上见到的就是相同的人。”

“全都是?”

“你说过电车的车厢里面有八到十个人，还说有个宾馆雇员领你到了第二节车厢。可是当我们重走你的路线时，并没有什么领座员。我相信你是被故意领到那节车厢的，哈特曼先生，还有几个宾馆雇员，他们值得信赖，守口如瓶。你旁边的其中一个，要么是戴橘黄色帽子的男人，要么是麦迪·赛门斯，给你注射了一种速效麻醉药，手法熟练。”

“他们怎么将我搬下车呢？”

“很有可能用轮椅。你在赌场里面可以经常看见它们。你被带到一个私人房间，注射了镇静剂睡了二十四小时。然后他们又用轮椅把你送回到有轨电车上，让你坐在相同的位子上，周围是相同的人，给你打了一针什么别的东西，让你清醒。直到你到了下注的地方，你才意识到已经是第二天了。”

“为什么？”皮特·盖勒赫想要知道，“拉斯维加斯的赌注登录处对外开张营业是为了赚钱。他们为什么要精心策划这样一个阴谋，而唯一的目的只是阻止我们将二十万美元的赌注投入比赛当中去呢？”

这个问题问得好，我怀疑即使西蒙·阿克都回答不了。他所描述的这个阴谋，包括几个宾馆雇员，只能在索尼·查尔斯知情并点头同意的前提下才能实施。可是又为了什么呢？

西蒙仔细思考着盖勒赫的问题，然后问了个他自己的问题：“有谁知道你们要下这么大一笔赌注吗？”

“只有我们辛迪加的四个成员。”哈特曼回答。

“我需要他们的名字。”

“我自己，这儿的盖勒赫，芝加哥的劳埃德·布劳顿，洛杉矶的汤米·赞恩。有什么关系吗？”

“如果这事是索尼·查尔斯干的，那么为了策划这个阴谋，他必须事先知道你们要下注。你们四个当中肯定有一个告诉他了。”

“不可能！”盖勒赫坚持道。

奥斯卡·哈特曼也同意：“我们对索尼·查尔斯的印象全都不怎么好。我们当中不可能有人向他提到赌注的事，我们没有理由非得告诉他。这么大笔的赌金在维加斯的大型职业拳击赛中也并非罕见啊。”

“你提到了关于钱的一个电话会议。查尔斯有没有可能窃听宾馆里的固定电话？”

哈特曼摇摇头。“我不会冒那样的险。每次我们交谈的时候都是用手机。我知道手机的信号也有可能被拦截，但没有像窃听固定电话那么简单。”

“那我们还有什么线索呢？”盖勒赫问道。

西蒙的脸上看不出丝毫表情，但是接着他的表情发生了变化。我认识他很长时间了，能感觉到他的沮丧不安。对哈特曼失踪的一天他提出了个可能的解释，麦迪·塞门斯之死也证实了这个解释，但是索尼·查尔斯卷入这事总得有个动机啊。一个动机，以及他探知哈特曼意图的手段。

“请容我到今天晚上回答，”西蒙告诉这两个人，“但是请首先回答我一个问题。假如你当时及时赶到明天宾馆，把二十万美元的赌注下到了科第斯身上，结果会是什么?”

盖勒赫想了想：“嗯，比赛胜负的赔率可能发生变化。那就是为什么我们原来计划在不同的城市分开下注的原因。可是这个会导致他策划出这么个费尽心机的阴谋吗？他完全可以买通什么人，在奥斯卡带着本票离开银行的时候抢劫他呀。如果查尔斯真的对赔率那么关注的话，那样做要简单得多。”

“不对，”西蒙指出，“如果顾客遭到抢劫，银行可以再开一张本票，原先的作废。从这件事情的结果来看，直到比赛结束过了好久，都没有人知道哈特曼先生被阻止下注的消息，而且即使到了那个时候也没有犯罪行为被立刻发现，真是太令人难以置信了。”

“那你建议我们怎么办呢?”盖勒赫问道。

“我将要求今天早上和索尼·查尔斯再次见面。那个年轻女人的死可能让他吓得够戗，没准他会愿意说出一切。”

“除非，”我说，“他就是要对她的死负责的人。”

星期五的早晨和拉斯维加斯十月中旬的其他日子没有什么区别，温度接近九十度（此处为华氏温度——译者注），天空晴朗无云。我和西蒙在楼下吃了早餐，我打了个电话要求跟索尼·查尔斯在上午见个面。他的秘书告诉我他从不在上午11点之前到办公室，而且他这一天的日程已经排满了。

按照西蒙教我的话，我告诉她是有关于科第斯对琼斯的那场比赛，而且至关重要。她建议我11点以后再打电话。我把消息传达给了西蒙，他似乎未加理会：“他会见我们的，朋友。相信这一点，如果他拒绝，那就意味着我的推理错了。”

那天早晨晚些时候我们见到了哈特曼和盖勒赫，当我过了11点钟往查尔斯的办公室打电话时，他们就在我们身边。当我表明身份以后，秘书迟疑了一会儿，然后说：“查尔斯先生需要知道这次谈话的内容。”

“我告诉过你，是有关于星期一晚上的拳击赛。”我瞥了一眼西蒙，又加了一句，“以及昨天晚上你们的一个二十一点发牌手的死亡。”

她让我等了一会儿，然后说：“查尔斯先生中午有十五分钟的空闲时间，如果那个时候你们能来的话。”

“我们会来的。”

显而易见，这次的会面跟前几天的那次肯定截然不同。星期二，我们实质上是被勒令进入他的办公室。而今天我们是不请自入。西蒙建议盖勒赫不要去，但是奥斯卡·哈特曼跟着我们去了。查尔斯还在试图厚着脸皮硬撑，说什么那天以后没有新的事情发生，但是西蒙提醒他麦迪·赛门斯已经死了。

“赛门斯？你指的是在角斗士宾馆赌场里面的二十一点发牌手？那是个悲剧性的意外。她怎么了？”

“她在对哈特曼先生下药和绑架的过程中扮演了一个角色，这样的罪行没有你的参与和共谋是无法实施的。”

“下药？绑架？你是不是疯了，伙计？”

“如果哈特曼先生当时将他二十万美元的赌注下到你在明天宾馆的体育比赛赌注登录处，那么在皮德罗·科第斯身上的赔率在比赛开打之前就会大幅下降。”

“那又会对我造成什么影响呢？”索尼·查尔斯轻蔑地耸了耸肩。

“影响大了，如果你打算晚点在科第斯身上下注——”

“哦？”

“——而且，如果比赛的结果受到了操纵。”

听了西蒙的话，他的脸有点红了，“你是在指控我吗？”

“根本不是。只不过是猜测而已。当然，如果你晚点下注，那么这次谈话就是毫无根据的。”

“你什么也证明不了，如果你在我的办公室之外还重复这些指控的话，我就告你诽谤。”

“噢，我认为哈特曼先生的那部分故事证明起来易如反掌。”他很快将话题转到了对失去的这一天的解释，“你的几个雇员非得参与此事不可。我相信赛门斯小姐出事以后，他们当中一定有人愿意说出来。”

“我和那次不幸的意外事故无关。”

“但我相信你不愿让警察深入调查这件事情，他们会将它跟哈特曼先生的故事和星期一晚上拳击比赛的博彩联系在一起的。”

看样子，查尔斯内心的愤恨仿佛开了锅一样炽热，但他设法控制住了自己的怒火：“你是个老魔鬼，阿克先生。”

“老了，可不是魔鬼。”

他叹了口气，转向哈特曼：“你需要多少钱才能摆平此事？”

西蒙抢在哈特曼之前替他回答。“二十万美元，他要赌的那笔数目，只不过相当于他们要下的拳击比赛的赌金，所以并非不合情理。”

索尼·查尔斯只思考了片刻：“很好，只要你签署一份文件，放弃对我其他任何形式的索赔，并且答应对整件事情严守秘密。”

奥斯卡·哈特曼面无表情地舔了舔嘴唇：“我有三个合伙人，我要四张支票，每张五万，随时提现。”

“很好，不过我需要他们的名字。赢了这么一大笔钱，国内收入署必须接到通知。不用担心，我来处理文件工作。”

“告诉我一件事，查尔斯。你是怎么提前知道我正在计划要下那笔赌注的?”

赌场主人仅仅笑了笑：“这是魔法。”

回到哈特曼的套房后，他告诉了皮特·盖勒赫事情的经过：“支票到3点钟就会准备好了，皮特。干吗不打个电话把好消息告诉赞恩和布劳顿呢?”

“让我们等到把钱拿到手吧。就是亲眼看见索尼·查尔斯在我跟前，我都信不过他，尤其是在他的二十一点发牌手出了事以后。”

“或许你是对的，”哈特曼迟疑地回答，他转向我们，问道，“你们两个能留在这里，直到我们拿了支票，安全离开以后吗?”

“当然。”西蒙立即同意。

哈特曼拿出了他的酒，但我们两个都婉言谢绝了。皮特·盖勒赫趁我们等候的当儿下楼到大堂里面去玩上几把。哈特曼啜饮了一小口酒，嘀咕道：“我还是不知道他是怎么得知我们下注的消息的。”

“也许银行里有人打电话给他。”

但西蒙否定了那种说法：“他没有时间召集人马。记住，有轨电车上的每个乘客都必须是他的人。”

“查尔斯说过这是魔法，”我指出，“也许真的是。”

听见我的话，西蒙抬起了眉毛。“当然了，”他忽然说，“世界上最最古老的魔法，使得亚当在伊甸园里堕落的魔法。我们一直没想到，正如麦迪·赛门斯是查尔斯的雇员一样，女魔术师朗达·弗拉格也是。”

哈特曼开始抗议：“我没有——”

“你告诉我们你以前就认识她，昨天晚上你还跟她一起共进晚餐。这不是第一次了，对吗?查尔斯自己都说那是魔法让他提前知道你要下注。你把消息泄露给了朗达·弗拉格，她就去向她的老板报告。”

他深深地吸了口气，最后说：“或许是我。我从来没以为——”

西蒙·阿克将一只手放到了他的肩上：“也许到了你把全部真相说出来的时候了，哈特曼先生。”

“你是什么意思?”

“是你杀了麦迪·赛门斯吗?”

有时候西蒙的调查结束得干脆利落，但这一次却是拖拖拉拉地没完没了。奥斯卡·哈特曼抬起充血的眼睛盯着他，然后低声道：“那是个意外。”

“把事情告诉我。”

“我想我在一张二十一点赌桌旁认出了她。我玩了几把，直到我看见了她的文身，然后我就确定了。当她下班以后我跟着她上了有轨电车。我想要抓住她，但她沿着电车轨道跑了。我在桥过了一半的地方抓住了她，我们两个扭打了起来。我推了她一下，她就翻过护栏掉了下去。上帝呀，我没故意杀她!”

“我认为你应该把发生的事一五一十地报告警方。”

“我不能！那样的话我就得把索尼·查尔斯、绑架以及所有的一切全说出来。他付钱让我们保持缄默。”

“有时候有些事情是不能保持缄默的。”

“那你去跟我的合伙人说！”他两眼直愣愣地盯住窗外，马路对面的赌场霓虹灯璀璨夺目。然后他问道：“你是怎么知道的？”

“你告诉我们你从不在赌场里面玩赌博游戏，但是我们今天早上到你这儿的时候，我注意到你桌上的钱包旁边有筹码。你看完电视报道以后又称呼她‘可怜的麦迪’，可是新闻里面称呼她为玛丽亚姆·赛门斯。你叫她麦迪，那你一定看到她夹克衫上的胸牌了。”

“我也有可能是在有轨电车上记住她的名字的。”

“不可能，因为我注意到，昨晚当她离开二十一点赌桌的时候，她将胸牌取了下来。你看见她发牌，又在她的手里赌了几把。由于你以前没有提到过这事，那我就不得不怀疑你和她的死脱不了干系。”

有人在门上敲了一下，皮特·盖勒赫回来了，告诉大家他十分钟之内在轮盘赌桌上输掉了三千美元。“支票来了吗？”他问道。

“还没有，”西蒙告诉他，而哈特曼没有回答，“我想应该让你们俩单独谈谈。我已经为你们做了我力所能及的一切。”

我们坐电梯下楼到了我们的房间。“你打赌会怎么样？”我问，“他会打电话给警察，还是会留下支票？”

西蒙·阿克仅仅笑了笑：“我不打赌，尤其在拉斯维加斯。”

（曹立群　译）

愚人之毒

小酒井不木

一

这里是〇〇署的侦讯室。

盛夏的午后热得叫人快要窒息了，打开屋里所有可以通风的窗户希望凉快些；但是除了街上的尘埃偶尔会从窗子飘进来之外，整个屋里又闷又热，每个人都盼望能够有着凉爽的风儿赶快吹进来。三个穿着西装的绅士们倚在一张桌子旁边，手里不时地摇着扇子，看样子他们似乎正在等待某人似的。从最左边数过来第一个人算是三个人当中最年轻的津村检察官。他有着宽阔的前额、锐利的双眼以及光滑的下巴。坐在最中间有着满头白发的人是藤井署长，在署长左边戴着金边眼镜并且留着络腮胡的男人是有名的法医——T大医学院的片田博士。这三个人边谈着公事边拿着手巾不停地擦拭着从额边滴下来的汗水，看起来，在酷暑之下谁也没有心情开玩笑而且甚至于连“您辛苦了”之类的应酬话也懒得说出口了。

这三个人正在侦办某个案件，他们正在等待某个有力的重要证人前来应讯。严格说来，这整个案件的总承办人是津村检察官，为了侦讯前来陈述案情的证人，所以也将藤井署长以及片田博士请来列席。看来这个证人似乎是个相当重要的线索，因为检察官为了等待证人的出现已经紧张得颜面肌肉紧绷，而且还不时地由双颊流下涔涔的汗水，这恐怕不是因为气候炎热的缘故吧？

津村检察官向来将讯问当成一项艺术杰作看待，所以啰，以艺术家自居的他当然正在为了着手制作一件创世巨作而兴奋不已；反之，藤井署长因为年事已长，况且与他的年龄成正比的丰富经验，已经让他练就一身沉稳的功夫，从他的表情绝对看不到任何情绪反应。片田博士是有名的科学家，在他圆嘟嘟的脸上一片祥和，随和且稳重的个性也着实让人摸不透心里究竟作何盘算。

挂钟敲了两下，一个身着夏季西服的青年绅士由一位刑事陪同进入讯问室。这个青年绅士右手拿着个黑色折叠式包包，也就是俗称的看诊包，不用说这个人一定就是个医生。在侦探小说中看准利用人性的弱点作为商机，所以都在医生的头衔后面再加个“先生”来称呼；不过呢，这个人看起来颇具现代感的，也许见惯了大场面，只见他将看诊包丢在一旁的桌上，就凑上前去，很轻松地和在场等待的三位男士打招呼，依他这种轻松自若的模样看起来，还是不要加上“先生”这个字眼儿比较好。

“山本先生，这儿请。”津村检察官一边微笑着一边对着医师打招呼。“这么个大热天还劳驾您亲自前来，真是抱歉哪！我想就这次奥田夫人的命案，请您就死者生前的看诊情形作个详细陈述。因为这件命案看起来似乎很复杂，所以我请来替死者尸体做解剖的片田博士，以及搜查本部的藤井署长来共谈会商。”

说完之后津村检察官还刻意看了看对方的神色，这招偷窥是津村检察官特有的本事。曾经有个赌徒的共犯在招供之后还特地在津村面前忏悔似的说：“你的眼神太可怕了。”但是这一招似乎对山本医师起不了任何作用。

“尽管问吧！”山本医师爽快地回答。

此时杂役送来了凉茶，检察官递给山本医师一杯凉茶以后，自己也大口地一饮而尽，然后又开始接续之前的话题开始讯问。

“我先按照事情发生的先后顺序将这件事情的前因后果作详细的陈述。

“住S区R镇十三号的奥田太太今年五十五岁，是个寡妇。7月22日突然罹患怪病，在上午十一时左右，全身开始发生畏寒现象，接着又发高烧，然后又严重呕吐，而且毫无食欲，家人认为她大概是中暑了，所以就延医诊治，所幸到了傍晚就不再呕吐，而且高烧也退了，第二天身体就恢复了健康状况。

“但是到了第三天，也就是7月25他日那天，又发生和第一天相同的症状，不但呕吐，甚至于陷入昏迷状态。其女公子京子小姐立即延请山本医师也就是阁下你前往医治。结果山本医师诊断认为大概是食物中毒所引起，所以就开了几帖药包，果真药效发挥作用，奥田夫人在傍晚时分止了吐、热度也消退、全身觉得舒服多了，一直到了隔天也没有任何不舒服的症状发生。

“于是到了隔日，也就是7月27日，又和前两次发病同一个时刻，奥田夫人又发生相同的症状，不但呕吐而且也拉肚子，患者因为痛苦不堪而陷于昏睡。山本医生接到奥田家人的紧急通报赶往奥田家中为夫人诊治，开始发现患者的症状与寻常的食物中毒迥异，所以要求京子小姐将事情的始末描述一遍。

“彼时，京子小姐所描述的状况使得山本医师更加困惑。但是在描述事情始末之前，我必须将奥田这一大家子仔细地介绍一遍。奥田家的主人原本是递信省的官吏，大约在距今十五年前留下大笔的家产之后就撒手人寰。未亡人很坚强地独自将三名遗孤抚养长大。这三个孩子分别是长男健吉、次子保一以及小女儿京子。长子健吉并非奥田夫人亲生，但是也非先夫前妻之子。原来，奥田夫妇婚后逾十年仍未育有一子半女。当奥田先生年过四十、夫人年过三十之时膝卜犹虚，所以就抱养了远房亲族的一名三岁孤儿也就是健吉来作为养子，讽刺的是在抱养健吉的第二年夫人就生下了保一、第二年又生下了京子。由于世界上经常发生这种事情，所以按照世俗，对于这种带来福气的孩子，夫妇俩一定要将他当成福神来看待。奥田夫妇自然也不例外地视健吉如己出十分疼爱。特别一提的是，健吉个性温和善良，所以奥田先生在弥留之际曾留下遗言：若三个孩子仍然幼小，财产归夫人所管；往后就由健吉掌管。

“主人过世后，转眼十五年过去，三兄妹由坚强的夫人一手带大，长子健吉二十七岁、次子保一二十四岁、小女儿京子二十二岁，三个孩子在夫人的细心呵护下都平安长大成人。但是俗话说得好，世事难料，次子保一与大哥健吉的个性差异极大，大学念了一半就被校方勒令退学、平素放浪形骸、可以说是个天生的坏坯子。健吉自从大学毕业之后就在某百货公司著名的M服饰专柜担任会计工作。

“奥田夫人对于保一相当溺爱，时常给保一大量金钱花用却从不心疼。然而去年春天保一沉述于一欢场女子，这件事让身为长男的健吉十分震怒，所以由健吉出面劝退该名女子，然而又为了顾及奥田夫人的感受，所以出资让保一迁居至Y区并且开设了一家药房，禁止保一再度踏进家门。但是奥田夫人十分固执，对于保一被逐出家门一事内心十分不悦，也就是日后种下这桩悲剧的原因。

“让我再把话题转回健吉的身上吧。健吉与保一是截然不同的典型，他品性端正，最近与任职于百货公司的一名美丽女店员产生情愫，不久就陷入热恋。就在 7 月 15 日健吉向奥田夫人表达了想要将情人迎娶进门的决心。

“不料奥田夫人说什么也不肯答应这门婚事，而且表现得十分气愤。也许奥田夫人不满健吉擅自在外结交女友；也有可能是嫌弃女方是个百货公司女店员的身份吧？也或许是哥哥与弟弟都是同样的行为，但是弟弟却被逐出家门，想及这件事，奥田夫人心里就一肚子怨气，若是让新娘子进了家门，奥田夫人就得遵照先夫遗言，把家让给健吉掌理，自己和京子就得搬离家门。所以奥田夫人要京子抱个养子回家抚养，然后宣告将家产留给京子的养子来继承。

“听到奥田夫人的决定，健吉受到极大的打击，心里感到又惊又悲。依据京子的描述，大哥自此之后好像变了个人似的，经常一个人陷入沉思，与母亲及妹妹也很少交谈，有时候简直像是精神病患似的一个人自言自语。

“于是 7 月 23 日奥田夫人发生怪病。7 月是 M 服饰店的决算期，所以必须在 7 月 21 日至 31 日之间做盘点，其中有一天必须值夜来盘整公司里的账务。健吉在 7 月 20 日的晚上值夜班一直到 22 日才回家，然后 23 日早上出门上班，当天晚上值夜，隔天 24 日才回家，然后 25 日早上才又出门上班。令人想不透的是，健吉休假的日子奥田夫人都健康无事；可是如果是健吉值夜班的日子，大约在健吉出门两小时左右奥田夫人就发病了。

“京子因为哥哥不在家母亲发病而奔波劳累，又因为哥哥公事缠身，所以在哥哥轮值夜班的时候也不忍心叫他回家照顾母亲；况且哥哥休假在家之时母亲身体状况良好，所以也就从未将母亲发病的事情告知大哥。凑巧这段期间哥哥又因为婚事与母亲斗僵，彼此之间也很少交谈。

“山本医师你在奥田夫人第三次发病的时候就是从京子口中听到这些事情，听说当时你的脸上曾经浮起了意味深远的笑容，所以我才将你列入可疑的对象。”

二

“且慢，”检察官又接着继续说下去，“奥田夫人第三次发病也就是 7 月 27 日那次，因为经过妥当的医治，所以一直到第二天都还是平安无事。山本医师为了防止 29 日奥田夫人又会发病，所以就开了一包方剂大约在上午十时左右派了学仆拿到奥田家去。但是不知道是药效不够还是怎么地，奥田夫人在十一时又开始忽冷忽热的，接着又开始呕吐。因此，到了下午两点左右，京子又延请山本医师到家里为母亲治病。那天因为你坚称早上所给的药方绝对不是引起夫人发病的原因，然后也没告知奥田家人就行踪不明。所以京子又慌慌张张地延请其他医师来诊治：可惜奥田夫人的容貌已经变了样，到了下午三点半就去世了。因为夫人身材肥胖，或许是心脏功能不太好也说不定，或者是因为中毒也说不定，前三回生病都挨过去了，没想到第四次发病却是一命呜呼了。

“京子在 27 日那天看到你意味深远地笑了笑，于是心里想着难道是哥哥……因为心里起了疑心，所以那大晚上就将事情的来龙去脉写了信告诉她二哥，也就是保一。保一在 29 日那天来找母亲，碰到健吉正好要出门去，于是和京子共商一计，忍着溽暑就躲到奥田家里的衣柜里。当奥田夫人发病时，保一就从衣柜里飞奔出来照顾母亲，没想到母子两人见了一面之后，母亲就断了气。

“正当京子与保一正抚尸痛哭的时候，正巧山本医师到奥田家来。据描述当你听到夫人的死讯时露出十分惊讶的表情，并且大声地喊说夫人是被亚砷酸毒死的，接着就开立死亡诊断书，死因是亚砷酸中毒。夫人之死当然惊动警方并且解剖尸体来查验死因，从前后的事情看来，健吉涉嫌重大，所以我们就将他拘提起来接受调查。如何？到目前为止，我说的都没错吧？”

津村检察官说完又拿手巾将额头的汗水擦了又擦，然后看了看署长、又瞄了山本医师一眼，这二位人士都没有表示任何不同的意见。一定是对津村的论断十分赞同。

“但是，”检察官又摇了摇扇子，“我们拘提健吉前来问讯，他表示绝对没有以亚砷酸毒害母亲，当然，如果健吉那么轻易就认了罪，断然不会请你冒着酷热前来问讯了，所以我们就首先认定健吉就是毒害奥田夫人的凶手了。

“就这件杀人案情而言，我首先考虑到的就是凶手的杀人动机。针对健吉的立场来作分析：健吉因为与女友的婚事被母亲所拒所以才萌生杀机。因为根据京子的说法是健吉受到母亲拒绝之后，并没没有像别人一样发狂咆哮；反之，因为他是个事亲至孝的人，所以就默默承受这个强烈打击，外表的言行举止看起来或多或少有些异常，所以如果断定他因此策划出这桩骇人听闻的杀人案件，其实也是很合理的推断。

“可是健吉却强烈否认杀害母亲。因此我再次分析健吉杀人的间接原因：也就是得从健吉的女友——M 服饰店员的事情追溯起。这个女店员名叫大岛荣了，有着白皙的圆脸，以前曾经担任 S 医院的护士。因为面貌姣好，引起众多医师们的追求。为了摆脱医师们的纠缠，所以才改行至百货公司相任店员。

“对了，提到 S 医院，山本医师你在自行开业之前，听说好像也是医院的医生呢！

“先不谈题外话，我从大岛荣子之处得知健吉告知因婚事被母亲所拒而显得悲伤不已，但是他又不敢违抗亲恩浩荡的母亲，所以在痛苦的情绪折磨下，曾问及荣子是否就此殉情了结一生。但是荣子却晓以大义：若是我们就此魂断天涯，反而更是不孝，倘若我们无法成为夫妻，那么就此孤孑一生。就以朋友相称吧，千万不可以因为儿女私情而忘了为人子女应尽的孝道。于是健吉就打消殉情的念头，决定自此抱定终身不娶。从此以后健吉每天都是阴沉着脸，哀叹声不绝。

“但是，从犯罪学来推断，犯人往往在自杀不成，却很自然地将不满的情绪转化成他杀的意图，在荣子的苦口劝告之下，虽然暂时打消了自杀的念头，可是内心的打击却不容易立即磨灭，所以才会经常哀叹连连，假使这股哀叹的怨气凝结起来让内心化成冰霜的话，谁也不敢担保不会因此形成杀人的动机呢！

“总之健吉是目前嫌疑最大、杀人动机最明显的人。其次我们所要讨论的是健吉用什么方法来达成杀人的目的？我们认为健吉的杀人方法是突发事件所促成的，也就是奥田夫人突然发生怪病，像是恶寒、发烧、呕吐以及拉肚子等都是怪病的主要症状，而且都是在健吉出门值夜班、而且一定出门后的两小时后才开始发病。在奥田夫人第三次发病的时候引起山本医师怀疑是否是因为亚砷酸引起的中毒，其实即使是我们这些不懂医学的门外汉也是会直接想起是否就是因为中了亚砷酸的毒，因为呕吐以及拉肚子等好像都是亚砷酸中毒的主要症状，不过，接着大家怀疑的是健吉是用什么方法在奥田夫人的食物当中投入亚砷酸的呢？

“而且，奥田夫人在前三次发病都可以平安康复，可是在第四次发病之后却再也回天乏术了。根据这些现象不难推断，健吉在前三次所投下的亚砷酸的剂量不足以致死，但是第四次量却要了老夫人的命了。如果从犯人的立场来设想，前三次投药是为了让奥田夫人饱尝生病的痛苦，然后在第四次才投下致死的药量。

“然而凶手却犯了一件很大的错误——那就是选择亚砷酸来作为杀人的凶器。依据片田博士的说法，西洋各国将亚砷酸称之为“愚人之毒”，如果以亚砷酸来杀人的话，因为亚砷酸中毒的症状很容易分辨，只要解剖尸体就很容易找出原因来，所以只有笨蛋才会以亚砷酸来作为杀人工具。从这次的命案来看，凶手也是干了一件蠢事，也就是投下亚砷酸以至于引起山本医师的怀疑。

“从上述种种迹象显示，不管是从杀人动机或其他的周边状况来推断，健吉都涉有重嫌；可是如果单单以这件事来推断，从现代的眼光来看，健吉万万不是杀害母亲的凶手，也就是并没有找到健吉给奥田夫人下毒的证据，这是我们到目前为止要告诉阁下的结论。其次，健吉要如何将亚砷酸放入母亲的食物呢？我们如果回想当时的情况就不难想象这是不容易办到的事。比如说放到母亲的茶水当中呢？或者是因为溽暑的关系，将亚砷酸放入饮料里面去？不管是拜托妹妹或是女佣，都不可能办得到。所以事实很明白的，在还没有取得有力的物证之前，健吉不是犯人。同时，我们即使已经搜集了有关健吉的各种证据，但是独缺这一项。所以与其苦苦寻找证物，倒不如说我们已经又发现了另外一个新案情。

“如果将健吉剔除于嫌疑犯之外，我们会先想到是不是因为奥田夫人想要自杀，所以自行以亚砷酸了断？但是一直没有找到足以支持这个推断的论据。因为奥田夫人没有自杀的理由，而且如果奥田夫人想要自杀的话，只要一次就足以饮毒身亡了，根本不需要经过四次来苦毒自己。若非是精神状况异常的人绝不会做出这样的事来。

“而且，如果奥田夫人不是自杀身亡的话，还有另外一个因素要考虑，那是就奥田夫人的病是不是中了亚砷酸的毒所引起的？虽然奥田夫人前后有四次发病的记录；然而，这四次都是相同的病因吗？我们不可以任意武断去臆测案情。我们因为是门外汉，只知道这四次发病症状看起来都很类似，但是病因不同的话，疾病的种类就不一样了。因此我拜托片田博士去找找看除了亚砷酸以外，奥田夫人身上是不是还有其他的病源呢？

“很出人意料的，片田博士从尸体的血液检查结果得知血球里面有疟疾原虫。”

三

检察官说完最后一句话之后，就不动声色地注意着山本医师的反应。

果然山本医师的反应很强烈，立即惊叫着：“什么？疟疾？”然后立即将眼神投往片田博士，希望能够从片田博士身上得到正确答案。

此时，博士终于打破缄默。

“没错，我在死者的血球当中发现疟疾原虫，因此可以推定奥田夫人是并发疟疾症状身亡的。同时，也可以由此证明奥田夫人每隔一天发作一次，而且每次都是在相同时间点发作，还伴随有畏寒、发烧、呕吐的症状产生，这些都是罹患疟疾的症状。”

山本医师反驳：“可是，可是疟疾发作时很少会引起呕吐的呀！”

“不管再怎么少见，终究还是有这种案例呀！”片田博士笑着说，“臆病症的妇人在罹患疟疾的时候，会严重呕吐并且陷入昏迷，因此我认为这些症状与中毒的症状并不相同。”

“所以啰，”检察官打断这两个人的对话，“假设奥田夫人罹患疟疾，至少发作四次，然后在第四次发病的时候因并发症而身亡。再进一步剖析奥田发病的情形，我认为她前三次都只是单纯因为疟疾发作而已，所以前三次发病后都可以痊愈恢复健康；可是到了第四次却是在发作时并同亚砷酸中毒而导致身亡。山本医师你在她第二次发病时为她看诊，应该很清楚，那时候她的症状表症只是单纯因为疟疾发作罢了？还是并同亚砷酸中毒呢？”

山本医师顿时面红耳赤，汗水顺着耳际流了下来，他不安地嗫嚅着说：“说来惭愧；我在初次替奥田夫人看诊的时候并不知道她患了什么病；在第二次也就是奥田夫人第三次发病的时候，甚至也不知道是因为疟疾发作的缘故。我是根据她女儿京子小姐所描述的病情，心里也曾怀疑是否中了亚砷酸的毒？到目前为止，因为我从来没有遇过像奥田夫人这种会伴随发生呕吐以及腹泻症状的疟疾病例，所以才会误诊。如果我早知奥田夫人是罹患疟疾的话，就会直接开奎宁给她服用，根本就不会让她有第三次发病的机会了嘛。所以，在奥田夫人每次发病的时候，很难明确地去界定她只是因为疟疾发病或者是并同亚砷酸中毒？"

"可是你不是知道她在第四次发病的时候是因为亚砷酸中毒吗？"

"我的确这么怀疑过。当我得知奥田夫人过世的消息，就断定她是中了亚砷酸的毒。"

"可是，你在她第四次发病的时候并没有替她看诊呀？"

"因为我临时有要事必须处理，所以就赶往别处去了。"

"不过，听说你在29日早上，差遣学仆送了一包药到奥田夫人家里来，那是不是引起夫人亚砷酸中毒的药哇？"

"的确有送药包这回事。可是，那只是单纯的消化剂罢了，并不是为了防止亚砷酸中毒之类的药物。至于奥田夫人中毒这一点，我是因为京子小姐的一番话提醒了我，所以就暗中观察她的病情，后来因为认为没有什么危险所以才放心地去处理自己的私事。由于我心里还是很挂念奥田夫人的病情，所以在办完事之后就又回到奥田家，没想到就听到奥田夫人过世的消息。"

检察官听完山本医师的辩解，沉默了半晌，后来又开口问他：

"我明白你的意思。可是，光凭着他人的描述就可以判断病人中了亚砷酸的毒？或者是将病人的呕吐物拿去做化学检验呢？我将自己个人的想法说出来和你分享吧！奥田夫人前三次只是纯粹因为疟疾发作而已；但是第四次就中毒了。因此，凶手就是想趁奥田夫人前三次发作的症状，在她第四次发病的时候就在药包里下毒行凶，然后再将罪名推到健吉身上。凶手一定对健吉怀恨在心，而且想要致健吉于死地然后得到好处。除此之外，我觉得次子保一那天的行踪也很可疑。"

先前因为检察官的一番说辞而显得很紧张的山本医师，终于松了一口气。

"事情就如同我刚才所说的那个样子。"检察官瞥过山本医师一眼，又继续往下说。"次子保一因为已经有好长一段期间不准进入奥田家门，所以京子小姐就写了一封家书，告诉二哥母亲患病的消息以及目前大哥和母亲僵的事，希望二哥在29日清早立即赶回家里。可是被逐出家门的保一要如何才能进得了家门呢？是因为亲情的呼唤，保一要回家来保护母亲？还是保一心里暗怀鬼胎？这是很敏感的话题。母亲因为保一贪好女色而被逐出家门，心里万分不舍；加上保一在外开设药房独自生活，时常抱怨大哥不顾及兄弟之情，最近生活已陷入困顿。接到妹妹的来信，保一得知母亲患病的消息，其实谁又明白他心里想些什么呢？是不是想杀了母亲，然后让哥哥健吉背上杀人的罪名，之后保一就可以得到所有的家产，摇身一变堂而皇之地成为奥田家的主人？

“因为保一从小就不学好，哥哥又非奥田家亲骨肉，即使是亲兄弟，为了谋夺家产，其实也无须顾及兄弟之情。这次若不趁着母亲生病的机会下手，又要等待何时？保一是个天生坏坯子，当然脑筋灵光而且一肚子坏水，况且他又开药店，手边多的是亚砷酸这一类的毒药，当然可以好好派上用场啰！所以二话不说，保一就携带亚砷酸回到奥田家里。”

山本医师很赞同检察官的推论。虽说是检察官个人的想象而已，可是说得有模有样，还真像有这么一回事儿。想着想着，山本医师脸上不由得就露出赞叹的笑容。

山本医师的反应全落在检察官的眼里，可是检察官仍然不动声色地继续发表高论：“可是，话又说回来，保一要怎么将这包亚砷酸让母亲吃下去？因为在场的人不只健吉一个呢！当然，先不论保一知不知道母亲罹患疟疾的事，哥哥健吉一定会怀疑保一毒杀母亲！要用什么方法才不会引起怀疑？因为一定得看准时机才可以下手，所以当上午十点左右看到京子手上拿着一个药包，心想好机会来了，于是就借口想看看药包内容，趁机将亚砷酸混入药包里面。因为亚砷酸无色无味，奥田夫人绝对不会发现有异。以上的内容只是我个人的推论而已，其实，那天早上你差学仆送到奥田家的药包的包装纸经过片田博士作药物分析之后，发现有明显的亚砷酸毒物反应。”

四

听检察官说完，山本医师整个人跌坐在椅子上，身体不由自主地打战，喉咙里似乎被什么东西哽着似的说不出话来。

“啊……”检察官用手制止他，“别这么震惊啦，我又没指明你涉有重嫌。只是说你叫学仆拿来的药包里面含有亚砷酸成分，也没直接认定你是凶手嘛，因为我先推论保一涉有嫌疑的。依据刚才的推断，其实，除了保一之外，健吉、京子、女佣都脱不了干系。我刚才先撇开健吉，所以现在再把健吉列入讨论。虽说奥田夫人前两次是因为疟疾发作，所以与健吉无关，可是若健吉利用奥田夫人前三次的发病症状，就在第四次的时候下了毒手，所以当然健吉就是凶手啦。可是就健吉本身来讲，因为前三次奥田夫人发病都与他无关，也用不着趁母亲第四次发病时下毒来引起大家侧目嘛，所以从这个理由，我可以断定健吉不是凶手。

“为什么会做这种推论呢？事实上我已经去问过健吉的女友大岛荣子，其实，除了健吉之外，还有其他的仰慕者在苦苦追求大岛。因为与荣子的婚事受阻，健吉以殉情相逼，是因为健吉生怕荣子会被其他的情敌抢趟。后来荣子誓言终身互不嫁娶来安定健吉的心；但是气度狭小的健吉仍然觉得不安，所以我认为健吉想要将情敌击退，可是要击退情敌首先就是要先将母亲毒死之后才办得到。山本医师，你一定也很明白这个道理吧？让我很惊讶的是，健吉的情敌居然就是你。

“对不起，我绝不想说出这句话让你面红耳赤，而且这句话也没排在我的侦讯流程里面。所以，健吉是不是在那大早上拿到你送来的那包药，就趁机在药包里下毒，然后将罪名栽到你头上去？想来也并不是不可能啊！

“不过，这么一来，我就无法确定究竟下毒手的人是保一还是健吉了。因为在药包上所采到的指纹并不完整，所以也无法确认是谁的指纹，可是即使确定是某人的指纹，也无法就此认定就是那个人下的毒。同样的道理，不管是京子还是女佣，搞不好你也是可疑人物呢！因为我已经被搞混了，所以为了彻底解决这个谜团，最好的方法就是请你来一趟了。”

检察官稍稍喘了一口气然后又偷偷地看了山本一眼。藤井署长和片田博士看起来似乎都显得很紧张的模样。山本医师虽然看起也很紧张的模样，可是在高温之下，脸色却是一片死白。

“你口口声声说要我来帮忙了解案情，可是却不询问我的意见。”山本医师有气无力地说。

“是吗？我认为你是破案的关键人物。”

“此话怎讲？”

“理由是，在29日那天早上，你差遣学仆拿来含有亚砷酸剧毒的药包到奥田家里来，所以与这包药有关系的人除了保一、健吉、京子、女佣之外，像你甚至于是你家的学仆都脱不了关系。我们先撇开学仆、女佣以及京子小姐不谈，剩下的就是保一、健吉还有你这三个人而已。健吉与保一的可能犯罪原因与情节就如同我刚才所叙述的那样，你的情形我想与健吉、保一也差不了多少。你是健吉的情敌，根据大岛荣子的陈述，你在S医院服务的时候就苦苦追求荣子，后来荣子受不了你的纠缠就辞职离开医院到百货公司当店员。所以严格说来，你是情场败将。所以在同样的情敌当中，你当然对荣子身旁的健吉恨之入骨了。因此，当你从京子口中得知奥田的病情，心想好好利用这个机会加以报复。虽然根据你今天的说法，你完全不知道奥田夫人罹患疟疾，但是你却想利用奥田夫人的呕吐以及腹泻的症状来下毒，这样子的推论是不是很合逻辑呢？

“健吉和保一都不是医生，所以在你们三个人当中只有你最有可能去做这样子的事。保一虽然开药局，多少具备一些医药常识，可是再怎么样也比不上本身就是医师身份的你。自古以来会以药物杀人的男人多半就是从事医师或者是药剂师这类行业的人。所以我如果推断是医师下的毒手，大概也没人会提出相反的意见吧？保一从事卖药行业，虽然取得亚砷酸很容易，可是不管是健吉或者是保一，都要冒着很大的风险才有办法下手。因此，最容易下毒手的就是山本医师了。所以我认定你涉有重嫌。”

山本医师面色苍白如土，额头上的汗水不断地流了下来。

“可是你并没有我在药包里混入亚砷酸的证据，不是吗？你不是说我的涉嫌程度和保一、健吉都一样吗？”

“你错了！你在29日那天犯了一个很大的错误。你叫学仆送来那个有问题的药包，或许你认为自己并没有亲自拿药给患者，可是却在事后到奥田家探问虚实，想知道患者究竟有没有吃下那包药。保一在那天清早等健吉出门上班以后，就偷偷回到家里，京子就将早上你差人送来的药包拿给保一看。因为他们都生怕健吉会不会在药里下毒，所以就将药收了起来，拿给片田博士化验，结果得知药包里面含有0.02公克的亚砷酸，也就是一般致死量的二倍。”

听完，山本医师似乎被什么东西哽住了似的。

“所以，所以……”山本医师大声尖叫，“奥田夫人不是中毒死亡的？”

“你为什么在死亡证明书上面写着因亚砷酸中毒而死呢？因为片田博士在解剖尸体之后并没发现有亚砷酸的残毒呀！因为片田博士觉得死因可疑，所以又检查了死者的血液，结果从死者的血球里面发现了疟疾原虫，其实这才是导致奥田夫人四次严重发作的主因。奥田夫人在第四次发病的时候是因为心脏衰竭而死，所以，健吉、保一或者是任何人都与奥田夫人的死没有任何关系。”

这时山本医师突然两眼发白，整个人瘫在桌子边缘，全身无力。

检察官接着又开口说话了：“山本先生，我现在要以杀人未遂的罪名起诉你。”

心理测验

江户川乱步

一

露屋清一郎为什么会想到这将来可以记上一笔的可怕的恶事，其动机不详。即使了解他的动机，与本故事也无关紧要。从他勤工俭学半工半读在某大学读书来看，也许他是为必需的学费所迫。他天份极好，且学习努力，为取得学费，无聊的业余打工占去了他的许多时间，使他不能有充分的时间去读书和思考，他常常为此而扼腕痛惜。但是，就凭这种理由，人就可以去犯那样的重罪吗？或许因为他先天就是个恶人，并且，除学费之外，还有其它多种无法遏止的欲望？这且不提，他想到这件事至今已有半年光景，这期间，他迷惑不安，苦思冥想，最后决定干掉他。

一个偶然的机会，使他与同班同学斋藤勇亲近起来，这成了本故事的开端。当初他并无歹意，但在交往中，这种接近已开始带有某种朦胧的目的；而且随着这种接近的推进，朦胧的目的渐渐清晰。

一年前，斋藤在山下一个清静的小镇上，从一户非职业租房人家中租了间房子。房主是过去一位官吏的遗孀，不过她已是年近六旬的老妪。亡夫给她留下几幢房屋，靠着从租房人那里取得的租金，她可以生活得舒舒服服。她没儿没女，只有金钱才是她唯一的依靠，所以一点一点地攒钱成了她生活中最大的乐趣。她对确实熟悉的人才出租房子，且租金不高。把房子租给斋藤，一是为了这都是女人的房子里有个男人比较安全，二来也可以增加收入。无论东西古今，守财奴的心理都一脉相通，据说除表面上在银行的存款外，大量的现金她都藏在私宅的某个秘密的地方。

这笔钱对露屋是一个强烈的诱惑。那老太婆要那笔巨款一点价值也没有。把它弄来为我这样前程远大的青年作学费，还有比这更合理的吗？简而言之，他的理论就是如此。因此，露屋尽可能地通过斋藤打听老妪的情况，探寻那笔巨款的秘密隐藏地点。不过，在听斋藤说出偶然发现那个隐藏点之前，露屋心中并没有什么明确的想法。

"哎，那老婆子想得真妙，一般人藏钱大都在房檐下，或天花板里，她藏的地方真叫让人意外。在正房的壁龛上放着个大花盆你知道吧？就在那花盆底下，钱就藏在那儿，再狡猾的小偷也决不会想到花盆盆底会藏着钱。这老婆子可以算个天才守财奴啦。"

斋藤说着，风趣地笑了。

从此以后，露屋的想法开始逐渐具体化。对怎么样才能把老妪的钱转换为自己的学费，他对每一种途径都进行了各种设想，以考虑出万无一失的方法。这是一件令人费解的难题，与此相比，任何复杂的数学难题都相形失色，仅仅为理清这个思绪，露屋花了半年时光。

不言而喻，其难点在于避免刑罚，伦理上的障碍，即良心上的苛责，对他已不成什么问题。在他看来，拿破仑大规模地杀人并不是罪恶，有才能的青年，为培育其才能，以一只脚已踏进棺材的老太婆作牺牲是理所当然的。

老妪极少外出，终日默默坐在里间榻榻米上。偶而外出时，乡下女佣人则受命认真看守。尽管露屋费尽心机，老妪的警惕仍无机可乘。瞅准老妪和斋藤不在的时候，欺骗女佣让她出去买东西，乘此机会盗出花盆底的钱，这是露屋最初的想法。但这未免太轻率。即使只是很少一段时间，只要知道这个房间里只有一个人，那就可能造成充分的嫌疑。这类愚蠢的方案，露屋想起一个打消一个，反反复复整整折腾了一个月。可以作出被普通小偷偷盗的假象来蒙骗斋藤或女佣，在女佣一个人时，悄悄溜进房中，避开她的视线，盗出金钱；也可以半夜，趁老妪睡眠之时采取行动。他设想了各种方法，但无论哪种方法，都有许多被发现的可能。

唯一的办法，只有干掉老妪。他终于得出这一恐怖的结论。他不清楚老妪藏有多少钱。但钱的金额还不至于让一个人从各个角度考虑，执着地甘冒杀人的危险。为了这有限的金钱，去杀一个清白无辜的人，未免过于残酷。但从社会的标准来看，即便不是太大的金额，对贫穷潦倒的露屋来说却能够得到充分的满足。而且，按照他的想法，问题不在于钱的多少，而是要绝对保证不被人发现。为了达到这个目的，无论付出多大的牺牲也在所不惜。

乍看起来杀人比单纯的偷盗危险几倍。但这不过是一种错觉。当然，如果预料到要被发现而去做的话，杀人在所有犯罪中是最危险的。但若不以犯罪的轻重论，而以被发现的难易作尺度的话，有时（譬如露屋的情形）偷盗倒是件危险的事。相反，杀死现场的目击者，虽残酷，却不必事后提心吊胆。过去，大杀人犯杀起人来平心静气干净利索，他们之所以不被抓获，则得助于这种杀人的大胆。

那么，假如干掉老妪，结果就没有危险？对于这个问题，露屋考虑了数月，这期间他做了哪些考虑，随着本故事的进展，读者自然会明白，所以暂略不赘。总之，在精细入微地分析和综合之后，他最终想到了一个滴水不漏、绝对安全的方法，这方法是普通人所不能想象到的。

现在唯一的是等待时机，不过，这时机来得意外地快。一天，斋藤因学校有事，女佣出去买东西；两人都要到傍晚才能回来，此时正是露屋做完最后准备工作的第二天。所谓最后的准备工作（这一点需要事先说明）就是确认，自从斋藤说出隐藏地点后，半年之后的今天钱是否还藏在原处。那天（即杀死老妪的前两日）他拜访斋藤，顺便第一次进入正房，与那老妪东拉西扯地聊天，话题逐渐转向一个方向，而且时不时地提到老妪的财产以及她把那笔钱财藏在某个地方的传说。在说到“藏”这个字时，他暗中注意着老妪的眼睛。于是，像预期的效果一样，她的眼光每次都悄悄地注视壁龛上的花盆。反复数次，露屋确信钱藏在那儿已毫无疑问。

二

时间渐渐地到了案发当日。露屋身着大学制服制帽，外披学生披巾，手戴普通手套，向目的地进发。他思来想去，最后决定不改变装束。如果换装，购买衣服，换衣的地点以及其它许多地方都将会给发现犯罪留下线索。这只能使事情复杂化，有害而无益。他的哲学是，在没有被发现之虞的范围内，行动要尽量简单、直截了当。简而言之，只要没有看见进入目的地房中就万事大吉。即使有人看到他在房前走过，这也无妨，因为他常在这一带散步，所以只要说句当天我在散步即可摆脱。同时，从另一角度看，假如路上遇上熟人（这一点不得不考虑）是换装好，还是日常的制服制帽安全，结论则不言而喻。关于作案时间，他明明知道方便的夜晚——斋藤和女佣不在的夜晚——是能等到的，为什么偏偏选择了危险的白天呢？这与着装是同样的逻辑，为的是除去作案的不必要的秘密性。

但是，一旦站到目的地房前，他便瞻前顾后，四处张望，同普通盗贼一样，甚至有过之而无不及。老妪家大院独立而居，与左右邻居以树篱相隔。对面是一家富豪的邸宅，水泥围墙足有百米多长。这里是清静的住宅区，白天也时常见不到过路行人。露屋艰难地走到目的地时，老天相助，街上连条狗都看不到。平时开起来金属声很响的拉门，今天露屋开起来顺顺当当毫无声响。露屋在外间的门口以极低的声音问路（这是为了防备邻居）。老妪出来后他又以给她谈谈斋藤的私事为借口，进入里间。

两人坐定后，老妪边说女佣不在家，我去沏茶，边起身去沏茶。露屋心中正等待此刻的到来。待老妪弯腰拉开隔扇时，他猛然从背后抱住老妪，（两臂虽然戴着手套，但为了尽量不留指纹，只能如此）死死勒住老妪的脖子。只听老妪的喉咙"咕"的一声，没有太大的挣扎就断了气。惟有在痛苦的挣扎中抓向空中的手指碰到立在旁边的屏风。这是一扇对折的古式屏风，上面绘有色彩鲜艳的六歌仙，这一下刚好无情地碰破了歌仙小野小町的脸皮。

确定老妪已经断气后，露屋放下死尸，看着屏风的残点，他有点担心，但仔细考虑之后，又觉得丝毫没有担心的必要，这说明不了任何问题。于是，他走到壁龛前，抓住松树的根部，连根带土一块儿从花盆中拔出。果然不出所料，盆底有个油纸包。他小心翼翼地打开纸包，从右口袋中掏出一只崭新的大票夹，将纸币的一半（至少有五千日元）放入其中，然后将票夹放入自己的口袋，把剩余的纸币仍包在油纸里，原样藏入花盆底。当然，这是为了隐瞒钱被盗的痕迹。老妪的存钱数只有老妪一人知道，虽然只剩下一半但谁也不会怀疑钱已被盗。

然后，他将棉坐垫团了团，塞在老妪的胸前（为防备血液流出），从右边口袋里掏出一把大折刀，打开刀刃，对准老妪的心脏咔嚓一声刺去，搅动一下拔出，然后在棉坐垫上擦净刀上的血迹，放入口袋中。他觉得仅仅勒死还会有苏醒的可能，他要像前人一样，刺其喉而断其气。那么，为什么最初没有用刀呢？因为他害怕那样自己身上会沾上血迹。

在此必须对他装钱的票夹和那个大折刀做一叙述。这是他专为这次行动，在某个庙会的露天小摊上买到的，他看准庙会最热闹的时间，在小摊顾客最多的时候，按价目牌付款、取物，以商人及顾客无暇记忆他面孔的速度迅速离去。而且，这两件东西极其平常，没有留下任何印记。

露屋十分仔细地查清没有留下任何线索之后，关上折扇，慢慢走向前门。

他在门边蹲下身，边系鞋带，边考虑足迹。这一点无需担心。前门的房间是坚硬的灰泥地，外边的街道由于连日的艳阳天而干爽无比。下面只剩下打开拉门走出去了。但是，如果在此稍有闪失，一切苦心都将化为泡影。他屏心静气，极力倾听街道上有无足音……寂然无声，只有什么人家的弹琴声悠然地奏着。他横下心，轻轻地打开门，若无其事地像刚刚告辞的客人一般，走了出去。街上一个人影也没有。

在这一块住宅区，所有街道上都很清静。离老妪家四五百米处有个神社，古老的石头围墙面临大街伸延了好长一段距离。露屋看了看确实没有人，于是顺手把凶器大折刀和带血的手套从石墙缝中丢入神社院内。然后向平常散步时中途休息的附近一个小公园走去。在公园，露屋长时间悠然地坐在长椅上观望孩子们荡秋千。

回家路上，他顺便来到警察署。

“刚才，我拾到这个票夹，里面满满地装着一百日元的票子，所以交给你们。”

说着，他拿出那个票夹，按照警察的提问，他回答了拾到的地点和时间（当然这都是可能发生的）和自己的住址姓名（这完全是真实的）。他领到一张收条，上面记有他的姓名和拾款金额。的确这方法非常麻烦，但从安全角度讲最保险。老妪的钱（谁也不知道只剩一半）还在老地方，所以这票夹的失主永远不会有。一年之后这笔钱必然回到他的手中，那时则可以毫无顾忌地享用了。精心考虑之后他决定这样做。假如是把这钱藏在某个地方，有可能会被别人偶然取走。自己拿着呢？不用说，这是极其危险的。不仅如此，即使老妪的纸币连号，现在的做法也万无一失。

“神仙也不会想到，世间还有偷了东西交给警察的人！”

他抑制住欢笑，心中暗悦。

翌日，露屋和往常一样从安睡中醒来，边打着哈欠，边打开枕边送来的报纸，环视社会版，一个意外的发现使他吃了一惊。但这绝不是他所担心的那种事情。反而是他没有预料到的幸运。朋友斋藤被作为杀人嫌疑犯逮捕了。理由是他拥有与他身份不相称的大笔现金。

“作为斋藤最密切的朋友，我必须到警察署询问询问才显得自然。”

露屋急忙穿起衣服，奔向警察署。与昨天交票夹的是同一地方。为什么不到别的警察署去呢？这就是他无技巧主义的精彩表现。他以得体的忧虑心情，要求与斋藤会面。但正如他预期的那样，没有得到许可。他一再询问怀疑斋藤的原因，在一定程度上弄清了事情的经过。

露屋做出如下想象：

昨天，斋藤比女佣早到家，时间在露屋达到目的离去不久。这样，自然他发现了尸体。但就在立刻要去报案之前，他必定想起了某件事，也就是那个花盆。如果是盗贼所为，那里面的钱是否还在呢？出于好奇心。他检查了那个花盆，可是，钱包却意外地完好无缺。看到钱包后，斋藤起了恶念。虽说是想法浮浅，但也合乎情理。谁也不知道藏钱的地点，人们必然认为是盗贼杀了老妪偷去了钱，这样的事情对谁都有强有力的诱惑。然后，他又干了些什么呢？若无其事地跑到警察署报告说有杀人案，但他太粗心，把偷来的钱竟毫无戒意地塞在自己的缠腰布里。看样子他一点没想到当时要进行人身搜查。

"但是，等一等，斋藤究竟怎么样辩解的呢？看样子他已经陷入危险境地。"露屋对此作了各种设想，"在他腰中的钱被发现时，也许他会回答：'钱是我自己的。'不错，没有人知道老妪财产的多寡和藏匿地点，所以这种解释或许能成立。但金额也太大了！那么，最后他大概只得供述事实。不过，法院会相信他吗？只要没有其它嫌疑人出现，就不能判他无罪，搞不好也许要判他杀人罪，这样就好了……

"不过，预审官在审讯中或许会搞清楚各个事实。如他向我说过老妪藏钱的地点。案发两日前我曾经进入老妪房中谈了半天，还有我穷困潦倒，连学费都有困难等等。"

但是，这些问题在计划制定之前，露屋事先都认真考虑过。而且，不管怎样，再也别想从斋藤口中说出更多对露屋不利的事实来。

从警察署回来，吃过早餐（此时他与送饭来的女佣谈论杀人案），他与往常一样走进学校。学校里到处都在谈论斋藤。他混在人群中洋洋得意地讲述他从别处听来的新闻。

三

读者诸君，通晓侦探小说精髓的各位都知道，故事决不会就此结束。的确如此。事实上，以上不过是本故事的开始。作者要让各位阅读的是以后章节。即露屋如此精心筹划的犯罪是如何被发现的？其中的经纬曲直如何？

担任本案预审的审判员是有名的笠森先生。他不仅是普通意义上的名审判员，而且因他具有某些特殊的爱好，更使他名气大增。他是位业余心理学家，对于用普通方法无法判断的案子，最后用他那丰富的心理学知识频频奏效。虽然资历浅，年纪轻，但让他做一个地方法院的预审员确实屈才。这次老妪被杀事件由笠森审判员审理，毫无疑问，谁都相信此案必破。笠森先生自身当时也这样认为。同往常一样，他想，本案要在预审庭上调查透彻，以便公判时不留任何细小的麻烦。

可是，随着调查的推进，他渐渐明白此案确非轻易可破。警方简单地主张斋藤有罪，笠森判官也承认其主张有一定道理，因为，在老妪活着的时候，进出过老妪家中的人，包括她的债务人、房客、熟人，均一个不剩地进行了传讯，作过周密地调查，却没有一个可怀疑的对象（露屋自然也是其中之一）。只要没有其它嫌疑人出现，目前只有判定最值得怀疑的斋藤勇为罪犯。而且对斋藤最不利的，是他那生来软弱的性格。一走进审讯室就神情紧张，结结巴巴地答不上话来。头昏脑胀的斋藤常常推翻先前的供述，忘记理当记住的事情，讲些不必要的话，越急越着急，于是嫌疑越来越重。自然也因为他有偷老妪钱的弱点，若非这一点，斋藤的脑子还是相当好使的，再软弱，也不至于做那么多蠢事。他的处境，实在值得同情。但是，否定斋藤是杀人犯，对此，笠森先生确实没有把握。现在最多是怀疑而已。他本人自然没有承认，其它也没有一件令人满意的确证。

如此，事件已过去一个月，预审仍无结果。审判员开始有些着急。恰在此时，负责老妪所在地治安的警察署长给审判员带来一个有价值的报告。据报告，事件当日，一个装有五千二百一十日元的票夹在离老妪家不远的大街上被拾到，送交人是嫌疑犯斋藤的密友露屋清一郎。由于工作人员的疏忽，一直没有引起注意。如此巨款，时间已过去一个月，尚无失主前来认领，这其中意味着什么？

困惑不安的笠森审判员得到这个报告，恰如看到一线光明。他立即办理传唤露屋清一郎的手续。可是，尽管审判员精神十足，却未得到任何结果。在事件调查的当日为什么没有陈述拾到巨款的事实？对此露屋回答，我没有想到这与杀人事件有什么关系，答辩理由充分。在斋藤的缠腰布里已经发现老妪之财产，谁会想到除此以外的现金，特别是丢在大街上的现金是老妪财产的一部分呢？

难道这是偶然？事件当日，在离现场不远的地方，并且是第一嫌疑犯的密友（根据斋藤的陈述，露屋知道藏钱的花盆）拾到大笔现金，这能是偶然吗？审判员为此苦思冥想。最使判官遗憾的是，老妪没有将纸币连号存放。如果有了这一点，就可以立刻判明这些可疑的钱是否与本案有关。哪怕是件极小的事，只要能抓到一件确凿的线索也行。审判员倾注全部心力思考，对现场调查报告又反复检查数次，彻底调查了老妪的亲戚关系，然而，什么也没得到。如此又白白过去了半个月。

只有一种可能，审判员推想，露屋偷出老妪存钱的一半，反把剩下的放回原处，将偷来的钱放入票夹，作出在大街拾到的假象。但能有这种蠢事吗？票夹做过调查，并无任何线索，而且，露屋相当镇静的陈述，他当时散步，沿途经过老妪家门前。罪犯能说出这样大胆的话吗？最重要的，是凶器去向不明。对露屋宿舍搜查的结果，什么也没找到。提到凶器，斋藤不是同样也可以干得出来吗？那么，究竟怀疑哪一个呢？现在没有任何确凿证据。如署长所说，若怀疑斋藤，那就像是斋藤。但若怀疑露屋，也不是没有可怀疑之处啊。唯一可以确定的，这一个半月侦查的结果表明，除他二人以外，没有别的嫌疑者存在。搅尽脑汁的笠森审判员觉得，该是进一步深入的时候了。他决定对两位嫌疑者，施行过去每每成功的心理测验。

四

事过两三天后，露屋清一郎再次受到传讯。第一次受传讯时，他已经知道这次传讯他的预审审判员是有名的业余心理学家笠森先生，因此，心中不由得十分惊慌。他对心理测验这玩艺儿一无所知。于是，他翻遍各种书籍，将有关知识烂熟于心，以备将来之用。

这个重大打击，使伪装无事继续上学的他失去了往日的镇静。他声称有病，蛰居于寄宿的公寓内，整日思考如何闯过这个难关。其仔细认真的程度，不亚于实施杀人计划之前，或者更甚。

笠森审判员究竟要做什么心理测验呢？无法预知。露屋针对自己所能知道的心理测验方法逐个思考对策，可是心理测验本来就是为暴露陈述的虚伪而产生的，所以对心理测验再进行撒谎，理论上似乎是不可能的。

按露屋的看法，心理测验根据其性质可分为两大类。一种是依靠纯生理反应，一种是通过问话来行。前者是，测验者提出有关犯罪的各种问题，用适当的仪器测试，记录被测验者身体上发生的细微反应，以此得到普通讯问所无法知道的真实。人纵然可以在语言上、面部表情上撒谎，但却不能掩盖神经的兴奋，它会通过肉体上细微的征候表现出来。根据这一理论，其方法有，借助自动描记法的力量，发现手的细微动作，依靠某种手段测定眼球震动方式，用呼吸描记法测试呼吸的深浅缓急，用脉搏描记法计算脉搏的高低快慢，用血压描记法计算四肢血液流量，用电表测试手心细微的汗迹，轻击膝关节观察肌肉收缩程度，及其它类似的各种方法。

假如突然被提问“是你杀死老太婆的吧?”他自信自己能够镇静地反问“你这样说有什么证据呢?”但是，那时血压会不会自然地升高，呼吸会不会加快呢？这绝对防止不了吗？他在心中做出各种假定和实验。但奇怪的是，自己向自己提出的问题，无论怎样紧急和突然，都不能引起肉体上的变化。虽然没有测试工具，不能说出确切的情况，但既然感觉不到神经的兴奋，其结果自然产生不了肉体上的变化是确定无疑的。

在进行各种实验和推测之中，露屋突然产生一个想法，反复练习能不能影响心理测验的效果？换句话说，对同一提问，第二次比第一次，第三次比第二次，神经的反应会不会依次减弱？也就是说习以为常呢？很有可能！自己对自己的讯问没有反应，与此是同样的道理，因为在发出讯问之前，心里早有预知了。

于是，他翻遍《辞林》几万个单词，把有可能被用于讯问的词句一字不漏地摘录下来，用一周时间对此进行神经“练习”。

然后是语言测验，这也没什么可怕，毋宁说仅仅是语言游戏，容易敷衍。这种测验有各种方法，但最常用的联想诊断，这与精神分析学家看病人时使用的是同一种把戏。将“拉窗”“桌子”“墨水”“笔”等毫无意义的几个字依次读出，让被测验者尽可能不加思索地讲出由这些单词所联想到的语言，如由“拉窗”可以联想到“窗户”“门槛”。“纸”“门”等等，什么都行，总之要使他说出及时突然想到的语言。在这些无意义的单词中，不知不觉地混入“刀子”“血”“钱”“钱包”等与犯罪有关的单词，以观察做测验者对此产生的联想。

以杀害老妪事件为例，智力浅弱者对“花盆”一词也许会无意中回答“钱”。因为从花盆盆底偷“钱”给他的印象最深。这样就等于他供认了自己的罪状。但是，智力稍深的人，即使脑中浮现出“钱”字，他也会控制住自己，作出诸如“陶器”之类的回答。

对付这种伪装有两种方法：一种是，一轮单调测验后，稍隔一段时间再重复一次。自然作出的回答则前后很少有差异。故意做出的回答则十有八九后次与前一次不同。如“花盆”一词，第一次答“陶瓷器”，第二次可能会答“土”。

另一种方法是，用一种仪器精确地记录从发问到回答所用的时间，根据时间的快慢，如尽管对“拉窗”回答“门”的时间为一秒，而对“花盆”回答“陶瓷器”的时间却是三秒，这是因为脑中最先出现的对“花盆”的联想之抑制占用了时间，被测验者则成为可疑。时间的延迟不仅出现在这一单词上，而且会影响以后的无意义单词的反应速度。

另外，还可以将犯罪当时的情况详细说给被测验者听，让他背诵。真正的罪犯，背诵时会在细微之处不自觉地顺嘴说出与听说内容相悖的真实情况。

对于这种测验，当然需要采取与上一种测验相同的“练习”，但更要紧的是，用露屋的话说，就是要单纯，不玩弄无聊的技巧。对“花盆”，索性坦然地回答“钱”“松树”更为安全。因为对露屋来说，即使他不是罪犯，也会自然根据审判员的调查和其它途径，在某种程度上知道犯罪事实，而且花盆底部藏钱这一事实最近必然会给自己留下最深刻的印象。作这样的联想不是极其自然吗？另外，在让他背诵现场实况时，使用这个手段也相当安全。问题在于需要时间，这仍然需要“练习”。花盆出现时要能毫不犹豫地回答出“钱”“松树”，事先需要完成此类练习。这种“练习”又使他花费数日时间。至此，准备完全就绪。

露屋算定另有一事对他有利。即便接触到未预料到的讯问，或者进一步说，对预料到的讯问作出了不利的反应，那也没有什么可怕。因为被测验的不止我一人。那个神经过敏的斋藤勇，心里也没做过亏心事，面对各种讯问，他能平心静气吗？恐怕至少要做出与我相似的反应吧。

随着思考的推进，露屋渐渐安下心来，不由得直想哼支歌曲，他现在反而急着等待笠森审判员的传讯了。

五

笠森审判员怎样进行心理测验，神经质的斋藤对此作出什么样的反应，露屋又是怎样镇静地对付测验，在此不多赘述，让我们直接进入结果。

心理测验后的第二天，笠森审判员在自家书斋里，审视测验结果的文件，歪着头苦想，忽然传进明智小五郎的名片。

读过《D被杀人案》的读者，多少知道这位明智小五郎。从那以后，在一系列的疑难犯罪案中，他表现出非凡的才能，博得专家及一般民众的一致赞赏。由于案件的关系，他与笠森的关系也较亲密。

随着女佣的引导，小五郎微笑的面孔出现在审判员的书斋里。本故事发生在《D坡杀人案》后数年，他已不是从前那个书生像了。

“嘿，这次真让我为难啊。”

审判员转向来客，神情忧郁。

“是那件杀害老妪案吗？怎么样，心理测验结果？”

小五郎边瞅着审判员的桌上边说。案发以来他时常与笠森审判员会面，详细询问案情。

“结果是清楚的，不过，”审判员说，“无论如何不能令我满意。昨天进行了脉搏试验和联想诊断，露屋几乎没什么反应。当然脉搏有许多可疑之处，但与斋藤相比，少得几乎不算回事。

联想试验中也是如此，看看对‘花盆’刺激语的反应时间就清楚了，露屋的回答比其它无意义的词还快，斋藤呢？竟用了6秒钟。”

“唉，这还不非常明了吗？”审判员边等待着小五郎看完记录，边说：“从这张表可以看出，斋藤玩了许多花招。最明显的是反应时间迟缓，不仅是关键的单词，而且对紧接在其后的第二个词也有影响。还有，对‘钱’答‘铁’，对‘盗’答‘马’，联想非常勉强。对‘花盆’的联想时间最长，大概是为了区别‘钱’和‘松’两个联想而占用了时间，相反，露屋非常自然。‘花盆’对‘松’‘油纸’对‘藏’，‘犯罪’对‘杀人’，假如露屋是罪犯，他就必须尽力掩藏联想，而他却心平气和地在短时间内答出。如果他是杀人犯，而又做出这种反应，那他必定是相当的低能儿。可是，实际上他是×大学的学生，并且相当有才华啊……”

“我看，不能这样解释。”

小五郎若有所思地说。但审判员丝毫没有注意到小五郎这有意味的表情，他继续说：

“由此看来，露屋已无怀疑之处，但我还是不能确信斋藤是罪犯，虽然测验结果清楚无误。即使预审判他有罪，这也并不是最后的判决，以后可以推翻，预审可以到此为止。但你知道，我是不服输的，公审时，我的观点如果被彻底推翻，我会发火的。所以，我有些困惑啊。”

“这实在太有趣了。”小五郎手持记录开始谈到，“看来露屋和斋藤都很爱看书学习啊，两人对书一词都回答《丸善》。更有意思的是，露屋的回答总是物质的，理智的，斋藤则完全是温和的，抒情的，如‘女人’‘服装’‘花’‘偶人’‘风景’‘妹妹’之类的回答，总让人感到他是个生性懦弱多愁善感的男人。另外，斋藤一定有病在身，你看看，对‘讨厌’答‘病’对‘病’答‘肺病’，这说明他一直在担心自己是不是得了肺病。”

“这也是一种看法，联想诊断这玩艺儿，只要去想，就会得出各种有趣的判断。”

“可是，”小五郎调整了一下语调说，“你在说心理测验的弱点。戴·基洛思曾经批评心理测验的倡导者明斯达贝希说，虽然这种方法是为代替拷问而想出来的，但其结果仍然与拷问相同，陷无罪者为有罪，逸有罪者于法外。明斯达贝希似乎在哪本书上写过，心理测验真正的效能，仅在于发现嫌疑者对某场所某个事物是否有记性，把它用于其它场合就有些危险，对你谈这个也许是班门弄斧，但我觉得这是十分重要的，你说呢？”

“如果考虑坏的情况，也许是这样。当然这理论我也知道。”

审判员有些神色不悦地说。

“但是，是否可以说，这种坏的情况近在眼前呢？假定一个神经非常过敏的无犯罪事实的男人受到了犯罪的嫌疑，他在犯罪现场被抓获，并且非常了解犯罪事实。这时，面对心理测验，他能静下心来吗？啊！要对我测验了，怎么回答，才能不被怀疑呢？他自然会兴奋。所以在这种情况下进行心理测验，必然导致戴·基洛思所说的‘陷无罪者为有罪’。”

“你在说斋藤吧？我也模模糊糊有这种感觉，我刚才不是说过，我还有些困惑吗？”

审判员脸色更加难看。

“如果就这样定斋藤无犯罪事实（当然偷钱之罪是免除不了的），究竟是谁杀死了老太婆呢？”审判员中途接过小五郎的话，粗暴地问，“你有其它的罪犯目标吗？”“有，”小五郎微笑着说，“从这次联想测验的结果看，我认为罪犯就是露屋，但还不能确切地断定。他现在不是已经回去了吗？怎么样，能否不露痕迹地把他叫来？若能把他叫来，我一定查明真相给你看看。”

“你这样说，有什么确切的证据吗？”

审判员十分惊异地问。

小五郎毫无得意之色，详细叙述了自己的想法。这想法使审判员佩服得五体投地。小五郎的建议得到采纳，一个佣人向露屋的宿舍走去。

“您的朋友斋藤很快就要判定有罪了。为此，我有话要对您说，希望您能劳足到我的私室来一趟。”

这是传话的言词。露屋刚从学校回来，听到这话急忙赶来。就连他也对这喜讯十分兴奋。过分的高兴，使他完全没有注意到里面有可怕的圈套。

六

笠森审判官在说明了判决斋藤有罪的理由后，补充说：

“当初怀疑你，真对不起。今天请你到这儿来，我想在致歉的同时，顺便好好谈一谈。”

随后叫人为露屋沏了杯红茶，神态极其宽舒地开始了闲谈。小五郎也进来插话。审判员介绍说，他是他的熟人，是位律师。死去的老妪的遗产继承人委托地催收银款。虽然一半是撒谎，但亲属会议决定由老妪乡下的侄子来继承遗产倒也是事实。

他们三人从斋藤的传闻开始，山南海北地谈了许多。彻底安心的露屋，更是高谈阔论。谈话间，不知不觉暮色临近。露屋猛然注意到天色已晚，一边起身一边说：

“我该回去了，别的没什么事了吧？”

“噢，我竟忘得一干二净，”小五郎快活地说，“唉呀，这事也没什么，今天正好顺便……你是不是知道那个杀人的房间里立着一个对折的贴金屏风，那上面被碰破了点皮，这引起一个小麻烦。因为屏风不是那老太太的，是放贷的抵押品，物主说，是在杀人时碰坏的，必须赔偿。老太太的侄子，也和老太太一样是个吝啬鬼，说也许这伤原来就有，怎么也不答应赔。这事实在无聊，我也没办法。当然这屏风像是件相当有价值的物品。你经常出入她家，也许你也知道那个屏风吧？你记不记得以前有没有伤？怎么，你没有特别注意屏风？实际上我已经问过斋藤，他太紧张记不清了。而且，女佣已回乡下，即便去信询问也不会有结果，真让我为难啊……”

屏风确实是抵押品，但其它的谈话纯属编造。开始，露屋听到屏风心中一惊，但听到后来什么事也没有，遂安下心来。

“害怕什么呢？案子不是已经决定过了吗？”

他稍微思索了一下该如何回答，最后还是决定与以前一样照事物的原样讲最为安全。

“审判员先生很清楚，我只到那房间去过一次，那是在案件的两天前，也就是说是上个月的三号。”他嘻嘻地笑着说。这种说话方法使他乐不可支。“但是，我还记得那个屏风，我看到时确实没有什么伤。”

“是吗？没有错吗？在那个小野小町的脸的部位，有一点点伤。”

“对、对，我想起来了，”路屋装着像刚刚想起似的说，“那上面画的六歌仙，我还记得小野小町。但是，如果那上面有伤，我不会看不见的。因为色彩鲜艳，小野小町脸上有伤一眼就可以看出来。”

“那么，给你添麻烦了，你能不能作证？屏风的物主是个贪欲深的家伙，不好应付啊。”

“哎，可以可以，我随时听候您的方便。”

露屋略觉得意，立即答应了这位律师的请求。

“谢谢。”小五郎边用手指搔弄着浓密的头发，边愉快地说，这是他兴奋时的一个习惯动作。“实际上，一开始我就想你肯定知道屏风的事，因为，这个，在昨天的心理测验的记录中，对‘画’的提问，您作出了‘屏风’这一特殊的回答。喏，在这儿。寄宿舍中的不会配置屏风的，除斋藤以外，你似乎没有更亲密的朋友，所以我想你大概是由于某个特别的理由才对于这屏风有特别深的印象的吧？”

露屋吃了一惊，律师说的丝毫不错。昨天我为什么漏嘴说出屏风的呢？而且到现在我竟一点也未察觉到这一点。这是不是危险了？危险在哪里呢？当时，我确实检查过那伤的痕迹，不会造成任何线索啊。没事，要镇静，要镇静！经过考虑之后，他终于安下心来。可是，实际上他丝毫未察觉到他犯了个再清楚不过的大错误。

“诚然，你说得一点不错，我没有注意，您的观察相当尖锐啊。”

露屋到底没有忘记无技巧主义，平静地答道。

“哪里哪里，我不过偶然发现而已。”假装律师的人谦逊地说，“不过，我还发觉另一个事实，但这决不会使您担心。昨天的联想测验中插入八个危险的单词，你完全通过了，太圆满了。假如背后有一点不可告人的事，也不会干得这样漂亮。这几个单词，这里都打着圆圈，在这里，”说着，小五郎拿出记录纸，“不过，对此你的反应时间虽说只有一点点，但都比别的无意义的单词回答得快。如对‘花盆’回答‘松树’您只用了零点六秒钟。这真是难得的单纯啊。在这三十个单词中，最易联想的首先数‘绿’对‘蓝’，但就连这个简单的词你也用了零点七秒时间。”

露屋开始感到非常不安。这个律师究竟为了什么目的这样饶舌？是好意？还是恶意？是不是有什么更深一层的居心？他倾尽心力探寻其中的意味。

“除‘花盆’‘油纸’，‘犯罪’以外其它的单词决不比‘头’‘绿’等平常的单词容易联想。尽管如此，你反而将难于联想的词很快地回答出来。这意味着什么呢？我所发觉的就是这一点，要不要猜测一下你的心情？嗯？怎么样？这也是一种趣事。假如错了，敬请原谅。”

露屋浑身一颤。但他自己也不明白为什么会搞成这个样子。

“你大概非常了解心理测验的危险，事先做了准备。关于与犯罪有关的语言，那样说就这样对答，你心中已打好腹稿。啊，我决不想批评你的做法。实际上，心理测验这玩艺儿，根据情况有时是非常不准确的。谁也不能断言它不会逸有罪于法外陷无罪为有罪。但是，准备太过分了，自然虽无心答得特别快，但是那些话还是很快就说出来了。这的确是一个很大的失败。你只是担心不要迟疑，却没有觉察到太快也同样危险。当然，这种时间差非常微小，观察不十分深的人是很容易疏漏的。总之，伪造的事实，在某些地方总要露出破绽。”小五郎怀疑露屋的论据仅此一点。“但是，你为什么选择了‘钱’，‘杀人’，‘藏’等词回答呢？不言而喻，这就是你的单纯之处。假如你是罪犯，是决不会对‘油纸’回答‘藏’的。平心静气地回答这样危险的语言，就证明了你丝毫没有问心有愧的事。啊？是不是？我这样说对吗？”

露屋一动不动地注视着说话者的眼睛。不知为什么，他怎么也不能移开自己的眼睛，从鼻子到嘴边肌肉僵直，笑、哭、惊异，什么表情都做不出来，自然口中也说不出话来。如果勉强说话的话，他一定会马上恐惧地喊叫。

“这种单纯，也就是说玩弄小花招，是你显著的特长，所以，我才提出那种问题。哎，你明白了吗？就是那个屏风。我对你会单纯地如实地回答确信无疑。实际也是这样。请问笠森先生，六歌仙屏风是什么时候搬到老妪家中的？”

“犯罪案的前一日啊，也就是上个月四号。”

“哎，前一日？这是真的吗？这不就奇怪了吗？现在露屋君不是清楚地说事件的前两天即三号，看到它在房间里的吗？实在令人费解啊，你们大概是谁搞错了吧？”

“露屋君大概记错了吧？”审判员嗤笑着说，“直到四号傍晚，那个屏风还在它真正的主人家里。”

小五郎带着浓厚的兴趣观察露屋的表情。就像马上要哭出来的小姑娘的脸，露屋的精神防线已开始崩溃。这是小五郎一开始就计划好的圈套。他早已从审判员那里得知，事件的两天前，老妪房中没有屏风。

“真不好办啊！”小五郎似乎困惑地说。

“这是个无法挽回的大失策啊！为什么你把没见到的东西说见到了呢?！你不是从事件两天前以后，一次也没进那个房间吗？特别是记住了六歌仙的画，这是你的致命伤。恐怕你在努力使自己说实话，结果却说了谎话。嗯？对不对？你有没有注意到两天前进入正房时，那里是否有屏风？如你所知，那古屏风发暗的颜色在其它各种家具中也不可能特别地引人注目。现在你自然想到事件当日在那儿看到屏风，大概两天前一样放在那儿吧？而且我用使你作出如是想的语气向你发问。这像是一种错觉，但仔细想想，我们日常生活中却不足为奇。如果是普通的罪犯，那他决不会像你那样回答。因为他们总是想方设法能掩盖的就掩盖。可是，对我有利的是，你比一般的法官和犯罪者有一个聪明十倍、二十倍的头脑。也就是说你有这样一个信念，只有不触到痛处，尽可能地坦白说出反而安全。这是否定之否定的做法。不过我又来了次否定，因为你恰恰没有想到一个与本案毫无关系的律师会为了使你招供而制作圈套，所以，哈……”

露屋苍白的脸上、额上渗出密密的汗珠，哑然无语。他想，事到如今，再进行辩解，只能更加露出破绽。凭他那个脑袋，他心中非常清楚，自己的失言是多么雄辩的证词。在他脑海里，奇怪的是，孩童时代以来的各种往事，像走马灯似的迅速闪现又消失。他长时间地沉默。

“听到了吗？”隔了一会儿，小五郎说：“沙啦沙啦的声音，隔壁房间里从刚才开始就在记录我们的谈话……你不是说过可以做证词吗？把它拿过来怎样？”

于是，隔扇门打开，走出一位书生模样的男子，手持卷宗。

“请把它念一遍！”

随着小五郎的命令，那男子开始朗读。

“那么，露屋君，在这里签个名接上手印就行，按个手印怎么样？你决不会说不按的吧，我们刚才不是刚刚约定关于屏风任何时候都可以作证吗？当然，你可能没有想到会是这样作证。”

露屋非常明白，在此纵使拒绝签名也已无济于事了。在同时承认小五郎令人惊异的推理意义上，露屋签名按印。现在他已经彻底认输，蔫然低下头去。

“如同刚才所说，”小五郎最后说道，“明斯达贝希说过，心理测验真正的效能仅在于测试嫌疑者是否知道某地、某物或某人。拿这次事件来说，就是露屋君是否看到了屏风。如果用于其它方面，恐怕一百次心理测验也是无用的。因为对手是像露屋君这样，一切都进行了缜密的预想和准备。我想说的另一点是心理测验未必像书中所写的那样，必须使用一定的刺激语和准备一定的器械，如同现在看到的我的测验一样，极其平常的日常对话也可以充分达到目的。古代的著名审判官，如大罔越前守等，他们都在不自觉的情况下严谨地使用着现代心理学所发明的方法。”

人性的盲点巧妙利用

身份案

阿瑟·柯南·道尔

我和福尔摩斯面对面坐在他寓所的壁炉前，他的寓所坐落在贝克大街上。他说："伙计，生活非常美妙，它的美妙程度远远超出你的想象。有时在我们看来很平常的事情，我们却连想都不敢想。如果我们能够手拉手地飞出那个窗口，翱翔在这个大城市的上空，轻轻地掀开那些屋顶，窥视里面发生的非比寻常的事情：奇遇、密室、争执，以及令人叹为观止的一连串的事情，它们一件接一件不断地发生着，并造成一些令人难以想象的稀奇古怪的结果，这就使一切老套乏味、看到开头就知道结局的小说变得更加滞销。"

我回答道："但是我并不相信这些。那些出现在报纸上的案件，大都乏味无聊、俗不可耐。现实主义被警察淋漓尽致地运用在他们的报告中，我们不得不承认，那样的结果既无聊，又毫无艺术性。"

福尔摩斯分析道："选择和判断是必要的手段，如果你想产生实际的效果的话。在警察的报告中显然没有这些，因为也许是他们把重点放在长官的陈词滥调上去了，而没有注意到一些实质的细节问题才是观察者认为在整个事件中必不可少的。毫无疑问，只有那些司空见惯的东西才是最让人难以发觉的。"

我笑着摇摇头，说："我很理解你会有这样的想法。显然，你所处的地位——整个三大洲中所有陷于困境中的人的非正式顾问和助手——让你有机会接触到一切非同寻常的人和事。

可是在这儿，"我从地上捡起一份晨报，"让我们来做一个实验，这儿是我注意到的第一个标题：《丈夫虐待妻子》。这则新闻占据了半版篇幅，可是我根本不用看完就能够想象里面都写了些什么。很自然，这种文章里面一定会涉及到'第三者'、酗酒闹事、拳打脚踢、遍体鳞伤以及富有同情心的姐妹或者好心的房东太太等。就算是最蹩脚的作者也不会写出比这更粗制滥造的东西了。"

福尔摩斯接过报纸，粗略地扫视了一遍，开口道："事实上，你举的这个例子并不能恰当地证明你上述的观点。这个报道是关于邓达斯家分居的，那个案子发生的时候，我正好在整理一些跟此案相关的资料，并试图弄清楚其中的细节。案件中的丈夫是个绝对的戒酒主义者，里面也没有什么所谓的‘第三者’；被起诉的理由是，这个丈夫有一个习惯，他每次吃完饭，都要取下假牙，并向他的妻子扔去。你一定会认为，这种事在一般叙事者的想象中是怎么都不会发生的……”他顿了一下，“大夫，来点鼻烟！”继续说道，“从你所举的例子来看，我赢了！”

他伸手取出他破旧的金制鼻烟壶，那烟壶盖的中心镶嵌着一颗紫色的水晶，那颗水晶的光彩夺目显然跟他朴素的作风和简单的生活很不相称，于是我不得不加以评论。

“啊！”他解释道，“我忘了我已经有几个星期没有看见你了。这个烟壶是波西米亚国王赠送我的纪念品，为了酬谢我在艾琳·艾德勒相片案中对他的帮助。”

“那你手上的戒指呢？”我看了看他手指上那枚光芒夺目的钻石戒指问道。

“这个是荷兰王室送给我的。由于我给他们破的那个案件非常微不足道，所以我就不便透露给你了，尽管你是一位一直诚诚恳恳地把我的一两件小事迹都记录下来的朋友。”

“那么，目前你手头上有什么案件吗？”我兴趣盎然地问他。

“有那么十一二件吧，但是没有一件是特别引起我兴趣的。它们都很重要，你知道，但是并不是很有趣。我发现通常在很微不足道的案件里反倒有观察和分析的余地，这样的调查工作就很有趣味。往往罪行越大，调查起来反而更简单，因为罪行越大，动机就越明显。在这些案件中，除了从马赛来要我办的那个案件比较复杂以外，其他就没有什么特别有趣的了。不过说不定再过一会儿，就会有更有趣的案件送上门来，如果不是我大错特错的话，现在应该就有位委托人来了。”

他从椅子上站起来，走到拉开了窗帘的窗户前，看着伦敦那灰暗而萧条的街道。我从他的肩上往外看去，在对面人行道上站着一个高大的女人，那女人的脖子上围着一条毛皮围脖，一顶插着一根大而卷曲的羽毛的宽边帽子，以德文郡公爵夫人卖弄风情的姿态，歪戴在一只耳朵上面。在这样的盛装之下，她神情紧张、犹疑不决地向上窥探着我们的窗子，同时身体在前后摇晃着，手指烦躁不安地拨弄着手套上的纽扣。突然，她像从岸上一跃入水的游泳者那样，从对岸急遽地穿过马路，紧跟着，我们就听到了一阵刺耳的门铃声。

福尔摩斯把烟头扔到壁炉里，说：“这种征兆，我以前也看见过。在人行道上摇摇摆摆通常意味着跟桃色事件有关，她想找人征询一下意见，但又拿不定主意是否有必要把这样渺小的事情告诉给别人。但是只这一点上也有很多的不同。一般来讲，当一个女人觉得是男人做了对不起她的事的时候，她不再摇晃了，通常的征兆是急促地想把门铃线都拉断了。现在这个我们可以看做是一桩恋情案件，不过这个女人并不怎么愤怒，而只是茫然若失的样子。好在现在她亲自登门造访，这样我们的疑团也就可以迎刃而解了。”

他正说着，屋外响起了敲门声，穿着罩衣的男仆进来报告说玛丽·萨瑟兰小姐来访。话音未落，这位叫玛丽·萨瑟兰的女客就出现在他那穿着黑色罩衣的矮小身材后面，仿佛一艘随着领港小船扬帆而来的商船。福尔摩斯热情地接待了她，以他那特有的落落大方而又彬彬有礼的非凡态度，他随手推上门，微微鞠躬，请她在扶手椅上坐下。片刻之间，就以他特有的那种心不在焉的神态把她打量了一番。

“你不觉得吃力吗?”他说道，“你的眼睛有些近视，却要打那么多的字。”

“开始确实有点吃力，”她回答道，“但是现在不用看就知道字母的位置了。”她突然体会到他这问话的全部含义，感到十分震惊。她抬起头来仰视着福尔摩斯，宽阔而友善的脸上露出惊惧和疑惑的神色。她叫道：“福尔摩斯先生，您听说过我吧，不然您怎么能知道这一切呢?”

“不必担心，”福尔摩斯笑着说道，“我的工作就是要知道一些事情，我要能够了解别人所忽略的地方，这也许就是我自已努力锻炼的方向。不然的话，你又怎么会来请教我呢?”

“先生，我是从埃斯里奇太太那里了解到您才来找您的。所有人包括警察在内都认为，她的丈夫已经死了而不再去寻找了，而您却轻而易举地就找到了。哦，福尔摩斯先生，我希望您也能够这样帮助我。我并不是个富有的人，但是除了打字所得的那一点点薪水外，我每年继承的财产还有一百英镑。只要能知道霍斯默·安吉尔先生的消息。”

福尔摩斯手指顶着手指，眼睛望着天花板，问道：“你为什么这样匆匆忙忙地离开家来找我呢?”

玛丽·萨瑟兰小姐有些茫然若失的脸上又一次出现了惊讶的神色。“是的，我来得是很突然。”她说，“因为看到我的父亲温迪班克先生对这事漠不关心，这使我非常气愤。他不肯去报警，也不肯到这里来找您，最后由于他什么都不干，只是不断地说‘没事，没事’，这使我十分冒火，我穿上外套，就立即赶来找您了。”

“你的父亲?”福尔摩斯说，“他一定是你的继父，因为你们并不同姓。”

“没错，是我的继父。我叫他父亲，尽管听起来很可笑，因他只比我大五岁零两个月。”

“那你母亲还健在吗?”

“是的，她还健在。福尔摩斯先生，我很不高兴，因为在父亲刚死不久，她就重新结婚了，而且那男的年龄比她几乎小了十五岁。我父亲是在托特纳姆法院路做钢管生意的。他死后留下了一个相当大的企业，这个企业由母亲和工头哈迪先生继续经营。可是，温迪班克先生一来就逼迫母亲出卖这个企业，因为他是个旅行推销员，靠推销酒为生，地位是很优越的。他们于是出卖商业信誉以及利息，最后共得四千七百英镑。如果父亲还活着的话，他得到的数目一定会比这个多得多。”

我本以为福尔摩斯会感到厌烦了，因为这样的叙述杂乱无章而且毫无趣味，然而相反，他却听得很聚精会神。

他问道：“你自己的这点儿收入是从这个企业里得来的吗?”

“啊，不是的，先生。那是一笔另外的收入，是耐德伯父遗留给我的，他住在奥克兰。那是新西兰股票，利率有四分五厘。股票金额是二千五百英镑，但是我只能动用利息。”

福尔摩斯说：“我对你说的深感兴趣，既然你每年都能提用一笔一百英镑的巨款，而且自己又有工资，那么你完全可以出去旅行，或者过着舒适的生活。我相信，一个独身女士只要大约六十英镑的收入就可以生活得很好了。”

“哪怕比这个数目小得多，福尔摩斯先生，我也能过得很好。但是，只要我住在家里，我就不愿意成为他们的负担，所以当我和他们住在一起的时候，他们就用我的钱。您可以想见这样的情形。当然，这只不过是暂时的，温迪班克先生每季度把我的利息提出来交给母亲，我觉得其实我光用打字所挣的那点钱就能过得很好。我们那里每打一张就能挣两便士，一天往往能打十五到二十张。”

福尔摩斯说：“你已经把你的情况对我说清楚了。这位是我的朋友华生大夫，在他面前不必拘束，可以同在我面前一样。请你把同霍斯默·安吉尔先生的关系全部告诉我们了吧。”

萨瑟兰小姐的脸上泛起了红晕，她紧张不安地用手抚弄夹克衫的镶边。她说：“我第一次遇见他是在煤气装修工的舞会上。我父亲在世的时候，他们总是要送票给他。此后，他们还记得我们，把票送给我的母亲。温迪班克先生不愿意我们去参加舞会。事实上是他从来不愿意我们到任何地方去，甚至我想去教堂做礼拜，他也会很生气的。可是这一次我下定决心前往，我就是要去，他有什么权利阻止我？他说，父亲的所有朋友都会在那里，我们结识那些人不合适。除此之外，他还说，我没有合适的衣服穿，而我那件紫色长毛绒大衣，几乎还从来没有从衣柜里取出来过。最后，他没有别的办法，又因为公事到法国出差去了。于是我和母亲两个人就随同从前当过我们工头的哈迪先生一起去赴舞会了。正是在那里我遇到了霍斯默·安吉尔先生的。”

福尔摩斯说：“我想，温迪班克先生从法国回来后，知道你去过舞会他一定很恼火。”

“啊，他的态度看起来倒还不错。我记得他当时笑了笑，耸了耸肩膀，然后还说不让女人做她愿意做的事是没有用的，因为她总是有一套自己的做事方式。”

“我明白了。我想你是在煤气装修工的舞会上遇见霍斯默·安吉尔先生的。”

“是的，先生。我是在那天晚上遇见他的。第二天他还打电话来，问我们是否都平安无事地回家了。在那之后，我们又见过面——福尔摩斯先生，我的意思是说，我同他一起散过两次步——但是此后，我父亲又回来了，而霍斯默·安吉尔先生就不能再到我家来了。”

“是这样吗？”

“对啊，您知道我父亲不喜欢那样的事情。他总是极力避免任何客人来访，他总是说，女人家应当安于同自己家里的人在一起。不过我却常常跟母亲抱怨，我认为每个女人都首先要有她自己的生活圈子，而对于这一点，我自己却没有。”

“那么霍斯默·安吉尔先生又如何呢？他没有设法来看你吗？”

“哎，父亲一星期后又将去法国，霍斯默来信说，在父亲走之前最好彼此不要见面，这样要更保险些。在这期间我们可以通信，而且他总是每天都有信来。我一早就把信给收起来了，所以父亲不可能知道。”

“你这个时候和那位霍斯默·安吉尔先生订婚了没有？”

“啊，是订婚了的，福尔摩斯先生。我们在第一次散步后就订婚了。霍斯默·安吉尔先生……莱登霍尔街一家办公室的出纳员，而且……”

“什么办公室？”

“最大的问题就出在这里，福尔摩斯先生，对于这一点，我并不清楚。”

“那么，他住在哪里呢？”

“就住在办公室。”

“你居然不知道他的地址？”

“不知道……只知道在莱登霍尔街。”

“那么，你的信又寄到哪里呢？”

“寄到莱登霍尔街邮局，留待本人领取。他说，如果寄到办公室去，其他同事都会嘲笑他和女人通信的。因此，我提出干脆用打字机把信打出来，因为他就是用打字机来给我写信的。但是他又不肯，他说，我亲笔写的信就像同我直接往来，而打字的信，会让他觉得我们两人中间永远隔着一部机器。福尔摩斯先生，这就是他对我喜欢的证明，哪怕是一些小事情他也会想得很周到。”

福尔摩斯说：“这些最能说明问题了。长期以来，我一直相信，细节才是最重要的部分。萨瑟兰小姐，你还记得霍斯默·安吉尔先生的其他小事情吗？”

“他是一个非常腼腆的人，福尔摩斯先生。他宁可同我在晚上散步，也不愿在白天，因为他说他不想被人注意。他举止文雅，态度谦和，甚至连说话的声音都是柔和的。他告诉我，他小时候曾经患过扁桃体炎和颈腺状炎症，这导致他说起话来总是含含糊糊、细声细气的。他对衣着总是很讲究，总是很整洁很素雅，不过他的视力不太好，跟我一样，所以一直戴着一副浅色的眼镜，来遮挡刺眼的亮光。”

“好的，那么当你继父温迪班克先生再去法国以后又发生了什么事情呢？”

“霍斯默·安吉尔先生又来到我家里，并且提议，我们应该在父亲回来之前就结婚。他非常郑重，并且还要我把手放在《圣经》上发誓，不管发生什么事，我都要永远忠诚于他。母亲说，他要我发誓是很对的，这是他的热情和重视的表示。母亲从一开始就对他很有好感，这种喜欢甚至超过了我。这样，当他们谈论要在一星期内举行婚礼时，我就提起父亲来了。但是他们两个人都叫我不必担心，说只要事后告诉他一声就可以了。母亲还说，她会把这件事同父亲谈妥的。福尔摩斯先生，我并不希望是这样的，他只不过比我大几岁，我就要任何事都得和他商量，得到他的许可，这听起来未免太可笑了。但是我又不想偷偷摸摸地干任何事情，所以我写信给我父亲，并寄往波尔多，那是公司驻法国办事处的所在地。可是就在我结婚那天早晨，这封信被退了回来。”

“那么，他没有收到这封信吗？”

“是的，先生。因为这封信寄到的时候，他刚好已经动身回英国了。”

“哈哈，那太不凑巧了！那么，你的婚礼是安排在星期五。是预定在教堂里举行吗？”

“是的，先生，不过静悄悄的，一点也不张扬。我们决定在皇家十字路口的圣救世主教堂举行婚礼。婚礼后到圣潘克拉饭店吃早餐。霍斯默乘的是一辆双轮双座的马车来接我们，但是我们当时除他之外还有两个人，那时候街上正好有另外一辆四轮马车，他就自己坐上那辆四轮马车。我们先到的教堂，四轮马车随后就到了。可当我们等待他下车时，却没有看见他走出车厢来。当马车夫从赶车的位置上下来的时候，人已经是无影无踪、不翼而飞了！车夫说他毫无线索人到哪里去了，因为他是亲眼目睹他坐进车厢的。福尔摩斯先生，那是上个星期五，从那以后我就再没听到他的消息了。”

福尔摩斯说：“看来发生这种事情，对你来说是极大的屈辱。”

“啊，不，不，先生。他对我非常好，非常体贴，他不会就这样离开我的。您瞧，他一早就对我说，不管发生什么事情，我都要忠诚于他；哪怕发生意外而使我们分开了，我也要永远记住自己许下的誓约，他迟早有一天会要求我实践这誓约的。也许在结婚的当天早晨说这样的话有点不可思议，但是从以后发生的事情来看，这其中的含义已经不言而喻了。”

“可以十分肯定这是有含义的。那么，你本人也是认为他遇到什么出人意料的横祸了？”

“可不是吗，先生。我相信他一定是预见到了一些危险，不然他怎么会讲那样的话呢。而在那之后，我想他所预见的事情终于还是发生了。”

“不过，你没有想过可能发生什么事情吗？”

“没有。”

“还有一个问题。你母亲是怎样对待这件事的呢？”

“她很生气，并且让我永远也不要再提这件事了。”

“那么还有你的父亲呢？你告诉他了吗？”

“告诉了，他似乎同我的想法一样，认为是发生了什么意外，但是他认为我将会重新得到霍斯默先生的消息的。照他的说法，把我带到教堂门口然后把我一个人丢在那里，不管对任何人来说那会有什么好处呢？好吧，如果他借了我的钱，或者同我结了婚之后把我的财产转给了他，那也许还算点理由，但是霍斯默在钱这个问题上是完全不依赖他人的，对我的钱，哪怕是一个先令，他也从来不屑一顾。既然如此，那还会发生什么事呢？为什么连信也不写一封呢？唉，我已经快被逼得疯疯癫癫、夜不能寐了。”她从皮手袋里掏出一块手帕，蒙着脸开始痛哭起来。

福尔摩斯边站起来边说道：“我要为你办这件案子，并且向你保证我一定会给你一个结果的。这一点毫无疑问。现在把担子交给我吧，你不用再操心了，更重要的是，让霍斯默先生从你的记忆中消失吧，就像他从你的生活中消失一样。”

“那么，您认为我不会再见到他了吗？”

“恐怕不会了。”

“那么，他到底出了什么事呢？”

“你把这个问题交给我了。我希望得到关于这个人的准确描述，还有你现在保留的他写给你的信件。”

“我在上星期六的《纪事报》上登过寻找他的广告。”她说，“这就是这条广告，这里还有他的四封来信。”

“谢谢你，你的通信地址是？”

“坎伯韦尔区，里昂街三十一号。”

“我知道你一直没有安吉尔先生的地址，那么你父亲的工作地点在哪里呢?”

“他是韦斯特豪斯·马班克商行的旅行推销员。那是芬丘波特的法国红葡萄酒大进口商。”

“谢谢你。你已经把情况说得很清楚了，请你把这些文件留下来，记住我给你的劝告。让这整个事件就这么了结了吧，不要让它再影响你的生活。”

“福尔摩斯先生，您对我真是太好了，可是这个我做不到。我必须忠实于霍斯默，只要他一回来，我就马上和他结婚。”

我们的这位客人，尽管她戴着一顶可笑的帽子而显得茫然若失，但她那颗淳朴的忠诚之心所体现的一种高尚的情操，却让我们不得不对她肃然起敬。她把文件放到桌子上就离开了，并且表示只要我们需要她，她会第一时间赶来。

福尔摩斯沉默了几许，他的手指尖仍旧顶着手指尖，两条腿向前伸展，眼睛朝上盯着天花板。然后，他从架子上取下那只陈旧不堪、满是油渍的陶制烟斗，这烟斗对他来说好像是一个顾问。点燃烟丝之后，他朝后靠在椅背上，那浓浓的蓝色烟雾袅袅萦绕，笼罩在他那充满无限幽思的脸上。

他说：“那个姑娘本身就是一个非常吸引人的研究对象。我发现她本人比她那小小的问题更加有意思。顺便说一下，她的问题不过是一个很平常的问题。如果翻阅一下我的案例，一八七七年安多弗索引的话，就能找到同样的例子，而且去年在海牙也发生过一些类似的事件。那都是些老问题，我看其中也就有那么一两个情节是新鲜的，可是这位姑娘本身却是最发人深省的。”

我说：“你似乎能在她身上看出许多我看不出来的东西。”

“不是看不出来，华生，而是不注意。你不知道该看向哪里，所以忽略了所有重要的东西。我从来没有告诉你袖子有什么重要性，从大拇指指甲中可以看出问题，或者在鞋带上也能够发现重大的问题。好了，现在你说你在这个姑娘的外表上看到了什么呢?你描述一下吧!”

“哦，她头上戴着一顶蓝灰色宽边的草帽，帽子上插着一根砖红色的羽毛。她的夹克衫是灰黑色的，上面缝缀着黑色的珠子，边缘镶嵌着小小的黑色玉制饰物。她的上衣是褐色的，比咖啡色略深，上衣的领部和扣子上镶着窄条的紫色长毛绒。手套是浅灰色的，右手食指部分已经磨破。她穿的鞋子是什么样的我倒并没有注意观察。她略微有点胖，戴着下垂的金耳环，总的看来是相当富裕的。她的神态很平常，看着还算舒服自在。”

福尔摩斯轻轻地拍了拍掌，抿着嘴微笑道：“华生，我绝不是恭维你，你的进步的确很大。你的这番描述非常好。你固然忽略了所有重要的东西，但是已经掌握了方法。你观察颜色的眼睛很敏锐。伙计，你决不能依靠一般的印象，而应该集中注意细节。一般而言，我观察一个女人，首先着眼的总是她的袖子。也许对一个男人来说，我们通常首先观察他裤子的膝部。正如你所看到的，这个女人的袖子上有长毛绒，这是透露痕迹的最有用的材料。手腕再往上点的两条纹路是打字员压着桌子的地方，这看起来很明显。手摇式缝纫机也会留下类似的痕迹，但那是在左臂上，离开大拇指最远的一边，而不是像打字痕迹那样正好横过最宽的部分。我后来看了看她的脸，我发现她的鼻梁两边都有眼镜留下的凹痕，根据这些，我大胆地提出近视和打字这两种说法，这似乎使她感到很惊奇。”

“这使我也感到很惊奇。”

“可是这一点也不错，很明显。我接着往下看去，很惊讶又很感兴趣地观察到，她所穿的两只靴子，尽管大致看来并没什么不同，但实际上它们绝不是一双。因为一只靴尖上有带花纹的皮包头，而另一只上却没有。一只靴子的五个扣子中只扣了下面两个，而另一只则扣上第一、第三和第五个扣子。喏，当你看见一位青年妇女，穿戴得很整洁，但出门时却穿着不配对的靴子，靴上扣子扣上一半，那说明她离家时非常匆忙，这应该不能算是一个什么了不起的推论吧。”

“还有呢?”我问道，我的朋友透彻的推理经常引起我强烈的兴趣。

“顺便说一下，我认为她在走出家门之前写了一张字条，但是这张字条是在她穿戴好了之后才写的。你观察到她右手套的食指那个地方破了，不过你显然没有注意到她的手套和食指上都沾了紫色的墨水。她写得很匆忙，蘸墨水时笔插得太深了。事情一定发生在今天早晨，不然的话墨迹不会清晰地留在她的手指上，这一切虽然都很简单，但却充满了趣味。不过我得赶紧回到正题上来，华生，给我念一念寻找霍斯默·安吉尔先生的那个启事好吗?”

我把那一小张印刷的字条凑到灯前。“寻人启事：十四日晨，一位名叫霍斯默·安吉尔的先生失踪。此人身高五英尺七英寸，体格健壮，肤色淡黄，头发乌黑，头顶略秃，留有浓密漆黑的颊须和唇髭，戴浅色墨镜，讲话低声细语。失踪前身穿金丝镶边的黑色大礼服，黑色背心，哈里斯花呢灰裤，褐色绑腿，两边有松紧带的皮靴。背心上挂有一条艾伯特式金链。此人曾在莱登霍尔街的一个事务所任职。若有人……”

“可以了。”福尔摩斯打断道，“甚至那些信件，”他看了一眼说，“很一般。除了一次引用过巴尔扎克的话以外，其中没有任何关系到霍斯默先生的线索。不过有一点很值得注意，它无疑会使你大吃一惊。”

“这些信件是用打字机打的。”我说。“不仅如此，连签名也是用打字机打的。你看信的末尾这几个打得工工整整的‘霍斯默·安吉尔’的残迹。有日期，你看到了，但是地址除了‘莱登霍尔街’外，别无其他，这是十分含混的，这个签名很能说明问题，事实上，我们可以说它是决定性的。”

“关于什么的？”

“我的好搭档，难道你还没看出这个签名与本案的重要关系吗？”

“我不敢说我已经看出来了，难道是他想在一旦有人对他的毁约行为提出起诉的时候借以否认是自己的签名？”

“不，这不是重点。不过，现在我要写两封信，这样就能解决问题了。一封是给伦敦的一个商行；另一封是给刚才那位年轻小姐的继父温迪班克先生，我想问他明天晚上六点钟能否跟我们在此见面。我们不妨跟男家属打打交道。那么现在，医生，在未收到这两封信的回音之前，我们没什么事情可做了，我们可以把这个小小的问题暂且放一放。”

我的这位在行动中的推理是细致入微、精力过人的朋友，对于这一点，我深信不疑。所以尽管这是个奇特的疑案，他仍然能够表现出那种胸有成竹、从容不迫的态度，我想这也毫无疑问。据我所知，他只失败过一次，那是波西米亚国王和艾琳·艾德勒照片案。然而，当我回顾“四个签名”那种怪事以及与“血字的研究”联系在一起的很不寻常的情况时，我觉得如果一个案子连他都解决不了的话，那真是十分奥秘的疑案了。

我离开他时，他仍然在抽着那只黑色的陶制烟斗，我相信明天晚上再来时他一定已经掌握了谁是玛丽·萨瑟兰小姐的失踪新郎的所有线索了。

那个时候，我正忙于治疗一个病情严重的患者，第二天我在病床边又忙碌了一整天，将近六点钟时我才得到空暇，于是我跳上一辆双轮小马车直奔贝克街，因为我担心去晚了会错过为了结这桩奇案助一臂之力的机会。我见到夏洛克·福尔摩斯的时候，他独自一人在家，瘦长的身子蜷缩在深陷下去的扶手椅中，处于半睡半醒状态。那一排排烧瓶和试管散发出清新而刺鼻的盐酸气味，让人望而生畏。

这是他整天埋首于他酷爱的化学试验的证明。

“喂，解决了吗？”我边问边走进门。

“解决了，是硫酸钡。”

“哦，不，不，我说的是那个谜啊！”我叫道。

“嗬，那个呀！我还以为你说的是我一直在做实验的这种盐。虽然我昨天说过，这个案子毫无神秘之处，但是有些细节还是饶有趣味的。唯一令人遗憾的是我担心没有一条法律可以惩处那个浑蛋。”

“那么他是谁呢？他抛弃萨瑟兰小姐的目的又是什么呢？”问题刚从我的口中问出，福尔摩斯还没来得及开口作答，我们就听到楼道里响起一阵沉重的脚步声，接着有人敲门。

“是那位姑娘的继父詹姆斯·温迪班克先生。”福尔摩斯说道，“他给我写信说，将于六点钟前来。请进吧！”进门的男人身体结实，中等身材，看起来大概三十来岁，胡须刮得很干净，肤色淡黄，一副殷勤的、曲意奉承的样子。他那一双锐利逼人的灰色眼睛询问地扫视了我们俩一眼，然后把那顶有光泽的圆式帽子搁在边架上，微微鞠了个躬，便侧身坐在就近的椅子上。

“晚上好，詹姆斯·温迪班克先生。”福尔摩斯招呼道，“我想这封打字的信是出自你手的吧，你在信中约定六点钟和我们见面，是吗？”

“是的，先生。恐怕我来得稍微有些迟了，那是因为我身不由己呀。关于萨瑟兰小姐用那种微不足道的事情来麻烦你，我感到十分抱歉，我觉得还是不要家丑外扬的好。她来找你们并不是我的意思。你们已经看到了，她是一个好发脾气、容易冲动的姑娘，正如你们所看到的，她一旦决定干什么就难以自持。当然我对你们倒是不太介意，因为你们与官厅的警察毫无关系。不过让这种家庭的不幸声张到社会上去却也不是件令人愉快的事。况且，这又是件徒劳无益的工作，因为你怎么可能找到霍斯默·安吉尔先生这个人呢？”

“恰恰相反，”福尔摩斯平静地说，“我相信我会找到霍斯默·安吉尔先生的，对于这一点，我毫不怀疑。”

温迪班克先生听了身子猛然震动了一下，手套掉在地上，他说道：“听到你这番话，我感到高兴极了。”

“很奇怪，是吗？”福尔摩斯说，“打字也会像手书一样表现出一个人的个性。除非打字机是新的，否则两台打字机打出来的字是不会一模一样的。有的字母比别的字母磨损得更厉害些，有的字母只磨损了一边。温迪班克先生，请看你自己打的这封信，字母‘e’总是有点模糊不清，而字母‘r’的尾巴又总是有点儿缺损。另外还有其他十四个更为明显的特征。”

“我们的来往信函都是使用事务所里的这台打字机打的，当然它会有点儿磨损了。”我们的客人说着，发亮的小眼睛迅速地瞥了一下福尔摩斯。

“温迪班克先生，现在我要告诉你什么才是真正有趣的研究。”福尔摩斯继续说，“我想利用这几天的时间再写一篇简短的专题论文来阐述我极为注意的一个题目，那就是打字机以及打字机与犯罪的关系。我手边有四封信，写明是来自失踪的那个男人的，它们全是机打的。不仅每封信中字母‘e’都是模糊的，字母‘r’也都是缺尾巴的，而且如果你愿意使用我的放大镜看一看的话，那么我提到的那其余十四个特征也都历历在目。”温迪班克先生从椅上跳了起来，捡起帽子，说："福尔摩斯先生，我不能浪费时间听这类无稽之谈。假如你能抓到那个人，那就抓住他好了，抓到他时，请别忘了告诉我一声。"

"当然！"福尔摩斯跨步上前，把门锁锁上，说，"那么我就告诉你，我现在已经抓到他了。"

"什么，他在哪里？"温迪班克先生喊道，吓得连嘴唇都发白了，眨巴着眼睛看着福尔摩斯，他的神态就像一只掉进了捕鼠笼里的老鼠。

"啊，你嚷嚷什么，这对你一点用处也没有。"福尔摩斯温和地说，"温迪班克先生，事情再清楚不过了，那是根本不可能赖掉的。你说我解决不了如此简单的问题，实在是太不客气了。那的确是个非常简单的问题！请坐下，我们来谈谈吧。"

客人整个瘫坐在椅子里，脸色苍白，额上汗水涔涔，结结巴巴地说着："这……这还不足以对我提出诉讼。"

"没错，恐怕是还不到这程度。但是，温迪班克先生，就你我二人来说，这是我从未见过的最自私、最残酷、最丧心病狂的鬼把戏了。让我先把事情从头到尾叙说一遍，说得不对的地方你尽可以反驳。"

这个人缩成一团坐在椅子中，脑袋耷拉到胸前，一副彻底被打垮了的模样。福尔摩斯把脚搁在壁炉台的壁角上，手插在口袋里，向后仰着身子，自言自语似的开始说了起来。

"那个男人为了贪图金钱而跟一个年龄远比他大的女人结了婚，"他说道，"并且只要女儿跟他们一起生活，他就可以尽情享用她的钱。就他们所处的地位来说，这笔钱财是相当可观的。如果失去了这笔钱，境况将大不相同了。所以他们必须去拼命保住它。那个女儿为人心地善良和蔼，个性温柔多情。所以很显然，有她这样品貌和收入的姑娘是不会空守闺房的。但是如果她嫁人的话，这就意味着他们将每年损失一百英镑的收入，那么她的继父怎样才能防止这桩亲事呢？他显然是想方设法把她关在家中，禁止她和同样年纪的朋友们交往。但是没过多久，他就发觉这样做并不是长久之计。她变得不那么听话了，坚持自己的权利，最后竟然声称一定要赴舞会了。这样一来，她那个诡计多端的继父怎么办呢？他想出了一个毒辣的妙计。在妻子的默许和协助之下，他把自己伪装起来，给敏锐的眼睛戴上了一副墨镜，给自己嫩白的脸戴上假髭和毛蓬蓬的假络腮胡子，把自己清晰的语音伴装成柔声媚气的耳语。由于女儿近视，他的伪装就更显得万无一失。他以霍斯默·安吉尔先生的身份出现，并且主动向女儿求爱，这样就避免她先爱上了其他的男人。"

"我当初只不过是想跟她开个玩笑，"客人哼哼唧唧地说，"我们根本没有想到她会那么痴情。""根本不可能是开玩笑。不过也许，那位年轻姑娘确实是被冲昏了头脑，一心以为她的继父是在法国，从来不怀疑她自己是上了大当。她因受到那位先生的殷勤奉承而高兴，更为这个男人也得到了她母亲大加赞扬而兴奋不已。于是安吉尔先生开始频频来访，因为这方法一旦奏效，事情就要继续进行下去。会过几次面后，他们订了婚，这就最后保证了姑娘的心不会转向别人。但是游戏不能继续这样玩下去，假装去法国出差也相当麻烦，所以不如干脆就把事情来一个戏剧性的收场，以便在年轻姑娘的心中留下无法磨灭的印象，这样就可以防止她有朝一日可能会看上其他求婚的男子。于是，就出现了手按《圣经》发誓白头偕老，举行婚礼那天的早晨暗示可能发生某种意外等把戏。詹姆斯·温迪班克希望萨瑟兰小姐对霍斯默·安吉尔忠贞不渝，而对他的生死则难以肯定。总而言之，可以使她在以后的十年里不会去听从别的男人的话。霍斯默陪她到了教堂门口，他不能再往前走了，于是他耍起了老花招，他从四轮马车的这扇门钻进去，又从那扇门钻了出来，悠哉游哉地逃之夭夭。我认为这就是整个事情的经过，温迪班克先生?”

在福尔摩斯叙说的时候，我们的客人恢复了一点自信，他从椅子上站了起来，苍白的脸露出讥诮的神态。

“也许是真的，也许是假的。”他说道，“福尔摩斯先生，你真是聪明过人啊，但是你应该更加聪明一点才好，现在好像是你触犯了法律，而不是我。我始终没有干下什么足以构成起诉的事情，但是你把门锁上，是这件事我就足够以‘攻击人身和非法拘留’的罪名将你告上法庭。”

“就算如你所说的，法律奈何不了你，”福尔摩斯说着打开锁，推开门，“可是再没有谁应该比你受到的惩罚更大了。假如这位年轻姑娘有兄弟或朋友的话，他们应当用鞭子抽你的脊梁！真该打!”

看到那男人脸上刻薄的冷笑，他愤怒得涨红了脸接着说，“这并不是我对我的委托人所要承担的责任，但是手边正好有条猎鞭，我想我还是要狠狠地抽……”他快步走过去拿鞭子，但是鞭子还未到手，楼梯上就没命地响起了乒乒乓乓的脚步声，沉重的大厅门嘭地关上了，我们从窗口看见詹姆斯·温迪班克先生头也不回地飞奔在马路上。

“真是个禽兽不如的浑蛋!”福尔摩斯边说边笑，重新一屁股坐进他的扶手椅，“那家伙屡次犯罪，总有一天罪大恶极会被送上断头台。从几个方面来看，这个案件并不是索然无味的。”

“我现在还不能完全理解你的推理步骤。”我说。

“嗯，这个霍斯默·安吉尔先生的奇怪行为必定是有所企图的，这是首先应该想到的，这一点很明确。同样我们能够清楚地看到，只有这个继父是唯一能够从这事件中真正得到好处的人。然后看这个事实：继父和那个安吉尔先生从来没有同时出现过，而总是当一个人不在时另一个人才出现。这是很有启发性的。另外，墨镜和奇异的话声，连同毛蓬蓬的络腮胡子都暗示着伪装。这些同样也是带有启发性的。还有，他用打字来签名，从这可以推想她是如此熟悉他的笔迹以至于哪怕看到一点最小的笔迹她也认得出是他写的字。这个奇怪的做法更加深了我的怀疑。你看到，所有这些孤立的事实和许多细节凑在一起，都指向同一个方向。”

“那么你怎样证实它们呢?”

“一旦认出了犯人，就很容易证实罪行。我认识这个人工作的商行。我一接到那份印刷出来的寻人启事，就从那启事描述的外貌特征中除掉了可能是伪装的结果的部分——络腮胡子啦、眼镜啦、声音啦——然后把这份寻人启事寄给商行，请他们告诉我去掉了伪装部分后，这个人的外貌特征是否与他们商行里哪位出外旅行的人相像。我已注意到打字机的特点，我写信到他的办公地点给他本人，请他是否来这里一趟。正如我所料，他的回信是用打字机打的，从回信中可以看出打字机的种种同样细微的但有特征的毛病。同时那个邮局给我送来了一封来自芬丘齐街韦斯特豪斯·马班克商行的信，信中说，外貌描述与他们的雇员詹姆斯·温迪班克的各个方面完全相符。事情的经过，就是这样。”

“那么，萨瑟兰小姐该怎么办?”

“假如我把事情告诉她，她一定不会相信。你也许还记得有句波斯谚语：‘打消女人心中的痴想，险似从虎爪下抢夺乳虎。’

（许德金　译）

五个钟表

鲇川哲也

一

朱鹜子说过“请多多照应”这一类的客套话之后，便离开了屋子。猿丸马上把房门轻轻关上，舒舒服服地坐下来，说道：

“带着我学生时代的老师写的介绍信，当然不能不见啊。”

听猿丸的口气，是在作解释。说着，他打开烟盒，取出一支“和平牌”香烟，津津有味地吸了一口。没一会儿，他又把香烟在烟缸上揿灭，一本正经地说道。

“她当然坚信未婚夫是无罪的。假如光是这一点，来头再大的介绍信也不顶用，我不会来麻烦你，你本来就够忙的了。老实说，我的看法同她一样，虽然我没有在她面前表示过。”

“哦？你是说，二阶堂不是凶手咯？”鬼贯脸上显出诧异和惊愕的神情，“既有动机，又有充分的证据。而且，他连‘不在犯罪现场的证明’都提不出来。”

“我要说的正在于此！一切过份周全了。你不觉得奇怪吗？你想过没有。会不会有人事先预谋好来诬陷他呢？”

“你这种推测离题太远，会一事无成的。除非有什么确凿的事实自当别论外，光因为手续过份齐全就想否定二阶堂是凶手，我不能同意。”鬼贯从正面反驳，他脸上的神情好像在说。事至如今，没有必要再来讨论了。

上面这两个人所触及到的事件，原来是指这样一桩案件。

正好在一个星期之前——5 月 1 日的中午，在青山（青山是东京市内的地名）高树町的一家高级公寓里，一个名叫篮本万作的男子被杀。当时有一位客人来，他发现这一情况，吓得脸色苍白地跑进一层楼的公寓管理人房内报告。

于是公寓管理人慌忙奔上楼去察看，只见篮本的颈部扎着一条不太干净的毛巾；眼睛瞪着；露出紫黑色的舌头；空拳紧握：身体早就变冷了。

按照惯例作了检查，查明五斗橱里的活期存折被窃——这便成了与二阶堂隆吉有牵连的第一个理由，因为隆吉正在为自己的结婚费用大伤脑筋。对于这一点，隆吉解释说：“尽管为了结婚用钱的问题一时很伤脑筋，但我听从了朱鹭子的意见，决定结婚典礼从简，不设宴招待客人，新婚旅行也打算只在外住一宿。所以这事已经不成为什么问题了。”

第二个理由是：现场的桌子上有掺苏打水的威士忌酒，由此可见凶手不是流贼而是篮本熟识的人。对于这一点，隆吉提出：“自己与篮本并不太熟，除了业务上的事以外，从未与篮本交谈过什么话，何况自己一次也没有去过篮本所住的公寓。”此外，根据推测，凶手根本没有用手碰过自己的杯子，凶手是看准篮本一时不留意而扑了过去的。

第三个理由是：根据新的刑法，物证在证据中占有很重要的地位，所以警方仔细探查了留在现场的凶器——毛巾究竟是谁的？当查明毛巾的主人是篮本同一个科里的隆吉时，隆吉的嫌疑也就确定下来了。对于这一点，隆吉的脸色都变了，他辩解说：“虽说这条毛巾是我平时在单位里使用的东西，但是几天前就不翼而飞了。”

第四个理由是：在隆吉办公桌的右边最下面的小抽屉底下，发现了隐藏着的活期存折，就是篮本被窃的那一本。对于这一点，隆吉的回答是含糊其辞的。“这东西怎么会放到抽屉里的，我自己也感到莫名其妙。”隆吉的态度显得有点强词夺理，这就更给刑事警察留下了不好的印象。

第五个理由是：隆吉提不出自已“不在犯罪现场的证据，”据推断，行凶的时间是在前天晚上九点钟至十一点钟之间。平时在这段时间里，隆吉应该在自己又脏又小的公寓里看看书什么的，可是唯有前天晚上他出去了，而且他对这一点所作的说明，有明显的编造迹象。

“前天晚上，大概是九点钟，有一个女子打电话来。这个女人在电话里说，‘针生让我转告你，要你立即到‘七叶树’这家店里去一下。’于是我换上衣服，慌忙离家赶去。”隆吉说道。

这个正处在青春期的青年，发色乌黑，前额短窄，还留着孩子的稚气，他脸上的表情很认真。然而他越是认真，就越像早就预料到而将事先准备好的词儿背一通似的，给人一种显然是编造的感觉。他所说的针生，是朱鹭子的姓。

“七叶树？这是一家什么店？”

“咖啡馆。电话里说：‘在靠近神保町的交岔路口，你到那儿马上就能找到。’可是我找了半天也没找到。我把十字路口的两侧和里侧的房子挨着门面找过了，依然没有。我走着找着，花了一个半小时，弄得精疲力尽，只好回家。第二天我碰到针生，问她是怎么回事，针生说，她根本没有托人打过这种电话。这时我才明白我是受谁的骗了。”

“你在路上没有遇见过什么熟人吗？”

“没有，一个认识的人也没有遇见过。”隆吉颇似懊恼地咬着嘴唇。尽管隆吉否认作案，警方还是把这件案子送呈检察厅处理了。

“那么，你是认为另外有一个人事先布置了圈套？”鬼贯问道。

猿丸慢慢地，简直很有把握似地轻轻点了点头，他的相貌没有什么特别，但是长着一对明亮深邃的眼睛，给人以富于理智的印象。猿丸和鬼贯不同，念的是经济专业，要不是干上了现在这一行，今天一定是某某公司的处长、科长一级的人物。二科的人都很用功，猿丸也不例外。前些时侯还看到他在复习凯因斯〔凯因斯（1883～1946），英国资产阶级经济学家。〕的经济学原理呢。

“那个人可能了解篮本被杀后我们就要发愁了。”猿丸说。这里的“我们”当然是指侦查二科。

“这事可不许外传噢，今年年初，我从一个熟识的贸易商人那里听来一件趣事——某官厅经理部的一个年轻的会计科科员，乘着‘凯迪拉克’（一种高级名牌轿车，是全世界最大的美国通用汽车公司出产。英文名 caddillac）到处兜风，他过着豪华奢侈的生活，纳妾两名，在贸易公司投资，在热海买了别墅。我觉得这家伙不寻常，便在私下探查起来。这个会计科科员就是现在被杀的篮本万作。”猿丸说道。

“怪不得他那么阔气，会住在高树町的公寓里。”

“岂只如此而已，他在市内还有两处小妾的住宅呢！在神乐坂的妓院街有一个艺名叫什么屯驹的艺妓，篮本花了九十万日元替她赎身，让她住在赤坂。篮本还让一个舞女住在代代木初台的一所房子里，这舞女当选过‘日本美女’。对于篮本过着比传言有过之而无不及的奢侈生活，我们都大为吃惊。一个三十岁光景的小小会计员，怎么可能有这么多的收入！我想他一定是贪污了公款无疑，便顺着线索探查下去，发现他近三年来盗窃公款达五千六百万日元。按我们这样的收入标准，得工作两百年（原文如此。本文最初发表于 1957 年）才可能到手这个数目的钱。”

“不过，他独自一人恐怕干不了吧，应该有同党合伙的吧？”

“不错。”猿丸深深地点点头，“那个同党就是副科长。每当篮本轧好账来结算账目时，副科长就操纵科长，使科长糊里糊涂地‘嘣嘣’盖上章。这副科长年岁要大一点，毕竟世故得多。他比篮本狡狯，住的房子和一般的职员阶层毫无两样；在上下班的客流高峰期间，照样挤电车；身上的穿着也很朴素；只是在吃的方面稍稍讲究一些。他让妻子在新宿开了一家搞家庭副业性质的手工艺品商店，把这方面的收入也计算在内，人们不会怀疑他的生活有什么不正常。鉴于这种情况，我们也完全被他蒙蔽了。就是这么回事。”

说着，猿丸的身子往前探，脸上更加充满着激情。他告诉鬼贯，已命篮本万作随时出庭，并开始了审讯工作。

“一开始，篮本万作一问三不知、装聋作哑，有时还反咬一口、倒打一耙，由于我们证据齐备，他当然没法一直硬撑下去。大概到第五次接触的时候，他低下了头，答应一星期后写出详细的交待材料给我们，我们也都在翘首以盼。谁知在第四天上他就被杀了。”猿丸说。

“那么，你说的这个藏在幕后的人是指副科长咯？”

“对，就是植田博人。”

说起植田这个人，鬼贯当然知道，那是一个四十岁光景的男子，眼角下垂，身体胖墩墩的。鬼贯去检查二阶堂的写字台时，曾和植田招呼致意过。当时植田说了那种千篇一律的话。“属下出了杀人犯，当是自己监督不严造成的，万分遗憾。”虽说这话当时并没有给鬼贯留下什么太坏的印象，但现在听猿丸一说，鬼贯觉得植田和气的笑脸背后隐藏着老奸巨猾，这种人干那样的勾当本不足为奇。

“这一贪污案甚有来由，弄得不好，很有可能与政治捐款有关。篮本一交待，首当其冲的当然是植田，他最为恐慌。所以我认为植田比二阶堂有更强烈的杀人动机。”猿丸说。

“即便真是如此，为什么要选中二阶堂充当杀人凶犯呢?”

“那就不得而知了。”猿丸摇了摇头。

接着，猿丸以一种平时所没有的认真神态说道：

“也许是因为二阶堂周围的情况正合乎凶手的需要。或者是出于更加积极一点的理由，要把二阶堂踢入灭亡的深渊。要是如刚才那位与二阶堂有婚约的女子所说，二阶堂是一个爽直并富有正义感的青年，那么他的为人必定是植田这种人势不两立的眼中钉。不过，把这些问题调查清楚是你的工作范围，我是记挂着植田‘不在犯罪现场的证明’的问题。我估计，植田既然能特意把二阶堂的‘不在犯罪现场的证明’完全破坏掉，安排得不露破绽，可见他一定在自己杀死篮本的事情上预先准备好了一个伪造巧妙的‘不在犯罪现场的证明’。我想我们不要去上植田的当才好。我认为，当时把二阶堂叫出去，让他上一个虚构的咖啡馆赴约，这勾当应该是植田的妻子干的。”

二

要作出谁是凶手的结论，绝对不允许存在丝毫的疑点。鬼贯立即向上级汇报了情况，经过研究，决定接受猿丸的分析。

首先去见植田，他获悉自己成了嫌疑犯后，那张带着酒晕的红脸因为生气一下子变成紫色了。但他硬压抑着怒火，还是以一种恼火而无可奈何的表情说道：“4 月 30 日晚上，我和学校里的一个年轻后辈在一起喝酒，凡事可问这个年轻人，搞清楚。”植田以前常挂在脸上的那种象是惠比寿（惠比寿是日本的七福神之一，相传是航海、渔业、商业的守护神）福神的笑脸不知跑到什么地方去了，影迹全无。

鬼贯并不把植田的发火当做什么事儿，他直接从植田本人口中询得了那天晚上的情况，然后即去位于日本桥的印度人商行拜访跟植田一起喝酒的小早川让二。

在大厦五层楼的一间小小的房间内，有两个脸色黝黑、衣冠楚楚的绅士，他们说，“小早川是这儿的办事员，他刚刚从通产省回来。”这个小早川是个青年，衣着利落，戴着一副深度近视眼镜，人很消瘦，好像有点神经质。他有眨眼睛的习惯，镜片后面的双眼时不时就眨一下。小早川谈了那天晚上的情形，确实与植田博人先前所说的情况完全一致。

四月初的一天，植田打电话给小早川，说在马票代售处买了马票，但都输掉了，他想瞒着妻子向小早川借两万日元，月底一定归还。植田从前曾帮过小早川的忙，所以小早川立即去提取自已的存款。

植田第二次打电话给小早川，已经是 28 日了。他说要把借款还给小早川，说事情毕竟让妻子知道了，不过问题已经圆满解决，他还对小早川说。如果有空，希望上他家去玩，并小住几天。小早川决定去新宿拜访一下这位前辈的家，他已经好久没去了。

30 日傍晚，他俩在东京车站碰头，然后坐电车去新宿。一到新宿，植田马上领小早川走进车站前的一家啤酒馆。也许。是因为正值“五一”节前夜的缘故吧，人很拥挤，他俩在服务员的帮助下，总算在角落里的一张桌子旁坐了下来。

啤酒送上来后，植田一口气喝了一半，他问小早川，

“你熟悉夜晚的新宿吗?”

“那得看是什么地方啦，城市的阴暗面就不太了解。”

“好，令晚我给你当向导。”

植田拍了拍胸脯，把剩下的啤酒一饮而尽。小早川也很喜欢喝酒，右手衡量着啤酒壶的那种份量，口中尝到通过喉咙时的啤酒花香味，这时他觉得活着太有意义了。

从啤酒馆开始，他俩还上小吃铺、咖啡馆、酒吧间、电影院等处去逛了一圈，然后疲乏地到了植田家中，这时小早川手表的指针指在八点五十分上。植田的家在番众町，到闹市去的话，步行只需十分钟，房子虽不大，优点是很方便。对于每天从八王子到城市中心来上班的小早川来说，心里很希望能有这样一个居住环境。更不用说附近这一带一到晚上真是静得出奇啦。

“喂，肚子饿了，有什么吃的没有?”

在书房里一坐下，植田就像个任性的孩子似地嚷起来。书房窗子的右侧有一只豪华的书橱，橱内收着一些相当厚的书籍，橱上放着一只沉重的大理石座钟。小早川心里在想。我成了家的话，也要去弄一个这么漂亮的钟。植田的妻子已有三十五岁，大概是没有生育过的缘故吧，显得比较年轻，然而她的美貌总令人觉得有点象白痴。

“要不要来点乳酪?”她问。

“尽说傻话，乳酪能吃饱肚子？小早川君也饿了。去弄点荞麦面条来吧。”

植田以小早川做挡箭牌，让妻子去叫面馆送炸虾荞麦面条来。植田倾听着妻子给面馆打电话的说话声，忽然如梦初醒似地站起来，对小早川说道：

“对了，在面条还未送来之前，我先把借你的钱还你。那次很不客气地向你开口借钱，请多包涵。”

植田说着取出钢笔和印鉴，在写字桌上打开了支票簿。也许是妻子开商店

的关系，植田常用支票来付款。

植田的妻子八重子打完了电话，站到小早川的旁边，对小早川说道：

“这次不知中了什么邪气，竟会去买马票。从前中过一次奖，尝到了甜头，所以又去买。这次可输惨了，他还要一味地瞒着我！我要是早知道，就不会让他来给小早川君添麻烦了。”

八重子说着，用一种责怪的眼神朝丈夫瞥了一下，植田佯作没看见。

“不，那没什么。”小早川边说边写收据，他一看金额数，发觉植田多开了两千日元，便嚷道：

“啊呀，这是怎么回事哪。”

“利息呗。”

“别开玩笑，我又不是放高利贷的。”

“前辈向后辈借钱已经是做颠倒了，要是连这点还不能做到，我不是无地自容了吗？”

植田说得很热诚。八重子也附和着要小早川收下，小早川只好从命了。

后门传来了送荞麦面条来的叫声，八重子慌忙出去，没一会儿，她端来放有两只大碗的盘子回到屋来。美味的炸虾荞麦面条的香气扑鼻而来。虽说肚子还不是空空如也，但是喜欢吃荞麦面条的小早川一看见眼前的食物，只觉得口水直冒。

“嗬！取名一茶〔小林一茶（1763～1827)，日本近代著名的俳句诗人〕？这店名真是不同凡响。”小早川正要掰开筷子，看到标在碗盖上的店名，便停住手不动了。

“啊，也没有什么大不了的事。据说这是受一茶的诗句‘月亮菩萨荞麦面’的启迪而起的店名。这家店的荞麦面条比较好吃一点。”植田停下向口中送面条的动作，自豪地说道。

植田呼呵呼呵地吹着热得烫舌头的荞麦面条，吃得津津有味。忽然，八重子像想起什么事似地嚷道。“喂!”可是嘶鲁嘶鲁发着响声吃面条的植田好像没有听到妻子的呼唤。

“喂!”八重子嚷道。

“嗯?”

“我想起来了，你是否已把借橱原君的钱还掉了?”

“糟了！我真忘了!”植田放下筷子和碗。

“今天是月底哪！我早晨还一再提醒过你呢，可你……”八重子的神态严肃起来。

“请你原谅。”

“不必来向我赔礼。说好这个月归还才借来的，到月底还不好好还清，今后将信用扫地呀！是现在就去还是怎么样？”

“哟，九点都已经过了，今晚就免了吧。”植田的神情可怜、沮丧，他看了看书橱上的座钟。

“九点钟怎么就不行呢？不是半个小时就能回来了吗？”

“嘿。二十分钟就可以来回了，不过明天还他还不成吗？”

“行啊，行啊！我再说一句话，理应付的钱一旦不如期照付，哪怕是延迟了一天，你的信用就一钱不值。失去信用，易如反掌；要想恢复信用，谈何容易呀。再说，对橱原君那种一丝不苟的人，你要这样做，实在是……”

“懂了，懂了！”植田像是生气似地喉咙大起来，“你是说只讲一句话，可怎么唠叨个没完没了呢？我去，我去就是了。这种事也该等吃完面条后再说，你瞧，面条全都涨糊了！”

当然，面条哪有这么快就涨糊的！植田无非是因为自已正想从从容容地再喝个痛快，八重子却来提醒他这件事，所以心里很不高兴。植田憋着一肚子气吃完面条，对小早川说，“就在附近通有电车的那条街上，我去一下就回来，你稍等片刻，回来后我们再开一瓶威士忌酒。”植田带着支票簿站起来走了。

“喂，别忘了带印鉴哪！”

“真啰嗦，知道了！”植田像吼叫似地骂着出了门。

“大大小小的事情都得替他放在心上，简直是个大孩子。他倒还要摆臭架子！”八重子说。

小早川毕竟还年轻，他听八重子这么说真不知如何应答才好。八重子在丈夫刚才坐过的那张椅子上坐下，松了一口气。

“光向你一个人借钱还是不够，他又去向熟悉的内衣商店老板借了五万日元。”八重子皱着眉头抱怨着说，这时她大概感到对客人讲这种话不太合适，便丢开了心里的不愉快，做出一副笑脸来。

“你是喜欢音乐的吧。从九点钟开始应该有什么东西可以听听的。”八重子这么一说，小早川看了看写字台上那张晚报的广播节目栏，果然，关东广播电台在播莫扎特的钢琴协奏曲。

“好。就听它吧，请打开收音机。”八重子说。

一只中型的收音机和座钟并排放着。小早川站起身来打开收音机，转动刻度指针。随着指针的转动，收音机里各电台的声音此起彼伏，不一会儿，对准了关东广播电台，可以听到C小调的乐曲了，这时刚开始演奏第一乐章，钢琴弹得沉重有力，大概是一位年轻的钢琴家在演奏，很有味儿。虽说是短短的三十分钟时间，但小早川与别人的妻子晚上在屋里相对而坐，又没有第三个人在场，这是他从未经历过的，所以这更使他神经质了。倒是莫扎特那特有的天使般的乐曲，不时把小早川从尴尬的气氛中解救出来。没一会儿，演奏结束，播音员正在报着电台的波长，就在这时，听到了室外开大门的声响。八重子关掉收音机，竖起耳朵静听，听到了植田的声音。

植田走进屋来，脸上发红，有点上火的样子，但是刚才出去时的那种不愉快情绪已经不复存在了。

“怎么样?”八重子问。

“遇见了。他让我多坐一会儿，但是我有贵客在家等着，还有美酒和可爱的妻子，所以我待了十分钟左右便回来了。唔，小早川君，你的那张支票写上了日期没有?”

“日期？哟……”小早川拿出支票一看，真是没有填上日期。

“我在那边也忘了填，被橱原君提醒后才发觉。今天晚上也不知是怎么搞的。”

“你喝醉了哪。”八重子说。

“别胡扯，我还没喝过瘾呢。你把乳酪和熏鱼拿出来。”

八重子出去后，植田除去笔套，用钢笔填上了日期，接着从书橱里取出威士忌酒。

“你瞧，这是‘老派儿’〔这是一种苏格兰威士忌酒的商标名称，英文是“oldparr”，据说“派儿”是指活了152岁的托马斯·派儿（1483～1635）〕牌的。”植田说。

“啊，太令人高兴了。”小早川嚷道。

像小早川这种战后的青年人，这天晚上还是第一次接触那么名贵的威士忌酒，他看着眼前这琥珀色的液体，不由得舔了舔舌头。

“的确，你那天晚上喝醉后，只好住下了。不过九点钟以后植田就外出过那么一次吗?”鬼贯问。

“哎，因为他外出回来后一直在屋里喝酒，他妻子也一起在场的。”

小早川好像很敬服植田，他对鬼贯在这种事上盘根究底的做法很不以为然。小早川眨眼睛的频率逐渐加快了。鬼贯装做不曾注意似地继续询问。他从小早川口中获悉，当时植田说去内衣商店而离开家的时侯，大概是九点零五分。

“植田回来时又是几点钟呢?”鬼贯问。

“这时莫扎特的乐曲刚刚结束，所以大概不到九点三十分。”

由此可见，植田大概离席二十三分钟。假如植田是凶手，那么除了这二十三分钟他不可能另有机会去作案；而二十三分钟的时间是足够去青山作了案再赶回来的。所以侦查的焦点理所当然集中在这段时间内了。鬼贯觉得首先需要查明植田去内衣商店是否确有其事，其次的一个重要问题是必须弄清楚书房内的座钟到底准确不准确，因为伪造“不在犯罪现场的证明”的最通常的做法是拨动时钟的指针，在时间上让别人上当。

但是小早川这个青年人认真严肃地说道。

“座钟无疑是正确的，因为它和我的手表所指的时间完全一致。如果还是不敢相信，那么你可以去找荞麦面馆核对，他们送面条来正是九点整。”

朱鹭子的母亲见女儿回到了家，便为女儿忙这忙那的，侍侯女儿在饭桌前坐下后，问道：

“唔，情况怎么样？警方调查的结果怎样了？”

朱鹭子刚才利用午休的时间去见了鬼贯，打算探问一下下文如何。她去公司的时侯是怀着希望的，神采奕奕，相比之下，她回来的时侯却很沮丧，神色黯然，可见朱鹭子是“出师不利”了。但是做母亲的还是忍不住，非问不可。

朱鹭子没有马上动筷子吃饭，她那小小的脸蛋平时显得很天真，这时却像是老了不少。

做母亲的再一次问道：

“你瞧，茶全凉了哪。警部（警部是警察官之一级）先生怎么说？”

“……没有用。”朱鹭子表情悲苦，像是把嚼着的黄连往外吐似的。

“猿丸先生好像也在怀疑副科长植田博人是杀人凶手，然而这个植田具有可靠的‘不在犯罪现场证明’，先生说完全无懈可击。”朱鹭子对母亲说。

面对母亲失望的神情，朱鹭子倒像是很起劲地说了起来，

“案件发生的时侯，据说植田君在新宿的自己家中请朋友喝威士忌酒。虽说曾经考虑过会不会有这种情况——万一时钟被人做过手脚了呢？然而连当时送荞麦面条去的面馆的时钟也核对过了，它们标出的时刻完全一致。”

“哟，这可为难了。”母亲说。

“植田这个人中途曾离席，到一家内衣商店去还钱，因为植田借过商店老板橱原的钱。这也确有其事，商店老板证明植田来还过钱。”

“我说阿鹭呀，植田他不是有什么兄弟和表兄弟吗？要是拜托兄弟做替身的话，植田的朋友和那个内衣商店的老板很可能会轻易上当，人的眼睛是靠不住的。现在的人哪，只要你肯出钱，什么事都干得出来呢。”

朱鹭子轻轻地摇了摇头，她否定了母亲的好心分析，说道：

“你说的这一点并没有遗漏掉，已经调查过了，植田给他的朋友、给内衣商店的老板都开过支票，所以支票上就留下了植田本人的笔迹。而警部先生从银

行把那支票借出来送到警视厅的检验室鉴定过了，确定支票上的笔迹至少有百分之九十五可以肯定是植田本人所写。可见在家中饮酒的人，出现在橱原内衣商店里的人，都是植田本人，不可能是替代的。换句话说，植田绝对不可能去青山高树町杀了人再回来。”

“但是，植田去还钱给那家内衣商店老板，这事毕竟有点蹊跷。也许植田确实是去内衣商店还过钱，然而他就不能利用那段时间坐出租汽车驰往青山吗?”

朱鹜子的母亲总想努力找到一条破绽，她继续无力地挣扎着。因为确认植田是凶手的话，隆吉就无疑能回到女儿身边来了。

“你说的这情况也是不可能的。从植田家步行到那家内衣商店，只须六七分钟的时间。植田来回的时间和内衣商店所讲的情况完全吻合。绝对去不了青山的!”朱鹜子说。

植田是九点零五分从家中出去的，七分钟之后，在九点十二分到达内衣商店。植田和内衣商店老板闲扯了十分钟左右，给老板开了支票。老板留植田再聊一会儿，植田因为有客在等着，没有答应，向老板告辞回家了，回到自己家中是九点二十八分。可见，即使雇了出租汽车植田也绝对没有往来青山行凶的多余时间。朱鹜子想，举出这些数据给母亲听的话，只会把母亲的脑袋搅昏，所以就没再往下说。

“难道那个内衣商店的老板不会撒谎吗?他就那么可信?”朱鹜子的母亲又问道。

“哎，他没有撒谎。当时，有一个住在附近的某公司职员恰好来店里买衬衫，这个职员看见了植田。听了警方调查得来的详细情况，连我也觉得植田那‘不在犯罪现场的证明’是可信的。”朱鹜子回答。

“这么看来，凶手是别的人罗?”

“不，不是这么回事。猿丸先生说：‘凶手肯定是植田。’他说：‘可以肯定，鬼贯君是被植田假造出来的“不在犯罪现场的证明”所蒙蔽了。’可是这个假造的‘不在犯罪现场的证明’又毫无破绽……”朱鹜子低声嘟哝着，像是讲给自己听似的。

朱鹜子的母亲简直不知道该如何安慰女儿才好，只得不胜怜悯地注视着女儿。她曾经扳着指头翘首盼着的结婚后的和睦日子，就如同是一场美梦而已。

“别那么悲观失望，天无绝人之路。喏，把碗递过来，今晚我做了阿鹜你最喜欢吃的炸虾饼呢。”朱鹜子的母亲强作欢颜，嗓音明朗，像是在替女儿鼓气。无论怎么说，在当时那种场合下，再也不容易找到更加适当的话了。

且说这个时候，鬼贯正在国分寺的自己家中独自吃着晚饭。他一个人过着连小猫都没有一只的独身生活，晚饭当然很简单。

鬼贯回想起白天在虎门的咖啡馆会见针生朱鹭子的情形。当他把调查结果告诉朱鹭子时，她的神情懊丧极了。想到这些，鬼贯觉得很不是味儿，下颚不由动弹起来。根据内衣商店老板和荞麦面馆老板提供的证言，植田博人的“不在犯罪现场的证明”成立，就不得不相信二阶堂隆吉是凶手了。

话虽是那么说，但是鬼贯总觉得自己在什么地方中了植田的圈套，所以这桩案件老是在心头萦回。若要说这种想法有何根据，那连鬼贯自已也不得其解。他放松了肌肉，舒舒服服地靠在椅子上，依然放心不下地冥思苦索了将近一个小时。这时他总算发现，问题是在植田的支票上。

据小早川所说，植田在开支票的时候忘了签日期，植田是从内衣商店回来后补签的。对于这件事，鬼贯表面上像是听听算了，但内心里总觉得植田的行为有些反常——对一个开惯了支票的人来说，那毕竟有点粗心过份了吧。

可是仔细一想，似乎又没有必要在这种微不足道的小事上再耗费精力侦查一番。而从另一方面来看，鬼贯又觉得这其中好像潜存着某种目的，植田也许是故意那么干的。鬼贯便设身处地把自己放到了当事人植田的地位上来分析，还反复考虑。如果植田在签名问题上不那么干，会产生什么不方便?

鬼贯认为，恐怕植田预料到警察会怀疑他的“不在犯罪现场的证明”，他也一定料到警察会怀疑那个在书房里吃荞麦面条、喝酒的人到底是植田本人还是替身?植田博人有两个兄弟，一个名叫雅人，一个名叫猛人，所以植田一定料到警察在迫不得已时会产生这样一个想法——如果植田请求兄弟来做替身，并和妻子合谋，他植田演的这出戏不是不可能瞒过证人眼睛的。所以植田有必要预先明确，那个与小早川一起喝酒的人除他植田外不可能是别人替代的，于是就考虑到只有采取留下笔迹这个办法了。而开支票就是实现这一办法的一种手段。

要是在开支票时把金额数、署名、日期等项目一次填好的话，离家之前是他植田本人这一点虽然可以毋庸置疑，但是从内衣商店回来的男子究竟是不是植田本人就没法得到确证了。于是植田必须设置一个证据，以证实从内衣商店回家的人确实仍是他植田本人才行。这样做的目的，无非是为了不要招致不必要的怀疑，也就是为了使他植田的“不在犯罪现场的证明”无懈可击。因此植田就采取了在离家前和归家后分两次留下笔迹的办法。当然，要达到这一目的，好像并不是非支票不可，也可以利用写字台上的笔记本写下些什么字迹。其实不然，植田的目的是为了替日后留下证据，要是小早川不慎将留下字迹的纸遗失，那就麻烦了。鉴于这种情况，植田想到支票倒是最理想的——支票这贵重物品会使对方慎重对待的，而且支票使用过后，银行方面也会保存一定的时期，一旦有所需，就可以拿出来作证。

洞悉植田在这种无关紧要的举动中竟然隐蔽着很重要的机关，鬼贯可吃了一惊。与此同时，鬼贯思考起这么一个问题来。植田连这种细小的地方都经过一番精心安排，可见他那无懈可击的“不在犯罪现场的证明”很可能是经过深思熟虑后安置的伪证。

四

第二天傍晚，在大家纷纷离开公司下班的时候，很出乎朱鹭子的意料之外，她接到了鬼贯打来的电话。鬼贯说，有话要谈，请朱鹭子去一次。

朱鹭子乘上地铁在神宫外苑下车，她不认识电话中指定的场所，白白耗费了一些时间之后，总算发现鬼贯坐在长凳上。

“哟，欢迎。我想，昨天我那些冷酷无情的话一定让你感到悲观失望了吧。”鬼贯说。

朱鹭子觉得，与昨天的谈话相比，鬼贯今天的神情和嗓音很爽朗，仿佛换了一个人。她看看对方的大眼睛，又看看他那拉长了的下颚，心里在想，他将说些什么呢？朱鹭子小巧端正的脸上浮现出期待的神情，接着又混进了稍带恐惧的表情。鬼贯往下说道：

“你昨夜睡得好吗？失眠了？这是我的不好，请你原谅。不过今天我有好消息了。在咖啡馆会被别人听去的，所以请你到这儿来了。”

一个牵着狗的青年从嫩绿的树叶下通过，鬼贯便闭上口不作声了，直到那个青年在前面拐了弯消失之后，鬼贯才回过头对朱鹭子说道。

“昨天晚上，我从各方面再次分析了植田氏的‘不在犯罪现场的证明’，结果我不得不从根本上改变向你谈过的看法，因为我发现了带决定性的证据，它可以证明植田氏的‘不在犯罪现场的证明’是伪造的。”

“啊，你发现的是什么呀？”朱鹭子问道。

“接下来我会告诉你的。那是我好几次亲眼见过的，但是我一直熟视无睹，直到昨晚才恍然大悟。”

“听你这么说，我是否可以这样来解释——你这话意味着植田伪造的不在犯罪现场的证明，已经被识破了？”

“不，这二者有一定的关联，但严格地说来，当是两码事。不过植田氏的‘不在犯罪现场的证明’反正是不能成立了。”

“啊，”朱鹭子张开了红红的嘴唇，露出一口雪白发亮的牙齿。那样无懈可击，连鬼贯自己都几乎打了保票的完全可靠的“不在犯罪现场的证明”到底被识破了吗？

“说来是很平常的事，只须把钟表的指针拨慢一个小时就行了。这种手段虽然简单，但是怎样才能瞒过证人的耳目却是很不容易的。正如你所知道的，凶杀案发生在九点钟至十一点钟之间。若问在这两个小时内，植田氏那‘不在犯罪现场的证明’的支柱是什么？当然是钟表的指针。请你算一算，在这桩案件里，不管是直接有关还是间接有关，共牵涉到几只钟表?”鬼贯说。

朱弩子扳着柔软的手指慢慢地数着说道：

“首先是植田家书房里的座钟，还有证人小早川的手表；此外，九点钟播送莫扎特乐曲的广播电台的报时钟也该考虑进去吧。”

“对，除此以外，橱原内衣商店的钟也应该算上；最后还有送炸虾面条来的荞麦面馆的钟。总共是五只钟表。植田氏把这五只钟表分别拨慢了一个小时，于是伪造了那‘不在犯罪现场的证明’。至于植田氏是怎么安排而达到了目的的？今天我花了一天的时间，总算解开了这个谜……啊唷?”鬼贯的视线落到了戴在朱弩子纤细手腕上的手表上，“这只手表很惹人喜爱呢，可以让我看看吗?”

这决不是那种值得赞赏的手表，朱弩子稍事犹豫后，无奈何地摘下了手表。

“这是国产的便宜货。”朱弩子说。

“很有气派。一个人要是戴上那种叫作什么‘臭虫’（指第二次世界大战之后在日本出现的一种小型女式金表）的走私表，连人都会显得轻薄、肤浅了哪。”鬼贯说。

鬼贯的语调并不像在特意恭维，他接过手表，边瞧边继续中断了的话题，

“且说小早川君，他说他进植田氏的书房时，书橱上座钟的指针正指在八点五十分上。然而正如我先前所说，这时真正的时间应该是九点五十分。所以很显然，座钟的指针是被谁拨慢了一个小时。”

“是植田的妻子干的?”

“很可能是这么回事。她可以在植田氏和小早川君到家之前干这件事，所以简单极了。顺便说一说，给二阶堂氏打那次骗人电话的人，我想也就是这位植田夫人。我们再接着说。下面一个问题当是小早川君的手表怎么会慢的？要是去转动戴在小早川君手腕上的手表表把，准会立即被发现的。所以必须设法让小早川君把手表摘下来。如果是你，你会怎么办呢?”鬼贯问朱弩子。

“唔，请小早川君洗个澡什么的话……?”

“哎，我也是这么考虑的。这虽然不能算是很聪明的设想，但分析下来，又没有其他的办法可想呀。于是我询问了小早川君，他果真在植田氏的陪同下进过土耳其式的蒸汽澡堂。恐怕植田氏从浴池一出来便很快地穿上衣服，他拿起他俩在洗澡前脱下放在一边的两只手表时，迅速地将对方的手表指针转了一圈，然后递给了小早川君。而小早川君什么也没注意到就戴上了手表，事情就这么解决了。啊，对啦，我只顾讲话，忘了把手表还你了，喏，请你赶快戴上，别

弄丢了。”

朱鹭子把表带缠到自己纤细的手腕上，心里觉得，在鬼贯的解释中，臆断的成分过多了一点，不免有点愕然。朱鹭子想。那澡堂的具体情况虽然不了解，不过墙上大概会挂着电钟的吧。那么完全可能发生以下这种情况——小早川会在无意中仰头看到电钟，并核对自己手表上的时间。

朱鹭子抬起头来，正好与鬼贯的视线相遇，这时鬼贯脸上露出了微笑，他也许洞察到朱鹭子的心理活动了。想到这一点，朱鹭子有些发慌，她为了掩盖过去，脸上也同样浮现出暧昧的微笑。

“对于小早川君没能察觉植田氏这种小小的把戏，你大概觉得颇不可思议吧？其实一旦被察觉的话，植田氏是可以延期作案的。但是实际上凶案是发生了，可以肯定，小早川君还是没有能察觉这微小的变化，更何况植田氏当时会借助于某些话题来转移对方的注意力，这么一来，植田氏的计划可以百分之百地成功。”鬼贯说。

鬼贯的这种带有乐天性质的解释，依然不能叫朱鹭子不持怀疑的态度。

“那么请你看看实际例子吧。刚刚还给你的那只手表的指针，我已经暗中拨动过了。然而你一点也没有察觉，这不是最好的证明吗？”

“啊！”朱鹭子慌忙看看手表，表上的指针正指着五点四十五分。

“怎么样，我究竟拨动了多少时间，你是否知道呢？”

“哦……”朱鹭子再一次看看表面上的数目字，究竟是拨快了几分钟还是拨慢了几十分钟？她心中一点数都没有。

“指针一旦被拨动，再来估计正确的时间就几乎是不可能的事了。所以我说小早川君戴上慢了一个小时的手表，他不可能感到有什么异常情况的。这一事实已经充分得到了证实。”

在实际例子面前，朱鹭子不得不服。对于鬼贯的做法，她算是服了，脸上露出目瞪口呆的神情。鬼贯盯着朱鹭子脸上的表情看了一会，然后像有什么好笑的事似地爽朗地笑出声来。

“哈哈哈，你完全上当了。我对你说指针被拨动过什么的，这是骗你的！喏，你来和我的表对一下看看。”鬼贯说着，把自己手上的爱尔琴牌粗劣手表给朱鹭子看，一点不错，鬼贯的手表指针也是指在五点四十五分上。

“喔，我还信以为真呢，你说话时的神情那样一本正经嘛。”朱鹭子说道。

这时鬼贯又一次笑起来，说道：

“你瞧，你瞧，又上当了。现在正确的时间应该是六点零五分。我的手表事先拨慢了二十分钟，再把你的手表也相应地拨慢了二十分钟。你看到自己手表上的时刻和我的一样，便自以为是正确的时间，这就错了。”

“喔。”

“对吧？两只手表都拨慢二十分钟的话，你就一点不会察觉。只要我不说，你一定会把五点四十五分当做正确的时间了。植田氏也是在耍弄这一伎俩，小早川君之所以没能察觉书房里的座钟慢了一个小时，就是因为他自己的手表也慢了一个小时的缘故呀。”

朱鹭子被鬼贯随心所欲地逗弄了一番，她苦笑着想把手表拨快二十分钟。鬼贯见朱鹭子要这么做，便发出了第三次的笑声，摇摇头说，

“你别动它，经常拨动指针的话，手表要出毛病的。我说我们的表都慢了二十分钟，这其实是在哄你的。我压根儿就没拔动过你的手表，我的手表也一样，没拨动过。我只不过是实验给你看看——第一，拨动他人的手表决不是一件困难的事；第二，指针一旦被拨动，表主是不容易察觉的；第三，最起码的假象就能轻而易举地哄骗对方。我认为，植田氏使小早川君造成错觉，会比我们所想象的要容易得多。”

朱鹭子点头表示同意，她简直不知道是否应该把指针拨快二十分钟。

“哈哈哈，你完全不相信我了。好，这件事到此为止，我们再来分析第三只钟。我查了那天的报纸，关东广播电台从九点钟开始播送莫扎特的乐曲。但是，实际上小早川君是在十点钟听到这乐曲的。当然，广播电台的钟不可能变慢，那么不言而喻，小早川君听到的乐曲不会是关东厂播电台的无线电电波直接送来的。原来，民间广播机构常把一些录了音的磁带复制后分给各地方广播电台，地方广播电台拿到这些复制品后，根据自己编排的广播节目，可以在本电台认为合适的时间里播放这些复制品磁带。这是众人皆知的事。于是我就给关东广播电台打电话，我从查询的结果获悉。四月三十日晚上十点钟开始播送这首莫扎特乐曲的广播电台就有秋田广播电台和近能广播电台两家。小早川君听到的音乐是来自这两家广播电台的哪一家虽然不得而知，但是，如果用 dx（dx 是英文 distance 的缩写，意为远距离播送）收音机接收远距离的播音，在东京也可以听得很清晰。说它播自东京，听的人也不会感到有什么稀奇。”

鬼贯说到这里不说下去了。朱鹭子也移开视线，望着茂密的灌木丛。周围不知不觉暗了下来，一个人影也没有。

五

“这么一来，第四只钟——就是内衣商店里的那只钟的问题，也就迎刃而解了。小早川君证实。植田氏吃完面条，带着支票簿和印鉴离开家上橱原内衣商店去了。我们已经知道，小早川君的手表是慢了一个小时的，可见植田氏离家时的时间不是九点零五分而是十点零五分。也就是说，植田氏到达内衣商店的

时间实际上是在一个小时之前——真正的九点十二分才对。那么植田氏在这人为的九点零五分的时刻离家，当然不是为了去内衣商店，他是为了去青山杀人。这么一来，就产生了一个新的疑问——植田氏在真正的九点钟过后上内衣商店去的时侯，小早川君究竟在什么地方？在干什么?！唔，怎么样？对于这个疑问你没有什么看法吗?”

“这个……难道小早川在什么酒场上喝得不省人事了?”

“果真是这么想！你要知道，如果让小早川君醉倒，植田氏反而麻烦。什么道理呢？因为植田氏迫切需要小早川君把九点钟至九点半钟之间的情况记得特别清楚。所以在此之前绝不会让小早川君喝醉的。我曾请小早川君将那天晚上的活动一件一件地回忆出来。情况是这样的，在土耳其式澡堂洗过澡后，他俩一起到新闻片电影院（这是一种不停反复放映短新闻记录片的电影院，观众随到随看，也可以随时离去）去过，由于戏院地处闹市，观众当然非常多。植田氏使提议：‘这样拥挤，没法一起看了，还是各自找空座位坐下看吧，看过后，在戏院外面汇合，你看怎么样?’小早川君当然不会反对，没一会儿，他在前排找到一个座位坐下了。上映的全是短片子，大概一个小时就看完了。小早川君由出口出来，一看，植田氏已经先在外面等着了，他俩交谈着刚刚看过的那些短片子，一起到番众町植田氏的家去了。”

“这么说，植田是在中途偷偷地溜出新闻片电影院，到内衣商店打了个来回咯?”

“是那么回事。植田氏会对内衣商店店主说‘家中还有客人在等着’这一类话的。为了可以与小早川君交谈，植田氏肯定已经预先看过那些新闻片子了。怎么样，植田氏做出来的事，你现在弄懂了吗?”

“哎，听你这么一解释，是明白了。不过从头至尾联系起来一考虑，总觉得还存在些问题。”朱鹭子直率地说道。

“这也难怪，日后我当把我写下的记录给你看。至于那第五个钟——荞麦面馆的钟，它是怎么出的毛病呢？这倒是一个疑问。我不仅问过茶面馆的店主人，连送面条的店伙计、坐在账台上的女主人都问过了。他们一致断言，给植田家送炸虾面条肯定是在晚上九点钟。面馆接到植田家的电话订货后，立即在写字台上的一本备忘簿上记了下来，簿子上确实没错。这么说来，一茶荞麦面馆的钟应该是正确的，一分钟也不差。可是我之所以能肯定植田氏的‘不在犯罪现场的证明’是伪造的，前提无非如我刚才所说——植田氏书房里的钟慢了一个小时！所以只要一茶荞麦面馆不改变看法，那就不得不承认植田氏书房里的钟和小早川君手上的表都表示着正确的时间；那就表示我作出的推理是错误的！所以我简直不知所措了。”

朱鸶子听得入了迷，这时不禁长叹了一声。

“与前面四个钟表布下的大小机关不同，这第五个钟的谜给侦破植田氏的‘不在犯罪现场的证明’带来了很大的困难，我想一定得设法侦破它，所以冥思苦想起来。哟，不知不觉已到吃晚饭的时间了，如果你愿意，今晚我请你吃荞麦面条怎么样?”鬼贯说。

两人决定去就近的荞麦面馆，便一起乘上公共汽车，在新宿下了车。拐过伊势丹角后，有一家电影院，他俩从电影院前走过时，鬼贯告诉朱鸶子，这就是植田氏和小早川君去过的那家新闻片电影院。可是上映的片子已经换了。朱鸶子想到植田曾利用这家电影院伪造下了“不在犯罪现场的证明”，不禁饶有兴趣地看上几眼。

一走过电影院就来到一条新辟的马路前，只见在对面的十字路口拐角上有一家荞麦面馆。

“这一带是三光呀，它与番众町相毗邻。”鬼贯说。

灯笼式的玻璃招牌上写着“砂场街荞麦面条”，鬼贯一边穿马路一边唠叨着：

“近来，在招牌上斯文地写上‘御荞麦面条’的面馆愈来愈多。我看还是从前那种‘生荞麦面条’的招牌更有江户时代的风韵，味道也比较好，你说是吗?现在东京也渐渐庸俗起来了。”

两人分开门帘进入面馆。鬼贯对一个姑娘说。“来两个大碗的，”接着，也不知他是怎么想的，竟去和姑娘攀谈起来，向人家提一些奇怪的问题。

“哎，你知道植田先生住哪里吗?”鬼贯问。

“知道的，在后面第三个胡同。”姑娘答。

“植田夫妇俩很爱吃荞麦面条吗?”

“好像不太喜欢。不过，一茶面馆靠他们家近，也许是和一茶打交道吧。”

鬼贯不知与姑娘耳语了什么，姑娘突然神色严肃起来了。

“最近，植田家没有来叫过面条?”鬼贯问。

“是的。”

姑娘歪着头沉思了一下，朝朱鸶子那儿瞥了一眼，她大概是不理解鬼贯为什么提这种问题，有点迷惑不解。可是朱鸶子对于鬼贯想探问什么是有所领悟的，尽管不十分清晰。

“喔，来叫过的，不久前的一天晚上……”

姑娘总算回忆起什么来了。由于面馆比较小，大概厨房里也可听见鬼贯和姑娘的谈话吧，这时一个青年的脸从厨房里探出来，插嘴道。

“顾客先生，那是三十日夜晚的事，是十点钟左右。”

鬼贯压低了声音，和那个青年交头接耳谈了一阵后，他深深地点了点头向青年道别，然后一个转身回到了座位上。鬼贯的表情既没有特别开朗，也没有出现什么高兴的神态，然而他的说话声毕竟显出了满意的腔调。

“我估计大致上会是这么回事的。植田氏请小早川君吃的炸虾荞麦面条其实是这家面馆送去的。”

“啊!?”

朱鹭子感到很意外，叫出声来了，她的思路一下子有点跟不上来。两人吃完面条从砂场出来后，鬼贯便解释给朱鹭子听。

“一茶面馆接到植田氏的订货，确如一茶面馆的人所说，是在九点钟。九点钟这个时候，小早川君正在看新闻电影片子，也应该是植田氏偷偷溜出电影院的时候。所以一茶面馆送炸虾面条到植田家里时，当时只有植田氏的妻子一个人在家。

“过了一个小时左右，植田氏带着小早川君到了家中。于是一切按照预定的计划行事——植田氏叫唤肚子饿，让妻子叫面馆送荞麦面条来，植田氏的妻子伪装向一茶面馆订货，实际上是在给砂场打电话。”

“……”

“不一会儿，从砂场送来了荞麦面条，植田氏的妻子把送来的面条倒入一茶面馆的大碗里，端给植田氏和小早川君吃。当然，盘子、木筷子（一种用时一掰为两根的筷子）、调味等，全都用一茶面馆的。小早川君会把这砂场的荞麦面条错认为是一茶面馆送来的，当然是极其自然的事。”

“我总算弄明白了……”

朱鹭子没有露出感激的声音，她忍住了，她倒并不是故意要这么做。原来，朱鹭子曾向神作过祈祷，盼望神能立证隆吉的无辜。现在一旦成了现实，朱鹭子的情感上仿佛出现了一个大的裂口，使猝然来临的喜悦升不上来了。

鬼贯仿佛对拥挤的新宿退避三舍似的，他邀朱鹭子进入一家兼卖水果的茶室，要来了饮料。唱片送过来的气氛音乐（指渲染悲、喜、哀、乐的情绪音乐）的弦乐器奏着迷人的旋律，这与他俩的谈话内容一点不谐调。

“说实话，这第五个钟的问题真是棘手。我是在给你打电话之前才明白过来的。可是我没有时间实际证实一下我的推测是否正确。由于昨天我让你受惊吓了，所以今天想尽早把情况告诉你，好让你高兴高兴。有鉴于此，我决定当着你的面进行实地侦查。如果没有在刚才那家面馆得出结果来，我打算把附近一带的荞麦面馆走遍，三家、四家都不在乎。不过每次得吃荞麦面条，我心里实在担心最后你肚子是否要撑破呢！哈哈哈……”

鬼贯把调羹拿到手中，放声大笑了。这话虽算不上什么好的幽默，但是看到鬼贯的笑脸，就会使人深信，这个警部真是位心地善良的好人。朱鹭子似乎感到了一种隐隐约约的温暖气氛，也忍不住笑了。吃完东西，鬼贯从口袋里拿出笔记本，翻到其中的某一页上送到朱鹭子的眼前。这一页上记着如下的一张一览表：

正确的时间	拨慢后的时间行动
八点四十分	植田和小早川进新闻片电影院。
八点五十三分	植田的妻子向一茶面馆订面条。
九点钟	一茶面馆送面条来。
九点零五分	植田溜出新闻片电影院。
九点十二分	植田去橱原内衣商店。
九点二十二分	植田离开内衣商店。
九点三十分	植田回到新闻片电影院。
九点四十分	小早川走出新同片电影院，和植田汇合。
九点五十分	八点五十分到达植田家中。
九点五十三分	八点五十三分向砂汤面馆订面条。
十点钟九点钟	砂场面馆送面条来。
十点零五分	九点零五分植田伪称去内衣商店，出外作案。
十点二十八分	九点二十八分植田杀人后回家，伪称从内衣商归来。

朱鹭子一行一行看着，像在仔细玩味其中的内容。

“当然，这张表不能像列车时刻表一样囊括一切，我只是把最容易理解的内容写上去而已。”

“我完全明白了。”朱鹭子说。接着，她又抬起头来说道。“不过，我心里还留有一个没有解开的谜。”

六

“没解开的谜？”

“先前你不是说过的吗！你说已找到确实的证据，可以肯定植田的‘不在犯罪现场的证明’是假的。这证据是什么呢？”

“哦，是这么回事。”

鬼贯点了点头，把皮包放到膝上，从包里取出两张纸片。那是植田博人开给小早川和橱原的支票，由于鉴定笔迹的需要，从银行里借出来的。

"请你拿着这两张支票仔细看看。"鬼贯说。

朱鹭子遵照鬼贯的话看过支票后，什么异常也没发现。这是两张兑现过的支票，一张票面是两万两千日元，另一张是五万两千五百日元，日期是昭和三十二年（即1957年）四月三十日，都有植田博人的签名盖章。

朱鹭子把支票翻过来观看，那张票面小的支票背后被染上了模糊不清的钢笔字迹，好像是墨水洇开来造成的，此外就是小早川让二的住址、姓名和印章。另一张支票的背后也有着橱原内衣商店店主的姓名和印章，但没有墨水污迹，十分干净。

朱鹭子把两张支票的表里一而再地瞧看，还是没法理解鬼贯究竟在这支票上发现了什么。

"这东西有什么问题吗？"朱鹭子问。

"嗯。"

鬼贯的嘴角上浮起微妙的笑容，他问朱鹭子。

"我问你一个简单的问题，你给朋友写信的时侯，是怎样使用信笺的？"

"怎样使用？当然是从第一张顺次往下写啦。"

朱鹭子见鬼贯提出这种不成其为问题的问题，实在不理解对方是什么用意，显出一副莫名其妙的神情。鬼贯却故意卖关子似地无视朱鹭子的疑问，他仍旧回到了本题说：

"你看看小早川君收下的那张支票的背后，那上面染有一些无关的字迹，是墨水洇出来造成的。你好好看看，字迹还可以辨认得出来。"

"……嗯，是'钱五万日元'，还有植田博人的签名，那数目字不是'三十二年四月三十日'吗？"

"对，对，能辨认出这些就足够说明问题了。你现在总明白染上去的字迹是怎么回事了吧？"

"喔，我明白了。这是开给橱原内衣商店支票上的字呀！"

鬼贯没有回答，他深深地点了点头，把两张支票叠在一起给朱鹭子看，说道：

"你瞧，这么一来不是正好吻合吗？那就是说，写在一张支票上的字迹还没干，就叠上了另一张支票，所以墨水染到另一张支票上去了。造成这现象是必然的，因为小早川君收下的支票是五十张一本的支票簿的第十四张，橱原内衣商店收得的支票是第十五张，既然如此，钢笔字迹染了上去就是理所当然的事了。"

鬼贯一字一句地解释给朱鹭子听。朱鹭子也全神贯泣地听着鬼贯的讲话，努力弄明白其中的意思：既然小早川的那张支票装订在橱原内衣商店的那张支票上面，那么写在橱原那张支票正面的字迹染到小早川那张支票的背面上，就是必然的现象了。

不过那又能说明什么呢？这时鬼贯说道：

“根据小早川君的讲法，植田氏是当着小早川君的面开的支票，植田氏把开好的支票递给小早川君后，带着印鉴和支票簿出门了。我们已经清楚，植田氏不是去内衣商店，而是去青山杀人。即使如植田氏所说，他出了家门是去橱原内衣商店的，那么他在店主面前开的支票上的字迹就不应该染到小早川君那张支票的背面去，因为事情很清楚，这时小早川君已收下植田氏开给自己的支票，放入了衣服口袋中，小早川君也正坐在植田氏家书房的椅子上，在听莫扎特的乐曲！”

“喔，这倒是真的呢！”朱鹜子说。

经鬼贯这么一解释，朱鹜子方始恍然大悟，她为自己的脑筋迟钝而不好意思起来。

“要使这一矛盾变成不矛盾的话，只能认为：植田氏肯定先给内衣商店店主开了支票，然后再给小早川君开了支票。不可能有别的解释。由此可以得出下面的结论——植田氏翻过第十四张支票，先开第十五张支票，支票上的墨水还末干，这时也许是因为支票簿从桌子上掉落到地上了吧，墨水就染到第十四张空白支票的背面去了。我是这么推测的。我们刚刚谈过信笺的情况，我认为不管是信笺还是支票簿，都应该是从第一张顺次向下用才对。但是，植田氏为什么要跳过第十四张先用第十五张呢？他有什么必要这么做呢？这是首先要解决的问题。”鬼贯说。

下面的情况，不用鬼贯解释也一清二楚了。朱鹜子心里在想，听了鬼贯的说明，一切是那么简单，然而最初动出这个脑筋的人真是不容易，打个比喻，就仿佛哥伦布的鸡蛋。

“支票从支票簿上撕下后，会有存根留下，只要查看那存根，那么第十四张开给谁，第十五张开给谁就可迎刃而解。植田氏玩的把戏，其关健无非是给人造成一种印象——他是先给小早川君开的支票，然后再给内衣商店店主开的支票。所以植田氏无论如何得把第十四张开给小早川君，把第十五张开给内衣商店店主。这并不需要什么特别复杂的伎俩，植田氏要办到这一点并不难。要是不露出这一破绽……”

如果植田不犯下这一点小错误，那么他的计划是很顺利地如愿以偿了。在没有对支票问题引起重视前，鬼贯事实上不是已经把植田伪造的“不在犯罪现场的证明”断定为确凿“不在犯罪现场”的证据了吗？那样的话，隆吉就得呼冤叫屈地走上断头台。朱鹜子一想到要是植田不犯下这个小错误，她浑身就不寒而栗。也许是这一恐怖感深深印入了朱鹭子脑髓的缘故吧，她感到今后一旦提起这件事，自己便会哆嗦呢。

“我今天上午去见了内衣商店店主，拐弯抹角地总算探得了墨水染到支票上去的原因了。”鬼贯继续说道，“我从店主那里得知，当时正好有一阵夜风从窗子吹进来，风把支票簿的纸张哗啦哗啦地很快翻了过去。应该说，是这风索取了植田氏的命，也是这风救了二阶堂氏一命。”

想到生与死就在那微妙的一瞬间截然地分道扬镳，连鬼贯都不禁为它感慨了。鬼贯沉静地说完最后几句话后，把笔记本放入了口袋。

冒名顶替的代价

北川步实

一

福山淳野站在了一座被明晃晃的路灯照亮的三层楼的公寓前，在金属护网的铁板上写着公寓的名字。他转过栅栏进到了里面。他看到了邮箱。

在“302”室的邮箱上写着芝草的名字。芝草理奈所住的公寓肯定是在这里。

淳野上了楼梯，但他又退了回来。他扶着墙壁把一块口香糖塞进了嘴里。他在犹豫进不进去。

见到理奈是三天前的事情。当时是在新宿的一家酒吧。

“是一个人吗?”她问道。

“啊，我被她甩了。”

淳野耸了耸肩答道。

但“她”不是恋人，是在大街上“拣”来的。他们喝了一点酒后，淳野就打算把她带到宾馆去。大概是太急了吧，他让她非常生气。

再找一个“替代”的女人很麻烦。于是淳野打算索性去一家专门为男人提供“服务”的女人风俗店子里去。

淳野计划两个月后结婚。女方多惠是公司董事的二女儿。他经人介绍后认识了多惠，但时间不长，他便打算和以前认识的这个女人断绝来往。尽管这种事情不会那么简单就解决了，但上个月也终于“断”了。目前他只有多惠一个女人了。但淳野不是只有一个女人就能满足的男人。特别是当他性欲亢进时就想再找一个“恋人”，仅仅有一夜的“享乐”也行。

因为这个原因他“勾引”了理奈。淳野也知道理奈看透了他的心思。但在去了饭店之后理奈说要和淳野交换一下手机的号码。淳野有些不解。

“我没有带手机。”

“那就去你家里。”

“这样有些不方便。”

“你有夫人?”

“没有，但我有恋人。”

“那就去公司?”

“我再和你联系吧。”

出了饭店和她分手后，淳野扔掉了她给的手机号码。

和理奈的一夜情不应当继续下去。但淳野今天还是忍不住打了电话。

虽然他扔掉了理奈给的电话号码，但淳野记住了她的号码。

来接电话的理奈非常高兴。她用十分甜美的声音说：“来我家吧。”

今晚再见一面。这样的话淳野也非常高兴——但对方会不会也有个相好的——他这样想着，心中充满了不安。

理奈说自己是一家公司的职员，现年二十三岁。但是淳野觉得她至少在二十岁的时候就干过女招待。她很会讨淳野“高兴”。但她的胸部已经有些松弛了，下半身也有了些赘肉。作为“玩玩”的女人还可以，但她不具备更深地吸引淳野的魅力。

淳野也做了“防范”，他在来的途中把装有驾驶执照、名片和公司配发的笔记本电脑的皮包放在了投币式寄存柜里了。

今天是最后的一夜，不要紧的。理奈明显也是在和自己“玩玩”的。自己也不是迷上了她，淳野非常自信，玩玩而已。他一边这样想着一边向楼上走去。

他来到302的门前时已经毫不犹豫了。

他从口袋里掏出一张纸，把嘴里的口香糖吐在上面，然后揉成了一个团儿。

这时他才注意到这扇门半掩着。一个单身女人如此不谨慎?淳野一边想着一边按响了门铃。

等了大约十秒钟也没有人答应。

淳野推开了房门。

为什么要推开房门?事后淳野也有些后悔。

他又推开了里间的门，环视了一下厨房兼餐厅的房间。他看到地板上躺着理奈。她的头部附近有一摊血，地上是摔坏了的花瓶。淳野看到这些，用力地摇了摇头。

几秒钟后淳野关上了门。他又连忙用手绢擦拭了门把手和门铃的按钮。然后快速地从楼梯上下来了。

一下楼梯，他便快步小跑起来。但不知从哪儿冒出了一个白发老人，自己如果走得太快，也许会引起他的注意。于是淳野立即放慢了脚步，用普通的步速走了起来。

老人冲他点了点头。

他认识我吗？或许老人是这栋公寓的住户？也许只是习惯地冲人点点头而已？反正淳野也向老人点了点头。因为如果自己不“点”头，自己的正面面容就会被对方观察到的。

他低着头与老人擦肩而过。他来到了大街的一角，然后迅速拐进大街。

淳野没有告诉理奈自己的名字，也没有告诉她自己的联系方式，所以警察不会找到自己的头上吧？

二

淳野一回到自己的家里，就脱下大衣倒在了沙发上。他的身体在微微地颤抖着。但他不觉得寒冷。也许是热的吧。因为从电车上下来后他走得很急。当时他离理奈的公寓已经很远了，还觉得有人在跟着自己。

为了抑制颤抖，他在沙发上缩成了一个团。但浑身上下还在冒汗，而且心情很糟。不过颤抖有了一些减轻。

他又仰面躺下。他把胳膊枕在头下，一边看着木纹的天花板一边把手伸进裤子口袋里。这时他感到里面有个异物。

取出来一看，是一节 5 号电池。他记起来了：家里的电视机遥控器没有电了，于是他在新宿的电器行里买了电池。当时因为他把皮包已经存在投币式的寄存柜里了，所以就随手放进了口袋里。

他又在口袋里掏了掏，掏出了两张收据来：一张是买电池的，另一张是在酒馆里结账的。

作为习惯，淳野日常购物从来不扔掉收据，平时都放在桌子下方的一个透明的塑料盒子里。

也许那个尸体会很快被人发现的。这样就会在电视的新闻节目里播放。于是他马上重新装好电池，打开了电视机。

他支起身子，一只手调着电视频道，一只手伸进了另一个口袋里。

零钱和收据。

一看到这个，淳野的脸色一下子变得苍白：这是他买口香糖时找的零钱和收据。

“口香糖，口香糖。”

他一边唠叨着一边回忆起来了。他在进理奈家之前把口香糖吐了出来，包在了一张纸上，揉成了一个团儿。后来扔在了哪里就记不得了。

随后他发现了理奈的尸体，打算立即离开，还擦去了门把手上的指纹。

是用手绢擦的——

淳野立即站了起来，他回忆着当时的动作。手绢装进了右侧的口袋里，而取出来的时候也许把嚼剩下的口香糖放进了口袋里。

淳野马上在口袋里找了起来。但没有找到。于是他又把另外的几个口袋都找了找，仍然没有找到。他又在脱下的大衣里找了找，他找到了剩下的口香糖，但没有找到那个揉成了纸团的口香糖。

也许粘在了裤子上或者鞋上？他找了找还是没有。

到哪里去了呢——

当时只顾得擦去指纹了，手里的口香糖纸团儿忘得一干二净。恐怕顺手扔在了门前了吧？

这下怎么办好？淳野挠了挠头皮。

因为是个小纸团儿，也许上面不会留下指纹的。但那上面肯定粘上了自己的唾液。

如果被警方找去，肯定会成为自己到过那个房间的证据的。淳野这么一想，心脏便“怦怦”地剧烈跳动起来了。自己是发现死者的当事人。

不要担心。淳野对自己说道。自己的名字不会上了嫌疑犯的名单的。他确信这一点。因为自己不是凶手，所以不必害怕警察什么的。但警察肯定会调查和理奈认识的人。这样一来结婚的事情肯定是吹了。当时就是这样想的，淳野才打算一走了之；可一走了之，犯罪的嫌疑就必然会加重的。如果不走也许还会平安无事的。现在，淳野想赌一赌自己的运气。

“口香糖不是问题。”

淳野点了点头，自言自语地说道。

从口香糖里查到唾液，可以确定一个人；但从唾液里查到这个人的姓名和住址就是另外一回事儿了。

不要紧，不要紧。还是忘了口香糖的事情吧。淳野自我安慰着。

但别的线索怎么办？

淳野在考虑警察的调查手段和方法。

他们应当先向周围的邻居打听见没见到有人到过理奈的房间。除了那个老人外自己应当不会被第二个人看到的。但当问道有没有见到可疑的人时，那个老人也许会说的。比方，他会说他见到了一个身穿风衣的年轻男子从公寓里离开了。

那是个什么样的男子？

淳野的体形和身材没有明显的特征。但他的脸非常有特点。他是个美男子。淳野常常被人说成是男模特的坯子，又说他像某个男演员。反正是容易给人留下印象的面容。但那个老人未必能明确地描述出自己的长相吧，因为在距离很近的时候自己一直在低着头。

问题是新宿的酒吧。

淳野是第一次去那家酒吧。但也许理奈是那里的常客。即使不是常客，她也极有可能会把那家酒吧供客人用的火柴拿回家里或带在身上。

于是警察去了那家酒吧，打听了理奈的事情。店员便回答说三天前理奈带着一名男子到过那里。

是个什么样的男子？长什么样？

啊，和那个人很像！就是常在电视上露面的——

如果有谁作了这样的证言……

不要紧，太过虑了。淳野反复地对自己说道。最后他去洗了个热水澡。但那天晚上他没有睡好。

他做了一个梦。淳野在公司的职员餐厅里看电视新闻。

播音员说道："警方追查的重要的犯罪嫌疑人——"

是和一名演员非常相似的男人。

同事们不会是第一次听到这名演员的名字。

"不是我！不是我！"淳野大声地否认道。

但同事们很怀疑地看着他。有人在喊：马上给警察打电话！

天还没有亮，淳野被一身冷汗惊醒了。他坐在床上，双手抱着头。

怎么办才好？怎么办？

他的脑子里闪过了一个念头。这个主意好不好他不知道，但有试一试的必要。

三

星期六的中午，淳野戴了一顶深颜色的帽子和太阳镜，他靠在了石墙上。从二十来米远的前方，一家医院后院的停车场里开出了一辆车。

车停在自己的面前。淳野确认了开车的男子后坐进了副驾驶座上。

"看过信了吧？"

淳野刚才去了这家医院，把一封写有"金泽秋一先生收"的信放在了传达室。

"我是看了后才来的。"

金泽不高兴地说道，然后发动了汽车。

淳野看着金泽的侧脸。他第一次意识到自己长得和金泽十分相像。高高的鼻梁，棱角分明的颧骨和眉毛——自己和金泽简直一模一样。由于是坐着，所以看不出体形有什么区别，碰巧的是连发型都一样。如果淳野摘掉了帽子和太阳镜，外人一定会把他和金泽看成是双胞胎的。但他们真的没有血缘关系，完全是不同的两个人。

“什么事?”金泽问道。

“想和你谈谈。”

“要钱吗?”

“不，要钱的话也是我给你。”

金泽一边开着车一边奇怪地瞥了淳野一眼。

“什么意思?”

“我会给你钱的。但条件是你要替我。”

金泽皱了皱眉头。

“要考试?”

金泽本来想问一句“是不是开玩笑”，但他认为也许对方是认真的吧。

过去淳野干过冒名顶替的事情。

那是十年前。

地点是某大学的入学考场——

淳野接受了代替金泽秋一参加入学考试。淳野于之前一年考进了国立大学的理工系。促成这桩交易的是他在一家私人补习学校里打工时认识的浜中校长。

在淳野打工期间，浜中经常带他逛夜市，请他吃饭、喝酒。在酒桌上浜中常常给他讲起私立学校的内幕和圈内的事情，并几次谈到入学考试的事情。由于淳野刚刚考完试，上了大学，所以对这些内幕非常感兴趣。似乎由于是他第一次看到了成年人的世界，他不停地问这问那。

他和浜中聊着天，听他讲他和朋友的事情。成年人世界的事情使他十分兴奋和好奇。

浜中一步步地把他领进了“大人”的世界。淳野丢掉了“童贞”是被浜中带着去了“花柳澡堂”后的事情。

“这些事情要绝对保密，我只告诉了你一个人：一人要走后门才能上大学。”从“花柳澡堂”回来的路上淳野就明白了浜中为什么对自己这么“热心”了。

在那几天以后他就被浜中要求去冒名顶替参加了一次入学考试。

他“体验”了成人的世界后便有了“报恩”的心理，并且因此也被浜中抓住了这个污点。不去冒名顶替参加考试的后果他心里非常明白，于是他接受了。

“他和你长得很像，所以绝对不会出事的。你在考试时不要和其他的同学闲谈。”

淳野听懂了这些后便去了考场。准考证上贴的是金泽秋一的照片。他果然和金泽秋一惊人的相似。有时甚至他也在怀疑自己和金泽是不是同父异母的兄弟。

冒名顶替考的是一所私立医科大学，比起自己考过的国立大学理工系要容易一些。虽然考试的内容比较难，他还是轻而易举地过了及格线。

他从浜中的手里拿到了事先说好的一百万日元的酬金。

“很不错吧？”

浜中露出了他那一口黄牙笑着问道，然后又拍了拍淳野的肩膀：“要是低于分数线他就上不了大学了。”

为了赚钱，他必须先花钱上了大学：浜中这样解释道。而录取的分数线越高酬金也就越高。

“考那个大学可是一分值一百万的战争哪！那么笨的儿子肯定是不及格的，多亏了你，他们才省下了近亿日元的赞助费。可要是比起赞助一家大医院，他们的一百万投资也太吝啬了！”

于是淳野才知道了金泽秋一的父亲经营的那家医院的名字。别的他都忘记了，只是今天早上他一下子记起了这一点。

“所以你就心安理得地拿着吧！”

对于一名穷学生来说，一百万就是个天文数字了。

到了今天，淳野的家底也不会低于一百万。但现在的一百万和当时是没法比的。

当时他想过应当退回去，但他还是“暂时”收了起来。

这次淳野想，把那一百万退回去让他顶替自己一次也就扯平了。

“想让我干什么？”

金泽把车停在了行人很少的地方问道。

“我先问你几个问题。”

淳野按住了金泽的上半身。“一，昨天晚上你在什么地方？”

“就问这事儿？”

“说吧。”

“在家。”

“和谁？”

“没和谁。”

“你一个人过？”

“对。”

“没有和女人在一起?”

“你到底要问什么?!”

“回答!”

金泽一副怃然的表情。

“你在发什么神经!”

“你的女朋友呢?”

“现在没有。——你打算帮我找一个?”

“星期二晚上你在那儿?”

“——在家吧。”

“也是一个人?”

“对。”

淳野紧紧地盯着前方，双手扼腕。

“你到底要什么?”

“如果警察来了，问你的不在现场证据，你会怎么回答?如果你成了杀人事件的嫌疑人，你就说你是一个人在家，怎么样?”

“你刚才的话是什么意思?说明白点吧!”

“你顶替我，顶替我成为一件刑事案件的当事人。”

淳野挑明了他的目的。

他昨天（星期二）晚上去在酒吧认识的芝草理奈的公寓时，她已经死了。

金泽听到这里吓得脸色苍白，瞪大了眼睛。

“直说吧，她不是我杀的。所以我不想让警察调查到我的头上。”

淳野继续说道。两个月后他就要结婚了，如果被这件事缠上是很麻烦的。于是他马上逃离了现场。他没有对理奈说过自己的真名、住址、电话和工作单位，但不能说从自己极有特点的脸型上警察找不到线索。

“这是你的担心而已。”

“别开玩笑了!我也不想被卷到这个案子里，杀人事件的嫌疑比替人考试的罪过要大!”

“不，你不会成为嫌疑人的，你没有去她的公寓。”

于是淳野便告诉金泽自己被一名老人看到了，并在现场扔下了一个包着口香糖的纸团。

“我到了现场。如果我看到了凶手另当别论，但我会因嫌疑人而受到调查。而且也许会弄假成真。最好你说是你在酒吧里和她坐在了一起，还聊了天。那么我的‘不在现场证明’就可以成立了。当然你就有了嫌疑，但现场的口香糖又不是你的。”

警方对理奈被害的三天前认识一名年轻男子一事非常感兴趣。那名男子很像一名演员。如果他们认准了这名男子十分可疑，就会向社会公众公布的。

一名像某某演员的男子。

爱管闲事的人就会向警方报告说会不会是福山淳野？

淳野说自己正是想阻止事态的继续发展。

“这样干非常简单。你常常去一下我告诉你的那个酒吧。虽然不知道警察去没去那个酒吧，但只要你一去，那里的人肯定会记起来的。”

他们会告诉警察，说找理奈的就是他。

“如果警察调查，你最好承认你是在酒吧和理奈认识的。但你没有去她的公寓，于是警察就会把你从嫌疑人的名单中划掉的。”

淳野向金泽身边靠了过去：“拜托了！这样我们就扯平了。”

“这不行！不成！”

“你好好想想吧！如果我替你考试的事情一旦暴露怎么办？会马上取消你的学籍！你就将退出医学系。当然也就谈不上毕业了！你也就不能通过医师资格的国家考试，你就成不了医师了！”

这样的做法是不是符合法律的程序，淳野也不知道。不过他丝毫不怀疑，一旦金泽被取消了医师资格，他的人生信誉也将要受到极大的损失。

“你要想当你的医师，就得接受这个条件。”

淳野说着，紧紧地盯着金泽的双眼。

金泽把目光移向了别处。

“我昨天夜里在家里。没有人能证明。这样我就成了实实在在的犯罪嫌疑人了。”

“不要紧的，应当有谁看到你回家了吧？这样你就可以拥有不在现场的证据了。”

金泽想了一会儿后说道：

“看样子我只能这样了。”

金泽又叹了一口气：“那么你叫什么？你当时在哪儿？”

“啊，顶替的事情对谁都不能说！”

淳野认为也许不告诉他自己的名字为好。但最后还是告诉他了。因为他想让金泽知道自己的诚意。

“随后警察就会进行调查。也许会查出是你让我为你背上了这个罪名的。”

“根本不可能！”

金泽从后排坐席上拿过来自己的手包，从里面取出了一个笔记本。

“告诉我我应当知道的吧！”

酒吧的名字，地点，女人的名字，自己说的假名以及和她谈了什么：淳野一边回忆着一边喋喋不休地说着。

喝的什么酒，喝了多少，当时理奈的样子，她的个头、口气、穿着。

“然后就那样分手了？”

对于金泽的追问，淳野看了看周围后说他们又进了饭店。

“如果查明了当天夜里你有不在现场证据，你就没事了儿。只会调查到这一步的。”

“也许吧。告诉我她的身上有什么特征。”

“她的臀部有一个黑痣——”

“那天你穿的是什么衣服？”

“土黄色的套服。比你的——”淳野指着金泽的外衣说道，“多少浅一些。”

金泽合上了笔记本。

“把过去的事情忘记吧！”

“当然了。”

淳野说着从夹克的口袋里取出一个写有银行名称的信封。

“什么？”

“过去我得到的钱。”

金泽接过来，打开看了看：“这么多？”

“一百三十万。三十万是利息。”

金泽笑了：“我是说你用这些就把我打发了？”

“什么？”

“我父亲当时给的可是一千万啊！”

这件事情的中间交易人是浜中。在那之后，浜中辞去了那家私立学校的校长，于是他就失去了和浜中的联系。后来淳野去了当时和他在一起当教师的人开的学校。淳野从那里得知浜中死了。好像是因为饮酒过度得了肝炎死的。浜中的死并没有什么，但淳野感到失去了过去他曾经给予过自己关照的那份情感。淳野出席了他的葬礼。

当时他已经尽了礼数。现在，淳野在心里大骂浜中。

“我——只得到了这一百万，请原谅我吧。”

“我们的缘分断了。你拿回去吧！”

“如果你干得好，我们不会再见面的。”

“我想我相信你。”

四

芝草理奈被杀事件在周日的晨报上进行了报道。她的死因系头部受到了钝器的重击，导致脑挫伤。芝草理奈，二十三岁，是公司的一名职员。关于嫌疑人尚没有线索。

在这以后，就淳野的观察，晨报再也没有接下去报道。

搜查是否有进展，是否发现了嫌疑人，警察去没去那家酒吧，金泽是否受到了警方的调查等，淳野一概不知。时间就这样过去了。

第二个星期的星期五，金泽打来电话。当时淳野正在家里喝着啤酒。

金泽是用公用电话打来的。

淳野让金泽冒名顶替，但后来一想金泽有些笨，于是心中陡然升起了一种不安。不过有了事他总会打来电话的吧。

“前天我去了那家酒吧，可能是店员之前打了电话，警察马上就赶到了。”

“他们问你了?”

“倒不是那种追问，只是向我了解了一下情况，差不多是商量的口气。”

“啊，后来呢?”

“我想事情就结束了。”说完金泽沉默了一会儿，“昨天警察又来了。”

淳野紧张地咽了一口唾沫。

“他们说有你去她公寓的证据。”金泽继续说道。

“什么?”

“你买了口香糖。”

果然问题还是出在了口香糖上。淳野听到这里心跳加剧了。口香糖上留的唾液不是金泽的而是自己的。

所以让金泽当自己的替身一事绝对没有问题。淳野说道：

“那是我在附近的一家便利店里买的。”

“在哪家买的?”

去理奈家的途中，是在一家 24 小时营业的便利店买的。

“还有监视器!”

商店里的防盗监视器录下了淳野买口香糖时的身影。

听到这里淳野惊鄂了。

“店老板让警察看了录像了。那是不是你啊?”

握着话筒的手出汗了，淳野的额头上也渗出了汗水。

“你是怎么回答的?”

“我坚持说那天我在家里。于是他们问有谁当时可以证明。”

“后来呢?”

“我说没有。”

“那么——”

“后来他们又问了当天的各种各样的事情。我死活也不承认，于是他们又把我列入了谋杀嫌疑人里，而且是最前面的。”

警察调查了金泽的一切。

如果金泽没有充分的不在现场证据，也许警察就会逮捕他的。万一那样的话，大概他就会全招了吧。

反过来说，如果找到了证明金泽不在现场的证人对淳野是非常不利的。

因为监视器录下的录像不是金泽而是淳野。如果警方怀疑录像上的男子是杀人嫌疑犯，一定会向社会公布的。这样一来，自己的同事就会出来指认，那么让金泽冒名顶替的计划就落空了。

淳野听着电话，一只手紧紧地捂在头上。

“简单地承认是不行的，”金泽说道，“你要是完了，我也就完了。比方说我为什么同意为你顶替。一问我就得如实回答了。”

“要是到了那一步我们就全完了。”

“不，还有机会！我想对警察说录像上的人就是我。”

“什么?”

“我还想说我去了她的公寓，看到了她的尸体后立刻逃走了。”

“那他们就会把你抓起来了，因为你说的全是凶手的话呀!”

“这么说你还是凶手呀!”

“不!”淳野也慌了，“不是我杀的!”

“那就是另有凶手了？我和你不一样，我没有婚等着结。接受警方的调查也不会有什么事的。”

“太感谢了。目前还没有抓住凶手吧?”

“这个我不知道。反正今天警察又来过了。”

金泽的话又让淳野竖起了耳朵。

淳野去了24小时便利店买口香糖的时间是晚上九点二十七分。监视器的时间也是这样的。

“她死亡的时间是晚上七点左右。”金泽说道，“有人在六点半往她家里打过电话。七点半后又打进了三个电话，她都没有接。而六点她还去了公寓附近的中国餐馆。从她的胃内食物消化程度来看她的死亡时间是七点左右。警察对我说，九点半去她家的人不会是犯罪嫌疑人的。”

这么一说，当时选择逃离现场是个错误。

如果自己报警，充其量进行一下调查也就没事儿了。

“事件发生在了七点左右，九点去的人不是凶手。”金泽说完咳嗽了一下，

“可是也可以认为凶手又返回了现场，确认她死了没有。——会不会这样呢?”

“反正我不是凶手!”

“那你应当有七点的‘不在现场证据’。很遗憾，那个时间我一个人在家，没法提供我的‘不在现场证据’。而对你来说，这一点却很有利。”

“那个时间我在新宿的小酒馆吃饭!”

“就你一个人?”

“对。可店员也许记得我。当时我的衣服被他们弄洒了茶水，后来赔了我一份肉蝴蝶花菜。然后我又去了一家便利店买了电池，我还有收据呢!”

五

淳野站在路灯照射下的电话亭，他身穿一件风衣，胳膊上又搭着一件风衣。金泽的车停在了他的面前，他立刻上了副驾驶座的位置。

金泽把车开到没有人影的地方停了下来。

淳野把风衣交到了金泽的手里，这是理奈被杀的那天他穿的风衣。他认为风衣应该不会成为太大的问题，但为了慎重起见，他又买了一件风衣而把这件给了金泽。

金泽把这件风衣放在了后排座上，从手包里取出了笔记本。

“说一下那天行动的顺序吧。”

金泽说道。淳野点了点头。

六点离开了公司。六点半左右到了新宿。他把物品存进了投币式寄存柜后来到了繁华大街，在一家小酒馆喝了啤酒，吃了晚饭。

“收据?”

淳野从上衣口袋里掏出了收据。

上面记载着结账的时间。

出了小酒馆的时间是七点四十分。进小酒馆的时间是一小时之前，但在小酒馆这段时间没有记录。从新宿到理奈的公寓要一个半小时，有人证明理奈到六点半还活着，所以淳野“不在现场证据”可以成立。

“我还有买电池的收据。”

金泽拿过来这两张收据。加上买风衣的收据共三张，他一起装进了塑料袋里。

“这上面没写点了什么菜呀!”

“我要了啤酒，随后——”

在小酒馆里要了什么饭菜，淳野也记不清了。

“啊，忘了也好，这样更自然。”金泽说道。

被茶水洒在了身上、那名店员的长相、后来处理的情况，这些淳野都记着。

"小酒馆的店员记着就好了，"金泽说道，"我希望买电池的便利店里也有防盗监视器。"

对金泽的话，淳野点了点头。

便利店的防盗监视器曾经让淳野紧张了一阵子，但反过来也许是救命的证据。

"能证明你不在现场，"金泽说道，"以后如果再大力协助警方破案，当时逃离现场一事就不会被追究了。"

淳野还详细地说明了从新宿到理奈的公寓一路上看到了什么，怎么去的等。金泽也都一一记在了笔记本上。

"和你擦身而过的那个老人什么样子？"

"我记不太清楚了，但他是白发，小个子，很瘦——我记得他穿了一身白色的衣服。"

淳野终于说完了。

金泽也合上了笔记本。他看着淳野说道。

"我想结束这件事，今天夜里。我再也不想见到你了。"

"大概不会再见面了。为了我们双方的利益。"

"完全对。"金泽说道，"你不是没有干吗？对这事你自己是什么看法？"

淳野不明白金泽的话是什么意思。

"如果抓住了真正的凶手你也就没有必要这么紧张了。我可不会利用你的把柄向你敲诈的。"

"我知道你的担心。的确我这次是要挟你帮我忙的。不过也是逼得我没有办法了。"淳野说道，"因为替你考试也是不正当的行为。对我来说，一旦暴露了也会在社会上失去了信誉。我想一旦调查我的事情也会发现这件事的。但我和你不一样，我没有钱依然可以在这个社会上站住脚的。如果理奈没有被杀，这倒会影响我的。因为我不想被我的未婚妻知道我认识她。一旦我的婚约完了我的生活就会一团糟。"

金泽盯着淳野的双眼。

"别担心，"淳野说道，"你和我都为对方当过了一次替身，这是因为我们十分相似。我不会第二次求你了。"

十年前，淳野曾经痛快地接受了代人考试的事情，而报酬几乎都被浜中拿走了。自己仅得到了一百万日元。得到这一百万日元从某种意义上讲是背着"罪犯"这个恶名的。所以回过头来看的话，淳野的"损失"也是相当大的。

但是今天他可以完全要求"补偿"这个代价了。如果没有人替他"受过"，可以说自己将会进监狱的。

在和浜中交往时，淳野被他"盘剥"了一把，但那也是一种命运的伏笔。

现在，不能不说他是幸运之神。多亏了金泽现在能当自己的替身。这也要感谢浜中。于是淳野笑脸理所当然地转向了金泽。

“我非常感谢你！”

“那我们成了同谋犯了。”

“啊，也可以这么说吧！”

“杀人的同谋犯。”

“什么？”

“还是可以这样说的吧？”

“这是什么意思？”

“现在你就是杀死芝草理奈的凶手。”

“什么？！”

“对，是‘我们’杀死了芝草理奈。”

“你在胡说什么？！”

“我说杀死了芝草理奈的是我们。”

金泽的嘴角浮现出一丝冷笑，但他的眼睛并没有“笑”。

“别说这种不着边际的话！”

“不着边际？”

“是的。我为什么要杀死理奈？虽然我认识她——”

“说下去呀。”

淳野呆呆地张着嘴看着金泽。

他不能相信这一点，也许那是金泽一时糊涂说的胡话。

但金泽不等淳野分辨就说道：

“芝草理奈是浜中的情人。”

淳野听到这句话时费力地咽了一口唾沫，喉头痉挛般地抽动了一下。

“告诉你吧！浜中把我怎么上大学的事情全都对她讲了。也就是说，她知道是你替我考试我才上了大学的。浜中一死，她的财路就断了。于是她就威胁我，要我和她结婚。但这一切她都没有把柄，所以我一直拒绝她她也没有办法。但后来她见到了你，是在浜中的葬礼上。她让人调查了你，因为你和我长得一模一样。”

“可我和理奈认识呀！”

“对。但她不是偶然和你认识的。那是她的计划的一部分。因为她为了威胁你就一定要有你的证词。但从常理上讲，顶替者都不会说出去的。因为一旦传了出去，顶替者也就失去了社会信用，就和你刚才说的那样。由于她也知道这一点，于是就设下了一个圈套。你要不想妨碍你的婚事，就得承认替人考试一事。那天夜里她在我的面前威胁我，说要你证明这一点。”

听到这里，淳野一阵眩晕。他想说什么，就是说不出来。

“她说她要一个替我考了试的人到家里来。是谁我不知道，但我的心里非常紧张。当我清醒过来时我已经杀死了她。我没有在凶器的花瓶上留下指纹。但也许在别的地方留下了。由于我害怕这一点，就必须为自己制造‘不在现场证据’。我必须从犯罪嫌疑人的名单里去掉我。我找到了她家里的通信录、名片和笔记本，凡是有我名字的东西我全找出来拿走了。但我和她在一起的事情肯定有人看见过。那一天我是化了装到她的公寓去的。”金泽撇了撇嘴说道。

看来理奈是隐瞒了她的真实意图接近自己的。发生了性关系后威胁要自己和她结婚，因为她掌握了自己的把柄。淳野简直无法相信这一切。

“我们不是经别人介绍认识的。但我们成双成对地出入有人见到过。一旦警察来调查就会暴露的。我紧张地寻找办法。”金泽的嘴角又浮现出了冷笑。“当时我真的是走投无路了。”

这次他连鼻子也笑了起来：“那时我就明白了，下次和她的约会就是我制造不在现场证据的机会。杀死理奈时你并不在她的公寓，你在公司里或家里。于是我考虑利用你为我制造一次我的不在现场证据。因为你能够证明七点钟我不在她的公寓里，所以即使查到了我的指纹、有了目击者看到过我和她在过什么地方我也不必担心。我可以堂堂正正地承认我和她有过交往。那天我也去过她的公寓。警察要找的是七点钟去过她家的男人。我想他们一定会调查你和我的行踪。但是，我不应当是在七点钟出现在她家里的那个男人，也就是说是凶手。这是由于我为自己准备好了充分的不在现场的证据。就算是没有查到你，我也不会受到怀疑的。”

淳野感到自己的眼前昏暗起来了。

“我们的再次见面就会被警察逮捕，因为你尽管不是杀人凶手也是同谋犯，是为我制造‘不在现场证据’的同谋犯；因为你有因代人考试而必须杀死芝草理奈的动机。如果被警察逮捕了我就会这么说的。”

淳野痛苦地呻吟着。他感到了内心深处的震撼。当时看到理奈的尸体时自己也有过这样的震撼，但那时无法和这会儿相比。他听到自己的牙齿也在“嗒嗒”作响。

“别担心，”金泽把手放在了淳野的肩膀上，“因为我有了充分的不在现场证据，所以不会逮捕我的。你和我都是清白的。我们两个人的连接点就是一个：代人考试。而且知道的人只有我们两个人了。浜中和芝草理奈都不在了。放心好了。谁也不会想到我们长相如此相似。”金泽说道。

自己很有被警察注意到的可能性呀！但是自己没有对理奈说过自己的真名，所以就可以不用担心在理奈的房间里有和自己的身份有任何关系的证据。这样一来，理奈的房间就不会有与自己有关的什么“线索”了，那么当时自己看到了她的尸体逃走就为今天如此被动埋下了祸根！淳野默默地想着。

淳野把自己的担心对金泽讲了。但金泽不以为然。

“通信录我全拿来了。我刚才已经说过了。”

“万一有遗漏在那里的证据呢？”

“事件都过去一个星期了，要是有什么证据警察不早就找上你了嘛！”

但淳野还是不安。他还紧张地哆嗦着，心情非常抑郁。

金泽从口袋里取出一个信封放在了淳野的膝盖上。

“这是你刚给我的那笔钱，我退给你，因为这次你又为我冒名顶替了一次。”

金泽的手从淳野身上够过去打开了车门。

“我们终于无缘了。今后我再也不会求你为我做顶替的事情了。”

淳野像被人推出来似的，一屁股坐在了沥青路面上。他站不起来了。

“我谢谢你一直到今天对我的帮助。”

淳野呆呆地看着扔下这句话绝尘而去的金泽的车影。

失踪者

爱德华·D. 霍克

二十年前，自从利奥波德回到本市开始在刑警队工作，他就认识了詹尼斯·布莱克。很久以前，布莱克曾代理过利奥波德的离婚案，自那以后，他们就常常在法庭上碰面。

六月的一个上午，阳光灿烂，詹尼斯·布莱克去拜访利奥波德。利奥波德的小办公室在警局二楼，他们已经有一年多没见面了。布莱克律师变胖了，头发也比原来白了，不过利奥波德几乎没有提布莱克律师已经步入中年一事，因为他自己也在经历衰老的痛苦。

然而，利奥波德说道：“最近没在法庭上见到你啊，詹尼斯。都叫年轻人去处理那些棘手的案子吧？”

律师微笑着，似乎在回味着他们曾经在法庭上共度的友好时光，“我处理的那些案子都没有上法庭，队长。”

“你还是老样子啊。”利奥波德放松地靠在椅背上，似乎詹尼斯·布莱克就像他的一个老朋友，虽然他们几乎没怎么在法庭之外见过面。即使在温暖的夏日，他依然穿着传统的蓝黑色西装，套着白衬衫，打着领带，西装革履的样子。二十年前代理利奥波德离婚案时，他也是这身打扮。“今天有什么可以为你效劳的吗，律师？”

“我接了一起复杂的房产纠纷案。两个重要的证人上周却失踪了，这让我很恼火。”

“在失踪人口登记处登记了吗？”

布莱克摇摇头说：“他们都是镇里来的，来这儿之前我没有报案，因为我不敢肯定他们是否失踪了，可整件事情就特别奇怪——”

“可能是暴力犯罪吗？”

“为什么这么说？”

“你没去人口失踪登记处而来了刑警队，这是很正常的问题啊。”

“因为我认识你，我才来这儿的，队长。不过，也可能是暴力犯罪。”

利奥波德从办公桌上撕了一张黄色便笺，拿了一支铅笔问道：“姓名？”

“萨姆·惠灵顿和里克·奥布赖恩，他们都是船员。我带他们来这儿出席几天后的一次遗嘱听证会，并当场作证。”

“建议你从头开始讲。”利奥波德说。

“好的。”律师不安地挪动了一下问，“你了解口述遗嘱吗？”

“不太了解。”利奥波德承认道。

“本州，还有很多州的法律都允许部队军人或者海员在特殊情况下做口头遗嘱。法律规定，遗嘱正式确立之前，至少必须有两名见证人在验证遗嘱会上当场作证。”

利奥波德皱起了眉头说：“你是说上战场的战士或者是沉船的海员？”

“实际上，法律并没有那么严格的规定。无论宣战或者未经宣战而发起的战争，只要立遗嘱的人在部队服役、在战区作战或者准备去战区作战，依据本州的法律，口述的遗嘱都是有效的。至于船员，他们在船还未出码头时就可以口述遗嘱。当然，法律这样规定的目的是为了确保战争时期的军士或者随时都可能濒临危险的海员的财产安全。”

“你接的案子是有关船员的？”

“没错。威廉·特利是其中一名。他是‘南茜之星’货船上的大副。该货船是在巴拿马注册的，不过是由一家美国公司经营。去年十月，该船在加勒比海上遭遇风暴。船上的货物都松散了，威廉·特利和另外几名海员去捆货物，他去之前告诉了惠灵顿和奥布赖恩——也就是那两名证人，如果他有什么不测，他所有财产都归他的未婚妻尼科尔·斯坎伦所有。”

“你的当事人。”

“没错，我的当事人。结果威廉·特利从船上失踪了，很显然是被海浪卷走了，虽然没有人看见是怎样被卷走的，不管怎样，他失踪了。虽然没找到尸体，可官方已经正式宣布他死亡了。海员失踪是神秘而又古老的话题了。现在我们来讲关键部分：威廉·特利在海上失踪两天前，他父亲死于心脏病。你可能听说过特利家族企业。”

“报商。”利奥波德立刻就想了起来。詹尼斯·布莱克接这个案件是因为案件涉及一大笔钱。

“没错。威廉死之前并不知道他父亲已经去世。虽然他父亲不赞成他做海员，不过他的财产还是平分给了他的两个儿子——威廉和保罗。房产以及老特利在特利家族企业的股份加起来共有两百万美金。”

“那么如果你能验证口述遗嘱，你的当事人就能拿到一百万美金。如果不能，哥哥保罗将会得到所有财产。”

“是的。他会作为第二继承人得到威廉的股份。他们的母亲几年前就去世了，也没有别的兄弟姐妹。”

“现在说说你的两名证人。”

“威廉·特利死后几个月，也就是去年冬天，他俩联系过尼科尔。她听说口述遗嘱的事之后，便来找我。因为有必要先确定威廉死的事实，所以法庭听证会就推迟了。时间就定在这周四，所以我带来了惠灵顿和奥布赖恩来作证，可他们俩现在都失踪了。”

“怎么失踪的?”

“惠灵顿住在假日酒店。上周六我去找他拿证词初稿，从洗手间出来时，他便失踪了，而且地毯上湿了一大片，好像什么东西洒了。”

“门是从里面闩着的吗?”

“没有。我到了之后，他一直没有闩门，也没上锁。他可能自己出去了，我想应该是那样。可是后来第二个人也失踪了。”

“里克·奥布赖恩?”利奥波德看了看笔录问道。

詹尼斯·布莱克点点头。“昨晚我们在广场下面的咖啡馆见面。我去买烟，等我回头看时，他已经不见了。他穿的是鲜红色夹克，即使有很多人，也应该很容易看见，可我怎么也找不到他。我问过旁座的人，没人看见他离开。”

“你离开之后多久回头看的?”

“投币，接着按控制器取香烟的时间，可能就十秒。他不可能那么快就离开的，除非发生了什么事。”

“什么?”

“水洒在他的椅子上，好像水打翻了。”

“和惠灵顿情况差不多。”

“没错。”

利奥波德耸了耸肩说：“巧合。”

“那他们去哪儿了呢，队长？我带他们来这儿，他们愿意作证，然后他们就这么失踪了。惠灵顿失踪一事，我想可能是他去某个地方喝醉了，可现在他俩都失踪了，我觉得事情没那么简单。我想有人竭力想阻止他们出庭作证。”

“哥哥，保罗·特利?”

“不知道。主要是担心他们俩出事儿。”

“你怎么解释那些水?”

律师看起来有些不安。“可能有人想让我们把这两件事和威廉·特利的死联系起来，可他是被海浪卷走的啊。”

“你觉得特利没死？或者他又活过来了?”利奥波德一直咧嘴笑着，似乎没有律师那么严肃认真。“你有特利的照片吗?”

“我只在报纸上看过他的图片。我真的没有——”

突然，康妮·特伦特出现在门口，打断了他们：“能耽误你几分钟吗?队长?”

“当然。对不起，詹尼斯。”

康妮的办公桌在分队办公室，离利奥波德的办公室就几英尺远。利奥波德去了她的办公室，看了看康妮手中的便条。“楼下的办公室人员刚发现的，不过不知道是谁留下的。”

上面的话言简意赅：

利奥波德队长——离詹尼斯·布莱克远点。特利家族的事跟警察没关系。

“恐吓警察?”利奥波德以轻蔑的口气说道，“现在我全明白了！叫弗来彻查查字迹。”

利奥波德转身回了自己的办公室，从那时起他开始重视这个案子了。

詹尼斯·布莱克失踪了。

办公室空空荡荡。

办公椅旁边的地毯湿了一大片。

利奥波德第一个反应是冲进分队办公室，寻找失踪的人。可是办公室里只有几个熟悉的侦探，还有几个警官在填拘捕报告以及一名带着手铐的入室小偷坐在门边的椅子上抽着烟。

“康妮，你看见詹尼斯·布莱克了吗?”

“他不是在你办公室吗?”

“没在。”

弗来彻的办公室在分队办公室附近，他的办公室旁边是安全通道。利奥波德接着问了弗来彻。弗来彻挠挠头，蹙着眉说道：“找那位律师吗，队长？他没来这儿。我一直盯着那边的犯人，如果他从这儿走过，我肯定能看见。”

利奥波德问了办公室里其他的侦探和警官，他甚至连入室偷窃的嫌疑犯也问了，答案都一样，要么是没看见詹尼斯·布莱克，要么是没看见他经过分队办公室。另外两名警察进来了，拿着一盒追回来的赃物。办公室里的人很快忙了起来，利奥波德叫弗来彻和康妮加入他们。“怎么了，队长?”弗来彻往周围看了一圈，问道：“布莱克在哪儿?”

“见鬼，我知道就好了。他——失踪了。”

康妮指着窗户说道：“他一定是跳出窗外了”。

窗户倒是开着，可只开了六英寸的样子，只是为了办公室通风。利奥波德回答道：“他不可能从那儿跳出去的，太窄了，而且这些窗户很难上下推动。你觉得他能先推起来，再爬到窗沿上，然后坐在窗沿上又拉下窗户吗？”

利奥波德还用力把窗户推了上去演示了一遍，把头伸了出去。办公室在二层，正好能俯瞰外面的停车场。可那一排排汽车就停在窗户下面，从窗户跳下去根本没法着地啊。而且下面也没有哪辆车顶被踩凹或划伤，也没有绳子可以从窗户吊着出去。而且大楼的安全通道也离这儿很远，在那边角落里。

利奥波德把头缩了回来说：“不，詹尼斯不可能那样出去的。”

“那么他去哪儿了呢？”康妮迫切地问道。

利奥波德站到门口。办公室里又忙了起来，而且里面很吵，就是没见詹尼斯·布莱克。

如果他是在利奥波德离开办公室去康妮那儿的时候离开的，他应该是避过了几个人。还有，办公室右边那条路，那儿只有一个壁橱，里面有个咖啡机，旁边有个档案橱柜。连藏身的地方都没有，更不用说安全通道了。

“我不知道，”利奥波德承认道，“我不知道他怎么了。要么他是在玩神秘失踪，要么——”

“怎么？”

“要么就是三个人神秘失踪。康妮，打电话到布莱克的办公室和他家，不要告诉别人，查清他是否在这两个地方的任何一个地方出现过，在的话，留个信儿叫他回电话给我。弗来彻，去康妮桌上把那张便条拿过来，检查指纹。”利奥波德弯下身查看弄湿的地毯，摸了摸湿地毯，想蘸点液体在手指上。“好像是水，没错。”他舔了舔湿手指说，“没味儿。”

“可从哪儿来的呢？”康妮问道。

“不知道。可能是詹尼斯·布莱克去的地方。”

确定布莱克失踪的消息时已经是下午了。他妻子急得发狂，他的秘书也完全没搞明白。弗来彻确定便条上除了警士的和康妮的而没有别的指纹之后，利奥波德驱车去见布莱克夫人。

她叫阿玛，利奥波德曾在议会大选时的几次政治集会上见过她。她大约五十来岁，风韵犹存，不过还是看得出来老了。“我简直不敢相信他失踪了。”

利奥波德说道：“我也不相信，但是他确实失踪了。”

“他以前从没这样过。”

“从来没有开过玩笑？也从来没在家里藏起来过？”

“从来没有。”

“他有没有跟你提起过他正处理的那起财产案？特利财产案？”

“我们在家从不谈公事，别的事太多。”

利奥波德确定他不是很喜欢阿玛·布莱克。不知道她丈夫是不是有同样的感觉。不过，对律师而言，离婚是太容易不过的事了，他没有必要失踪啊。“他有没有可能和同事有矛盾呢？”

“我告诉过你他从不讲那些事儿，为什么你总问这些愚蠢的问题而自己不出去找他呢？”

利奥波德只好同意了。“不用担心，布莱克夫人，”利奥波德离开时向她保证道，“我们会找到詹尼斯的。”不过，利奥波德也不想去猜测詹尼斯是死是活。

布莱克的秘书把詹尼斯的当事人尼科尔·斯坎伦的地址给了利奥波德。利奥波德下午三点左右到了她的住处。她比詹尼斯的妻子热情多了。尼科尔是个黑发美女，二十多岁的样子，男友出海时，任何男人见了都会喜欢上她的。

“首先，侦探——”

“队长。”利奥波德纠正道。

“——队长。我想说明的是我和比尔谈恋爱时我根本不知道他出身豪门，我就只知道他是船上的大副。他在港口工作时，曾提起过要带我去见他父亲，不过一直没去。”

“这跟你什么时候知道关于那笔钱的事几乎没什么关系。”利奥波德坐在她对面有厚软垫的沙发上感觉很自在。屋里的家具看起来很昂贵，而且很新，利奥波德怀疑是不是特利用家里的钱买的。“事实还是那两名船员联系你时，你才知道那笔钱的事？”

“是的。”她很不情愿地同意道。

“惠灵顿和奥布赖恩。你能说说他们吗？”

“我知道他们也失踪了。”

“你是怎么知道的？”

“布莱克先生昨晚打电话问他们任何一个人是否联系过我。看起来他们俩都失踪了，否则他们应该在一起。”

利奥波德点点头，“现在詹尼斯自己也失踪了。”

“简直不可能！”

“我也不相信，可他是在我办公室里失踪的。”利奥波德把事情的经过从头到尾讲了一遍。“我怀疑那张便条是不是失踪的两名证人中的其中一名留下的。惠灵顿和奥布赖恩为口头遗嘱出庭作证，有没有要求你给他们一些费用？”

“当然没有！我连见都没见过他们，也没跟他们联系过。冬天，他们从海上回港口时，便打电话给了我，从那时起，我就把这件事交给詹尼斯·布莱克了。为了避嫌，詹尼斯认为出庭之前我最好不要和他们见面。”

“我也认为应该这样。因为涉及一大笔钱。你最后一次和他哥哥保罗·特利谈话是什么时候?”

“最近没有。比尔还在的时候我都没有见过他。”利奥波德看出她有点生气了。“不过，你是在调查那些肮脏的事情，你确实应该去和保罗谈谈。如果没有人出庭作证，他是唯一的受益者。”

“没错。他威胁过你吗?”

“几个月以前，我雇了律师，通知他我要求继承那部分遗产。一天傍晚，他来这儿给了我一万美金想私了这件事。布莱克先生建议我拒绝他。”

“上周之前，布莱克先生和那两名证人谈过吗?”

“只是通过电话。他们多数时间都在海上，布莱克先生收到过他们的信，但是布莱克先生说有关大笔财产的事情还是有必要让他们亲自出庭作证。口头遗嘱是属于法律解释里的遗嘱认证，而且现在还在讨论是否需要严格的、广义的解释。”

“听起来你自己就像律师。”

她微笑道:“都是听布莱克先生说的。”

利奥波德走到门口，下楼开车去了。到目前为止，特利财产案几乎没有眉目，詹尼斯·布莱克失踪则更是一点线索都没有。

利奥波德回到了警局。弗来彻不在办公室，康妮坐在办公桌旁正和一名他不认识的年轻巡警聊天。那名巡警一头黑色卷发，警帽只朝后盖了半个脑袋，穿着夏天的短袖衬衣制服，露出性感的古铜色胳膊。警徽下面是名字——罗杰斯。等他离开后，利奥波德问康妮，“罗杰斯在追你?”

康妮的脸刷地红了，很可爱的样子，开始忙自己的报告。“我几乎不怎么认识他，他是新来的，我可是他的老大姐。”

“是啊，要么就是和他妈妈差不多了。”康妮还没来得及反驳，利奥波德很快问道，“有布莱克的消息吗?”

“没有。如果他不露面，法官会延迟开庭。你找他妻子谈过了吗?”

利奥波德点点头。“也找了他的当事人，可是还是没有任何线索。你检查过惠灵顿和奥布赖恩登记住宿的地方吗?”

“当然检查了。他们俩都住在那儿，但是都是没有退房就失踪了。于是账单送到了布莱克的办公室，结果他也失踪了。没有人不会认为这件事太奇怪了。”

“可我们只知道詹尼斯·布莱克的说法。”利奥波德若有所思。

“你认为整个故事可能是他编造的?”

“开始是有当事人和财产，可之后所有事情似乎有点迷糊不清了。有人，不管是人是鬼，进了我的办公室，强行带走了布莱克，这个猜测要比他自己玩失踪的看法要有意思得多。”

康妮起身说，“我去买点咖啡吧，等会儿再谈。”

利奥波德办公室外面的咖啡机正要换。康妮进他办公室时，利奥波德正蹲在办公桌后面的地板上问道：“能看见我吗？”

康妮笑得不行，差点洒了咖啡。“当然能看见！你在干吗呢？”

“我在想，我第一次进来时，布莱克是不是就藏在办公桌下面。”

“不可能。”

“他比我要瘦。”

“还是不可能，队长。如果他藏在门后，你会从窗玻璃里看到他的。”

利奥波德起身，擦了擦他的膝盖。“他确实是离开了这间办公室，要么是走门口，要么是跳窗户。”

“除非你有秘密小组，否则你别那样说。”

利奥波德喝了一口咖啡说道：“如果他走门口，应该有人看见的。如果他跳窗户，他怎么可能跳下去而又没有踩到下面那些车呢？而且还没有伤到自己？还有，关键是他为什么要那样呢？”

“你的窗户应该装铁护栏了，队长。”

“为什么？防止律师跳出去？”

“防止你尝试！我可不想进来看见你站在窗槛上要关掉窗户想跳下去。”

“不用担心。”

利奥波德叫康妮回自己的办公室，他自己坐下思考了一会儿，盯着墙、地板还有天花板来回看了很长时间，最后终于起身出去了。

是该拜访保罗·特利的时候了。

保罗·特利的办公室在特利公司大厦的最顶层，从那里能清晰地俯瞰城南摄人心魄的桑德海。“从我办公室往外看，只能看到一个停车场。”利奥波德说道。

保罗·特利仍然坐在办公桌旁，他只朝窗外瞟了一眼。虽然他表现出成熟老练的样子，可看起来就三十多岁。“我真的不知道你此行的目的，队长。你想说没人犯罪吧？”

“三个人失踪了，包括律师詹尼斯·布莱克，不过我们还没有足够的证据证明有人犯罪。”

“如果是关于我父亲的财产——”

“是的。”

“又是那个女人，”他话中带着几分恼怒，“她想得到我弟弟那份，她关心怎样才能得到那笔财产。”

“你是说尼科尔·斯坎伦？”

“当然。她雇了那两个商船海员，编造故事，可要出庭时，她又找不出那两个人。”

“如果他们出了什么事，你就是头号嫌疑犯。”利奥波德说道。

“要有事情发生，就是他们变聪明了，回海上工作了。”

“那詹尼斯·布莱克呢?”

“我不相信他失踪了。”

“我可以告诉你他确实失踪了。”

保罗·特利看了看表，“已经过五点了，我得回家了。”

“我想记者们要熬通宵了。”

“不是今晚。我父亲就是因为经常熬夜才早早地就去世了。”

“说说你弟弟的事儿吧。”

“从哪儿说起呢？他去海上工作，后来死在了海上。”

“听起来像上个世纪的事情。”

“是的，不是吗？真的很抱歉，队长。”

“如果他大部分时间都在海上，那么他是怎样认识尼科尔·斯坎伦并且和她订婚的呢?”

“你应该去问她。坦白地讲，我都不是很肯定他们是不是订过婚。我只知道他可能和她在镇上同居过。”

“有没有任何迹象表明威廉可能没有死在海上呢?”

“什么？你说什么?”保罗·特利好像第一次感到不安的样子。

“我告诉过你有三个人失踪了，失踪的现场都发现有水迹或者湿湿的痕迹。有人好像在暗示威廉的灵魂是为这些人才从海上回来的。”

“天啊！你相信灵魂吗，队长?”

“在这件事上，我不相信。”利奥波德很严肃地回答道，“我用手指蘸了一点水尝了尝，你弟弟的灵魂显然应该是海水味儿，而不是淡水。”

“那么你不相信是他的灵魂!”

“不过我还没有推测这不是威廉。有可能他被某艘船救了，可能现在他想报复那两名害得他差点死去的海员。”

“是他们害死我弟弟的吗?”

“我不知道，”利奥波德承认道，“找不到他们就不能审问，这桩案子没有任何尸体。我现在不仅不知道是谁干的，甚至连干了什么、对谁干的，我都不知道。”

“我相信如果威廉还活着的话，他不会在外面游荡不和我联系的。法庭确定他已经死了，我也相信他死了。”

“尼科尔·斯坎伦说你想收买她。是真的吗?”

“我给了她一些钱，那是她要的，我的价格不是很高。”

利奥波德答道："好吧。感觉整个就像是勒索。如果有人问你要钱，立即打电话给我。"

"我肯定会的。"

利奥波德在回市里的路上突然接到了电话，说有人在机场停车场的某辆被盗汽车里发现了一具尸体，似乎是和布莱克案件有关的某个人。

利奥波德拉上警报就往机场去了，他怀疑死者就是詹尼斯·布莱克。到达机场后，他费力挤进了一群好奇的旁观者围成的圆圈，发现弗来彻正站在那具男尸旁边，可他从来没见过那名男子。

"这些是从他衣袋里搜出来的，队长，可是没有钱夹和其他能证明身份的东西。"

利奥波德仔细看了看已经弄皱了的烟盒和那块边上印着"南茜之星"的打火机，还有一小本通讯簿，上面有几个联系人的地址。唯一一个本地联系人就是詹尼斯·布莱克，写着他的名字和办公室电话号码。

"他是怎么死的?"利奥波德问道。

"头部后面中了一枪。"

"好的。可能是布莱克的两名证人之一，萨姆·惠灵顿或者里克·奥布赖恩，不过我不是在碰运气。去叫尼科尔·斯坎伦来，看看她是否能辨认一下尸体。"

弗来彻皱了皱眉头说："如果不是惠灵顿或者奥布赖恩，那可能是谁呢?"

"威廉·特利，可能他死里逃生了呢。"

想法不错，对这样一个蹊跷的案子倒是有点道理。不过尼科尔·斯坎伦很快否定了该猜测，她说死者看起来没有一点像他未婚夫。"看看，这是他的照片，是他最后一次出海时照的。"

利奥波德看了看她钱包里的照片，不得不同意她的说法。"那么就只剩下惠灵顿和奥布赖恩了。你有什么想法吗?"照片里的人靠着船的栏杆站着，看起来和保罗·特利就像兄弟。栏杆上有"南茜之星"的名字。

"不知道，"她回答道，"我告诉过你我没有见过这两个人。"

"没错。"利奥波德同意道。

"保罗·特利为了阻止我拿到那笔钱，他什么都干得出来。"

"你认为是他杀的这个人?"

"那是你们的问题。不过，如果两名证人死了一名，口头遗嘱就不可能成立了。"

"没找到第二名证人之前是不可能。威廉·特利还可能当着别的船员口述过这个遗嘱。"

"也可能。"她浑身抖了一下，说道，"咱们出去吧，我只希望你明天不要再叫我来辨认另一具尸体。”

“第二名证人?”

“或者詹尼斯·布莱克。”

夜晚很糟糕，第二天早上也好不到哪儿去。

媒体的人风闻布莱克失踪的消息，有记者来警局想看利奥波德的办公室并且想拍照。利奥波德一向都折服于媒体的力量，心想能不能借助媒体来调查这个案子。利奥波德边想边看着在验尸房拍的照片上死者的脸部，突然阿玛·布莱克打电话来了。

“你是说像我丈夫那样重要的人物会从你的办公室里消失而且再也没有出现过?”她问道，电话里有杂音。

利奥波德回答道：“我肯定我们会再见到詹尼斯的。我们全力以赴在找他，请冷静点。”

她连再见也没说就挂断了电话。

利奥波德出去买咖啡，注意到那名叫罗杰斯的巡警又在康妮的办公桌旁。他是下班了还是在等出庭呢?如果他再逗留，利奥波德就会去找他谈谈了。如果他想和康妮约会，下班后打电话约就行了。

利奥波德盯着他的咖啡看了半天，突然他明白了詹尼斯·布莱克是怎样失踪的。

最重要的是，他知道他为什么要失踪。

利奥波德的车停在大楼的后面，他坐在车里，突然看见一辆蓝色福特轿车开进了停车场，停在了第二排。根据车牌号，他能认出那是辆租来的车，而且他很快便认出了他一直在等的人。

“你好，詹尼斯。”律师刚走到大楼的后门，利奥波德大声叫他。

“利奥波德！我——你怎么会在这儿呢?”

“等你。你昨天早上确实离开得太仓促了。”

“我可以解释整个事情。”

“我知道你可以，可现在一切都变了。我们现在讨论的是谋杀案——商船海员萨姆·惠灵顿的谋杀案。”

詹尼斯·布莱克舔了舔嘴唇说：“中午的报道说你们没能认出他。”

“如果我没猜错，只可能是惠灵顿。”

“怎么会呢?”

利奥波德说：“我有两个推测，看看你相信哪个。第一：你编造了整个故事，说那两名证人失踪了。他们绝不是像你描述的那样失踪的。他们是被保罗·特利绑架了，而且是在你的帮助下，然后被谋杀的。之后，你故意失踪，而且是在我办公室失踪的，这样想让我相信是真的。这就能说明你是杀人犯，律师。”

利奥波德注意到律师的脸一下白了。他说：“不可能！我根本不知道什么谋杀案。天啦，我一点也不知道有人被谋杀了！”

“好吧。那么我们上楼去吧，我会告诉你第二个推测。”

“我只是——”

“我知道你去哪儿了，而且也知道你为什么去。我只是跟着你。”

尼科尔·斯坎伦打开了公寓的大门，看见詹尼斯时她露出了笑容。她瞥见利奥波德时，表情变得很不自然。利奥波德肩一直靠着门，她还没来得及让他们进屋，利奥波德便说道：“咱们谈谈吧。”

“谈什么？”

“你杀的那个人，尼科尔。”

“我没有——”

“咱们都坐下来从头开始讲吧。是我想出来的。你跟威廉关系甚密，尼科尔。可能你已经和他订婚了，也可能没有。不过这没什么关系，虽然我比较倾向你没有。”

“我不是——”

利奥波德举手示意道，“冷静点。我还没有正式逮捕你，逮捕你之前会警示你的。不管怎么说，威廉·特利——你的朋友比尔——在一次海上风暴中丧生了。这很可能是真的。几个月之后，他的两个同事告诉了你一个计划。他们听说过有关海员口头遗嘱是合法的，而且他们知道你是特利的女朋友。他们也从报上得知特利的富商爸爸在他丧生的两天前去世了。所以他建议他和另外一个海员成为特利的口头遗嘱的见证人，其他的事情就交给你了。他们出庭作假证，你最后分给他们一部分财产。”

她一直盯着地板，避免和詹尼斯·布莱克对视。利奥波德接着说道，“你请詹尼斯做你的律师，之后事情发生了转折，一直受凶悍的妻子虐待的詹尼斯爱上了你。”

“看看你！”律师反对道。

“今天早上有件事情启发了我——一名年轻的警察努力想追一名女警察。尼科尔，我记得那天下午你在家里，显然是没上班，而且你屋里的家具都是很昂贵的新家具。我可能错了，可这一切似乎都表明了你可能有个有钱的男友。詹尼斯最适合了，特别是你告诉我他一直和你在一起处理这个案子。”

尼科尔脸红了，但一直没说话。詹尼斯·布莱克起身说道：“你说到哪儿去了，利奥波德！”

“坐下——我只是刚开始而已。其中一个证人，萨姆·惠灵顿真正要为作假证签字时，他临阵退缩了。虽然之前事情一直都进展得很好。而你詹尼斯当时在浴室，他非常紧张，以至于洒了手里的水，决定赶快溜走。这就是第一个失踪的人。很显然，你告诉了尼科尔，之后她便很快找到了另外一个作假证的人，里克·奥布赖恩。因为这个计划是他先提出来的，他也很想挽救整个计划。”

“为什么是里克的想法而不是惠灵顿的呢？”律师镇定下来问道。

“如果我相信你的故事，那么事情应该就是这样了。不可能是第一个失踪的人，很容易解释，因为后来没有什么事情发生。奥布赖恩的失踪是为了掩饰这个问题，让你，詹尼斯认为有什么神秘的力量在起作用。”

“那奥布赖恩是怎样从露天餐馆失踪的呢？”

“再简单不过的戏法了。你告诉我他穿着鲜红色夹克。他起身，脱掉他的夹克，夹在胳膊下面就离开了。你从香烟机前转身找他时，只会在人群中找红色夹克，可是什么也没看见。里克·奥布赖恩失踪之前，小心翼翼地洒了一些水在地上，让人感觉和第一个人的失踪有密切联系。”

“这是怎样完成的呢？”尼科尔问道。

“两个人都失踪了，就可以转而怀疑是威廉的哥哥保罗干的。这样你们就有时间找到惠灵顿，说服他跟你们合作——否则再找一个海员充当所谓的证人。而事实证明，惠灵顿没有被说服，而且他还有可能勒索你们。不管怎么说，你和奥布赖恩杀了他。”

“你能在法庭上证明吗？”詹尼斯·布莱克起身反问道，好像在对着陪审团说话，试图为他所爱的人辩护。

“她撒谎说不认识那具尸体，詹尼斯。她说她从来没有见过那两个证人，只通过电话。可是她有一张威廉·特利最后一次出海的照片。她不是从你那儿拿的，因为你告诉过我你只在报纸上见过他的照片。也不是特利给她的，因为他再也没回来过。那她只可能是从那两个证人那儿拿的，要么是见面拿的，要么是邮递的。为什么要撒谎呢，除非她对他们不诚实。如果她和诈骗案有关，那么就有理由说明她和谋杀案也有关。”

“你在说谎！”尼科尔尖叫道，“里克杀他时我根本不在。”

突然卧室门开了，穿着红色夹克的男子带着手枪冲了出来。

“好啊，这便是失踪的奥布赖恩先生！”利奥波德说着便朝他肩膀开了一枪。

回到警局之后，康妮先问道：“队长，你说了你是怎样抓住奥布赖恩并且让尼科尔坦白了事实，可你还没告诉我们最关键的部分：詹尼斯·布莱克是怎样从这间办公室失踪的？”

弗来彻补充道：“为什么会失踪呢？而且他和诈骗案以及谋杀案都没什么关系，他的目的是什么？”

利奥波德说道：“他真正的目的有两个。先讲后一个问题。一是仅仅想让我认为这个案件还没有涉及暴力犯罪。他告诉我说他和我一起调查，这可能把他们给吓跑了。"

"他知道尼科尔被牵连了?"

"他就是担心这个。在两起神秘失踪案发生之后，他怀疑是诈骗，这就让我们明白他失踪的第二个动机。他知道奥布赖恩是怎样失踪的——脱掉他的夹克——可他需要证明。所以昨天早上他到我的办公室，后来以同样的方式失踪了。"

"脱掉他的夹克?"

利奥波德点头说道："他当时穿着一套深蓝色西装，里面套着白衬衣，打着领带。而你穿的是什么？夏天的警服。他带着徽章，枪在外套里。为了更能掩人耳目，他甚至在大衣里藏了一顶尖的警帽，夹在他的胳膊下面。难怪我看他坐在椅子上有点不自在，而且他还带了一塑料瓶水，为了让人更相信这个假象。"

"可他的外套和领带怎么了呢?"

"他迅速卷起外套和领带，然后扔出半开着的窗户，这只需要几秒钟。然后，他趁我在你办公桌旁看那张便条时便离开了。康妮——是他进来的时候放的那张便条。他猜到你会叫我去看。"

"那如果我没有呢？如果我们在窗外看到他的夹克了呢?"

"他扔在了车辆中间，出去便拿走了——如果我们看见他或者阻止他行动，也没什么，他又没有犯罪——只是开个玩笑而已，他只想看看是不是行得通。然而，确实行得通，而且干得很漂亮，因为分队办公室总有警察来回走，我们都没注意。"利奥波德看着康妮说道。康妮明白他的意思，利奥波德接着说："我们只看制服，不看脸。詹尼斯·布莱克没了外套就像里克·奥布赖恩一样很容易就离开了。"

"如果只是个玩笑，可他为什么一直不露面呢?

"因为已经确定他的证人可能是失踪——他怀疑是诈骗。很显然诈骗案和他爱的尼科尔有关联。他决定失踪是因为他不想回家，回到他妻子身边，因为他还是希望和尼科尔在一起。所以我知道他今天看到新闻报道惠灵顿被谋杀的消息之后会去尼科尔的公寓。是我让他们把尸体的照片登在晚报头版的，随后我便在尼科尔的公寓前等他。"

"你俩都很聪明，他玩失踪，你却让他又出现了。"康妮说道。

利奥波德笑了笑说："他倒是教了我一招儿。等头儿在外面野营等着要见我时，我哪天晚上也试试这招。"

"那尼科尔呢？你认为他和奥布赖恩谋杀案有关吗?"

"康妮，我想我们得让陪审团来回答这个问题。"

摆渡人[①]

保罗·毕晓普

为什么城市里每个审讯室的所有墙壁都被粉刷成像小便一样的黄色？在这样的房间里问了二十五年的问题后，我还是没能发现这个事实的真相。难道这就是来自于住房与监狱设计所的室内设计天才为了与风格相衬所选择的颜色吗？难道不也是这位天才为了使房间的格调更完美，挑选了部件可以调换，然而表面却斑痕累累的木质桌子，以及摇摇欲坠的椅子吗？有没有可能原来墙壁的颜色是淡黄色的，但是由于在墙壁所限定的空间范围内，无数的谎言和讲话时的吞吞吐吐如水一般飞溅到墙壁上后，使之泛酸变色呢？

我不知道这种情况的实质，这令我很苦恼。

然而，更大的问题是麦克尔·托马斯·霍纳即将告诉我的一切——不论他是否愿意——有关谋杀亚利克西斯·沃克的真相。

当霍纳倒在我旁边的椅子里的时候，从他身上散发出来的源于恐惧的恶臭既强烈又刺鼻。他浑身恶臭，这很好。他抱着膀子坐在那里，两条皮包骨头的腿扭曲交叉着，这样他的双腿既可以在膝盖处也可以在脚踝处缠在一起。我觉得那个时候我讨厌他。毫无理由，只是一种聚积起来的厌恶之情使我突然之间有一种感觉想要放弃。

“麦克尔，我是费尔曼侦探。”我伸出手。霍纳不情愿地抽出一只胳膊，像条没精打采的鱼一样把他的手伸给我。我抓住他的手，紧紧地握了一下。当他无力地试图把手撤回时，我攥住了它。他的手指甲留得很长，表面凹凸不平，指甲缝很脏，所有指甲外缘都很锐利。“我欣赏你自愿和警官一起来警察局。你的确知道你没有被捕而且随时都可以离开吗？”

“知道。”

我的位置是在霍纳和审讯室的门之间。他能离开的唯一方式是在我千方百计地让他认罪以后戴着手铐走。但是他不知道这一点，而当审讯时的录音在法庭上重新播放的时候，我的话听起来会比较得体。从法律角度而言，霍纳所相信的才最要紧——而且他刚才认可了，相信自己可以随时离开。这是在许多有待认可的事实中，首当其冲应该认可的。相信这一点同样重要，因为如果他相信他没有被捕，我就没有必要向他讲述米兰达原则。只有当这两个具体的因素都具备的时候，米兰达原则才有效：嫌疑犯要知道他已经被捕，侦探要询问的问题是有关他被捕以前所犯下的罪行。在任何其他的情况下，嫌疑犯都是适合

① 本篇小说英文标题为：Ferryman，意思为摆渡人，此单词也可以用做人的名字——费尔曼。

攻击的对象。

我放开霍纳的手后，他就又抱起了膀子，但是不像刚才那样紧了。我已经开始打开他身体的结了。

当我进入审讯室的时候，就已经把我的座椅放到了霍纳现在坐着的桌子的一侧了。我离霍纳很近，这样就可以不费丝毫力气伸出手触摸到他。我从来不坐在桌子的对面。那样会使嫌疑犯有所隐瞒，而且，在我开始攻克情感障碍以前，那也会成为我要攻克的一个不必要的身体障碍。

我靠在由坚硬的横木条拼成的椅背上，正面对着霍纳。

“你多大了，麦克尔?”

“二十二。”

“你在巴恩斯和诺博书店工作多久了?”

“两年了。”

我才不在乎霍纳有多大，或者在那家书店工作有多久，其实我早就知道了。我只是想培养他回答我问题的习惯。

我已经不再做太多的调查工作了。作为一名警探，我处于这样一种境界：日复一日地提问，盘问一个又一个嫌疑犯，抛出一个又一个问题，直到真相像河水一样流淌出来。我记不得上次我没能摧毁我要攻克的堤坝的时间了。我并不能总是让嫌疑犯认罪，但是我总能得到事实真相。

我在全城各个警局工作过，有时甚至到州警局，有一两次我还到联邦警局工作过。如果有了紧急案件，而且要迅速突破嫌疑人的话，就会有电话来找“摆渡人”了。为什么是我？谁知道呢？谁在乎呢？我就有这种本领——当人们不讲事情真相，或者不讲他们所察觉的真相的话，我就有这种直觉能力识别出来。

当我儿子十岁的时候，他的老师问他我做什么工作。我的儿子说我是个测谎者。他的坦白造成了家长会上的一种不自在——尤其是当我发现他的老师在撒谎。

但是，我已经厌倦了“摆渡人”的外壳，厌倦于各种污秽，厌倦了做测谎者——厌倦于永远了解事情真相。我不想再听到任何的供述。我只想把这件案子办完。

我已经决定突破这个案子后就再也不做这一行了。我的时代结束了。别的人也可以做“摆渡人”。他或者她会拥有别的什么绰号，但是他们可以胜任这份工作。我就快要完成使命，只剩下这一个案子了。这是最后一只需要磕破的蛋。

霍纳在他的椅子上坐立不安。由于被我削短了一条椅子腿，这把椅子摇摇晃晃。审讯室里发生的一切都在我的计划和控制之内。

在无关紧要的闲聊中，十分钟过去了。霍纳的双腿仍然交叉着，但是他已经松开了双臂，他的手指甲沿着他面前的桌子边缘滑动着，这使他参差不齐的指甲平滑起来。他已经松弛下来了。已经到了慢慢推进的时候了。

“在书店里谁是你的朋友啊?”我问道。

“我没有朋友。谁愿意和我做朋友啊?”

问得很好。霍纳或许已经二十二岁，但是，很明显，在社交方面他很无能。他智力上并不迟钝，但就像一只非常暗淡的灯泡——一个傻瓜，有着一个皮包骨头的，长有小脓包的，笨拙的躯体，而且油腻的头发遮住了他的眼睛。他穿着一条宽松的牛仔裤，腰间扎了一条过长的皮带，搭扣上刻有一片大麻的叶子。他就是生活中的一个失败者，而且我确切知道他是有罪的。

“亚利克西斯·沃克呢?”

我注意到霍纳的瞳孔略微有点儿放大。有罪，有罪，有罪。

“她很善良。有时她会跟我说话。”

“昨晚和你交谈过吗?”

“没有。”他立即作了答复。太快了。他已经预料到了这个问题，准备好了谎言，伴随着喷出来的唾沫，这个谎言脱口而出。

我非常安静地坐在那里，等待着。我等了好长时间。

当霍纳坐立不安的时候，他的椅子前后晃荡着。“我把垃圾带出去的时候，她说了声‘嘿’。”

“你是把咖啡间的垃圾带出去吗? 我记得你的工作不是整理图书吗?”

“我也往外倒垃圾的。”

“你是不是只有当亚利克西斯在咖啡柜台前工作时才运垃圾的?”

“不是。”

我大声地叹了一口气。“麦克尔，我们一直进展得很好，可现在你在跟我撒谎。别这样，麦克尔。你用那种方式贬低自己让我很不高兴。”和霍纳这样的人在一起，你得不停地直呼其名，让这种交谈私人化，用他们不知如何控制和理解的类似于友谊的情感来开展工作，“你不是个撒谎的人，对吧，麦克尔?”

“不是的。”

撒谎的人。

前一天晚上亚利克西斯·沃克在下了 11 点的晚班后没有回家。当时，她的父亲就报警说她失踪了。她 18 岁。警方告诉她的父亲说 24 小时以后，他可以写个失踪人口报告。

然而，两小时后，当一个警察调解两个捡铝罐的流浪汉之间的争端时，在书店垃圾箱的后面发现了她那具被勒死的尸体。罪犯拿走了她的胸罩——一个纪念品。

重案组的侦探们很快宣布了两个流浪汉的清白，而且也同样快捷地确定了这样一个事实：书店打烊以后，有人看见书店里的那位怪胎雇员——霍纳在亚利克西斯的汽车周围鬼鬼祟祟地转悠过。

当警察局的副巡官让侦探们打电话找我参与这案子的时候，侦探们都很不开心，这是可以理解的。他们能够像我一样轻易地磕破像霍纳这样一个鸡蛋，但是副巡官不想让自己的工作记录有瑕疵，而且也不想冒任何风险。“摆渡人”从来没有出过错。去找“摆渡人”。

侦探们敲开了霍纳家的房门，让他同意自愿到警察局来。他乘坐的警车刚刚离开侦探们的视野，他们就拿出了搜查令搜查霍纳和他父亲共同生活的住所。

到了警察局，霍纳被安置在一间可以录音的审讯室里。据说，嫌疑犯独处的时候会大声地自言自语——“别跟他们说你杀了她。别告诉他们。”陪审团成员对此很感兴趣。

经验法则：一个无辜的人单独待在一间审讯室里的时候会保持警惕，对于即将发生的事情会很感兴趣。有罪的人会把头放在桌子上睡觉。霍纳立刻就睡着了。有罪，有罪，有罪。

霍纳没有任何机会了。他从来没有面对一个像我这样的噩梦。实际上，我进行过成千上万次审讯，攻破过成千上万个嫌疑犯。

到了该转移一下关注的焦点的时候了。霍纳以前曾经被警方拘捕过，我可以把谈论一下这件事作为一个突破口，这样就可以再把话题引回到亚利克西斯的案件上来。

我很随意地向前倾斜着身体，很随便地翻了翻桌面上的文件。这些都只是做戏而已。“跟我说说你上次被抓的事吧。”

“那次太傻了。”霍纳说道。

我拿起了一份文件假装仔细阅读着：“你以为由于盗窃而被抓是太傻了吗？”

“那件事最后被定为非法侵入。”

的确如此。“跟我说说吧。”

“你想知道什么呀？他们快让我发疯了。”

“他们？那些你偷了他们东西的人吗？”

“是的。他们总是把书店弄得乱七八糟的。”

我眼睛盯着霍纳，等待着。

他瞟了我一眼，从我的脸上什么也没有看出来。然后，他松开了原本在脚踝处交叉着的双腿。我可以感觉到，他那种想为自己辩解的冲动在他内心深处噗噗地向上冒着。

“那个家伙总是到书店里来，拿了书坐到椅子上开始看，但从不放回去。不只是一两本书而已，他每天都拿上十本、十五本，甚至二十本书。我就得一直跟着他转来转去把书放回原处。他从不在意。”

看了霍纳的犯罪记录后，我发现对他提起诉讼的有两项罪状：“还有别的什么人吧？”

霍纳点了点头：“对。有个女人。她总是买拿铁咖啡，总是把杯子放在书架上。她到处都留下污渍——却从不在乎。”

“那你怎么做的呀？”

我发现霍纳的嘴角上掠过了一丝微笑：“进入他的房子里后，我把所有东西都挪了地方。我什么都没拿，只不过挪动了所有的东西，这样他就得一样一样地找，然后再放回原处，就像他对我做的那样。”

“那么那个女人呢？”

“我攒了整整一个礼拜的咖啡杯子，然后把所有杯子都放在了她房子的周围。”

我几乎要笑出来了，但是我没有那么做——霍纳正盯着我看呢。

“你进入她家的时候，肯定看了看她的内衣抽屉——是吧，麦克尔？”

“没有。我不做那样的事。”

“你当然会做了。要是我的话，我也要看看她的内衣抽屉。”

霍纳完全松开了交叉着的双腿，转过来看着我。我成功了。

“你会看？”

“当然。”条例上没有规定审讯者不可以对嫌疑犯撒谎，两种情况除外。你不能跟嫌疑犯说你会替他和法官作交易，你也不能跟他说，可以通过认罪的方式去除掉犯罪感，这样他就能感觉好多了之类的话。但是任何其他的谎言都可以。让一个嫌疑犯能很快认罪的途径是以一种他认为是可接受的社交方式来解释他的行为。一个女人的穿着可以表明她期待着被强奸。五岁的孩子可以性早熟。审讯者不会相信这样的辩解，但是，如果嫌疑犯相信因为这样的借口你会不太严厉地指责他的话，他会更容易地认罪。

如果霍纳认为我是个善解人意的志趣相投的人，他会袒露他的内心。我也许不会去看那个女人的内衣抽屉，但我或许会在她的房子周围丢满脏咖啡杯子的。

“警察抓你的时候，你说实话了吗？”

“说了。”

“这很好，麦克尔，因为我需要你跟我说实话。”

霍纳的脸转向了一边，但他的身体还面对着我。

“麦克尔？”

“什么？”

“我需要你跟我说实话。”

我等待着。

“关于什么呀?”霍纳最终问道。他在拖延时间。他知道答案。嫌疑犯内心蓄积的内疚感就像是一个蓄势待发的喷泉。嫌疑犯越是努力地不去考虑真相，事情真相就越是要挣扎着出现在他意识里最重要的地方，而他也就越难不谈论事情真相。

我等待着。霍纳也等待着。

一分钟过后，我说道:“关于亚利克西斯。”好像中间就没有停顿过一样。

“她很善良。”霍纳说道。

“跟我说说她吧。”

霍纳的脸又转向了我:“她来自休斯敦，在那里的一家星巴克咖啡店工作过。她父亲和她的继母住在这里。他父亲答应过给亚利克西斯在他的保险公司里找一份工作，但是，他没兑现。”

他不想再往下说了，但是我要让他继续说下去:“为什么他没兑现?”

霍纳耸了耸肩膀:“她说她父亲的办公地点搬了。新办公室需要个秘书，但是好几个人都能担当这个职位。而她的薪水可用来付掉一部分租金，他父亲就不雇她了。”

“不幸的突变。”

霍纳只是点了点头。我需要他的口头供认:“然后她做什么了?”

霍纳又耸了耸肩膀:“她就来书店煮咖啡了。”

一个极容易受雇的行业。

“她生她父亲的气吗?”

“你以为呢?”

噢，噢。敌意。

“我认为她有理由生气。而且我认为你替她倒垃圾是想试着让她感觉好一点。”我停了一下，“对吗?”快呀，回答问题呀。我们就快要说到要点了。

“是的。她说过她会修理她的父亲，因为他欺骗她。”

“你肯定想帮她的忙吧?”

“没有的事。我不擅长做那类事情。”

那句话听起来像是用完美的音调说出来似的，它所反映出来的真相在我的耳朵里回响着。

我等待着。不知道为什么，我就知道这个时候应该等待着。

一分钟过去了。又一分钟过去了。

一颗泪珠滑过霍纳的脸颊。

“你已经知道亚利克西斯死了，对吗，麦克尔?”我的声音很平静，有一点安抚的味道。我现在这样问这个问题是因为他只需要用一个字来回答。

霍纳说出了我想要听到的那个字。

“对”。他说道。

“你杀了她，是吗，麦克尔?”

霍纳的眼睛睁得很大——糟糕的反应：“我没有。我往外倒垃圾的时候发现了她。我当时吓坏了。不知道该怎么做。我只能让她在那儿了。”这句话是假的，但眼泪是真的。

我向后靠在了椅子上。我不喜欢装腔作势，也很少提高我的音调。我从来没有殴打过任何一名嫌疑犯。记住，录音带还在转动着。言辞上的攻击，身体上的殴打、恐吓，这都是违反第六修正案的做法。如果这样，你不仅在法庭上抹杀了嫌疑犯的认罪表现，还会丢了工作，而且，现在，甚至会失去自由。

“麦克尔，你要是撒谎的话，连上帝都不喜欢的。你不说真话的时候让我很不开心。我倒宁可你什么都别跟我说的好，那也好过你说谎。你明白吗?”

现在眼泪流下来的速度更快了。“明白。”

从审讯室外传来一声轻轻的铃声。这是发给我的信号。霍纳甚至都没有听到这声响。任何人都不得打断审讯，但是如果他们有重要信息提供给我的话，他们会按铃的。我会在我觉得合适的时候作出回应的。

麦克尔已经被装满了弹药，但是我需要一个扳机来把他发射出去。我得冒这个险出去看看他们得到了什么。

我站了起来。“你坐在这里想想事实的真相，麦克尔。等我回来的时候，我们会讨论一下真相的。我知道你想告诉我，对吗?”

“对。”

我打开门走了出去。尼克·巴克斯特——一个调查这个案子的重案组侦探——正在等着我。他刚刚凭搜查令搜查完霍纳的家回来。

“攻克他了吗，费尔曼?”很明显巴克斯特的鼻子已经脱臼了。

我不去理会这话的内涵：“你们搞到些什么呀?”

“我们在他的壁橱里找到了受害者的胸罩。”他把一沓照片甩给了我，“这些照片就藏在那混蛋的床铺下面。”

我快速地翻看着照片。这些都是亚利克西斯的照片，很明显，都是在她不知情的情况下拍的。有一些甚至是霍纳在书店的女洗手间里拍的。还有一些是透过亚利克西斯的卧室窗子拍的。

霍纳不是什么特殊人物——只不过是你所在的普通社区的跟踪者，最终滑出了他的轨道而已。他凭着青春期对于性的粗陋的了解，在照片上添了几笔。我叹了口气。有罪，有罪，有罪。我感到心情沉重。我有一种前所未有的感觉，想让这件事快点结束——想从这里走开，再也不问什么问题了。还有比这更真实的真相吗?

我拿着照片回到了审讯室。

我走过去，站到了麦克尔的身边，我的身体几乎要碰到他了。

他抬起头看着我。我可以看到他脸上的每一个线条都刻写着真相。

我任由照片慢慢地从我手中滑到桌子上。每一张照片落下的时候就像是一把断头台的铡刀砍下说谎者的头颅一样。

“说实话吧，麦克尔。”

“你不相信我。”

“我会相信你的，麦克尔。我已经知道事实真相了。我只是想让你告诉我。是你杀死了亚利克西斯，是吗?”

“不是。”

这不是我想要的回答。这不是事实。

“怎么了，麦克尔？你是不是打算亲她来着？是不是你拍照片的时候她抓到你了？她是不是像那些顾客一样让你生气?”

“不是的，不是的。”

“你拿了她的胸罩，麦克尔。我知道你拿了。那胸罩就在你的壁橱里。别跟我撒谎。”

“对，我是拿了她的胸罩，但是她已经死了呀。”

“我知道你拿她的胸罩以前她就死了，麦克尔。你杀了她之后就摘走了胸罩。你需要点东西来记住她，她毕竟是你的朋友。”

“她对我很好。”

我坐了下来，伸出一只手放在麦克尔的肩膀上。我们两个共同身处事中，他跟我。这是最艰难的一刻。嫌疑犯跟你讲述事实真相的时候，他们也把一部分的自己交给了你。在那一刻，你欠他们的。他们属于你，但是他们所讲述的真相成了你的责任。而你为了履行责任就得把一部分你自己交给他们。

“麦克尔，不要这样对你自己。不要让我失望。我知道你了解真相。我也知道真相。如果我们分享真相的话，又有什么不好呢?”

“她说过她要去找她父亲。她说她搞到了些文件。他拿了别人的钱却不付给人家保险金。”

我什么都没说，只是抚摸了一下麦克尔的后脖颈。

“她就要说出来了。”

“我知道她要说出来，麦克尔。她就要说有关你的事了。”我用另外一只手轻柔地把麦克尔透过亚利克西斯的窗子拍的照片分出来，然后把照片摆在了麦克尔的面前，“她要说的是有关照片的事情，对吧，麦克尔？我知道你觉得羞愧难当。换作我的话，我也一样。这不太光彩，是吧，麦克尔?”

“是。”他轻轻地抽泣着说。我们离真相越来越近了。我可以感觉到真相正在凝聚。稍一用力我们就可以成功了。我只是需要他首先承认，就像先击破堤坝的一部分一样。

“你杀死了她，是吗，麦克尔?”

我的手现在又放到了他的肩膀上。我轻轻地晃动着手，使他的头也随之开始点动，就像认可了事实一样。在另一个房间里，录音带在悄无声息地转动着，隐藏着的话筒可以录下每一个字，但是不能录下我那具有鼓动性的轻微的动作。

“讲实话吧，麦克尔。一旦讲出来一切就变得容易多了。不要用谎言割裂我们的关系。”

现在，我的身子前倾，一只手放到麦克尔的大腿上，另一只手抚摸着他的后背。“说实话吧，麦克尔，”我轻轻地说道，“是你杀死了亚利克西斯，是吧?”

他的泪水悄无声息地滚落下来。他停顿了一下——然后说：“是的。”

真相。这使我放松了下来。

审讯室的门开了。我满脸怒容地抬起了头。巴克斯特看见我正在安慰麦克尔。他得意地笑着，就好像他抓到了两个正在汽车后座上做爱的小孩子一样。

“副巡官找你。”

“出去。”我断然说道。

“就现在。”巴克斯特说道，但是他关上了门。

我又抚摸了一下麦克尔的后背。

“很好。谢谢你说了真话。”

“以后会怎么样啊? 我会坐牢吗?”

“会的。”我说道。他也应该知道真相。

“我不想坐牢。”

“对不起。”我说道，而且从某种角度来说我是深感抱歉。

我站了起来。“我马上回来。”我说道，然后离开了房间。我随手关上了门，在外面把门反锁上了。

我穿过了一小段走廊，走进警局的集合大厅。我看见巴克斯特和他的搭档站在桌边。副巡官格里芬也和他们在一起。他看见我，示意让我过去。

“谢谢你能出来，费尔曼——感谢你所作出的努力，我们已经找到了这个案子的突破口。”

“我知道。你们在霍纳的家里找到了胸罩和照片。”

“不，不是那个，”格里芬说道，“受害者的继母刚刚打电话来。她的父亲昨天晚上自杀了。她的继母醒来后在车库的汽车里面发现了他，车子的发动机还在转着——一氧化碳中毒。”

我的心脏就像是一只想要挣脱牢笼的蝙蝠，开始在胸腔里怦怦作响。

“自杀?”我几乎窒息得差点说不出这两个字。麦克尔说过她就要说出来了。这的确是事实，但是……

“是的。他留下了一张条子承认他很生他女儿的气。这是因为他女儿给他看了一些有关他没有给客户支付保险金的文件。他们吵了起来，他掐住了她的脖子，等他发现他杀死了自己女儿的时候已经太晚了。于是他就回家自杀了。”

我转过身子，赶紧跑——跑回到审讯室，笨手笨脚地扭着门锁，转着门把手，想推开门。

门一动不动。

我用肩膀使劲撞着门。门的重量抵消了我的努力，我的内心越来越恐慌。

“霍纳！霍纳！不要这样做!”我知道在那个时候呼喊是没用的。

巴克斯特在我身旁也在用肩膀撞着门，我们两个人共同对抗门那边的死亡的力量。房门渐渐地打开了一条缝，够我挤进去了。在我挤进房间的时候，我的衬衫被剐破了。

霍纳就在地板上，他那条过长的腰带一端系在门把手上，另一端已经深深地勒进了他的脖颈里。他的脸呈现出斑驳的紫色。

巴克斯特也挤进了门。而我就只是站在那里。

“走开!”他粗鲁地把我推到了一旁，说道。他努力地想把霍纳从门上解下来。虽然说那皮带的长度刚好够霍纳勒死自己，但是却使挪动尸体变得很难。

巴克斯特拿出一把小刀，拼命地用刀刃割那拉紧的皮带。那条廉价的皮带终于断了。随着一声令人毛骨悚然的扑通声，霍纳的头落到了地板上。巴克斯特扯下了霍纳喉咙上的皮带，开始嘴对嘴做人工呼吸。

而我只是站在那里，盯着看。我了解事实——或者说我曾经以为我了解事实——而现在事实告诉我一切都太晚了。

霍纳已经告诉了我事实。他的事实。但是我把那变成了我的事实。

有罪，有罪，有罪。

（刘畅　译）